An einem trüben Tag im Mai werden in Stuttgart zwei Pizzabäcker erschossen. Obwohl alles nach einem Mord im Schutzgeldmilieu aussieht findet sich keine einzige brauchbare Spur.

Einige Monate später wird die Journalistin Leonie Hausmann in den Handtaschenraub an einer alten Dame verwickelt. Jetzt hat Leonie nicht nur deren fettleibigen Mops namens Max an der Backe, sondern auch eine Falschaussage bei der Polizei gemacht. Sie glaubt nicht, dass der 15-jährige Alessio etwas mit dem Handtaschenraub zu tun hat. Doch der Polizei gilt er als Hauptverdächtiger. Gemeinsam mit dem attraktiven Kommissar Fabian Grundmann macht sich Leonie auf die Suche nach dem Jungen. Als dann auch noch der vermögende Pensionär Peter Ölnhausen erschossen wird, ermittelt Fabian weiter und stößt auf dessen Rotlichtkontakte. Derweil soll Leonie ihrer Chefredakteurin bei Recherchen über die Mafia helfen. Ein verhängnisvoller Auftrag, wie sie sehr bald feststellt …

Charlotte Kern ist ein Pseudonym. Die Autorin wurde 1963 in der Nähe von Osnabrück geboren. Nach dem Abitur studierte sie in Stuttgart Kunstgeschichte, Literatur und Pädagogik. Heute lebt sie mit Mann und zwei Kindern in Esslingen und arbeitet als freie Journalistin, Stadtführerin und Autorin. »Blutiger Regen« ist ihr erster Krimi.

Weitere Informationen, auch zu E-Book-Ausgaben, finden Sie bei www.fischerverlage.de

Charlotte Kern

BLUTIGER REGEN

Leonie Hausmann ermittelt
im Schwäbischen

FISCHER Taschenbuch

MIX
Papier aus verantwortungsvollen Quellen
FSC® C083411

Originalausgabe
Erschienen bei FISCHER Taschenbuch
Frankfurt am Main, August 2013

Satz: pagina GmbH, Tübingen
Druck und Bindung: CPI – Clausen & Bosse, Leck
Printed in Germany
ISBN 978-3-596-18931-1

Prolog

»Auf die Knie«, sagte er leise. Die Siedlung lag wie ausgestorben. Rundherum standen die Wohnblöcke wie Riesen und schauten ihm aus ihren leeren Fensterhöhlen zu. Hinter einer der blinden Scheiben saß sie seit Tagen im verqualmten Zimmer vor dem Fernseher und drückte eine Zigarette nach der anderen in ihrem leeren Joghurtbecher aus. Talking Italian. Aber eigentlich sagte sie gar nichts, hatte den Kontakt zu ihm abgebrochen.

Der Junge sah ihn an. Er fröstelte in seiner dünnen Jacke. Jeans, billige Turnschuhe von Aldi. Noch ein Loser, Grieche, Siebtklässler, der die Schule schwänzte, weil er sowieso nur Sechsen schrieb. Er kannte seinen Namen nicht, hatte ihn ein paar Mal mit seinen kleinen Schwestern auf dem Spielplatz gesehen. »Du hast sie doch nicht mehr al…«

Da zog er den Revolver aus seiner Jackentasche. Geschockt tat der Junge, was er verlangte, und ging auf dem Rand des Sandkastens in die Knie. Er war auch im Stehen kleiner. Jetzt ging er ihm gerade noch bis zur Brust. Von weitem sah er auf dem Dach des Mercedes-Benz Werks Mettingen den riesigen Stern, der sich sachte drehte. Der Tag war kühl und verhangen, der Spielplatz wie ausgestorben. Wind fing sich in der quietschenden Schaukel und pustete eine blaugelbe Lidl-Tüte über den Rasen.

Die Waffe war kühl und schwer und lag in seiner Hand, als

sei sie schon immer sein Eigentum gewesen. Das Gefühl, sie zu halten, schmeckte nach Macht.

»Ist die geladen, Mann?« In den dunklen Augen des anderen lag Furcht. Respekt, dachte er. Es wurde Zeit, dass man ihm diesen entgegenbrachte.

»Klar!«, sagte er.

»Und was machen wir jetzt damit?« Fast hörte er die Tränen, die dem Jüngeren im Hals steckten.

»Wir spielen.« Er trat einen Schritt näher, hob den Revolver und zielte. Das Herz, der Kopf, der Bauch. Es war ein Kinderspiel.

»Was denn?« Der Kleine schaute angestrengt auf den Rand des Sandkastens.

»Russisches Roulette. Kennst du doch, oder? In einer von den Kammern ist eine Kugel.« Er setzte die Mündung an die Schläfe des Jungen. Die Haut war hellbraun und zart und gab ein bisschen nach. Auf seiner Hose breitete sich ein dunkler Fleck aus.

»Du stinkst.«

»Ich will weg«, flüsterte der Kleine.

»Kannst du aber nicht.«

»Die ist nicht echt, oder?«

»Du hast mich doch gehört.« Die Waffe zitterte nicht einmal in seiner Hand. Sein Pulsschlag war nicht einmal erhöht. Er war cool. Als er sie entsicherte, klickte es leise. Er kannte dieses Geräusch, denn sein Vater hatte das Spiel tausendmal mit ihm gespielt.

»Ich sage es meinen Cousins, und die machen dich alle.«

»Dann wird es zu spät sein.«

»NEIN!«, schrie der Junge, aber er bewegte sich nicht.

Er stellte sich vor, wie er schoss, wie Blut und Gehirn über den Sandkasten spritzten, einfach so. Sicher würden sie den

Spielplatz sperren, ihn mit einem rotweißen Band sichern, wie sie es mit Baustellen taten. Dann kämen die Polizeitechniker in ihren weißen Anzügen und würden das Gelände durchsuchen, den Sand pfundweise durchsieben, bis sie das Projektil gefunden hatten. Kein Platz mehr für die Kinder der Siedlung, die sich am Zaun die Nase plattdrücken würden. Vielleicht würde es auch eine Gedenktafel geben oder so. Und nie könnten sich die Kinder später sicher sein, was sie im Sand alles fänden. Die Knarre klebte noch immer an der Schläfe des Jungen. Ich glaube, er heißt Athanassios, dachte er, und drückte ab. Kein Problem. Er hatte es im Blut.

1.

Leonie Hausmann stand hoch oben im Kirschbaum und streckte sich nach den reifsten Früchten. Knapp unter dem Himmel, wo das Gewirr der Zweige nicht mehr ganz so dicht war, bogen sie sich unter dem Gewicht der obsidianschwarzen Kirschen. Auf dem obersten Ast saß ein Amselmännchen und sang sich die Seele aus dem Leib. Der Kirschbaum stand am Hang. Sein Stamm war so dick, dass Leonie ihn alleine nicht umfassen konnte, nicht einmal, wenn sie beide Arme ausbreitete. Ihr fehlten noch genau diese Kirschen in ihrer Marmelade, und sie würde sie nicht verkommen lassen. Niemals! Sie stieg auf die oberste Stufe der Leiter, wo es keine Holme zum Festhalten mehr gab, und stützte sich an der rauen Rinde des Baumes ab. Endlich waren die süßesten Früchte in Reichweite. Sie pflückte zwei der prallen Dinger und steckte sie in den Beutel, den sie um den Hals trug. Und noch mal drei und dann fünf.

Doch die Konkurrenz schlief nicht. Leonie hielt den Atem an, als sich zwei Elstern, schwarzweiß wie die aufgeputzten Kellner eines Luxusrestaurants, auf dem Ast neben ihr niederließen. Ihre dunklen Augen musterten sie scharf und schlau und machten klar, wen sie hier für den Eindringling hielten. Die Amsel protestierte und erhob sich in die Luft. Leonie lachte leise und schüttelte den Kopf.

»Nichts da«, sagte sie und ruckelte an dem Zweig, auf dem die Räuber saßen. Majestätisch erhoben sie sich in die Luft und segelten davon, die Flügel setzten scharfe Scherenschnitte gegen den blauen Himmel. Ihr Weg kreuzte sich mit einem Flugzeug, das zur Landung auf dem Flughafen Stuttgart ansetzte.

Es war ein schöner Tag Anfang Juli. Tief unter ihr lag Leander in seiner Wippe, spielte zufrieden mit seinen Zehen und beobachtete die Sonnenflecken auf dem Gras. Im Garten blühten lachsrosa und knallrot die Rosen. Auf den Rabatten reiften die Johannisbeeren und sprenkelten die Büsche mit Rot. Der Kirschbaum stand am äußersten Ende des Hausmann'schen Gartens in Oberesslingen, da, wo sich der Bewuchs in Wildnis wandelte, knapp unterhalb des Parks der Kliniken. Leonie schaute sich um. Ihr Elternhaus, ein weißgrauer Kasten mit grünen Fensterläden, begrenzte den Garten ein gutes Stück tiefer zur Straße hin. Schon als Kinder waren sie in dem alten Kirschbaum herumgeklettert und hatten Kirschen gegessen, bis sie beinahe platzten. Einmal war ein Ast unter Leonie abgebrochen, und sie war einige Meter in die Tiefe gesegelt. Ihr Vater hatte sie den Hang hinauf in die Kinderklinik getragen, die sie, stolz wie ein Schneekönig, mit einem Gips am Arm wieder verlassen hatte. Nur Rabenvögel, die die Singvögel vertrieben, hatte es damals noch nicht so viele gegeben.

Plötzlich schluckte sie, so sehr fühlte sie sich hier zu Hause und wusste doch, dass es nicht so bleiben konnte. Sie würde sich mit Leander etwas Eigenes suchen müssen, sich endlich auf eigene Füße stellen. Leonie Hausmann, 27 Jahre alt, Doktorandin der Kunstgeschichte und alleinerziehende Mutter. Sie hatte ein eigenes Leben gehabt, zuerst an der Uni, dann als Stipendiatin der Bibliotheca Hertziana in Rom. Doch jetzt wohnte sie wieder daheim in der väterlichen Einliegerwohnung. Das musste sich ändern. Wenn der Sommer vorbei ist, dachte sie träge, ließ ihre Augen schweifen und genoss die Stille und das endlich einmal zufriedene Kind.

Von der Krone des Kirschbaums aus hatte man einen grandiosen Blick ins Tal, auf die Oststadt von Esslingen mit ihrem Gewirr aus roten Dächern. Dahinter stand die griechische Kirche mit ihrer prächtigen Kuppel, daneben der Moscheeneubau, dessen Minarett die Gläubigen auf Weisung der Stadt verkürzen mussten. Weit entfernt hörte sie die B 10 rauschen, der westwärts strömende Neckar war nur eine Ahnung. Leonie pflückte den Ast leer und aß die restlichen Kirschen, die nicht mehr in den Beutel passten, kurzerhand auf. Süßer Saft rann ihr das Kinn herunter.

Als sie ein entzücktes Lachen hörte, hob sie den Kopf.

Sie stand auf Sichthöhe zum Zaun des Krankenhausparks, hinter dem sich mehrere Ahornbäume mit gelbgrün gefleckter Rinde erhoben. Hier befand sich eine Aussichtsplattform, auf der die Patienten und ihre Besucher bei schönem Wetter die Ruhe genießen konnten. Hinter der Baumgruppe lag das Gebäude der psychosomatischen Klinik, gebaut als einladender Pavillon. Wie eine Baumelfe stand ein Mädchen am Zaun und schaute aus dunkel umrandeten Augen gebannt zu ihr hinüber. »Du hast dich ja ganz schön eingesaut, aber das mit den Elstern, das war genial.«

Die Kleine zog an ihrer Zigarette, inhalierte tief und blies Leonie weißen Rauch entgegen. Am liebsten hätte sie gefragt, ob sie schon in dem Alter war, in dem man rauchen durfte, aber stattdessen erkundigte sie sich nach ihrem Namen.

»Flavia«, sagte sie. »Und du?«

»Leonie. Möchtest du ein paar?«

»Klar.«

Das Mädchen drückte die Zigarette aus, beugte sich vor und pflückte eine Handvoll Kirschen von den obersten Zweigen des Baums.

»Danke!« Wie eine Opfergabe präsentierte sie die schwarzen Früchte in der geöffneten Schale ihrer Hände. Dabei glitt der Ärmel ihrer Strickjacke zurück und entblößte einen stöckchendünnen Unterarm. Die Hüftjeans schlotterte um schmale Oberschenkel. Leonie wusste, dass in der Klinik auch magersüchtige Mädchen behandelt wurden.

»Kommst du mal wieder?«

»Vielleicht.« Unwillkürlich überlegte sie, wie viele Kalorien in einer Handvoll Süßkirschen steckten. Hoffentlich viele. Aber das Mädchen legte die Früchte vorsichtig auf die Bank und hängte sich je zwei zusammengewachsene Kirschen über beide Ohren. Pandora, dachte Leonie und wusste nicht genau, warum.

Ein leiser Protest von Leander beendete das Gespräch. »Mein Kind«, sagte sie entschuldigend.

»Hast du schon eins? Siehst eigentlich gar nicht so aus.«

Wie eine Königin entließ Flavia sie mit einem Schlenker ihrer Hand. Leonie sprang einen Moment später neben dem Kleinen ins Gras. Sie musste lachen, denn er hatte seinen Schnuller ausgespuckt und sich stattdessen den großen Zeh in den Mund geschoben.

»Du perfekter kleiner Yogi«, sagte sie und hob ihren Sohn auf die Hüfte. »Ciao Flavia«, rief sie.

»Ciao, und vergiss mich nicht«, kam es von oben.

»Leonie?« Sybille stand in der offenen Terrassentür und schaute sich suchend um.

»Hier sind wir.«

Den Kleinen auf der Hüfte schnappte sie sich den randvollen Eimer und machte sich auf zum Haus. Es war sowieso Zeit. Sie hatte sich mit ihrer Schwester zum Kaffee verabredet. Da musste die Marmelade eben warten.

»Mein kleiner Neffe!« Sybille streckte die Hände nach Leander aus, der es sich einen Moment später auf ihrem Arm bequem machte. Gemeinsam betraten sie die Küche. Das Haus war alt, ein zugiger Kasten, in den Dreißigerjahren gebaut, als man noch Küchen plante, in denen eine ganze Großfamilie zum Kochen, Essen und Einmachen Platz fand. Als Leonie schwanger gewesen war, hatte sie den Raum auf Vordermann gebracht. Sie hatte die Wände geweißelt, die Regale und den alten Holztisch abgeschliffen und eingeölt. Auf die Fensterbank hatte sie ihre Kräutertöpfe mit Rosmarin und Thymian gestellt, fast so, als hätte sie vor zu bleiben.

»Und wo steckt die Restfamilie?«

»Vater angelt am Kanal.«

»Was sonst?« Sybille hob die Augen zum Himmel. Wann immer er es ermöglichen konnte, machte sich Gottfried Hausmann auf, um seiner Leidenschaft nachzugehen und dabei so viel Ruhe wie möglich zu tanken. Meistens gab es dann Fisch zum Abendessen, den er zum Glück – Leonie schlug drei Kreuze, dass es so bleiben möge – selbst ausnahm, putzte und in die Pfanne warf.

Sybille setzte sich mit Leander auf die Eckbank. Sie war ebenso groß und blond, wie Leonie klein und braunhaarig war, was ihren Vater dazu brachte, seine Töchter Weide und Haselnuss zu nennen. Vor seiner Emeritierung hatte er als Professor für Botanik in Hohenheim gelehrt. Leonie hasste solche Klassifizierungen, vor allem, wenn sie bei dem Vergleich schlechter wegkam. Denn Sybille hatte ihr Leben im Griff. Sie war als Gymnasiallehrerin für Deutsch und Geschichte festangestellt und bereitete gerade ihre Hochzeit mit ihrem langjährigen Freund Martin vor, der bei Daimler als Entwicklungsingenieur arbeitete. Selbstverständlich in der Stadtkirche und mit allem Drum und Dran.

Aber ein Kind hat sie nicht, dachte Leonie. Flink holte sie die Kaffeebecher aus dem Regal und verteilte Kuchenteller auf dem Tisch, alles aus Mamas altem, weißblauem Geschirr, das der schäbigen Küche einen verblichenen Landhauscharme verlieh. Während Leander mit Sybilles Autoschlüssel spielte, vermischte sie in einer Schale einen Zwieback mit einer zerdrückten Banane und etwas abgekochtem heißem Wasser. Mit dieser Mischung waren alle drei Hausmannkinder als Babys gefüttert und groß und stark geworden. Dann goss sie ihrer Schwester Kaffee ein, was Leander neugierig beobachtete. »Mit Milch?«, fragte sie.

»Wie immer«, sagte Sybille. »Und was macht der Kleine?« Damit meinte sie nicht Leander, sondern ihren Bruder Sebastian, der mit siebzehn der Jüngste in der Geschwisterreihe war. Als Leander nach der Tasse griff, schob Leonie sie geistesgegenwärtig ein Stück nach hinten.

»Nein«, sagte sie. »Er hat Mittagsschule, Basketball.« Sie holte das Kirschkuchenblech aus der Speisekammer und schloss die Tür mit einem geschickten Stoß ihres Ellbogens. »Das hoffe ich jedenfalls.«

Ihre Schwester legte die Stirn in Falten. »Er soll bloß nicht anfangen zu schwänzen. Das ist der Anfang vom Ende.« Seit ihre Mutter vor beinahe zehn Jahren bei einem Autounfall ums Leben gekommen war, hatte Sybille ein Stück Verantwortung für die Familie übernommen. Sebastian war damals erst sieben gewesen und so etwas wie ihr Ziehkind. »Bist du schwer, kleiner Mann.« Sie stöhnte und setzte Leander auf ihren anderen Oberschenkel.

Mittlerweile waren Sebastians schlechte Schulnoten ein Dauerthema zwischen ihnen. Anders als seine fleißigen und zielstrebigen Schwestern quälte er sich mühsam durchs Gymnasium und hatte höchstens am Kunstunterricht ansatzweise Interesse. Ob er in diesem Jahr das Klassenziel erreichen würde, war höchst fraglich, denn im Moment brauchte sein Einsatz gegen Stuttgart 21 sein Zeitbudget auf.

Als sie die Haustür ins Schloss fallen hörten, nickten sie einander grimmig zu. »Er braucht ein strenges Regiment«, sagte Sybille düster. Mit Schwung stellte sich Leander auf und grabschte nach der Schüssel mit dem Zwiebackbrei. »Gleich«, sagte seine Mutter und nahm ihn auf den Arm.

»Ich habe ja gar nichts gegen politisches Engagement. Und wer für den Tiefbahnhof ist, hat ja auch wirklich nichts begriffen«, flüsterte Sybille. »Aber müssen es gerade die Parkschützer sein?«

Von allen Aktivisten rund um Stuttgart 21 hatte sich Sebastian ausgerechnet den Kompromisslosesten angeschlossen. Bei den Parkschützern kreuzte hin und wieder die Polizei zu Hausdurchsuchungen auf, um Handyvideos zu konfiszieren, die sie ins Internet gestellt hatten. Leonie war heilfroh, dass sie den Sprung ins beschauliche Esslingen noch nicht geschafft hatte, denn was ihr Bruder so alles an Videos hortete, wollte sie lieber gar nicht wissen. Auf den Demos filmte er mit Hingabe alle, die er für Zivilbullen hielt, und hatte nach dem schwarzen Donnerstag am 30. 9. 2010 jede Menge Material hochgeladen, das den martialischen Einsatz der Polizei gegen die Demonstranten dokumentierte.

In diesem Moment sprang die Küchentür auf, und eine Sporttasche schlitterte quer über den schwarzweiß gekachelten Boden in die Ecke neben dem Kühlschrank. Ihr Besitzer lümmelte sich auf die Eckbank.

»Ausräumen und wegstellen!«, sagte Leonie kalt.

Sebastian zuckte die Schultern. »Wenn ihr euch den Geruch meiner Sportschuhe antun wollt, bitte!« Er angelte nach der Tasche und machte Anstalten den Reißverschluss zu öffnen.

»Draußen!«

Sebastian war groß und schlacksig. Er hatte sich die dunklen Haare vor einer Woche selbst kinnlang abgeschnitten und trug in jedem Ohr, nach Größe aufgereiht, fünf Ringe. Auf seinem schwarzen Che-Guevara-T-Shirt prangten alle Buttons, die je gegen den geplanten Tiefbahnhof verkauft worden waren, und dazu noch ein besonders großer »Atomkraft – Nein Danke«-Anstecker. Als er seine Schuhe in den Flur geräumt hatte, setzte er sich an den Küchentisch.

»Hallo Basti!«, sagte Sybille. Leonie mutmaßte, dass sie den verunglückten Beginn der Begegnung wiedergutmachen wollte.

»Hallo Billie.«

Niemand im Haus nannte sie mehr bei ihrem Spitznamen aus Kindertagen, außer Sebastian, wenn er sie ärgern wollte, und das war ziemlich oft der Fall.

»Na, Kanakenbrut!«

Begeistert streckte Leander seinem Onkel die Arme entgegen und ließ sich von ihm über den Tisch heben.

»Das ist rassistisch«, murmelte Sybille entnervt.

Er zuckte die Schultern. »Eure Political Correctness ödet mich an.« Hin und wieder versuchte er, Leonie mit dem Aussehen ihres schwarzhaarigen, brombeeräugigen Sohnes auf die Palme zu bringen, dessen Vater sie einfach nicht offenbaren wollte. Was tat man mit pubertierenden Brüdern? *Ruhe bewahren,* dachte sie. Der Kleine war begeistert von seinem Onkel. Er liebte es besonders, wenn dieser ihn so halsbrecherisch durch die Luft segeln ließ, dass er fast an die Decke stieß. Sebastian setzte sich mit ihm auf die Bank.

Während Leonie den Zwiebackbrei Löffel für Löffel in Leanders Mund schob, kaute Sybille missbilligend auf ihrem Kuchen herum. »Kirschkuchen zum Spucken!«, murmelte sie, entfernte eine ganze Reihe von Kernen aus ihrem Mund und legte sie mit spitzen Fingern an den Tellerrand.

»Heute Morgen hat der Kleine mir einfach keine Zeit gelassen«, entschuldigte sich Leonie. Leanders gute Laune war mit drei Stunden heftigem Zahnen am Morgen erkauft worden. Weinerlich hatte er seinen Platz auf ihrer Hüfte keinen Moment lang aufgeben wollen, so dass an eine so zeitraubende Tätigkeit wie Kirschenentsteinen einfach nicht zu denken gewesen war.

»Ich würde sagen, du hattest schlicht und ergreifend keinen Bock«, warf ihr Bruder gönnerhaft ein.

Leonie nahm sich vor, ihn zu ignorieren, und reichte Leander einen weiteren Löffel Brei.

»Hmm«, machte dieser und sperrte seinen Mund auf wie ein junger Spatz.

»Man sieht, dass du kein Kostverächter bist, Neffe«, sagte Sebastian und kniff Leander in seinen dicken Oberschenkel. Dann probierte er selbst von seinem Kirschkuchen. »Ich weiß, was wir mit den Kernen machen. Einen Weitspuckwettbewerb.«

»Sebastian!«, sagte Sybille.

Leonie war heilfroh, als die Kaffeestunde mit ihren Geschwistern vorbei war und Leander zielbewusst auf das Regal zukrabbelte, dessen untere Böden sie ausgeräumt und mit seinen Spielsachen gefüllt hatte. Erschöpft ließ sie sich auf einen Stuhl sinken und goss sich selbst einen Kaffee ein. Nach dem ersten Schluck wurde sie noch müder.

»Wir sehen uns morgen. Mein Impftermin mit Leander ist um vier«, sagte sie zu Sybille. »Danach fahre ich mit dem Bus zu dir rauf.«

Die Schwestern wollten gemeinsam das Internet durchforsten, um für Leonie eine eigene Wohnung zu suchen.

»Verschieb es nicht wieder!«, sagte Sybille beschwörend. »Das ist doch kein Leben. Du hier mit den zwei … Chaoten. Und Vater, na ja.«

»Danke«, sagte Sebastian und lüpfte spöttisch einen nicht vorhandenen Hut.

»Und wie sieht es überhaupt mit deiner Assistentenstelle an der Stuttgarter Uni aus? Du hast dich doch beworben, oder etwa nicht?«

Sebastian stand auf, hob Leander in die Luft und schwenkte ihn einmal im Kreis herum. »Gib ihr Zeit, Billie! Manche Leute erleben ein Coming-out, und Leonie hat ihr Coming-home erlebt.«

2.

Es war ein dunstiger Tag Anfang Mai. Die Vorstadtstraße in Stuttgart-Zuffenhausen lag wie ausgestorben. Massimo Girolamo hatte die Pizzeria wie immer nachmittags um halb drei geöffnet. Jetzt würden zwar noch keine Kunden kommen, aber es brauchte Zeit, den Teig und die Beläge vorzubereiten und die Öfen auf die richtige Temperatur zu bringen. Andrea, sein Sohn, der neben seiner Arbeit im Porschewerk für ihn als Fahrer jobbte, war noch nicht da. Schon fast zwanzig Jahre lang betrieb Massimo die Pizzeria »Il Forno« in der Arbeitervorstadt Zuffenhausen. Er war grau geworden darüber, und seine Knochen waren müde. Dazu kam, dass die Geschäfte besser laufen könnten. Kurzarbeit, Wirtschaftskrise, Arbeitslosigkeit. Die Leute kochten lieber selbst, aber seine Frau Maria und er kamen über die Runden. Andrea war bei Porsche gut versorgt, und ihre Tochter Bianca hatte in der Toskana einen Gastwirt geheiratet und machte den großen Reibach mit ihrer Osteria in Montepulciano. Er konnte also zufrieden sein. Wenn er auf der Hut war.

In aller Ruhe öffnete Massimo eine große Dose Artischockenherzen, goss sie ab und füllte eine Porzellanschüssel damit. Vor der Verkaufstheke standen drei Kisten Tomaten, deren Qualität er überprüfte. Bene, genau so mussten sie sein! Länglich und aromatisch. Andrea hatte sie in der Nacht auf dem Großmarkt gekauft und dabei seinen Kennerblick bewiesen. Er schaute auf das Schild an der Kiste. Das waren keine holländischen Treibhausdinger, die die Sonne nur dem Namen nach kannten, sie stammten aus Sizilien, so wie Massimo und Maria. Nicht mehr lange und sie hatten genug zusammengespart für ihren Lebensabend an der Küste. In Stuttgart war sogar der Sommer neblig, verhangen und staubig von den Abgasen. Wie er sich nach dem Meer und der Sonne sehnte!

Kaffeeduft breitete sich aus. Er hatte die Espressomaschine schon angeworfen und freute sich auf die Tasse Cappuccino, die sie sich nachmittags immer gönnten.

»Maria, *Caffè*«, rief er in die Küche.

Niemand konnte den Pizzateig so glatt und dünn auswellen wie sie. Manchmal warf sie ihn in die Luft, und wenn er dann wieder auf dem Teller landete, war er durchsichtig und weich wie ein Seidentuch. Irgendwann, scherzte er mit ihr, würde mal einer davonfliegen wie ein Heißluftballon.

Die Ladenglocke ging, und zwei junge Kerle betraten die Pizzeria. Früh eigentlich, aber immerhin Kunden und mit dem Hunger der Jugend gesegnet. Der Ältere war knapp über zwanzig und trug eine Baseballmütze auf dem kurzgeschorenen Haar. Seine Muskeln waren vom Training im Fitnessstudio gestählt.

»*Ciao*«, sagte er.

»Ihr müsst etwas warten. Maria ist noch nicht ganz fertig mit dem Teig.«

»Fa niente«, sagte der Ältere in geläufigem Italienisch. *»Due pizze. Da portare via. Per me, diavolo.«* Er setzte sich auf einen

der Barhocker, die an der Theke standen. »Was möchtest du?«, wandte er sich an seinen jüngeren Begleiter.

»*Con carciofi*«, sagte der Jüngere, der noch beinahe ein Kind war, leise.

Als er die Angst in seinen dunklen Augen sah, begannen Massimos Hände unwillkürlich zu zittern. Das Milchkännchen, in das er die geschäumte Milch für den Caffè gefüllt hatte, fiel ihm aus der Hand, zerbarst in tausend Stücke und verspritzte seinen Inhalt kreuz und quer im Gastraum. »*Perdono*«, sagte er.

»*Porca miseria.*« Der Junge bückte sich und begann, die Scherben einzusammeln. Er war ein hübscher Kerl mit schwarzen Locken und hellbrauner Haut. Massimo hätte ihn gerne gefragt, ob seine Eltern aus Sizilien stammten. Als er die letzte Scherbe auf sein Kehrblech gelegt hatte, beruhigten sich seine Hände. Seine Angst war sicher unbegründet. Sie waren viel zu jung, um Boten des Todes zu sein. Sicher würden sie gleich ins Fitnessstudio gehen oder sich per Handy mit ihren Freundinnen verabreden.

»Maria, eine mit Artischockenherzen und eine Diavolo«, rief er in die Küche.

»*Si, bene!*«, hörte er ihre vertraute Stimme aus der Küche. Sie waren seit fast vierzig Jahren verheiratet.

»Wollt ihr schon was trinken?«, fragte er die frühen Gäste.

»Eine Cola«, sagte der eine. Massimo holte eine eisgekühlte Dose aus dem weißbeleuchteten Kühlregal und riss mit einem Knall den Zipper auf. Als er sich wieder umdrehte, zog der Ältere gerade eine Pistole aus seinem Rucksack und legte sie beiläufig auf die Theke. Mit dem Schalldämpfer sah sie unförmig aus, fast wie eines dieser großen Spielzeuge für Jungen, die im Schwimmbad den Angriff von Außerirdischen nachspielten.

»Kain, nicht!«, sagte sein jüngerer Begleiter leise und schluckte nervös, so dass sein Adamsapfel auf und ab hüpfte wie ein Specht an einem Baum.

»Doch«, sagte Kain.

Massimo wunderte sich, dass er überhaupt keine Angst hatte. Lauf, Maria! Wie sollte er es ihr nur sagen? Der Eingang zum Keller, der Hinterhof. Es gab Möglichkeiten, hier herauszukommen, aber wie warnte man jemanden im Angesicht seines Mörders?

»Du hast es dir nicht anders überlegt?«, fragte Kain lauernd. »Wir haben dich oft genug gewarnt.«

»Nein«, sagte Massimo unbeugsam. Er hatte sich geschworen zu reden, wenn es etwas zu sagen gab. »Ich komme aus Sizilien«, fügte er hinzu, als sei das eine Erklärung.

»Wir nicht«, sagte der Junge, und seine Stimme zitterte. Schade um das Bürschchen. Er hatte schon verloren.

»Wie auch immer.« Der Ältere zuckte die Schultern. »Dann musst du die Folgen tragen.«

»Wovon?«, fragte er leise.

»Dass du uns in die Quere gekommen bist, in die Suppe gespuckt hast. Such es dir selber aus! Du weißt, dass es Gesetze gibt, die man nicht bricht.«

Das Schweigen, das zwischen ihnen stand, wurde unerträglich. Aus der Küche verbreitete sich ein köstlicher Geruch nach frischer Pizza mit sonnengereiften Tomaten. Maria hatte die Ofentür geöffnet. Die Zeit lief ab, und Massimo konnte nichts tun. Und dann stand sie in der offenen Tür, die Haare unter ihrer weißen Haube versteckt, die geschlossenen Pizzakartons in der Hand, und lächelte die beiden jungen Männer freundlich an.

»Ihr habt sicher Hunger.« Ihre Wangen waren rot von der Hitze. Doch als sie die Pistole sah, weiteten sich ihre Augen. »Was …?«

Lauf!, dachte er hilflos. Erinnerungen wurden wach. Catania in den Sechzigern, seine Vespa, Maria, das rote Kleid mit den schwarzen Tupfen, ihre hohen Absätze. Sie hatten getanzt. »Lauf!«, schrie er jetzt. Aber es dauerte, bis sie endgültig begriffen hatte. Sie starrte ungläubig von einem zum andern, die dampfenden Kartons fielen ihr aus der Hand.

»Willst du?«, fragte Kain höflich seinen Bruder und deutete auf die Pistole.

»*No*«, sagte der Jüngere geschockt.

»Das wird ihn enttäuschen«, sagte Kain nachdenklich, griff nach der Pistole und schoss Massimo aus kurzer Entfernung in den Oberkörper. Geschockt schlug Maria die Hand vor den Mund. Da schoss Kain ein zweites Mal und traf sie mitten in die Brust. Blut breitete sich auf ihrer weißen Schürze aus. Eine Rose, dachte Massimo im Fallen. Und dann nichts mehr.

3. Leonie hatte den ganzen Morgen Kirschen entkernt und zu Marmelade verkocht, während ihr Vater Leander zum Angeln mitgenommen hatte. Jetzt waren sie endlich ausgehfertig. Leander steckte in einer neuen Windel, einer dreiviertellangen Jeans und einem gestreiften T-Shirt, und Leonie hatte sich nach dem Duschen in Schale geworfen. Ihr langes, braunes Haar fiel locker und frisch gewaschen über ihre Schultern. Sie trug geflochtene Ledersandalen, einen kurzen Leinenrock und eine weiße Bluse. Fast erinnerte sie ihre Kleidung an ihr elegantes Outfit in Rom, wo sie ihre Abende auf der Piazza Navona verbracht hatte, mit Blick auf die abendliche Flanierstunde der Römer.

Sie setzte Leander in den Buggy.

»Auf geht's!«, sagte sie dann und schob den Wagen durchs

Gartentor auf den Gehweg. Weiße Wolken standen am blauen Himmel. Die Vorgärten der Nachbarhäuser lagen im strahlenden Licht des Spätnachmittags. Eine halbe Stunde noch bis zu ihrem Termin. Das reichte, um das Grab ihrer Mutter auf dem Ebershaldenfriedhof zu besuchen.

Als sie das schmiedeeiserne Tor öffnete, umfing sie Stille. Die alten Bäume legten Schatten über die Wege. Langsam schob sie den Wagen den schnurgeraden Hauptweg entlang. Die Grabkappelle, ein Zentralbau, bei dem der Architekt in bester Neorenaissancemanier den Proportionen der Palladianischen Villen nachgeeifert hatte, ließ sie hinter sich. Davor lag der jüdische Friedhof mit dem Denkmal für die Zwangsarbeiter, die sich während des Nationalsozialismus im Lager am Flughafen totmalocht hatten, ein riesiger, liegender Davidsstern. Besucher hatten kleine Steine auf die jüdischen Gräber aus dem 19. Jahrhundert gelegt, deren Inschriften nicht mehr zu erkennen waren. Mit der Zeit würden die Kiesel auf den moosbewachsenen Grabstellen verschwinden. Die Gedenksteine würden weiter verwittern, die Namen der Verstorbenen immer weniger leserlich sein, doch der Platz wäre immer noch da, auch nach Jahrhunderten. Ein jüdischer Friedhof war nicht auflösbar.

»Da«, machte Leander und zeigte auf einen großen Vogel, der zum Himmel flog. Er zog an seiner Mütze und warf sie auf den Boden. Leonie hob sie auf, klopfte sie ab und setzte sie ihm wieder auf den Kopf.

Langsam wanderten sie den Hauptweg hinunter bis zum christlichen Teil des Friedhofs, der in tiefer Ruhe lag. Rechts des Weges befanden sich die Gräber aus der Gründerzeit. Das Grab von Irene Hausmann lag auf der linken Seite im neueren Teil des Friedhofs. Es war immer schön gepflegt. Leonies Vater hatte darauf verzichtet, an der Grabstätte seiner Frau seine botanischen Kenntnisse auszuleben, und es einfach mit ihren

Lieblingsblumen bepflanzt. Jetzt prangte es in allen Farben des Hochsommers. Leonie kam oft hierher. Als sie in Rom war, hatte sie kaum an ihre Familie gedacht, doch heute machte ihr der Verlust umso mehr zu schaffen. Nie würde ihre Mutter Leander kennenlernen und niemals Sebastian erleben, der hinter seiner Aufsässigkeit leidenschaftlich für Gerechtigkeit eintrat. Nie würde sie sehen, wie erstaunlich gut Sybille mit ihrem Leben zurechtkam. Vater trauerte immer noch und würde wahrscheinlich bis zum Ende seines Lebens nicht damit aufhören. Und mir kannst du keinen Rat geben, jetzt, wo mein Leben in Scherben liegt, dachte sie traurig und sammelte ein paar trockene Blätter vom Immergrün. Der weiße Rosenstrauch hinter dem Grabstein blühte in diesem Jahr besonders üppig und duftete gegen ihre Traurigkeit an. Vielleicht war das ja ein Gruß von der anderen Seite.

»Da!«, staunte Leander und streckte seinen Zeigefinger aus.

Guck mal, er hat schon Zähne, dachte Leonie.

4. Alessio rannte. Hals über Kopf lief er den steilen Weg vom Katharinenheim zum Parkplatz der Esslinger Burg hinunter. Er sprintete über den Vorplatz und durch das Tor in der dicken Mauer, bis er im inneren Burghof stand. Einen Moment lang sah er sich um, dem weißblauen Himmel ganz nah. Auf dem Rasen hatten es sich Mütter mit Kinderwägen und Teeniegruppen bequem gemacht. Es war so voll, dass er ständig in Gefahr kam, über ein Kleinkind oder eine leere Bierdose zu stolpern. Fast wie im Schwimmbad. Nur weiter! Was er vorhatte, war zu wichtig, und wenn er begann, darüber nachzudenken, würde er seinen Plan aufgeben. Er setzte sich erneut in Bewegung, an den Bänken vorbei, auf denen die Leute ihren

Feierabend mit Prosecco begossen, bis hin zum Tor im Seilergang, der die Festung nach unten begrenzte.

Darunter lag nur noch der Weinberg, steil, schräg, grün bewachsen. Dann begann die Stadt. Er hörte seinen Atem, sein Herz pumpte. Doch der Weg war nicht frei. Bevor er diagonal zu den hellgrünen Reben die Burgsteige herunterhasten konnte, musste er eine Touristengruppe durchqueren. Er verdrehte die Augen. Ätzend! Lauter ältere Damen in Wanderschuhen und teuren Treckingklamotten. Er drängelte sich durch, was ihm böse Blicke eintrug.

»Dr Galgaschtrick!« Eine fette, grau Ondulierte drohte ihm mit der Hand und schaute auf die Altstadt und die rote Fassade des Alten Rathauses herunter. »Und dabei isch des da so schee.« Sie seufzte tief und zufrieden.

In den Mettinger Arbeiterquartieren bekam man die idyllische Seite der Stadt eher weniger mit. Mit weiten Sprüngen rannte Alessio die Burgsteige hinab. Als er die schäbige Unterführung durchquert hatte und auf dem Marktplatz stand, drehten sich Feuerräder hinter seinen Augenlidern, und seine Seite stach. Luft holen, schnell, und dann weiter! Diagonal, in Vogelfluglinie über den Platz und in die Bahnhofstraße. Einen Moment lang dachte er daran, wie er mit seinen Kumpels bei Saturn vorbeigegangen war, Notebooks und geile Spielerechner gucken, mit denen man die Nacht bei World of Warcraft verfeiern konnte.

Aber das war in einem anderen Leben gewesen. Wenn sie überleben wollten, musste er das Notwendige tun. Ob der andere das Geld überhaupt nehmen würde? Um das zu erfahren, sollte Alessio es erst einmal haben. Er schüttelte alle Zweifel ab und rannte am Eiscafé Torre vorbei die Straße hinunter. So schnell, dass die Glasfassaden der Läden zu bunten Lichterschlieren verschwammen.

Schließlich stand er vor der Filiale der Kreissparkasse und schob sich durch die Drehtür ins schicke, gläserne Foyer. Es war ruhig hier, so ruhig, dass er seine Hände vor Verlegenheit in die Hosentaschen steckte. Nur sein Herzschlag überschlug sich in seinen Ohren. Schweißtropfen rannen ihm den Rücken herunter. Sicher sah man an seinem erhitzten Gesicht, wie schnell er gerannt war. Um nicht aufzufallen, drehte er sich zur Seite und zog sich die Schirmmütze tief ins Gesicht. Es musste kurz vor Ende der Öffnungszeit sein, denn kaum noch Leute standen vor den Schaltern an. Aber von Zeit zu Zeit ging jemand an die Automaten. Unauffällig beobachtete er die Leute. War der Typ mit Surferhose und Emofrisur richtig, der eine Weile brauchte, bis ihm seine Geheimzahl einfiel? Zu stark, dachte er, und mindestens so schnell wie er selbst. Er musste sich ein schwächeres Opfer aussuchen. Die Frau, die zwei Alditüten auf den Boden setzte, um ihre quengelnden Zwillinge im Buggy zu beruhigen, sah müde aus und erinnerte ihn an seine Mutter Laura. Die nicht. Sie hatte sicher Ende des Monats Ebbe im Kühlschrank und fütterte ihre Kinder mit Nudeln pur. Da, der Geschäftsmann im gestreiften Anzug, der wär's doch. Seine Hose spannte sich über dem Bauch, und auf seiner Halbglatze standen Schweißperlen. Er hatte sicher eine Million auf dem Konto. Nein! Er war ein Mitarbeiter, der kein Geld abholte, sondern sich nur am Automaten zu schaffen machte. Danach verschwand er in den Katakomben der Bank. Sorgenvoll blickte sich Alessio um. Hoffentlich hatte der Typ den Automaten nicht abgestellt. Aber nein. Ein grauhaariger Türke mit Mütze und Schnauzer zog Bargeld und zählte es mit seinem schwieligen Daumen nach. Auch nicht der Richtige. Ausländerpack so wie Alessio. Fast fühlte er sich wie Robin Hood, der die Reichen ausnahm und den Armen gab. Nur dass der andere nicht arm war.

Er wollte gerade die Halle verlassen, als die alte Dame eintrat. Alessio wusste sofort, dass sie das ideale Opfer war. Sie hatte einen fiesen, fetten Mops an der Leine, der ihn instinktiv anknurrte. Sei still, Plattgesicht! Ihr Haar war silbergrau und frisch frisiert mit diesem lila Stich, den nur der Friseur hinkriegte. Immerhin passend zum lila Kostüm und der lila Kette. Übergewichtig war sie auch. Sie würde ihn sicher nicht verfolgen. Aber vor allem roch sie aus jeder Pore nach Reichtum. Von ihrer edlen Ledertasche bis zum Mund mit dem leicht verlaufenen rosa Lippenstift stank sie nach Geld. Gelassen machte sie sich am Automaten zu schaffen und zählte sich anschließend die Scheine ins Portemonnaie. Sogar die Fingernägel waren lila lackiert. Viele Scheine. Ob sie reichen würden, wusste Alessio nicht. Aber vielleicht würde der andere sie ja als Anzahlung annehmen.

Die Frau zerrte ihren noch immer wild knurrenden Mops durch die Drehtür. »Ruhig, Mäxle!«, herrschte sie ihn an. Unauffällig folgte er ihr nach draußen.

5.

Leonie stand am Busbahnhof und wartete auf die Linie 109 nach Sulzgries. Nach dem Termin beim Kinderarzt hatte sie noch Staubsaugertüten gekauft und nach Bodys für Leander geschaut, der aus seiner Kleidung mit Lichtgeschwindigkeit herauswuchs. Jetzt war sie einfach nur müde, so müde, dass sie über der Lenkstange des Buggys einschlafen könnte.

Über dem Busbahnhof staute sich die Hitze unter einer dichten Wolkendecke. Schweißtropfen standen auf ihrer Oberlippe. Leonie fühlte sich, als würde sie gleich zerlaufen. Aber Leander wurde nach der Impfung immer unleidlicher und ließ ihr keine Ruhe.

»Arghh«, grollte er aus dem Buggy heraus und warf seine Mütze in den Rinnstein. Mit Engelsgeduld hob Leonie sie auf, schüttelte sie aus und setzte sie ihm wieder auf den Kopf. Dann kramte sie im Netz nach der Teeflasche. Der Bus sollte um 17.22 Uhr fahren, vertaktet mit der S-Bahn aus Stuttgart, die gerade eine ganze Horde Pendler ausgespuckt hatte. Langsam füllte sich der schmale Bussteig. Studenten stellten ihre Rucksäcke ab und kramten ihre Bücher hervor, Bürohengste lüfteten ihre Krawatten, und schicke Sekretärinnen schlüpften kurzzeitig aus ihren High Heels, um ihre geschwollenen Füße zu kühlen. Mit einem schmatzenden Geräusch öffnete ein Schüler eine Coladose und bespritzte die Umstehenden mit Schaum, der entfernt nach Zitronenscheuermilch roch.

Leonie biss sich auf die Lippen. Wie hatte sie sich nur darauf einlassen können, im Feierabendverkehr Bus zu fahren? Und das auch noch mit einem schlechtgelaunten Leander im Buggy!

Im nächsten Schwung Leute, der die Straße bei grün überquerte, befand sich Frau Deringer, Sybilles Vermieterin. Sie trug ein elegantes lila Kostüm und hatte Max dabei, der wie immer zielstrebig an seiner Leine zog.

»Schhh, Mäxle!«, ermahnte sie ihn. Ihr Lippenstift war ein wenig verlaufen und zu blaustichig für ihren Teint. »Ahh, Grüßgott, Fräulein Hausmann. Ganget se gleich zur Bergstraß? Ja, Buebele, bisch du wieder größer gworde?«

»Ich steig im Zentrum aus und bring Brezeln mit.«

»Dann sehe mir uns a weng später. I gang noch kurz nuff uff d'Neckarhalde mit meim Mäxle.«

Freundlich nickten sie einander zu. Frau Deringer hob den Mops auf den Arm und hielt Ausschau nach dem Bus, der eine Minute später einfuhr. Die Türen schwangen auf, und kurzfristig drängten sich die aussteigenden Fahrgäste mit den einsteigenden auf dem Busbahnsteig. Eine Horde Schüler schubste Leonie zur Seite. Bevor sie überlegen konnte, ob sie ein Mehr- oder Einfahrtenticket kaufen sollte, hatten die Kids schon ungeniert ihre Schultaschen als Rammböcke benutzt und zeigten dem Busfahrer ihre Monatskarte. Unschlüssig stand sie auf dem Bussteig herum. Wie sollte sie Leanders Buggy nur zwischen den Leuten hindurchbugsieren?

»Schteiget Se hinte oi!«, fuhr sie der Busfahrer auf Türkschwäbisch an. »I mach uff!«

Gehorsam schob sie den Wagen zum hinteren Eingang, dessen Tür zur Seite glitt, und drehte sich, um ihn in den Bus hineinzuziehen.

»Warten Sie, ich helfe Ihnen!«, sagte ein Junge höflich und griff nach der unteren Stange.

»Da!«, machte Leander und schaute ihm fasziniert dabei zu. Leonie hievte den Wagen hoch, während der Junge von hinten nachschob. Der Bus war so voll, dass die Leute sich im Gang auf die Füße traten.

»Ich muss noch eine Fahrkarte kaufen«, sagte sie.

Der Junge nickte ihr zu und griff nach der Lenkstange. Sie drängte sich nach vorne durch und kaufte eine Mehrfahrtenkarte. Schließlich sollte sie ja auch noch irgendwie nach Oberesslingen zurückkommen.

»Danke«, sagte sie und ließ sich erleichtert auf den Notsitz am hinteren Ausgang fallen, wo sich auch ein freier Platz für Kinderwägen befand.

Der Junge setzte sich neben sie und schaute sie aus dunklen Augen an. Bacchus, dachte sie fasziniert. Er sah genauso aus wie der jugendliche Gott auf Caravaggios berühmtem Bild, der sich, bekränzt von Weinblättern und leicht angetrunken, an einer reich mit Früchten und Wein gedeckten Tafel verlustierte.

»Gern geschehen«, sagte er und tippte sich an die verkehrt

herum aufgesetzte Mütze. Als der Bus startete, stellte Leonie die Bremse am Buggy fest. Verstohlen musterte sie den Jungen neben sich von der Seite. Seine dunklen Locken wurden durch die Mütze zurückgehalten. Am Haaransatz glitzerten Schweißperlen. Seine Lippen waren voll, und unter dem T-Shirt zeichneten sich kräftige Armmuskeln ab. Ein barocker Gott, vielleicht auch ein Engel, der Adam und Eva mit dem Schwert vom Eingang des Paradieses vertrieb. Unwillkürlich dachte Leonie an den homoerotischen Impetus des Bildes, das Michelangelo Merisi, alias Caravaggio, für Kardinal del Monte gemalt hatte, auf dessen Festen sich junge Männer als Frauen kostümierten. Der Bus hielt so unsanft an der Ampel neben der Schelztorhalle, dass sie beinahe vom Sitz gerutscht wäre.

»Bist du Italiener?« Fast hätte sie sich auf die Lippe gebissen, so unverschämt kam ihr die Frage vor. Leander begann, in seinem Buggy ungeduldig auf und ab zu schaukeln.

»Sieht man das?«, fragte er verwundert. Er sprach akzentfrei deutsch.

»Natürlich nicht, aber ich dachte an ein berühmtes Bild eines italienischen Malers. Du ähnelst der Figur darauf, dem Gott des Weines.«

»Geil«, sagte er. »Kenne ich den?«

In diesem Augenblick steigerte sich Leanders genervtes Gequengel zu lautem Protestgeschrei. Er warf Leonie die Teeflasche vor die Füße und bäumte sich auf, als sie ihm seinen Schnuller in den Mund stecken wollte. Ihre Versuche, das Kind zu beruhigen, wurden von den umstehenden Fahrgästen mit missbilligenden Blicken begleitet. Als sie die Flasche aufgehoben und im Netz verstaut hatte, nahm sie Leander auf den Schoß. Der Bus bog in die Abzweigung an der Frauenkirche ein und fuhr quälend langsam durch die engen Kurven in der Beutau. Im Gang drängten sich die Fahrgäste, und es wurde immer heißer. Ihre Bluse klebte ihr am Körper und Leanders Geschrei steigerte sich zu einem durchdringenden Crescendo.

»Könnet se koi Auto fahre?«, fragte eine ältere Dame mitfühlend.

»Was? … Doch!«

Aber Vater hatte sich mit dem klapprigen, familieneigenen Volvo zu seinem Stammtisch aufgemacht, und Leonie hatte unbedingt ihre Unabhängigkeit beweisen müssen, indem sie öffentlich fuhr. Etwas unsanft versuchte sie ein zweites Mal, Leander den Schnuller in den Mund zu schieben. Aber er spuckte das Ding in hohem Bogen auf den Gang, wo es gemächlich unter den nächsten Sitz rollte.

»*Porca miseria*«, sagte der Junge und streckte die Hände aus. »Ich halte den Quälgeist. Dann können Sie den Schnuller suchen.«

Leonie reichte ihren Sohn nach nebenan, und siehe an, er war auf einen Schlag still. Wahrscheinlich vor Schreck. Sie bückte sich und kroch unter den vor ihr liegenden Sitz. Hier unten, begraben unter weggeworfenen Tempos und ausgespuckten Kaugummis, lag der Schnuller. Als sie ihn hervorzog, klebten Haare am Silikon. Sie würde ihn auskochen müssen. Resigniert schob sie ihn in ihre Rocktasche und setzte sich wieder. Der Bus hielt an der Sulzgrieser Steige. Mehrere Berufstätige drängten sich durch die Menge und stiegen sichtlich erleichtert aus. Der Himmel hatte sich bezogen. Ein Blitz wetterleuchtete im Westen. Leander packte jetzt die Neugier. Er streckte seine Beinchen aus, stemmte sich auf die Oberschenkel des Jungen und stellte sich auf die Zehenspitzen, um nach dessen Mütze zu grapschen. Seine schlechte Laune war wie fortgespült.

»Da!«, sagte er und riss ihm mit der einen Hand die Mütze vom Kopf, während die andere schon an seinen Locken zog.

»Nicht!« Unwillkürlich musste Leonie lachen.

»Wie heißt er denn?«, fragte der Junge und löste die kleinen Fäuste aus seinen Haaren.

»Leander.«

»Leandro. Er könnte mein Bruder sein.«

Leonie schaute genauer hin. Tatsächlich. Beide hatten die gleichen schwarzen Locken und dunklen Augen. Bacchus und ein mutwilliger kleiner Amor, dachte sie unwillkürlich. Caravaggio hätte das Motiv sicher gefallen.

Der Bus schraubte sich die Serpentinen nach Sulzgries hoch. Von der Höhe aus öffnete sich grandios der Blick bis zur Schwäbischen Alb, über der der Himmel noch immer babyblau leuchtete. Leonie packte Leander in den Buggy und stieg mit ihm am Einkaufszentrum aus. »Ciao«, sagte sie und winkte dem fremden Jungen vom Gehsteig aus noch einmal zu. Schade, dachte sie. Sie hatte ihn noch nicht einmal nach seinem Namen gefragt.

6. »Ihr seht aus wie …« Sybille schaute auf sie herab. »Um es mit deinen Worten zu sagen … eine Raffaelmadonna mit Kind.«

Leonie lachte. »Nur dass der Granatapfel fehlt und das Jesuskind wahrscheinlich nie die Windeln voll hatte.«

Leander war auf ihren Armen eingeschlafen. Vorsichtig legte Leonie ihn auf Sibylles Bett ab. Wie hingegossen lag er auf der selbstgenähten Tagesdecke mit Patchworkmuster und schnarchte leise. Leonie setzte sich wieder ans Fenster von Sybilles Dachstudio. Dahinter war der Himmel ein Meer von Grau. Über Nellingen biss sich ein Blitz in die bleifarbenen Wolken.

Die Dachwohnung in Frau Deringers Einfamilienhaus auf den Höhen von Esslingen war mit hellem Holz verkleidet und hatte gemütliche Schrägen. Das Fenster, unter dem Leonie saß, öffnete sich zum Neckartal und bot einen Blick bis zur Filderebene. Geschickt hatte Sybille neue und alte Möbel miteinander kombiniert und konnte es dabei mit jeder Raumdesignerin aufnehmen. Nach Großmutters Tod hatte sie ihr altes Küchenbüfett abgeschliffen und zum Wohnzimmerschrank umfunktioniert. Auf dem massiven Eichenschreibtisch, den sie von Uropa Heinz geerbt hatte, türmten sich die Hefte mit den letzten Aufsätzen vor den Sommerferien. Aber das blaue Ledersofa unter der Dachschräge hatte ein Vermögen gekostet.

»Möchtest du dich zu Leander legen?«, fragte Sybille, die gerade mit einer dampfenden Kanne Rotbuschtee hereinkam. Sie setzte sie auf ein brennendes Stövchen und zündete auf dem Beistelltisch eine Kerze an. Wie schnell sich die Prioritäten änderten. Noch vor einer halben Stunde wäre Leonie mehr nach Eiskaffee zumute gewesen. Jetzt fröstelte sie in ihrer verschwitzten Bluse. »Nein danke. Aber hättest du vielleicht eine Decke?«

»Wo hast du die Brezeln? Im Netz am Buggy?«

Leonie nickte und überließ sich der wohligen Schwere, die in ihr aufgestiegen war. Müde, so müde. Sie schloss die Augen, wickelte sich in die warme Fliesdecke, die Sybille ihr gegeben hatte, und dämmerte weg. Als sie erwachte, zogen sich blaue Streifen durchs Wolkenmeer. Träge stand sie auf, streckte sich und schaute nach Leander, der auf Sybilles Bett lag und mit den Beinen strampelte. »Hallo«, sagte sie träge und hob ihn an ihre Schulter.

»Mam.« Er griff zielbewusst nach ihrer Nase.

Sybille, die zwischendurch an ihren Aufsatzkorrekturen gearbeitet hatte, legte den Kugelschreiber beiseite. »Ihr habt fast eine Stunde geschlafen.« Sie schüttelte den Kopf und klappte das Heft zu, das sie gerade gelesen hatte. »Gedichtinterpretation, 9. Klasse. Was die für einen Mist schreiben. Leander, komm zu mir!«

Leonie setzte ihn auf den Boden, und er krabbelte behände auf seine Tante zu, die ihn auf den Schoß hob. Leander und die Aufsatzhefte. Ob das so eine gute Idee war? Leonie holte sich eine Brezel, biss hinein und brach ein Stück für den Kleinen ab.

»Hast du dich eigentlich in Stuttgart beworben oder nicht?« Mit einer Hand hielt Sybille ihren Neffen davon ab, in Richtung Schreibtisch zu grapschen. Mit der anderen ordnete sie die Hefte zu einem rechtwinkligen Stapel, vom hellblonden Bob bis zu den Spitzen ihrer rosa Puschelsandalen perfekt.

»Ja«, brummte Leonie widerwillig. »Und ich hab nächsten Montag ein Vorstellungsgespräch.«

Sybilles Drehstuhl drehte sich rasant nach vorn. »Aber das ist ja toll.«

»Sie suchen am Institut für Kunstgeschichte eine Assistenz für ein Projekt über italienische Kunst des Barock.«

»Und deine Promotion könntest du da auch beenden?«

Leonie nickte widerwillig. »Aber ganz so einfach ist das nicht. Die Stelle geht ab dem 1. September, zwanzig Stunden die Woche, so dass ich für Leander einen Krippenplatz brauche.« Es zerriss ihr fast das Herz, auch nur darüber nachzudenken, ihn tagsüber so lange allein zu lassen.

»Trotzdem, du solltest es wagen! Hast du etwas zum Anziehen? Und zum Friseur musst du auch noch!«

»Immer langsam«, sagte Leonie und goss Rotbuschtee in zwei Becher. »Sei nicht so unentschlossen!«, sagte Sybille. »Das ist deine Gelegenheit. Meinetwegen bleib halt bei Papa wohnen. Dann können wir drei ja Leander immer mal übernehmen. Und Tante Gundel macht den Rest.«

Leonie schüttelte den Kopf. »Nein, ich brauche eine regelmäßige Betreuung, weil ich vielleicht auch abends Seminare geben muss.«

»Trotzdem, Leonie. Du solltest deine Begabung nicht verschleudern. Das kommt wie gerufen.«

Sie seufzte. Natürlich hatte Sybille recht, aber eigentlich war sie noch nicht so weit. Alle beide waren sie noch nicht so weit. In diesem Moment klingelte das Telefon.

»Oh, hoffentlich nicht einer meiner Schüler, oder – noch schlimmer – ein aufgebrachtes Elternteil.« Sybille stand auf, drückte Leonie ihren Sohn auf den Schoß und verließ das Zimmer. Im Nebenraum war es lange still.

Dann sagte Sybille mit ernster Stimme. »Ja, natürlich. Ich komme sofort.«

Oje, das klang nach einem Notfall. Ein paar Sekunden später stand ihre Schwester in der Tür, weiß im Gesicht, das Telefon in der Hand.

»Das war Frau Deringer.« Ihre Augen flackerten. »Sie ist überfallen und ins Klinikum eingeliefert worden. Sie klang ziemlich aufgelöst.«

»Was?«

»Ich muss zu ihr und ein paar Toilettensachen und Kleider zum Wechseln mitbringen. Bei der Gelegenheit kann ich dich gleich nach Hause fahren.«

»Aber wo ist das denn passiert? Ich hab sie doch im Bus noch gesehen.«

»Auf der Neckarhalde, in den Obstwiesen.«

Eine knappe halbe Stunde später saßen die Schwestern im Foyer der Klinik und warteten, dass Sybilles Vermieterin aus der zentralen Notaufnahme auf die chirurgische Station verlegt werden würde. Leonie hatte Leander bei Sebastian abgegeben, der sich mit ihm vor den Fernseher gelümmelt hatte. Noch immer konnte sie kaum glauben, was der freundlichen und immer bemühten Frau Deringer zugestoßen war. Die Normalität des Nachmittags war nichts als eine Illusion gewesen, die in Gewalt und Verletzung geendet hatte.

Nachdem das Gewitter in Richtung Schwäbische Alb abgezogen war, lag das Foyer der Klinik lichtdurchflutet in der Abendsonne. Neben der Warteecke mit ihren rostfarbenen Sesseln befand sich die automatische Drehtür. Patienten im Jogginganzug strebten, ihren Infusionsständer hinter sich herziehend, nach draußen, um auf dem Vorplatz ihre Nikotinsucht zu pflegen. Plötzlich spülte die Tür zwei kleine, blonde Kinder nach innen, die sich in der Halle verdutzt umsahen. Als der Vater sich mit einem riesigen Rosenstrauß durch den Drehmechanismus gekämpft hatte, waren die beiden schon zur Cafeteria gerannt und begutachteten den Zeitschriftenständer.

»Lukas, Mia! Ihr wollt doch das Baby sehen«, scheuchte er sie in Richtung der Aufzüge zur Geburtenstation. Leonie verdrehte die Augen. Jetzt hatten die stolzen Eltern drei Flöhe zu hüten, wobei das Kleinste wahrscheinlich Simon oder Emma hieß. Sie hatte ihren Sohn ebenfalls im Esslinger Klinikum zur Welt gebracht. Alles war so glatt verlaufen, dass ihr der Professor danach prophezeit hatte, mit ihrem gebärfreudigen Becken könnte sie locker noch sechs weitere Kinder bekommen. Noch heute lief es ihr ganz kalt über den Rücken, wenn sie daran dachte. Fest nahm sie sich vor, das Vorstellungsgespräch am Montag nicht ausfallen zu lassen, koste es, was es wolle.

In diesem Moment glitt die automatische Tür der Notaufnahme nach außen auf. Eine Krankenschwester schob Frau

Deringer im Rollstuhl hindurch und steuerte zielbewusst auf die Aufzüge zu. Leonie und Sybille erhoben sich.

»Frau Deringer, wir sind hier«, rief Sybille und winkte.

Müde hob die alte Dame ihre linke Hand, an der noch immer der lila Nagellack glitzerte. Der rechte Arm steckte vom Oberarm bis zum Handgelenk in einer Art Schiene. Sie trug ein gemustertes OP-Hemd. Eine Infusionsflasche lag in ihrem Schoß.

»Gut, dass Sie da sin, Fräulein Sybille. Und das Fräulein Leonie auch. Das wär aber net nötig gwea.«

»Frau Deringer«, sagte die Krankenschwester. »Wir sollten jetzt auf Station fahren. Ihr Arm ist gebrochen, und Ihr Blutdruck ist viel zu hoch. Sie müssen sich dringend ausruhen.«

»Aber die zwoi bringet mir doch mei Sach!«, protestierte die alte Dame.

»Dann kommen Sie eben mit!« Die Schwester drückte auf den Aufzugknopf.

»Halt!«, rief es aus Richtung der Drehtür. Ein älterer Mann mit einem weißgrauen Bürstenhaarschnitt näherte sich mit großen Schritten. »Sind Sie Frau Deringer? Mein Name ist Fritz Keller, Hauptkommissar von der Polizeidirektion Esslingen. Ich hätte einige Fragen an Sie.«

»Nein!«, sagte die Schwester genervt. »Wenn wir nicht endlich in Ruhe auf Station fahren können, lasse ich Sie alle drei rauswerfen.«

Der Aufzug kam, und sie schob den Rollstuhl hinein. Leonie und Sybille folgten ihr.

»Also gut«, sagte der Kommissar. »Dann fahre ich eben auch mit.« Er sprang so flink hinterher, dass man ihm sein Alter gar nicht anmerkte. Schweigend fuhren sie in den ersten Stock, durchquerten ein paar Flure und erreichten schließlich das Krankenzimmer. Auf dem Bett an der Tür saß eine grauhaarige Dame im Jogginganzug und aß ihr Abendbrot. Als die Karawane hereinkam, schaute sie interessiert auf.

»Ein Bett am Fenschter«, sagte Frau Deringer erleichtert und schaffte es, ohne Hilfe aus dem Rollstuhl auf die Bettkante zu steigen. Ahornzweige nickten an die Scheibe. Auf dem Nachttisch stand ein abgedecktes Abendessentablett. Einen Moment später lag sie unter der Bettdecke, die Leonie ihr über die Beine breitete. Sybille stellte Zahnbürste und Duschgel in das kleine Bad und räumte den Schrank mit den notwendigen Kleidern ein. Morgenmantel, Pantoffeln und ein sauberes Nachthemd legte sie am Bett zurecht. Nur der Kommissar hatte keine Zeit mitgebracht. Er stand an der Wand und trommelte mit seinen Fingern ungeduldig auf die Fensterbank.

»Es tut mir leid, Frau Deringer«, sagte er. »Aber Sie müssen sich noch einen Moment lang konzentrieren, so dass ich Ihre Aussage aufnehmen kann. Wie ist der Überfall denn abgelaufen?«

Leonie sah, wie sich die alte Dame zusammennahm, und wünschte den Kommissar zum Teufel. »I, nun, I bin mit moim Mäxle …« Suchend sah sie sich um. »Ja, wo isch er denn überhaupt?«

»Keine Sorge«, sagte die Schwester und hängte die Infusion an einen mitgebrachten Ständer. »Dem geht's gut. Er sitzt unten am Empfang hinter der Theke.«

»Nun, I bin mit meinem Mäxle, einem Mops, wissen Se, in den Obschtwiesen uf dr Neckarhalde spaziere gange. Ond da überholt mich so ein junger Moa. I dacht erscht, des isch an Jogger. Aber wie er sich umdreht, da seh I, dass er oine Maske trägt, wie oin Aff, a Schimpanse, glaub I.«

Der Kommissar schrieb eifrig auf seinem Block mit. »Sein Gesicht haben Sie also nicht sehen können?«

»Noi, sag I doch, der war maskiert.«

»Und wie war er sonst gekleidet?«

»Koi Ahnung. Was moinet Se, wie mir dr Schreck in d'Glieder gfahre isch bei dem Ablick.« Leonie nickte. Das konnte sie sich vorstellen.

»Ond dann hat er an meiner Handtasch zoge und I han se feschtghalte, und es ging na ond num…« Ein Grinsen machte sich auf ihrem Gesicht breit, und Leonie konnte sich plötzlich vorstellen, wie sie vor fünfzig Jahren ausgesehen hatte. »I han net so schnell uffgebe. Des het der net erwartet ghätt, dass an alts Weib wie I so kämpft. Ond dass dr Mops ihn in d'Wade zwickt.«

»Aber schließlich hat er es doch geschafft, der Schimpanse«, sagte der Kommissar. »Und Sie sind dabei gestürzt.«

Die alte Frau nickte. »Ond han mir mein Arm broche. An komplizierter Bruch am Elleboga. Ond morge werd I opriert. Nur schad isch, dass I so viel Geld dabei ghätt han. Fünfhundert Euro für mein neie PC.«

Der Kommissar nickte und runzelte die Stirn unter seiner grauen Bürstenfrisur. »Und das Geld hatten Sie gerad erst abgeholt?«

»Von der Kreissparkass, jawohl.«

»Und könnte der Täter Sie dabei beobachtet haben?«

Frau Deringers Augen wurden groß. Leonie hob den Deckel vom Tablett. Der blutrote Tee darunter dampfte nicht mehr, und die Wurstplatte sah schon etwas mitgenommen aus. »Möchten Sie einen Früchtetee, Frau Deringer?«

Der Kommissar schaute Leonie missbilligend an.

»Ja, gern«, sagte diese und ließ sich von Leonie die Tasse rüberreichen. Sie trank einen Schluck. Sybille hatte sich auf einen Besucherstuhl an der Wand gesetzt.

»Des tut gut.«

»Und könnte es sein, dass Ihnen der Täter von der Stadt aus

auf die Neckarhalde gefolgt ist?« Leonie schaute auf. Das bedeutete, dass er mit ihnen im gleichen Bus gewesen sein musste.

»I woiß net«, sagte Frau Deringer. »Darauf han I net geachtet. Aber das Fräulein Hausmann hier war mit mir im Bus, mit ihrem Kleinen. Fraget Se doch sie!«

Der Kommissar wandte sich zu Leonie um und schaute sie nachdenklich an. Seine Augen waren leuchtend blau und von einem Kranz aus Falten umgeben. »Ist Ihnen etwas aufgefallen?«

Sie dachte kurz nach. »Nein«, sagte sie dann. »Der Bus war gedrängt voll, so voll, dass sich die Leute noch im Gang auf die Füße traten.«

»Und was für Leute fuhren mit Ihnen?«

»Pendler, Schüler, Studenten ... es war der Bus um 17.22 Uhr, Rushhour.«

»Also ein lebendiger Querschnitt durch unsere Gesellschaft.«

»Aber verdächtig ...« Sie überlegte kurz. »War eigentlich niemand. Ich hab aber auch nicht so genau hingeschaut.«

»Das ist ja nicht sehr viel, was Sie beide beizutragen haben«, resümierte der Kommissar.

»Was erwarten Sie eigentlich?«, fuhr ihn Sybille von ihrem Beobachtungsplatz aus an. »Frau Deringer steht unter Schock, und meine Schwester war mit ihrem Baby beschäftigt. Warum sollte man da die Leute im Bus beobachten?«

Manchmal wunderte sich Leonie über Sybilles heftige Reaktionen der Polizei gegenüber, die wahrscheinlich auf ihre einzige Schwäche zurückzuführen waren. Wenn man wie Sybille sein Auto außer auf dem Schulparkplatz mit Vorliebe im Halteverbot abstellte, geriet man schon einmal in Konflikt mit den Gesetzeshütern.

Der Mund des Kommissars verzog sich zu einem halben

Grinsen. »Nichts für ungut, meine Damen. Das ging hier nur um einen ersten Eindruck. Ich lasse Sie jetzt in Ruhe. Aber morgen werden Sie wohl wieder mit mir rechnen müssen, Frau Deringer.« Er grüßte, indem er die Hand an die Stirn hob. »Und Sie, Frau –?«

»Hausmann«, sagte Leonie.

»Kommen Sie bitte morgen früh in die Polizeidirektion, damit ich Ihre Aussage aufnehmen kann!«

7.

Als das Telefon klingelte, war Sabine Marian gerade dabei, ihre Aufzeichnungen über die Aktivitäten zu Stuttgart 21 zu sortieren. »Baumbesetzer im Stuttgarter Schlossgarten«, lautete der Titel ihrer Reportage in der nächsten Ausgabe. Verflixter Mist auch, dass ihre Sekretärin nur halbtags arbeitete. Fluchend schaufelte sie sich durch die Berge von Büchern, Zeitschriften und Notizen auf ihrem Schreibtisch und fand ihr Handy schließlich unter der Stuttgarter Zeitung von gestern.

»Schwabenspiegel«, sagte sie.

»Spreche ich mit Frau Marian?« Die Stimme der Frau war leise, zurückgenommen, als würde sie sich belauscht fühlen. Ein kaum hörbarer Akzent schwang in ihren Worten mit.

»Das tun Sie. Und mit wem spreche ich?«, fragte sie so höflich wie möglich.

»Ich kann Ihnen meinen Namen leider nicht sagen«, gab die Fremde zurück. »Aber meine Nachricht könnte wichtig für Sie sein.«

Ein anonymer Anruf brachte Ärger mit sich. Das war so sicher wie das Amen in der Kirche. Sabine Marian pustete sich eine blonde Haarsträhne aus der Stirn und war plötzlich versucht, das Telefon unverrichteter Dinge in die Ecke zu pfeffern.

Doch dann siegte die Neugier, die die beste oder aber die tödlichste Eigenschaft ihres Berufsstands war.

»Um was geht es denn?«

»Haben Sie von den Morden an Massimo und Maria Girolamo gehört?«

Massimo! Sie schnappte nach Luft und fühlte sich, als hätte ihr plötzlich jemand einen Eimer kaltes Wasser über den Kopf geschüttet. »Was wissen Sie darüber?«, fragte sie und hörte selbst, wie gepresst ihre Stimme klang. Indem sie ihre leere Kaffeetasse fixierte, schaffte sie es geradeso, die Tränen wegzublinzeln.

»Warten Sie! Ich bin hier nicht allein.«

Im Hintergrund hörte Sabine Marian eine Gruppe Menschen reden, Stimmen und Schritte, die lauter wurden, hallender, und sich dann verloren, als befänden sie sich in einem langen Flur.

»Besser?«, fragte sie.

»Ja.«

»Wissen Sie, warum Massimo und Maria sterben mussten?«, fragte Sabine Marian weiter.

Es gab eine kurze Pause. »Das müsste Ihnen doch sonnenklar sein«, sagte die Frau leise. Sabine spürte, wie ihr Magen revoltierte. Genau diese Worte wollte sie absolut nicht hören. »Keine Schutzgelderpressung?«, fragte sie und ärgerte sich, dass ihre Stimme so kläglich, so stark nach Schuldgefühlen klang.

»Wenn jeder, der mit der Geldübergabe und sonstigen Sachen rumzickt, gleich erschossen würde, hätten sie viel zu tun«, sagte die Frau am anderen Ende der Leitung spöttisch.

»Woher wissen Sie diese Dinge alle? Sind Sie eine Insiderin?«

»Vielleicht«, sagte die Frau nach kurzem Zögern. »Aber was

ich Ihnen verraten kann, ist brisanter als alles, was Sie selbst recherchieren könnten.«

Sabine Marian spürte, wie sie ungeduldig wurde. »Und was ist das?«

»Der Name des Mörders.« Die Stimme am anderen Ende der Leitung war so brüchig wie ein getrockneter Schilfhalm.

»Sind Sie sich sicher?«

»Wenn ich ein Wort zu viel sage, bin ich tot. Deshalb gebe ich Ihnen nur einen Namen. Und jetzt hören Sie gut zu …«

8. Leonie erwachte, weil ihr jemand die Decke wegzog. Schlaftrunken richtete sie sich auf und schaute in die Augen von Max, dem Mops. Zwischen den Zähnen hatte er ihr Sommerbett und zog es noch ein Stück tiefer, bis sie nur noch in Shorts und T-Shirt auf dem Laken lag und erbärmlich zu frieren begann. Verdammt! Das hatte sie ja ganz vergessen. Als die Schwestern gestern Abend das Krankenhaus verlassen wollten, war ihnen der freundliche Mitarbeiter am Empfang hinterhergesprintet und hatte sie eingeholt, bevor sie die Drehtür durchschreiten konnten.

»Was mache ich denn jetzt mit dem Hund?«, hatte er gefragt. Irgendwie flehentlich. Sie hatten sich sprachlos angeschaut.

»Der Wolfi …«, versuchte es Leonie.

»Ist in Karlsruhe«, vollendete Sybille. Frau Deringers erwachsener Sohn hatte dort vor drei Wochen seine neue Stelle als Mitarbeiter einer Versicherung angetreten.

»Dann muss ich das Tierheim anrufen. Oder könnten Sie nicht vielleicht…?« Die Augen des Portiers richteten sich hoffnungsvoll auf Sybille. Die Drehtür drehte sich und spuckte eine Handvoll Krankenschwestern und Pfleger nach innen, von denen ein kräftiger Geruch nach Zigarettenrauch ausging.

»Ich?« Sybille riss die Augen auf und schlug die Hand vor die Brust. »Ich habe noch drei Wochen Schule. Aber vielleicht kannst du ihn ja in Pflege nehmen, Leonie. Du bist doch sowieso zu Hause. Und Papa und Basti könnten dir helfen.«

»Ich habe überhaupt keine Erfahrung mit Hunden«, sagte Leonie zweifelnd. Außerdem hatte Max sie bei jeder bisherigen Begegnung angeknurrt, so wie er es mit jedem machte, der ihn auch nur ansah. Der Portier kam zurück und brachte den Mops an der Leine mit. Noch war er brav. »Bitte!«, sagte er und drückte ihr die Leine in die Hand. »Machen Sie mit ihm, was Sie wollen!« Der Mops hatte sich auf sein fettes Hinterteil gesetzt, die merkwürdigen dünnen Beine daneben abgestellt und seinen Kopf schief gelegt. Da hatte sie nicht mehr Nein sagen können.

Und da war er nun, hielt die Bettdecke zwischen den Zähnen fest und schaute sie aus seinen dunklen Augen an. Mit seiner platten Nase war er ein Inbegriff von Hässlichkeit, wie ein fetter chinesischer Koch. Tatsächlich! Er hatte sogar am Hals Speckrollen wie Schweineschwarten. Geknurrt hatte er seither allerdings nicht mehr, gebellt auch nicht. Wahrscheinlich wusste er, dass es diesmal ums Ganze ging.

Leonie setzte sich auf die Bettkante, ließ die Beine baumeln und fixierte den Mops.

»Hör mir gut zu, Max!«, sagte sie ernst. »Das hier klappt nur, wenn wir uns beide Mühe geben. Geknurrt wird nicht mehr, dafür aber aufs Wort gehorcht. Und das da …« Sie deutete auf Leander, der sich an seinen Gitterstäben aufgerichtet hatte und den Hund sprachlos anstarrte. »Ist Leander. Der ist klein. Den kannst du beschützen. Das musst du sogar, wenn du es dir mit mir nicht verderben willst.«

Sie hatte keine Ahnung, was Max jetzt brauchte. Hundefutter und Wasser wahrscheinlich, oder vielleicht eine Runde Gassi gehen, zu der sie ihren Vater verdonnern konnte. Sie schwang ihre Beine aus dem Bett, schnappte sich Leander und holte ihn zu sich ins Bett. »Eins musst du dir merken. Der da ist immer zuerst dran.«

Eine Stunde später stand sie auf der Agnesbrücke vor der Esslinger Polizeidirektion. Ihr Vater hatte Max, den Mops, mit stoischem Gleichmut übernommen und den unternehmungslustigen Leander in den Buggy gesetzt. Dann war er mit beiden nach draußen gegangen, Hundefutter kaufen und sonstige Geschäfte erledigen. Währenddessen wischte ihre türkische Putzfrau Emine kopfschüttelnd die Küche, die noch von der gestrigen Kirschmarmeladeaktion in keinem guten Zustand war.

Es war gerade neun Uhr. Nach dem Gewitter spannte sich wieder ein klarer blauer Himmel über der Stadt, vor dem sich die beiden sandsteinfarbenen Türme von St. Dionys abhoben. Auf dem Neckarkanal fuhr gerade eine Gruppe Touristen vorbei, die ihr begeistert zuwinkten.

»Juhu!«, schrien die unternehmungslustigen Herren im grauen Anzug und lockerten ihre Krawatten über den weißen Hemden. Sicher eine Gruppe Manager von Daimler bei einer Erlebnistour. Leonie schüttelte den Kopf und konnte ihre gute Laune zumindest an diesem Morgen nicht teilen. Manchmal glich die Stadt, deren Weihnachtsmarkt in ganz Deutschland bekannt war, jetzt auch im Sommer einem Taubenschlag. Der Gruppenleiter steuerte den Kanadier sicher über die kleine Staustufe, und die Gäste jubelten begeistert. *Willkommen in Fun City*, dachte Leonie düster. Der Reiher, der wie immer auf der kleinen Insel auf seine Beute wartete, breitete majestätisch seine Flügel aus und flog davon.

Sie überquerte die Straße und stand einen Moment später im Vorraum der Polizeidirektion. Die Tür nach innen war verriegelt und gab den Blick auf ein neonbeleuchtetes Foyer frei.

»Ich habe einen Termin bei Hauptkommissar Fritz Keller«, teilte Leonie der Dame an der Sprechanlage mit. Sie kannte das Gebäude eigentlich nur durch das öffentliche Parkhaus, das sich im Keller befand und einen guten Ausgangspunkt für sämtliche Einkäufe in der Innenstadt bot. Schon hier im Vorraum fühlte sie sich wie eine Delinquentin, die man gleich abführen und festnehmen würde. Was für ein Unsinn! Leonie konzentrierte sich auf ihre Aussage. Hatte sie im Bus irgendetwas Verwertbares wahrgenommen? Sie dachte nach und schüttelte dann den Kopf. Was sie dem wissensdurstigen Kriminalpolizisten mitteilen konnte, war verdammt mager. Nach guten fünf Minuten Wartezeit holte sie eine junge Frau in Zivil ab.

»Ich habe eine Aussage zu dem Handtaschenraub von gestern zu machen«, sagte sie.

Die Polizistin lächelte sie ermunternd an. »Da wird sich Herr Keller aber freuen. Soweit ich weiß, gibt es noch kaum Spuren.«

Sie führte Leonie in den ersten Stock. Das Büro von Hauptkommissar Keller lag zur Ringstraße hinaus, über der sich grün und malerisch die Weinberge erhoben.

»Ja, grüß Gott, Frau Hausmann. Der frühe Vogel fängt den Wurm.« Keller stand auf und begrüßte sie per Handschlag.

»Sonst arbeiten wir hier zu zweit«, erklärte Keller. »Mein junger Kollege hat aber heute frei. Überstunden abfeiern.«

Zwei Schreibtische standen Rücken an Rücken. Kellers Arbeitsplatz war peinlich aufgeräumt, der seines Kollegen quoll über von Akten und Papieren, dazwischen lag sogar eine angebrochene Riesenschokolade, Noisette. Keller lächelte entschuldigend, als er ihren Blick bemerkte. »Nun, die jungen Leute …« Er lehnte sich zurück, faltete die Hände über dem Bauch und schaute sie nachdenklich an. »Um bei gestern Abend anzusetzen. Sie sagten ja, dass Ihnen im Bus nichts aufgefallen ist.«

»Er war so überfüllt, dass ich nicht auf die Gesichter geachtet habe. Und mein Sohn Leander war auch dabei. Er ist elf Monate alt.«

»Ganz klar. Der hält Sie auf Trab. Und der Täter hatte seine Schimpansenmaske ja auch nicht auf, an der Sie ihn hätten erkennen können.«

Leonie starrte ihn verunsichert an. Machte er sich über sie lustig?

»Es könnte fast jeder gewesen sein«, rechtfertigte sie sich. »Nun ja, vielleicht kann ich die Sekretärinnen in den High Heels ausschließen.«

»Und überhaupt jede Frau im Bus«, sagte Kommissar Keller. »Frau Deringer sprach von einem Mann.«

»Kinder gab es auch jede Menge«, ergänzte sie. »Ganze Horden von Schülern. Die überfallen sicher keine alten Damen.«

»Wobei man sich niemals sicher sein kann.« Der Kommissar stand auf und griff nach einer Flasche Mineralwasser und zwei Gläsern, die umgedreht auf einem Tablett standen. »Möchten Sie auch? Es wird wieder ein heißer Tag.«

Als Leonie nickte, füllte er ein Glas und stellte es vor sie auf den Schreibtisch. Sie bedankte sich und begann, durstig zu trinken.

»Dass der Täter auch in der Größe einem Schimpansen geähnelt hat, hat Frau Deringer nicht gerade behauptet«, sagte der Kommissar.

»Frau Deringer kann sich an überhaupt nichts erinnern«, verbesserte ihn Leonie. Jetzt war sie sicher, dass er sich einen Spaß daraus machte, sie vorzuführen.

»An nichts Relevantes, genau wie Sie.« Der Kommissar schaute sie nachdenklich an. »Aber vielleicht haben Sie ja einen Bekannten gesehen, der als Zeuge in Frage kommt. Wir setzen die Anfrage noch in die Zeitung. Für gewöhnlich melden sich auf solche Aufrufe kaum Leute. Die haben Angst, es mit der Polizei zu tun zu bekommen.«

Plötzlich musste Leonie an den Jungen denken. Caravaggios Jungen, der ihr geholfen hatte, Leander zu hüten. Der war der Einzige, der ihr aufgefallen war. Oder doch nicht?

»Nun.« Sie räusperte sich. »Neben mir im Gang stand ein Geschäftsmann im Leinensakko. Vielleicht würde ich ihn wiedererkennen. Und auf dem Platz für Gehbehinderte saß eine ältere Frau mit Dauerwelle, die mich gefragt hat, ob ich kein Auto fahren könne. Ich glaube, ich habe sie in der Nachbarschaft von Frau Deringer schon einmal gesehen, Briefkästen putzen.«

Fritz Keller hatte sich einen Bleistift geholt und spitzte ihn langsam. Dann wandte er sich seinem Laptop zu und gab ihre Aussage mit einem flinken Zweifingersystem ins Schreibprogramm ein. Mager, dachte Leonie. Sie konnte so gut wie nichts zur Aufklärung des Falls beitragen. Der Räuber lief immer noch auf freiem Fuß herum und verprasste Frau Deringers Geld.

»Sie sind vor dem Opfer ausgestiegen?« Keller wandte sich ihr wieder zu.

Sie nickte. »Im Zentrum, weil ich noch zum Bäcker wollte.«

»Wir werden uns um die Leute kümmern, die mit ihr auf der Neckarhalde ausgestiegen sind.«

»Klar.« Sie erhob sich und wandte sich zur Tür. »Tut mir leid, dass ich Ihnen nicht weiterhelfen konnte.«

»Frau Hausmann, ganz kurz. Ich würde Ihnen gerne ein paar Fotos zeigen von einigen Jugendlichen, die polizeilich wegen Gewalt- oder Diebstahldelikten aufgefallen sind. Kommen Sie bitte kurz auf meine Seite.«

Konzentriert bediente er die Maus und hatte die Datei schnell aufgerufen. »So, da sind sie, meine besonderen Früchtchen.« Er machte eine große Geste mit dem Arm, als würde er ihr eine Reihe Kandidaten für den Titel »Young Mister Esslingen« vorstellen. »Die Erfahrung zeigt, dass solche Taten gerne von sehr jungen Männern verübt werden. Aber die Mädels sind arg am Aufholen. Sie gründen jetzt auch mal hin und wieder eine Gang und werden rabiat. Sagen Sie mir einfach, ob Sie jemanden wiedererkennen. Wenn ich Sie Einsicht in meine ganze Kartei nehmen lassen würde, hätten Sie viel zu tun. Da sind nämlich fast zweitausend männliche Jugendliche drin, auf die die Beschreibung mehr oder weniger passen würde. Darum habe ich eine Vorauswahl für Sie getroffen. Wir nennen das Wahllichtbildvorlage. Und Sie sagen mir einfach, ob Sie einen von ihnen im Bus gesehen haben.«

Er klickte von einem Bild zum nächsten. Sie zeigten die Gesichter der jugendlichen Delinquenten frontal, scharf ausgeleuchtet, eine richtige Verbrecherkartei. Auf dem Bildschirm erschien das Gesicht eines Jungen von etwa sechzehn Jahren. Seine Nase war schief, als sei sie schon einmal gebrochen gewesen, sein Haar kurzgeschoren. Ein typischer kleiner Gangster, dem Leonie lieber nicht im Dunkeln begegnen würde.

»Und was haben die verbrochen?«

»Oh, sie sind wegen Prügeleien auffällig geworden, vielleicht auch wegen kleinen Diebstählen. Manche langweilen sich auch und begehen dann Sachbeschädigungen, schlagen Fenster ein und beklauen ihren alten Kindergarten. Und dann gibt es noch die Bandenmitglieder.« Er klickte weiter, von Foto zu Foto, von Schicksal zu Schicksal. »Zum Beispiel bei den Black Jackets. Sie haben von dem Überfall gehört?«

Wer hatte das nicht. Die ganze Stadt hatte Anteil genommen, als Mitglieder der Gang im Hof der Waisenhofschule eine Gruppe Jugendlicher aufgemischt hatten und mit Baseballschlägern auf sie losgegangen waren. »Sie sind äußerst gewaltbereit.«

»Einfach, weil die Leute nicht zu ihrer Clique gehören?«

Keller nickte traurig. »Da ist natürlich auch in der Erziehung einiges schiefgelaufen. Wenn sie mich fragen, dann müssten auch unsere jungen Alis und Husseins mal von ihren Vätern richtig Kontra kriegen und sollten nicht immer wie kleine Paschas gehalten werden, denen die Mütter die Pantoffeln nachtragen.«

Er klickte weiter. Jungen mit kurzen Haaren wechselten sich mit solchen mit modischen Ponyfrisuren ab. Der Ausdruck in den Augen zeigte Variationen von Traurigkeit, Trotz, Rebellion, Gleichgültigkeit. Das nächste Bild erschien. Leonie stockte der Atem. Da war er: Caravaggios Junge, Bacchus mit seinem dunklen Lockenschopf. Sie schluckte trocken. Ihr Hals war so rau wie Schmirgelpapier. »Und wer ist der?«

Keller lachte leise. »Seinen Namen darf ich ihnen leider nicht nennen. Aber sie können sicher sein, dass er schon einiges auf dem Kerbholz hat.«

Erschöpft ließ sie sich auf ihren Stuhl fallen. »Und was hat er verbrochen?«

»Er geht in Richtung jugendlicher Gewalttäter. Aber warum fragen Sie?« Seine buschigen Augenbrauen zogen sich zusammen. »Saß er etwa im Bus?«

Später konnte sich Leonie nicht erklären, warum sie den Fremden geschützt hatte. Vielleicht, weil er ihr geholfen hatte, vielleicht auch, weil sie den Handtaschenräuber nicht mit dem Jungen in Einklang bringen konnte, der Leander als seinen kleinen Bruder bezeichnet hatte. Vielleicht auch nur, weil er Caravaggios Bacchus so ähnlich sah.

»Nein«, sagte sie, verabschiedete sich und verließ die Polizeidirektion.

9. Er parkte den Geländewagen in einer Seitenstraße unweit des Motorenwerks und stieg aus. Nur zur Sicherheit steckte er die Waffe in das Halfter unter seiner Joggingjacke und hielt sich in Richtung der Innenstadt von Untertürkheim. Der Besuch in der Pizzeria war Alltagsgeschäft, reine Routine, und die Kunden spurten normalerweise, ohne dass er auf seine Autorität pochen musste. Das war in Zuffenhausen anders gewesen. Er dachte an die beiden alten Leute, die die Konsequenzen für ihren Ungehorsam tragen mussten. Der Mord lag ihm nicht schwer auf der Seele. Er hatte das Notwendige getan, war der Vollstrecker gewesen, der Macher, der für den anderen kaltblütig den Laden sauber hielt. Und auf diese Rolle war er stolz. Die einen waren mit dem Willen zur Macht geboren, und die anderen mussten Gehorsam leisten, so hatte Gott die Welt gemacht.

Er überquerte die geruhsame Geschäftsstraße des Stuttgarter Vororts und schlenderte gelassen den Hang hinauf. Für die Passanten sah er aus wie einer der jungen Faulenzer, die am Bahnhof chillten und sich mit Gelegenheitsjobs über Wasser hielten. Ihm war es recht so. Er kultivierte das Image des jugendlichen Kraftprotzes ohne Hirn, hinter dem er seine wahre Identität verstecken konnte.

Casa Rosario. Das Mittagsgeschäft war eben vorüber, als er die Tür zu der kleinen Pizzeria knapp unterhalb der Weinhänge aufstieß. Pizza Margherita für fünf Euro. Nichts Spektakuläres, nur die Fischplatte war gut, die hatte er mit ein paar der anderen Jungs schon probiert. Aber jetzt wollte er nichts essen, sondern Geld holen. Sie hatten ihre festen Zeiten, und die Vertragspartner wussten Bescheid, wann sie sich bereithalten mussten. Italienische Restaurants funktionierten so. Man zahlte, egal ob in Kalabrien, Palermo oder in Stuttgart City.

»*Ciao.*« Er sprach Italienisch.

Cinzia wischte gerade die Theke ab, ihr Blick hob sich, und sie wurde blass. Die Tochter des Besitzers war hübsch, dunkelhaarig und hatte beeindruckende Kurven in einem schwarzen Pullover mit V-Ausschnitt.

»Habt ihr die Kohle da?« Genüsslich schaute er zu, wie ihre Brüste vor Aufregung auf und ab wogten. Irgendwann würde er sie in einen Club einladen, und sie würde sich nicht trauen, ihm einen Korb zu geben.

»Ich muss meinen Vater holen«, sagte sie tonlos, wich seinem Blick aus und verschwand in der Küche, in der er Geschirr klappern hörte. Sebastiano betrat mit seiner Kochjacke die Gaststube und wischte sich die feuchten Hände an der Hose ab. Er sah, wie der Wirt sich bemühte, seinem Blick standzuhalten und ahnte, dass alle in den Pizzerien wussten, wer Massimo und Maria umgebracht hatte. Niemand hatte der Polizei gegenüber geplaudert, und er sonnte sich in dem Gefühl von Autorität, das er ausstrahlte.

»Du weißt, dass es Zeit ist? Sonst könnte euch ein – Missgeschick – passieren.«

»Ja, aber …« Sebastiano schwitzte, sein Gesicht war ungesund gerötet, und das nicht nur vom kochenden Spaghettiwasser. Er holte tief Luft. »Die Geschäfte gehen nicht gut. Die Krise. Ich bitte dich um einen Aufschub bis Montag.«

Das hörte er jeden Tag und hatte eine Strategie diesbezüglich entwickelt. Er lehnte gewöhnlich ab, denn es brachte die Ordnung durcheinander. Wir da oben, ihr da unten. Cinzia kam zurück und stellte sich hinter ihren Vater. Ihre langen Beine steckten in hochhackigen Stiefeletten. Unwillkürlich fragte er sich, ob der Vater ihm als Gegenleistung für den Aufschub seine Tochter verkaufen würde. Zehn Minuten, nur ein Quickie im Flur vor der Toilette. Doch dann dachte er, dass ihm eine gewisse Großzügigkeit in Bezug auf Cinzia gut stehen würde. Nur nichts übereilen. Sein Blick streifte ihr blasses Gesicht, und ihr Vater schaute besorgt zu. Er hatte alles im Griff.

»Übermorgen«, sagte er. »Das ist mein letztes Wort.«

»*Mille grazie!*«, hauchte Cinzia.

Sie servierte ihm einen Espresso und ein Wasser an der Bar. Eine Viertelstunde später stand er auf der Straße, ohne Geld, doch mit dem befriedigenden Gefühl, dass die Macht auf seiner Seite war. Als er den Hang hinunterlief, kickte er eine Bierdose vor sich her. Er hatte alles im Griff, nur Alessio nicht. Der Kleine hatte sich abgesetzt und den geleisteten Eid gebrochen. Das machte ihm Sorgen. Denn schließlich war er sein einziger Bruder, und Blut war dicker als Wasser. Irgendetwas stimmte nicht mit dem Tod ihres Vaters. Hatte diese römische Puttana ihm seine Medikamente vorenthalten? Es lag ein Schatten auf Alessios Namen, ein Makel, den der Junge nur loswerden konnte, indem er sich so schnell wie möglich integrierte. Er würde ihn suchen und auf Kurs bringen müssen.

10.

Der Anruf erwischte Kommissar Fabian Grundmann beim Joggen. Es ging steil bergauf, den Weg hinterm Bregel hinauf zum Aussichtsturm bei der Katharinenlinde auf den nördlichen Höhen von Esslingen. Seine Schritte tönten in einem monotonen Rhythmus, sein Shirt war schweißdurchtränkt, und sein Atem brannte in seiner Brust. Aber sein Headset legte Fabian nicht ab, nicht einmal, wenn er am Samstag zum Joggen ging. Zum Glück kam er endlich oben zwischen den Obstbäumen an, die voller grüner Äpfel hingen. Über sich sah er den Aussichtsturm und die Linde, deren Pflanzung auf den Märtyrertod der heiligen Katharina von Alexandria zurückging, die in Esslingen geköpft worden sein sollte. So ein Quatsch.

»Hallo«, schallte es in seinen Ohren. Und dann überrumpelte ihn ein so ohrenbetäubender, dissonanter Lärm, dass er sich fluchend den Kopfhörer vom Ohr riss.

»Ich bin's, Eckhard.«

Ungehalten verstöpselte er sich neu und lief weiter, langsam jetzt, Fuß für Fuß auf dem Kamm der Hügelkette. Der Schutzpolizist Eckhard begleitete die heutige Stuttgart-21-Demo in der Polizeikette, und Fabian würde um keinen Preis der Welt mit ihm tauschen. Er war gegen den Tiefbahnhof, schon weil sein Vater dafür war, und er war heilfroh, dass er als Kriminalpolizist normalerweise in keine geschlossenen Einsätze abkommandiert wurde. Jetzt verstand er auch den Lärm, der in seinen Ohren widerhallte. Die Demonstranten schienen zu glauben, dass man sie intensiver wahrnahm, wenn sie so viel Krach wie möglich machten. Viele hatten Trillerpfeifen und Trommeln dabei, manche funktionierten sogar ihr Kehrwochenset zum Lärminstrument um.

»Was willst du?«, sagte er ungehalten. »Viele Leute unterwegs?«

»Ja, scho, aber darum goats net.« Eckhard machte eine kleine effektvolle Pause. »I han dein Kloine gseha.«

»Meinen was?« Fabian schaltete langsam. Das musste wohl von der Anstrengung kommen. Er war immer noch außer Puste.

»Na, den Alessio. Der hängt am Stand von dere Aktivischte von Robin Wood rum und verteilt Proschpekte.«

»Was?«, fragte er schwer von Begriff.

»Na, du hasch mi ganz richtig verschtande.«

Das bedeutete, dass er sich nach Stuttgart aufmachen

musste, und zwar so schnell wie möglich. Fabian legte Tempo zu und joggte zurück zum Parkplatz.

Es gab einige Ungereimtheiten rund um diesen Alessio Cortese. Erst war sein Vater gestorben, der fast zwanzig Jahre älter als seine Mutter Laura gewesen war. Dann kam ein anonymer Anruf, in dem der Polizei nahegelegt wurde, doch einmal im Müll von Alessios Familie nach vollen Medikamentenschachteln zu suchen. Der alte Cortese war schwer herzkrank gewesen. Hatte jemand bei seinem Ableben nachgeholfen, indem er ihm Placebos oder gar keine Medikamente mehr verabreicht hatte? Noch immer schüttelte er sich, wenn er an den Hausmüllcontainer in der Mettinger Arbeitersiedlung dachte, den er mit seinem Kollegen bis auf den Inhalt der letzten Tüte durchwühlt und dabei eine ganze Horde gemeiner Hausratten aufgescheucht hatte. Nichts war darin gewesen, außer Essensreste, Tempotaschentücher, gebrauchter Tampons und Zigarettenkippen, keine vollen Packungen Betablocker und keine lose herumfliegenden bunten Kapseln. Ein blöder Scherz also, ein saublöder. Aber dennoch, der Verdacht blieb. In der Woche, die auf ihren Einsatz folgte, hatten sich Laura Corteses Depressionen so verschlimmert, dass sie in die Plochinger Psychiatrie eingeliefert werden musste. Und Alessio kam ins Katharinenheim an der Mülberger Straße, von wo aus er die Woche über brav in die Realschule fuhr.

Inzwischen war Fabian am Parkplatz angekommen und stieg in seinen Saab 900, Iceblue Metallic und fast so alt wie er selbst. Er hatte den Turbo im Internet ersteigert und war sehr stolz auf sein stilvolles Auto. Gedankenverloren setzte er zurück und hätte fast einen Jogger angefahren. »Himmelherrgottnochmal!«, schrie der.

»Sorry«, sagte Fabian und versuchte ein entschuldigendes Grinsen durch die Frontscheibe. Langsam fuhr er die steile

Straße ins Neckartal hinunter. Er bog an der Frauenkirche links ab und stand vor der Fußgängerampel am Neckar Forum. In den engen Altstadtgassen musste er immer wieder für Fußgängergruppen anhalten.

Die Unstimmigkeiten um den Tod von Alessios Vater hatten sich also nicht beweisen lassen. Doch dann wurde die alte Frau Deringer überfallen, und der kleine Gangster Alessio war mit ihr auf der Neckarhalde ausgestiegen. Für Alessio als Täter sprach auch die Tatsache, dass er seit dem Handtaschenraub nicht mehr im Heim aufgetaucht war.

Wenn nur Leonie Hausmann nicht mit drinstecken würde. Ihm leuchtete partout nicht ein, warum sie Alessio, der nach Zeugenaussagen eines Geschäftsmanns und einer Einwohnerin von Sulzgries im Bus neben ihr gesessen hatte, nicht verraten wollte. Leonie war in seinem Jahrgang im Lenaugymnasium gewesen und hatte mit ihm vor neun Jahren Abitur gemacht. Irgendwann in der Elften hatte Fabian gemerkt, dass es Mädchen gab und dass Leonie hübsch war mit ihren langen Haaren und den Augen, deren Farbe irgendwo zwischen Braun und Blau changierte. Gewitteraugen. Sie hatten kaum Kurse zusammen besucht. Leonie glänzte in Deutsch und Kunst und spielte in allen Schultheatergruppen mit. Fabian hatte Physik als Neigungsfach gewählt und schrieb in Mathe gewöhnlich fünfzehn Punkte. Doch als Leonie ihn gefragt hatte, ob er ihr Nachhilfe geben könnte, kam seine Chance, und er hatte trotz seiner quälenden Schüchternheit zugesagt.

Der Nachhilfeunterricht scheiterte kläglich. Leonie blieb auf ihren vier Punkten sitzen und verliebte sich einige Zeit später in Jonas Faber mit den Rastalocken. Als Teil eines schulbekannten Pärchens wurde sie unerreichbar für Fabian, trug indische Schlabberröcke und lief, trotz blaugefrorener Zehen, sogar im Winter barfuß in die Schule. Von seinen Freunden hatte er gehört, dass sie Kunstgeschichte studiert hatte. Aber er wusste nicht einmal, ob sie noch mit Jonas Faber zusammen war.

Fabian fuhr vorsichtig in den Hinterhof des Fachwerkhauses in der Franziskanergasse, dessen Mansarde er bewohnte.

Er stellte den Saab vor die Papiermülltonnen und zog den Schlüssel ab, der wie bei allen Autos dieser Marke in der Mittelkonsole steckte und nur rausging, wenn man vorher den Rückwärtsgang einlegte. Leichtfüßig sprang er die Treppe zu seiner Wohnung hinauf, öffnete die Tür und stieß sich als Erstes den Zeh an der Altglaskiste, die er zwecks Entsorgung davorgestellt hatte. Aus seinen Plänen, seine chaotische Wohnung heute endlich aufzuräumen, würde wohl wieder nichts werden. Eine halbe Stunde später hatte er geduscht und sich umgezogen und war auf dem Weg nach Obertürkheim, wo man das Auto problemlos im Ortskern abstellen konnte, wenn man die S 1 nach Stuttgart nehmen wollte.

11.

»Derya heiratet Murat.« Emine tauchte das Fensterleder in ihren Putzeimer, drückte es aus und rieb quietschend die Butzenscheiben des Küchenfensters blank. »In grrroßem Stil.«

Prüfend richtete sie ihre Augen auf Leonie, die gerade mit Leander auf der Hüfte ein Kilo Aprikosen auspackte, und pustete sich eine Haarsträhne aus der Stirn. »Wir laden über tausend Gäste ein.«

Neben dem Kühlschrank saß der Mops und betrachtete interessiert die Vorgänge in der Hausmann'schen Küche. Seit Leonie ein ernstes Wort mit ihm gesprochen hatte, verhielt er sich einwandfrei, fast zumindest, wenn man von wiederkehrenden Anfällen unkontrollierbaren Heißhungers absah.

»So viele?« Leonie setzte Leander auf die andere Seite und packte die Nektarinen aus. Emine öffnete das Küchenfenster, polierte die Scheiben nacheinander von außen und warf einen prüfenden Blick hinaus. Vor dem Fenster stand ein blauer, heißer Julitag, den man jetzt erheblich besser sehen konnte.

»Perfekt«, stellte sie fest. »Das ist halt so bei uns, wenn die Tochter heiratet.«

»Aber kostet das nicht ein Vermögen?« Leonie stellte Leander auf den Boden. Sofort griff er nach der Kante des Küchentischs und hangelte sich daran entlang. Am Ende angekommen, ließ er sich fallen und krabbelte in seine Spielecke. Leonie packte nacheinander Karotten, Salat und eine Schale Bioerdbeeren aus, von denen sie ihm eine in den Mund steckte. Sie hatten an diesem Samstagmorgen schon eine größere Einkaufstour in die Innenstadt hinter sich gebracht. Staunend hatte Leander von seinem Fahrradsitz aus die bunten Marktstände mit dem Sommergemüse und den Blumen betrachtet, die jeden Samstag und jeden Mittwoch neben der Stadtkirche aufgebaut wurden. »Njam«, sagte er und biss so genussvoll in die Erdbeere, dass ihm der rote Saft das Kinn hinablief.

»Ach weisch, Leonie. Des hen mir am Abend der Hochzeit alles wieder zsamme.« Der stumme Vorwurf, dass Leonie sich ein Kind hatte anhängen lassen und so wohl nicht im großen Stil und wahrscheinlich sogar niemals heiraten würde, stand unausgesprochen im Raum.

»Sybille heiratet auch bald. Auch ganz groß, und Sie werden sicher eingeladen.« Leonie wusste gar nicht, wie lange die türkische Putzfrau schon für die Familie Hausmann arbeitete, seit ihrer Kindergartenzeit oder länger. Und immer war Leonie ihr Liebling gewesen, hatte zusammen mit Derya auf Emines Knien gesessen und in Honig getunktes, türkisches Naschwerk verdrückt. Mit Liebe hatte Emine ihr nussbraunes Haar zu zwei Zöpfen geflochten und darauf aufgepasst, dass sie ihre Schulaufgaben machte. Und nach dem Tod ihrer Mutter war sie immer für sie da gewesen. Klar, dass Emines Enttäuschung groß war, als gerade Leonie ihr Leben in den Sand setzte.

»Schon gut.« Emine putzte sich die Hände an ihrer geblümten Schürze ab. »Wenn's unter uns bleibt, kann ich dir ja sagen, was ich denk. Die Baggage vom Murat aus der Türkei, die hätt ich net unbedingt braucht. Aber einladen muss man sie halt doch.«

In diesem Moment betrat Leonies Vater die Küche und zwinkerte ihnen zu. »Guten Morgen die Damen, hallo Enkelsohn.« Augenscheinlich hatte Gottfried Hausmann eine steife Meeresbrise guter Laune von seiner Chorprobe mit dem Esslinger Shantychor mitgebracht. Er drückte Leonie kurz die Schulter und half ihr dann, die weiteren Einkäufe vom Metzger und aus dem Supermarkt zu verstauen. Leonies Vater war ein großer, hagerer Mann mit nachdenklichen Augen, dessen ehemals blonde Haare langsam schütter wurden. Mehr oder weniger wirkungsvoll versuchte er das zu verbergen, indem er sein verbleibendes Haar in langen Kammsträhnen über die Halbglatze zog. Manchmal erinnerte er sie mit seiner schmalen Nase an den Reiher, der auf der kleinen Insel am Kesselwasen fischte. Genau wie seine zuverlässige Art hatte er sein Aussehen an seine älteste Tochter Sybille vererbt, zum Glück ohne den Haarausfall und mit einer moderateren Version seiner Nase. Leonie kam mehr nach ihrer Mutter, der exzentrischen Künstlerin mit den verrückten Einfällen und dem hellbraunen Teint, den sie sich sogar im Winter bewahrte.

»Und was macht mein Freund Max, der Mops?« Als er angesprochen wurde, wackelte der Hund langsam heran und ließ sich von Gottfried Hausmann die Ohren kraulen. »Braver Junge.«

»Nicht ganz. Er hat heute Morgen ein Snickers aus Sebastians Schulrucksack geklaut und gefressen«, sagte Leonie vorwurfsvoll. »*Mit* Verpackung.«

Ihr Vater zog die Augenbrauen hoch. »Was höre ich da? Hast du deine gewohnten Pralinen von Frau Deringer vermisst?« Schuldbewusst sackte der Mops ein Stück tiefer, legte sein schwabbeliges Kinn auf die Vorderpfoten und begann zu winseln. In seinem Nacken reihten sich mindestens fünf Speckrollen hintereinander auf, was selbst für einen Hund seiner Rasse zu viel war. Hausmann betrachtete ihn nachdenklich.

»Bei seinem Übergewicht ist das ein eindeutiger Fall für einen Spaziergang am Neckar.«

»Eine Runde Jogging würde euch beiden auch guttun. Der Mops würde abspecken und du kämst in Form.«

»Genau!« Emine nickte lebhaft, worauf sie sich einen spöttischen Blick von ihrem Arbeitgeber einhandelte. Irgendwo klingelte ein Handy, so leise und verdeckt, als hätte es jemand im Schrank unter dem Wäschestapel vergraben.

»Ist das deins?«, fragte Leonies Vater verwundert.

»Nein, warte mal!« Das penetrante Läuten drang aus Sebastians Rucksack, der noch immer an der Wand neben dem Küchenschrank lehnte. »Ich geh schnell dran.« Sie wühlte so lange in dem Chaos darin herum – war das etwa eine vergammelte Bananenschale? –, bis sie das Handy in den Fingern hielt.

»Ja?«

»Sebastian?« Die Stimme am anderen Ende grollte laut und streng und kam ihr irgendwie bekannt vor.

»Nein, hier spricht Leonie Hausmann, Sebastians Schwester.«

»Ach Leonie, Sie sind's. Hier Bauer, Sebastians Klassenlehrer.«

Leonie verdrehte die Augen zur Decke und wappnete sich. Den strengen Mathebauer, der unnachsichtig die Hausaufgaben und die Anwesenheit der Oberstufenschüler kontrollierte, kannte sie noch aus ihrer eigenen Schulzeit. Kaum je war Leonie in seinem Unterricht über stolze vier Punkte hinaus gekommen.

»Und wo ist Sebastian? Ich muss ihn unbedingt sprechen.«

»Keine Ahnung.« Sie fragte sich, was das seinen Lehrer am Samstag anging.

»Ja aber, Leonie. Hat Ihnen Ihr Bruder nicht erzählt, dass heute Anwesenheitspflicht besteht? Wir haben Projekttag. Zum Thema »Eine Welt«. Die Elftklässler betreuen die Unterstufe bei ihren Aufgaben.«

Einen Moment lang verschlug es Leonie die Stimme. Dann wurde sie unglaublich zornig auf Sebastian, der sie mit seinem Handy und den Konsequenzen seiner Schulschwänzerei allein gelassen hatte.

»Ich habe keine Ahnung, wo Sebastian ist«, sagte sie gepresst. »Das mit dem Projekttag hat er uns verschwiegen.« Das stimmte nicht ganz. Sie wusste genau, wo Sebastian steckte. Schließlich war heute eine große Stuttgart-21-Demo angesagt, auf der er sich mit Sicherheit herumtrieb. Leonie schaute auf und sah, dass die Blicke ihres Vaters und der Putzfrau gebannt an ihr hingen.

»Sagen Sie Sebastian, dass er eine Chance hat, wenn er heute noch in der Schule auftaucht und sich entschuldigt. Sonst gibt es einen Eintrag und einen Besuch beim Rektor am Montag. Und das fällt nur so milde aus, weil ich selbst Stuttgart-21-Gegner bin.«

»Ja«, antwortete Leonie beschämt, ärgerte sich einen Moment später furchtbar über das Gefühl und legte auf.

»Und einen für den Propheten Mohammed, für die Mama

und den Opa.« Emine hatte ein Gläschen für Leander warmgemacht und begann, ihn damit zu füttern, geduldig, Löffel für Löffel.

»Nun?«, fragte ihr Vater. Er sah plötzlich sehr müde aus.

»Er schwänzt den Projekttag«, sagte Leonie und zuckte die Schultern. »Dieser kleine Mistkerl. Ich hätte es wissen müssen.« Sie fasste einen schnellen Entschluss. »Könntest du Leander übernehmen, wenn ich ihn dir frisch gewickelt gebe? Ich fahre nach Stuttgart und suche ihn am Infostand der Parkschützer.«

12.

Lautlos glitt die S-Bahn durchs Neckartal. Auf der rechten Seite der Gleise schoben sich die verschachtelten Weinlagen des Schenkenbergs wie Bauklötze ineinander. Der Fluss tauchte kurz zwischen den Bäumen auf, spiegelte den Himmel und kräuselte sich unter einem plötzlichen Windstoß wie die Haut einer Schlange. Dann kamen Häuser, danach das Daimlerwerk, auf dem sich unermüdlich der Mercedesstern drehte.

Die S–Bahn um 13.48 Uhr war zu spät dran für den Beginn der Kundgebung um vierzehn Uhr und transportierte nur noch vereinzelte Demonstranten. Leonie war froh über ihren Fensterplatz. Müde von den Anstrengungen des Vormittags schloss sie die Augen. Sie hatte überhaupt keine Lust auf die Massen, die sich in Stuttgart zur Menschenkette gegen den geplanten Bahnhof versammelten. Trotzdem hatte sie sich den »Ja zum Kopfbahnhof«-Button an die Bluse gesteckt, der ihrer Überzeugung entsprach und ihr einige missbilligende Blicke von der älteren Dame gegenüber einbrachte. Lautlos glitt der Zug in den Stadtteilbahnhof von Obertürkheim. Der Platz neben ihr wurde frei. Kaum zwei Sekunden später ließ sich ein junger Mann darauf fallen, der so eilig auf die S-Bahn gelaufen sein musste, dass er ganz außer Atem war.

Er holte tief Luft. »Leonie?«

Sie drehte sich um und schaute in kaum vierzig Zentimeter entfernte, braune Augen. »Ja?«, fragte sie.

Er war groß und schlank, wirkte durchtrainiert und hatte einen wirren dunkelbraunen Lockenschopf. Von irgendwoher kannte sie ihn, konnte ihn aber partout nicht einordnen. »Entschuldige, ich wollte dich nicht überfallen. Fabian. Fabian Grundmann aus deinem Jahrgang am Lenaugymnasium.«

»Ach so.« Sie biss sich auf die Lippe, weil sie ihn immer noch nicht auf dem Schirm hatte. Die Erkenntnis kam ganz plötzlich. »Jetzt hab ich's. Du bist Fünfzehn-Punkte-Fabian. So haben wir dich jedenfalls immer genannt.«

Er war ein Phänomen gewesen. Während Leonie und ihre Clique bei Mathebauer, der heute Sebastian quälte, im unteren Viertel herumkrebsten, hatte er völlig mühelos eine glatte Eins nach der anderen eingeheimst. Hatte er nicht einmal vergeblich versucht, ihr Nachhilfe zu geben? »Ich war unglaublich neidisch auf dich.«

Fabian lehnte sich zurück. »Kein Wunder, Vier-Punkte-Leonie«, sagte er forsch.

»Und, was hast du so gemacht in den letzten neun Jahren? Mathe studiert und einen Job bei der Deutschen Bank angenommen?« Sie merkte, dass sie zu viel redete, aber irgendwie machte der Typ sie verlegen. Der Zug fuhr in Untertürkheim ein. Eine Gruppe verspäteter Demonstranten enterte den Waggon und füllte die restlichen Sitzplätze.

»Zuerst schon.« Fabian lehnte sich zurück und musterte sie. »Aber nach zwei Semestern habe ich gemerkt, dass das nichts für mich ist. Zu trocken. Zu realitätsfern.«

»Ach wirklich?«

»Ich bin dann zur Polizei gegangen und habe die Ausbildung als Schutzpolizist durchlaufen. Danach habe ich die Polizeihochschule in Villingen-Schwenningen besucht und arbeite heute als Kommissar bei der Esslinger Polizeidirektion.«

Gespannt lehnte Leonie sich vor. »Aber nicht zusammen mit Hauptkommissar Fritz Keller?«

»Doch«, sagte er, und sein prüfender Blick blieb so lange an ihr hängen, dass sie wegschauen musste.

»Ich war gestern bei ihm. Du weißt sicher, warum. Auf deinem Schreibtisch lag eine angebrochene Riesentafel Noisette.«

»Meine Lieblingssorte«, sagte er und lächelte. Verdammter Mist! Die Falschaussage, mit der sie den Jungen aus dem Bus geschützt hatte, lag Leonie noch immer auf dem Gewissen.

»Ein Bulle also. Lass mich raten, jetzt ...« Nervös glätteten ihre Hände eine Falte auf ihrer graugeblümten Vintage-Bluse. »... bist du unterwegs zur Demo, um dort als ziviler Ermittler mitzulaufen?«

Fabian lachte und schüttelte den Kopf. »Dass es die gibt, ist ein Gerücht.« Er setzte sich zurück und strich sich eine zu lange Haarsträhne aus der Stirn. »Ausstieg in Fahrtrichtung links«, säuselte die Automatenstimme, als die S-Bahn in die Station am Neckarpark einlief. »Please leave the train to the left side.«

»Ich schiebe als Kriminalpolizist nicht in geschlossenen Einsätzen Dienst. Aber auch die anderen fragt man nicht nach ihrer Meinung, bevor man sie in Kampfmontur in die Polizeikette steckt. Und das Wort ›Bulle‹ macht mir schon lange nichts mehr aus.«

»Sorry.« Widerwillig spürte Leonie, wie ihr Gesicht zu glühen begann.

Die Bahn glitt durch den langgestreckten Schlossgarten, Stuttgarts grüne Lunge voller Kastanien und Ahornbäume, von denen ein guter Teil schon bald den Baggern zum Opfer fallen würde. Leonie schluckte, als sie an den Polizeieinsatz am 30. September letzten Jahres dachte. Der schwarze Donnerstag. Leander war damals ein winziges Baby gewesen, und sie hatte die Eskalation voller Sorge um ihren Bruder im Fernsehen verfolgt. Mit Wasserwerfern und Pfefferspray war die Polizei gegen die Schülerdemo und die vielen weiteren Gegner des Tiefbahnhofs vorgegangen, die die Baumfällaktion blockierten. Es hatte Hunderte von Verletzten gegeben, und das blutige Bild von Dietrich Wagner, der beim Wasserwerfereinsatz ein Auge verloren hatte, war um die ganze Welt gegangen. Wahrscheinlich hatte sich schon dort die Landtagswahl im März diesen Jahres entschieden.

»Für die Grünen wird es ganz schön schwer, wenn sie den unterirdischen Bahnhof bauen müssen«, sagte Fabian, als hätte er ihre Gedanken gelesen.

Leonie nickte zerstreut. Für Sebastian war der schwarze Donnerstag die Stunde der Wahrheit gewesen. Heldenmutig hatte er ein Einsatzfahrzeug erstiegen und sich später von der Polizei wegzerren lassen. Als Leonie ihren Bruder im Fernsehen gesehen hatte, war ihr die Luft weggeblieben. Fast wäre ihr Leander vom Schoß gefallen, der vor Schreck furchtbar gebrüllt hatte. Sebastian war seit der Aktion im Park ein anderer geworden. Seitdem misstraute er allen Obrigkeiten und setzte sich glühend für den Protest ein. Sie wappnete sich für die Begegnung mit ihm. Es würde sicher nicht leicht werden, ihn vom Infostand der Parkschützer loszueisen.

»Und du?«, fragte Fabian. »Gehst du demonstrieren?«

Sie schüttelte den Kopf. »Ich suche meinen Bruder. Der war in der Schülerdemo letztes Jahr dabei und ist seitdem bei den Parkschützern.«

»Die haben uns damals provoziert«, stellte Fabian leise klar. »Und Pfefferspray hatten nicht nur wir dabei.«

Leonie setzte sich aufrecht. »Eine Freundin von mir hat sich eine schwere Prellung am Oberschenkel zugezogen, als ein Wasserwerfer sie von den Füßen gerissen hat. Und Dietrich Wagner hat sein Augenlicht verloren.«

Er zuckte die Schultern. »Ein Kollege hatte wochenlang einen üblen Tinnitus von einer Trillerpfeife. Ein anderer eine Augenentzündung.«

»Von euerm eigenen Pfefferspray, oder war doch Reizgas im Wasserwerfer?«

»Wenn du meinst«, sagte er gelassen. »Was glaubst du, wie das ist, wenn man einer Mauer aus Leuten gegenübersteht, die da nicht sein sollte. Stuttgarter Gutmenschen aus den Halbhöhenlagen, die idealistisch für die Natur und die Vernunft kämpfen. Und du weißt, dass du sie irgendwann nicht mehr schützen kannst.«

»Du warst dabei?«

»Nein, war ich nicht. Aber ich hab's von den anderen gehört.«

Sie erhoben sich und stiegen im Gedränge an der S-Bahnstation Stuttgart-Hauptbahnhof aus. Leonie stellte überrascht fest, dass Fabian locker auf sie herunterschauen konnte. Sie hatte ihn irgendwie kleiner in Erinnerung. Während die erste Rede der Kundgebung über den Arnulf-Klett-Platz schallte, nahmen sie die schräge Rolltreppe, die zum Eingang der Königsstraße führte.

Hoch über ihnen drehte sich auf dem Turm des Hauptbahnhofs der Mercedesstern, das Wahrzeichen Stuttgarts. Eigentlich sagt das alles, dachte Leonie. Nie würde eine Stadt, die durch die Autoindustrie zu Geld gekommen war, der mäßigenden Vernunft den Vorrang vor dem technisch Machbaren geben, so fraglich das auch immer sein mochte. Und die Gelddruckmaschine, die den Erlös der Grundstücksverkäufe an die

Bahn und auf die Konten weniger anderer Profiteure spülte, war nicht mehr zu stoppen. Stuttgart 21 war in den Köpfen der Verantwortlichen längst gebaut.

Die Polizei hatte die mehrspurige Fahrbahn vor dem Bonatzbau weiträumig abgesperrt. Auf dem Arnulf-Klett-Platz standen die Menschen Seite an Seite, Brust an Rücken, so dass kein Durchkommen mehr möglich war. Es roch nach Hitze, Staub und Schweiß.

»Fünfzehntausend von uns haben sich heute zusammengefunden, um ihren Widerstand zu bekunden«, verkündete Brigitte Dahlbender vom BUND siegessicher. Mit lautstarken »Obenbleiben, Obenbleiben«-Rufen quittierten die Demonstranten diese Nachricht, applaudierten und ließen ihre Trillerpfeifen über den Platz gellen. Unwillkürlich hielt sich Leonie die Ohren zu.

»Ich frage mich nur, wie du deinen Bruder hier finden willst.« Fast ging Fabians Stimme im Lärm unter.

»Kein Problem«, rief sie eigensinnig. »Der müsste am Infostand der Parkschützer sein.«

Sie stellte sich auf die Zehenspitzen, legte die Hand über die Augen und hielt nach dem Stand Ausschau, der sich am anderen Ende des abgesperrten Platzes befinden musste, geschätzte fünftausend Leute von ihr entfernt. Entmutigt ließ sie ihren Arm sinken. »Mist!«

»Keine Sorge.« Fabian beugte sich zu ihr herunter. »Ich suche den Stand von Robin Wood. Die liegen sicher in einer Reihe. Ich mach den Weg schon frei.« Fabian bahnte sich wie ein Eisbrecher seinen Weg durch die Menschenmenge, und Leonie folgte ihm in dichtem Abstand.

Wie immer, wenn sie mehr oder weniger zufällig in eine der Demos geraten war, erstaunte sie die Vielfalt der Leute, die gegen das Projekt auf die Straße gingen. Seite an Seite stand das

Ehepaar mit Tweedsakko und Perlenkette, dem man die Herkunft aus dem Villenviertel ansah, neben der Studenten-WG mit Rastalocken aus dem Stuttgarter Westen für seine Überzeugung gerade. Ausgeflippte Teenager johlten begeistert und klatschten genauso laut wie die Frau in Birkenstocksandalen und rotem Sonnenhut, die gut ihre Lehrerin sein konnte. Die Regenbogenfarben der Peace-Fahnen, die phantasievollen Transparente und Plakate der S-21-Gegner machten das Bild täuschend fröhlich. Junge Paare hatten ihre Kinder mitgebracht, die im Buggy an ihrer Teeflasche nuckelten und das bunte Durcheinander neugierig beäugten. Leonie spürte einen Stich schlechten Gewissens, denn ihr politisches Engagement war neben der Fürsorge für Leander völlig baden gegangen. Hierher mitnehmen würde sie ihn niemals, dazu spürte sie unter der Oberfläche zu viel verborgene Aggression. Schließlich hatten sie ihr Ziel erreicht. Während Leonie nach Sebastian Ausschau hielt, trennte sich Fabian von ihr und suchte die Leute von Robin Wood. Mühsam drängte sie sich durch die Reihen, die den Infostand umlagerten, und erkannte Sebastian an seinem dunklen Haarschopf. Gerade richtete er sich auf und sortierte mit einer Sorgfalt, die sie ihm gar nicht zugetraut hätte, einen Stapel durcheinandergeratener Prospekte. Wenn er sich beim Aufräumen seines Zimmers nur genauso anstrengen würde!

»Bastian!«

Unwillkürlich blickte er auf. »Du kannst dich gleich wieder vom Acker machen.« Er drehte sich demonstrativ um und verkaufte einigen Leuten ein paar grasgrüne Buttons. Leonie wurde so zornig, dass ihre Stimme das Gepfeife und Gegröle mühelos übertönte. »Mathebauer hat angerufen. Ihr habt Projekttag mit Schulpflicht.« Sie sah, wie er sich mühsam zusammenriss, um ihr nicht ins Gesicht zu springen.

»Jetzt hör mir mal zu, Leonie! Ich finde es genial, dass du wieder zu Hause bist. Und ich esse auch jeden Tag eine Schüssel voll Spaghetti Carbonara. Aber das gibt dir noch lange nicht das Recht, dich in meine Angelegenheiten einzumischen.«

Einige Demonstranten blickten interessiert auf, und Leonie spürte ärgerlich, dass sie flammend rot wurde. Schließlich kochte sie Spaghetti Carbonara nicht täglich, sondern abwechselnd mit Spaghetti Bolognese und Spaghetti Pomodori. Und Maultaschen geschmälzt.

»Er lässt dir etwas ausrichten«, sagte sie kalt. »Wenn du dich heute noch in der Schule blicken lässt, vergisst er die Angelegenheit. Sonst gehst du am Montag zum Rektor.«

»Na und!« Sebastian blickte sie offen an. Seine grünen Augen waren so hart wie Jadesteine. In diesem Moment wollte Leonie nur noch nach Hause. Vielleicht konnte sie gemeinsam mit Sybille unter dem Kirschbaum sitzen, Kirschkerne um die Wette spucken und aus der Ferne über ihren Bruder lästern.

Ohne ein weiteres Wort drehte sie sich um und stieß mit Fabian zusammen, der unmittelbar hinter ihr stand. Wie lange hatte er schon zugehört?

»Hast du das eben … ähmm … mitgekriegt?« Peinlich! Da fuhr sie wie eine Glucke hinter ihrem Bruder her, und konnte ihn doch nicht zur Vernunft bringen. Fabian zuckte nur die Schultern. »Wie alt ist er?«

»Siebzehn«, sagte sie.

»Ich habe mir in dem Alter auch nichts mehr sagen lassen, weder von meinem Bruder noch von meinen Alten. Und die Konsequenzen hat er ganz alleine zu tragen.« Gemeinsam tauchten sie in die Menge ein, über der ein hellgrünes Meer aus Luftballons wogte.

»Hast *du* wenigstens gefunden, wonach du gesucht hast?«

Er zögerte kurz. »Nein.« Sein Handy klingelte. Er ging kurz ran, sagte »Okay« und steckte es in seine Jackentasche.

»Und was hast du gesucht, wenn ich fragen darf?«

»Ich habe kein ›Was‹ gesucht, sondern einen ›Wen‹. Und jetzt weiß ich auch, wo er steckt.«

»Und wer ist das?«

Er blieb stehen und richtete den Blick seiner braunen Augen abschätzend auf sie.

»Den Jungen, der im Bus neben dir gesessen hat«, sagte er leise. »Alessio Cortese.«

13.

»Heißt er so?«, fragte sie.

»Vergiss es, Leonie. Das geht dich nichts an.«

Widerwillig spürte sie, wie Hitze in ihr Gesicht stieg. Wusste er etwa, dass sie bei der Vernehmung nicht die Wahrheit gesagt hatte? Fabian hatte sich umgedreht und war ohne Abschied in der Menge verschwunden, die sich langsam, Schritt für Schritt, zu einer Menschenkette rund um den Bahnhof formierte. Weit vorn zwischen farbenfrohen Transparenten und grünen Luftballons machte sie einen dunklen Lockenkopf aus, der ihr vage bekannt vorkam. Kaum zu glauben, er folgte dem Jungen und ließ sie hier mitten auf der Demo einfach stehen! Ihre Pläne, die nächste S-Bahn nach Hause zu nehmen, waren vergessen.

»Warte!«, rief sie. Fabian hatte sich einige Meter Vorsprung verschafft, und Leonie versuchte, es ihm gleichzutun und ihre Ellenbogen einzusetzen. »Pass doch auf, Kleine«, hörte sie von links. Auf der rechten Seite trat sie einer Frau unsanft auf den Fuß.

»Entschuldigung! Ich hab's eilig«, rief sie, während sie sich durch die Menge drängte, die so eng stand, dass die Menschen ihr kaum ausweichen konnten. Erst neben dem Südflügel löste sich das Gedränge auf. Erleichtert holte sie tief Luft und sah Fabian etwa zwanzig Meter vor sich in den Mittleren Schlossgarten streben. Mit ein paar schnellen Schritten holte sie ihn ein.

»Renn doch nicht so!«, keuchte sie.

»Stör mich nicht bei meiner Arbeit!« Noch immer ignorierte er sie völlig und konzentrierte sich auf die parallel zur Bundesstraße 14 verlaufende Allee. Von dem Jungen war nichts mehr zu sehen. Rechts und links vom Weg lag das Zeltlager der Stuttgart-21-Gegner mit seinen Iglozelten und Tipis. »Wir schaffen das«, stand trotzig auf der Absperrung, mit der man sich gegen die drohende Räumung durch die Polizei schützen wollte. Fabian legte noch einen Zahn zu.

So ein Sturkopf! Langsam kam sie außer Puste, denn wo er mühelos zwei Schritte machte, schaffte sie gerade mal einen. Auf der Höhe des Lusthauses von Georg Beer, das schon eine ganze Weile hinter den Gerüsten für seine Renovierung verschwunden war, drehte er sich plötzlich um. Seine Augen funkelten.

»Ist dir eigentlich klar, dass du gerade eine Polizeiermittlung vereitelst? Das ist ein STRAFTATBESTAND.«

Leonie setzte alles auf eine Karte, stützte ihre Hände in die Hüften und fauchte zurück. »Aber ich stecke schon längst mit drin.«

»Ach ja? Ich hoffe, du weißt, was eine Falschaussage ist.«

»Der Junge ist unschuldig. Und wenn du hier weiter rumschreist, haut er dir noch ab.«

Statt noch etwas zu sagen, klappte Fabian den Mund zu und schüttelte den Kopf. »Also gut«, sagte er dann verbissen. »Wir reden später.«

Sie überholten einige junge Mütter mit Kinderwägen und wichen mehreren Radfahrern aus, die auf dem Neckarradweg unterwegs waren, manche von ihnen mit professioneller Ausrüstung, vollen Satteltaschen und kurz davor, unabsichtlich in eine Großdemo zu rauschen. Links vom Weg watete ein Penner in den Fontänen und wusch dabei gelassen seine Socken aus.

Weit vor sich sah Leonie den Jungen, der sich jetzt nach rechts wandte und in der Unterführung zur Stadtbahnhaltestelle Neckarstraße verschwand. Fabian begann zu rennen. Als sie ihn erreicht hatte, stand er im Tunnel, die Hände auf dem Geländer der Galerie, von der aus man nach unten sehen konnte. Weit vorn auf dem Bahnsteig in Richtung Stuttgart Süd und West erkannte sie Caravaggios Jungen. Wie hatte er ihn genannt? Alessio irgendwas. Aufgeregt redete er auf einen Gleichaltrigen ein, der eine schwarze Baseballmütze und eine weiße Jacke trug, und versetzte ihm einen Stoß vor die Brust. Der andere begann zu taumeln. »Wer ist das?«, fragte sie leise.

»Keine Ahnung.«

Träge wie ein gelber Lindwurm und fast genauso lautlos fuhr die U 14 in Richtung Heslach ein. Leonie hielt den Atem an. Die Jungen rangelten keinen Meter von der U-Bahn entfernt, genau auf der roten Linie, die den Wartebereich von der Gefahrenzone trennte. Türen glitten auf, Menschen stiegen aus, andere ein. Dann verließ die Stadtbahn die Station. Inzwischen hatte der Fremde Alessio am Kragen gepackt und schüttelte ihn wie eine nasse Katze. Dicht neben ihnen lag die Kante des Bahnsteigs, von der es steil bergab auf die Schienen ging.

»Verdammt!« Fabian polterte die Treppe herunter und rannte mit langen Sätzen über den Bahnsteig. »Aufhören!«

Leonie folgte ihm, so schnell sie konnte, und stand am Fuß der Treppe, als Fabian die Jungen beinahe erreicht hatte. Inzwischen war es Alessio gelungen, den anderen, der ihn um einen halben Kopf überragte, abzuschütteln, indem er ihm mehrmals kräftig gegen das Schienbein trat. Plötzlich sackte der Junge in die Knie. Alessio stieß ihn in die Nieren und schlug ihm mit der Faust gegen die Schläfe. Er verlor das Gleichgewicht, ruderte mit den Armen und verschwand so plötzlich über der Kante, als hätte es ihn nie gegeben. Leere, ein blinder Fleck in ihrem Sichtfeld! Leonie schrie auf.

Ohne Zögern sprang Fabian auf die Gleise. Sie rannte die letzten Meter bis zur Unfallstelle und drängte sich durch die Menschenmenge, die von der Kante aus tatenlos nach unten starrte, wo der fremde Junge seltsam verkrümmt mit dem Gesicht auf den Schienen lag. Aus einer Wunde an seinem Hinterkopf sickerte Blut in den Schotter. Fabian kniete neben ihm und suchte die Schlagader an seinem Hals. Leonie stand da wie betäubt, genauso schweigend wie die Passanten neben ihr, von denen keiner sich rührte. Ein Kind begann zu weinen.

»Ruf die 112 an!«, schrie Fabian, und sie begann, mit zitternden Händen nach ihrem Handy zu kramen. Eine Packung Tempotücher, Leanders noch immer nicht ausgekochter Silikonschnuller, Lipgloss, Traubenzuckerbonbons. Wo steckte es nur?

»He, Leandros Mutter!«

Leonie drehte sich um, ihre überfüllte Handtasche an die Brust gedrückt. Alessio stand mit hängenden Armen am Rand des Bahnsteigs, verloren, abgerissen und verzweifelt, als hätte er die ganze Zeit auf der Straße gelebt. Er nickte ihr noch einmal zu und rannte dann davon wie ein Hase. Leonie schluckte. Endlich hatte sie das Handy in den Fingern und holte es aus ihrer Tasche.

»U9 nach Botnang fährt ein«, sagte die seit Jahrzehnten gleiche Automatenstimme, und das Handy fiel klirrend auf den Bahnsteig. Denn Fabian kniete noch immer neben dem bewusstlosen Jungen auf den Schienen.

Dort hinten war ein dunkles Loch, der Eingang zur Unterwelt, in dem das leise Sirren der einfahrenden Stadtbahn immer lauter wurde. Und dann war sie da, helle Lichter stachen Leonie in die Augen. Sie schlug die Hände vor den Mund, konnte nicht einmal mehr schreien. Da vorn stand der Lokführer in seinem hell erleuchteten Fahrerstand. Fabian richtete sich auf, sprang zehn Schritte vor in Richtung der einfahrenden Bahn und breitete die Arme aus wie ein Gekreuzigter. Das Ungetüm bremste, träge Masse, Tonnen von Stahl, Glas und Kunststoff, die sich viel zu langsam bewegten. Unmittelbar vor ihm kam die Bahn mit einem ohrenbetäubenden Kreischen zum Stehen.

14. So schnell er konnte, lief Alessio aus der Unterführung hinaus ans Licht. Er rannte die Allee hinunter in den weniger belebten Teil des Schlossgartens, der schon fast in Bad Cannstatt lag. Irgendwo vor ihm mussten der Neckar und die Mineralbäder sein. Auf den Wiesen standen einzelne Bäume wie Riesen. Er traf nur noch wenige Spaziergänger, ältere Damen mit Hund oder engumschlungene Pärchen, die ihm verblüfft nachschauten, weil er es so eilig hatte. Hin und wieder überholte er einen trägen Jogger mit Headset oder sprang zur Seite, wenn ihn ein Radfahrer mit seiner Klingel rüde zurechtwies. Laufen konnte er lange, darin war er so gut, dass Herr Wessler aus der Schule ihn am liebsten im Leichtathletikverein angemeldet hätte. Aber er wollte seine Mutter Laura nicht mit dem Alten alleinlassen, der immer, wenn er gesoffen hatte, zum unberechenbaren Schläger wurde. Alessio rannte und rannte, leerte seinen Kopf von überflüssigen Gedanken. Doch schließlich machte sich die Erschöpfung bemerkbar, die seit dem Handtaschenraub immer häufiger nach ihm griff, und dass er seit Tagen nichts Richtiges gegessen hatte. Ihm wurde schwarz vor Augen, seine Umgebung drehte sich, als säße er auf einem Kettenkarussell. Er fiel ins Schritttempo und legte die Hände auf seine Knie. Langsam, indem er tief atmete, kam die Welt zum Stehen.

Nick war tot. Er hatte das dunkelrote Blut gesehen, das auf die Gleise gelaufen war.

Als dieser Gedanke in sein Bewusstsein gedrungen war, wurde ihm der Hauptweg zu heiß. Wie schnell würden die Bullen seine Spur aufnehmen? Er bog nach links auf die Wiese ab und rannte auf eine Baumgruppe zu, egal was, Hauptsache grün und so dicht, dass er sich verstecken konnte. Als er sich an einem glatten Stamm zu Boden gleiten ließ, wäre seine Hand beinahe in einer gebrauchten Spritze gelandet, die ein Junkie dort verloren hatte. Mit spitzen Fingern griff er nach dem Ding und schleuderte es weit von sich. Er hasste alle Drogen. Dass der Alte gesoffen hatte wie ein Loch, reichte völlig aus. Da musste er sich nicht an einer benutzten Spritze irgendeine Seuche einfangen.

Um ihn herum war es still. Langsam kam er wieder zu Atem. Und dann waren da die Tränen, die ihm durchs Gesicht liefen, in den Mund und am Kinn herunter. Er hatte jahrelang nicht geweint, auch nicht bei der Beerdigung, warum auch? Aber jetzt heulte er Rotz und Wasser. Er hatte Nick umgebracht. Und Leandros Mutter hatte zugesehen, die so etwas wie sein Lichtblick gewesen war. Jetzt war sein Leben so oder so vorüber. Stundenlang saß er da und spürte die Leere. Doch irgendwann musste er dringend pinkeln.

Nachdem er sich erleichtert hatte, wagte er sich aus dem Gebüsch heraus auf die Weite der Wiese. Er schaute sich um. Der Himmel war grünlich blau, im Westen golden. Ein friedlicher Samstagabend, an dem die meisten Leute sich mit Freunden trafen oder in Clubs abhingen. Weit und breit keine Bullen, keine Pferde und keine Hunde, die bellend Witterung aufnahmen. Noch durchkämmten sie den Schlossgarten nicht mit Hundertschaften nach ihm. Er erreichte einen kleinen Seitenweg, den er vorwärts lief in Richtung Rosensteinpark.

Als er die Feuer sah, war der Tag in einen blauen Abend übergegangen. Es roch dermaßen gut. Grillten da welche? Neugierig trat er heran und sah orangerot lodernde Glut. Sie hatten tatsächlich ein Feuer angezündet, Würstchen auf Stöcke gespießt und hielten sie in die Flammen. Ihre Haare waren bunt. Gestreifte Hahnenkämme in allen Farben, Glatzen, buntkarierte Hosen, dicke Ketten, Springerstiefel, schwarzer Lippenstift. Er hatte um die Kids, die tagsüber auf der Königsstraße schnorrten, seit Tagen einen großen Bogen gemacht, aber sein Hunger war so groß, dass ihm bei dem Geruch das Wasser im Mund zusammenlief.

Ein Mädchen stand auf. Ihr Köter, irgendwas Gemischtes mit Schäferhund, knurrte warnend, und sie legte ihm die Hand auf den Nacken.

»Still, Ronja. Hey, du kannst ruhig näherkommen. Wir beißen nicht.« Ihre Haare waren so blau wie das Meer, und ihre zerrissene schwarze Strumpfhose zeichnete ein Spinnennetz auf ihre Beine.

»Setz dich doch!«, sagte sie, als wäre das ein Wohnzimmer und sie würde ihm einen Platz neben sich auf dem Sofa anbieten.

Schweigend hockte er sich auf die Wiese.

»Du siehst völlig verhungert aus! Willst du eins?«

Gierig griff er nach dem Stock, den sie ihm hinhielt. Die Wurst an seiner Spitze war nur ein bisschen angekokelt und so geschnitten, dass sie sich wie eine Blume aufgefaltet hatte. »Danke!« Bei seiner letzten Begegnung mit Feuer wurde ein Bild des Heiligen Antonius von Padua verbrannt, auf das man vorher sein Blut geträufelt hatte.

»Geht klar.« Ihr Blick traf ihn aus schwarzumrahmten Augen. Alessio nickte, biss in das Würstchen und brach auch dem Hund ein Stück ab. Nie hatte er etwas Besseres gegessen.

»Ich bin übrigens Blue«, sagte sie. »Und wie heißt du?«

»Alessio.«

Sie kamen, als der Mond schon hoch am Himmel stand und den Park in sein weißes Licht tauchte. Alessio erkannte zuerst den Autoscheinwerfer auf dem Hauptweg, der dann verlöschte, etwas später den Schein der Taschenlampe, mit der sie sich ihren Weg über die Wiese bahnten. Er sprang so schnell auf, dass er über seine Füße stolperte.

»Bleib sitzen!«, schnauzte ihn der Junge an, der neben ihm saß, und seine Beine sackten unter ihm weg, als hätte er Wachs in den Knien.

»Suchen die dich?«, wisperte Blue.

Er nickte.

»Zieh dich aus!«, herrschte der Junge ihn an, und der knallbunte Hahnenkamm auf seinem Kopf wippte bedenklich auf und ab. Auch die anderen schauten hoch, aufgeschreckt, aber nicht so, als würden sie ihn gleich verpfeifen. Eilig streifte er sein Kapuzenshirt über den Kopf und setzte sich darauf. Der mit dem Hahnenkamm sah ihn zweifelnd an und goss ihm dann den Rest Bier aus seiner Flasche über den Kopf.

»Haare nach hinten!«, sagte er. »Und jetzt rühr dich nicht vom Fleck!«

Er strich sich die Haare glatt an den Kopf, das Bier klebte fast wie Gel. Und dann warteten sie. Blue griff nach seiner Hand, der Hund legte die Schnauze resigniert auf die Vorderpfoten und begann zu winseln. Und dann waren sie auch schon da, zu dritt, gekleidet in blaue, gut sitzende Uniformen. Der Erste rümpfte die Nase. Alessio zog die Schultern hoch und hätte sich am liebsten in Luft aufgelöst. Von seinen Haaren tropfte es ihm kalt den Rücken herunter.

»Schnapsleichen«, sagte der eine Polizist.

»Hey, Meister. Können wir was für Sie tun?« Der Junge, der ihm das Bier über den Kopf gekippt hatte, stand auf.

»Ja ...« Der Polizist blickte sich um. In seinem Blick stand Verachtung, und einen Moment lang sah Alessio die Gruppe mit seinen Augen. Bunte Haare, Löcher in den Strumpfhosen, magere Hunde. Nackte Oberkörper. Drogen, wenn sie welche hatten. Lauter abgewrackte Straßenkids ohne Zukunft.

»Habt ihr einen Jungen gesehen? Ungefähr fünfzehn. Blaues Kapuzenshirt. Dunkle Haare, Locken.«

Der Anführer spuckte ins Gebüsch. »Und warum sucht ihr den?«

»Übler Schläger. Hat einen anderen schwer verletzt. Liegt im Koma.«

Alessio hob den Kopf und war plötzlich sehr erleichtert. Koma war immerhin nicht tot. Der Polizist sah sich in der Runde um, schaute demonstrativ von einem zum andern. Alessio meinte, dass seine Augen an ihm kleben blieben wie Kaugummi, aber dann lenkte er sie doch weiter. »Ist so einer bei euch aufgetaucht?«

»Ne, Mann, das sind alles unsere Leute. Das sehen Sie ja. Aber wenn wir was hören, melden wir uns.«

»Wir haben euch im Auge«, sagte der Polizist noch einmal warnend. »Und das mit dem Feuer habe ich nicht gesehen. Beim nächsten Mal wird das anders sein.«

»Geht klar, Mann.«

Sie drehten ab und machten die Biege. Der Junge hockte sich mit einer fließenden Bewegung neben Alessio ins Gras und öffnete eine Bierflasche.

»Da geht dir der Arsch auf Grundeis, Kleiner, was?«, sagte

er. »Blue hat sich bei so was mal in die Hose geschifft, als sie als Kurierin ...«

Das Mädchen verpasste ihm einen Stoß in die Rippen. Er gab die Flasche an Alessio weiter, der einen großen Schluck nahm.

»Warum habt ihr mich gedeckt?«, fragte er dann.

»Weil wer deren Feind ist, nur unser Freund sein kann«, sagte der andere Junge und reichte ihm die Hand. »Hans-Georg. Du kannst mich Henne nennen.«

15.

Das Letzte, was sie gestern von Fabian gesehen hatte, waren die Türen des Krankenwagens gewesen, die sich hinter ihm geschlossen hatten. Verwirrt und traurig war Leonie nach Hause zurückgekehrt und hatte nicht einmal gewusst, in welches Stuttgarter Hospital sie ihn und den verletzten Jungen gebracht hatten. Der Stadtbahnfahrer war mit dem Schrecken davongekommen.

»Wann haben sie dich rausgelassen?«

Er lächelte schief. »Eigentlich wollten sie mich bis Montag dabehalten, wegen des Schocks. Aber ich habe mich heut morgen selbst entlassen.«

Sie standen mit Leander im Buggy an der Fußgängerampel. Fabians Gegenwart machte Leonie befangen. An diesem Nachmittag hatte es plötzlich, mitten in der sonntäglichen Kaffeestunde, an der Tür der Familie Hausmann geklingelt. Es war Fabian gewesen, der sich nach Leonie erkundigen wollte und natürlich prompt mit Emines köstlichem Käsekuchen verpflegt wurde. Nachher hatte Leonie einen Spaziergang zu ihrem Lieblingsspielplatz vorgeschlagen, worauf er sich bereitwillig eingelassen hatte. Gemeinsam überquerten sie die Hirschlandstraße in der nächsten Grünphase.

»Und wie geht es dem fremden Jungen?« Die Frage brannte ihr seit gestern auf der Seele, denn sie entschied, ob Alessio zum Mörder geworden war.

»Er lebt, aber er liegt im Koma«, sagte Fabian düster. Vor ihnen ragte der wuchtige, neoromanische Bau der Kirche St. Albertus Magnus auf.

»Weiß man inzwischen, wer er ist?«

Er schüttelte den Kopf. »Vielleicht klärt es sich, wenn wir uns Alessios Umfeld anschauen. Der ist uns übrigens gestern mal wieder entwischt.« Sie gingen an Häusern mit Vorgärten und weiteren Häusern mit Vorgärten vorbei. Oberesslingen war gutbürgerlich geprägt und wirkte an manchen Stellen fast noch ländlich.

»Und wo ist Jonas?«, fragte Fabian schließlich.

»Jonas Faber?« Sie verstand nicht ganz, worauf er hinauswollte. »Auf Sri Lanka, wo er seine ›Zukunftswerkstatt Spiritualität‹ einrichtet. So eine Art Wellnesshotel mit Kursen, Yoga und Tai Chi.« Als sie mit dem Buggy den Bordstein herunterrumpelte, strampelte Leander vergnügt. Für ihn konnte es gar nicht holprig genug zugehen.

Er sah sie prüfend von der Seite an. »Und du bist … mit dem Kleinen vor den Spinnen, Schlangen und giftigen Orchideen geflüchtet?«

»Ach, du denkst, dass Jonas Leanders Vater ist?« Sie spürte, wie sie über und über rot wurde. »Du irrst dich! Ich bin schon fünf Jahre nicht mehr mit ihm zusammen. Ich bin alleinerziehend.«

»Ach so!«

Klang er erleichtert, oder bildete sie sich das nur ein?

»Ist das nicht schwierig, so allein mit Kind?«

Sie lachte leise. »Soll das ein Verhör sein, oder was?« Verbissen hievte sie den Buggy den nächsten Bordstein hinauf. »Natürlich ist es schwierig. Alles ist anders. Ich habe meine Promotion auf Eis gelegt, mache die Nächte durch. Und trotzdem würde ich Leander um keinen Preis der Welt mehr hergeben. Und ich habe ja auch Hilfe. Meine Familie reißt sich mindestens sechs Beine für uns aus.«

Zielsicher steuerte sie durch den alten Ortskern mit dem Brunnen und den alten Dorfhäusern auf den Spielplatz in der Oberesslinger Grünanlage zu. Als sie das Tor aufschob, war es mit der Ruhe vorbei. Der Park bestand hauptsächlich aus einer großen Wiese voller Obstbäume, auf der Horden von Grundschulkindern lärmend Fußball spielten. Auf der Schaukel saßen zwei kleine Mädchen in Rüschenkleidern und flogen um die Wette, bis ihre weißen Sandalen fast die Wolken berührten. Im Sandkasten herrschte Hochbetrieb an Dreikäsehochs mit dicken Windelpopos und Sonnenhüten. Leonie setzte Leander in den Sand, rückte seine Kappe zurecht und drückte ihm eine Schaufel und einen Eimer in die Hand, den er sofort zu füllen begann. Seufzend ließ sie sich danach auf der Umrandung nieder. Fabian setzte sich nach kurzem Zögern neben sie. Auf den Bänken rundherum verbrachten viele Eltern den Nachmittag mit Nichtstun, aßen Eis und schauten zu, wie ihre Kinder Sandkuchen backten und sich gegenseitig mit der Schaufel auf den Kopf hauten. Leonie spürte ihre prüfenden Blicke und sah sich einen Moment lang mit Fabian und Leander von außen. Sicher würde man sie für die perfekte Kleinfamilie halten und morgen, wenn sie allein wiederkäme, wäre Fabian in der Vorstellung der anderen Mütter noch immer der potentielle Vater ihres Babys. Leonie ärgerte sich plötzlich, dass ihr diese Vorstellung so gut gefiel.

Auffordernd blickte sie ihn von der Seite an. »Jetzt leg schon los!«

»Was?« Er saß fast Bein an Bein neben ihr, so dass sie ihn

riechen konnte. Rasierwasser, Männerhaut und ein bisschen Schweiß. Eine köstliche Mischung. Noch näher zu rücken, traute sie sich jedoch nicht. »Naja, du willst mich doch fragen, warum ich Alessio nicht verpfiffen habe.«

Er wirkte ein bisschen abwesend. »Ach so, ja klar. Warum also?«

Leonie griff in den Sand und ließ ihn langsam durch ihre Finger rieseln. Sie zog die Flipflops aus und versenkte ihre Füße im weichen Untergrund. »Ich habe ihn gemocht«, begann sie.

»Und das ist ein Grund, nicht die Wahrheit zu sagen?«

»Er hatte mir im überfüllten Bus mit dem Buggy geholfen, und dann sogar Leander gehütet. Da konnte ich ihm so etwas wie einen Handtaschenraub nicht zutrauen. Und was sagt schon ein Foto. Gar nichts.«

»Trotzdem hättest du Fritz Keller die Wahrheit sagen müssen. Er hatte dich nur gefragt, ob du einen der jugendlichen Straftäter wiedererkennst.«

Ein kleines Mädchen mit rosa Schleife im Haar betrachtete sie staunend und krabbelte dann auf Leander zu, der noch immer hochkonzentriert seinen Sandeimer füllte.

»Das ist nicht alles. Er hat mich an Caravaggios Jungen erinnert.«

»Caravaggios was?« Fabian drehte sich um und starrte sie an, als ob sie nicht mehr alle Tassen im Schrank hätte. Und vielleicht stimmte das sogar.

»An Caravaggios Jungen oder, na ja, an einen von ihnen. Sein Freund Mario Minitti hat ihm im Jahr 1595 Modell gestanden für das Bild des feiernden Bacchus. Es ist ein bekanntes Werk von ihm, aber das heißt natürlich nicht, dass du es kennen musst.«

»Nein, wahrscheinlich nicht«, sagte er spöttisch.

»Also, pass auf.« Sie räusperte sich und schaute ihn abschätzend an. »Caravaggio war ein Maler aus der Barockzeit, ein ziemliches Raubein, berüchtigt für seine Raufereien. Er wurde sogar wegen Mordes gesucht. Sein Bacchus ist ein weinlaubbekränzter Teenager, der reichlich dem Alkohol zuspricht.«

»Na, da sind wir ja in den passenden Kreisen.«

»Nun ja, Caravaggio galt als potentiell homophil. Da streitet man sich aber heute drüber, und für seine Kunst ist es auch nicht wirklich wichtig. Aber schwul war ganz sicher der Bischof del Monte, der das Bild in Auftrag gegeben hat. Auf seinen Festen verkleideten sich junge Männer als elegante Frauen.«

Fabian sah sie stirnrunzelnd an. »Sein Bild zeigt also einen seiner … dekadenten Lustknaben?«

»Das muss nicht sein. Mario Minitti war ein Freund, mit dem er sogar eine Weile zusammengelebt hat. Und er sieht Alessio sehr ähnlich.«

»Und du meinst, dass jemand wie Bacchus oder dieser Mario Minitti aussieht, macht ihn immun dagegen, ein Verbrecher zu sein?«

Sie schüttelte den Kopf. »Nein, du verstehst mich falsch. Mich hat das Schicksal des Jungen betroffen gemacht. Er sieht so verfügbar aus. Seine ganze Schönheit – so käuflich. Das macht mich traurig. Alessio macht mich traurig.«

Fabian drehte sich zu ihr um und schaute sie nachdenklich an.

»Jetzt sag ich dir mal, was ich von Alessio Cortese halte. Er ist ein jugendlicher Gewalttäter, der andere Kinder abzockt, seit er neun Jahre alt ist. Später kamen dann Diebstähle und Raufereien dazu. Er scheint jähzornig zu sein, die Schwelle, an der er komplett austickt, liegt niedrig. Ein paar Jungs hat er schon die Nase gebrochen.«

»Dann passt der Vorfall gestern also ins Bild«, sagte Leonie widerwillig.

»Du hast es selbst gesehen. Aber dadurch unterscheidet sich

Alessio nicht sehr von unseren anderen Übeltätern. Doch dann starb sein Vater.«

»Armer Alessio«, murmelte Leonie und vergrub ihre Zehen tief im Sand.

»Es gibt Unklarheiten rund um seinen Tod. Er war zwar schwer herzkrank, aber mit Medikamenten so gut eingestellt, dass er gut noch einige Jahre hätte leben können. Das sagt jedenfalls der Arzt.«

»Du verdächtigst ihn, seinen Vater umgebracht zu haben?«

»Es gibt Hinweise, dass der alte Cortese ihn und seine Mutter geschlagen hat«, sagte er kühl.

»Dann ist Alessio ein Opfer und kein Täter. Und dieser Junge da gestern?«

»Wir haben einen anonymen Anruf erhalten, dass wir im Müll der Mettinger Wohnanlage weggeworfene Tabletten finden würden. Da war jedoch nichts, was allerdings auch bedeuten kann, dass die Täter diese anderswo entsorgt haben. Was, wenn der fremde Junge Alessio erpresst hat und das Geld von Frau Deringer für ihn bestimmt war?«

»Reine Mutmaßungen«, sagte Leonie und schaute nach Leander, der wieder seinen Sandeimer füllte. Das kleine Mädchen war inzwischen nahe an ihn herangekrabbelt und beobachtete ihn hingebungsvoll mit dem Daumen im Mund. Und plötzlich griff sie zu.

»Nein!«, rief Leonie und machte einen Satz in Richtung Sand. Doch die Kleine war schneller. Flink schnappte sie sich den Eimer, drehte ihn um und schüttete Leander die ganze Füllung über den Kopf, worauf er auf der Stelle zu brüllen begann. Leonie zog ihren Sohn auf ihre Knie und putzte ihm mit einem Tempotuch das Gesicht sauber, das voller Tränen, Rotz und Sand war.

»Frauen«, sagte Fabian.

Sebastian stand mit Max an der Leine im Garten der Klinik. Zum Ausgleich für sein gestriges Schuleschwänzen hatten sie ihm tatsächlich aufgedrückt, mit dem fetten Hund, der durchhing wie eine gut gestopfte Wurst, Gassi zu gehen und ihn anschließend bei Frau Deringer abzuliefern. Es herrschte sonntäglicher Hochbetrieb. Die Patienten flanierten im Sonnenschein unter den Ahornbäumen dahin, deren Blätter grüne Reflexe auf den Boden warfen. Eine türkische Familie picknickte auf dem Rasen und ließ ihre Kinder, zwei Jungen und ein Mädchen, frei herumtollen. Die Kleinste, ein schwarzer Lockenkopf, stellte sich vor ihn hin und bohrte in der Nase.

»Wau«, sagte sie und deutete auf den Mops.

Er ignorierte das Kind, setzte sich auf die Bank und schaute auf sein Handy. Schon fünf Uhr. Eigentlich wollte er mit Lukas noch eine Runde um die Häuser drehen und vielleicht einen kleinen Halt im Komma machen.

Als Frauchens pinkfarbener Nickianzug zwischen den Bäumen auftauchte, begann der Mops zu ziehen. Ihre Haare waren in perfekt synchrone lila Wellen gelegt, und ihr Arm steckte in einer dunklen Schiene mit Klettbändern.

»Ist ja gut!«

Er griff die Leine fester und war sich plötzlich nicht mehr sicher, ob Hunde hier überhaupt erlaubt waren. Und da war es schon passiert. Max hatte sich losgerissen und rollte wie eine durchgegangene Dampfwalze quer über die Wiese auf Frau Deringer zu.

»Ja Mäxle. Da bisch du ja. Ond gut goats dir. Des sieht man vei.« Gerührt nahm sie ihren wie verrückt wedelnden Mops in Empfang. »Magsch ein Zuckerle?« Sie hielt ein braunes Teil in die Höhe, von dem Sebastian nicht sagen konnte, ob es sich um ein Hundeleckerli oder eine Praline handelte und ließ Max danach springen. Was der alles konnte, wenn er etwas haben wollte!

»Gell, du musch der Baschti sein.«

»Sebastian. Grüß Gott«, sagte er.

»I dank dir recht schön, dass du mei Mäxle bracht hasch. Nimsch des, gell!« Sie drückte ihm ein Stück Papier in die Hand, das sich als zusammengerollter 20 €-Schein entpuppte.

»Danke«, sagte er verblüfft. Sein Vater hielt ihn eher kurz. Davon konnte er sogar Lukas, der ihn schon einmal zu oft auf seinem Roller mitgenommen hatte, ein Bier ausgeben. Er ging ein Stück und setzte sich auf die Bank bei den Tischtennisplatten, die so nahe am Hausmann'schen Garten standen, dass man fast in die Zweige des Kirschbaumes greifen konnte. Weit unten hockten sie sicher noch immer beim Kaffee und echauffierten sich über ihn.

»Hallo.« Ein Mädchen ließ sich neben ihm nieder. Verstohlen betrachtete er sie von der Seite. Sie trug einen schwarzen Spitzenrock, ebensolche Handschuhe, die ihr bis über die Ellenbogen reichten und dazu ein rotweiß geringeltes T-Shirt. Ein abgefahrener Look irgendwo zwischen Vamp und Pippi Langstrumpf. »Ich bin Flavia.«

»Sebastian.«

»Irgendwo müssen meine Kippen sein.« Sie begann, in ihrer gewebten Schultertasche zu wühlen. Ein Lippenstift und eine Packung Gauloises fielen über Bord. »Willst du eine?«

Er schüttelte den Kopf. »Nein, danke.«

»Und was machst du hier? Einen Verwandten besuchen?« Ihre Stimme war undeutlich, weil sie eine Zigarette zwischen ihre Lippen gesteckt hatte.

»Nein, ich warte auf den Mops.«

»Auf den was?«

»Da vorn.« Er zeigte auf die Wiese vor der Klinik für Herzkrankheiten und Pneumologie, wo Frau Deringer inzwischen mit ihrem Liebling herumtollte. Wenn es den Hund erwischte, war er mit seinem Herzinfarkt wenigstens am richtigen Ort.

»Ist der fett! Ist das deiner?«

»Nein. Er gehört der Frau mit dem gebrochenen Arm. Aber wir haben ihn in Pflege. Wir wohnen da unten.« Er zeigte auf den Kirschbaum und den Garten, hinter dem sich irgendwo das Haus versteckte.

»Ach nee!« Flavia pustete ihm den Rauch ins Gesicht. Ihre blondierten Haare wuchsen am Ansatz dunkel nach. Sie hätte hübsch sein können, wenn sie nicht so verdammt zart und zerbrechlich gewesen wäre. »Ich habe neulich jemanden aus deiner Familie kennengelernt«, tastete sie sich vor. »Sie hatte braune Haare. Eine ganz hübsche. Deine Mutter kann es nicht gewesen sein. Dafür war sie zu jung.«

»Das war meine Schwester Leonie.«

»Und was machst du sonst so, wenn du keine Möpse ausführst?«

»Ich gehe zur Schule, mal mehr, mal weniger.«

Sie kicherte. »Echt geil! Das mal weniger.«

Er lachte bitter auf. »Das finden meine Leute nicht. Sie sind stinksauer.«

»Und warum tust du dann nicht, was sie wollen, und gehst brav zur Schule?« Sie schnippte dieAsche auf den Boden.

»Weil ich kein braver Junge bin. Und weil es mich anödet. Vielleicht auch, weil ich einfach Besseres zu tun habe.«

»Dann schmeiß doch hin, so wie ich.« Die Hand, die den Riemen ihrer Tasche auf der Schulter zurechtrückte, war schmal, die Finger dünn wie Spinnenbeine.

»Das hast du tatsächlich getan? Wo war das denn?« In Esslingen sicher nicht. Wer in der Innenstadt zur Schule ging, kannte sich zumindest vom Sehen.

»In Stuttgart. John-Cranko-Schule.«

Er hatte von der Kaderschmiede des Stuttgart-Ballets gehört, an der junge Ballettschüler hart für ihre Karriere trainierten. »Wow, du bist Balletttänzerin.«

Sie nickte. »Ich war Ballettschülerin. Ich wollte Primaballerina werden. Flavia, der sterbende Schwan. Aber jetzt bin ich hier. Feierabend.«

Er schluckte und wusste nicht, was er sagen sollte.

»Aber ich habe ja meine beste Freundin, Ana.«

»Ist die auch hier?«, fragte er und schaute sich unwillkürlich um.

Blaue Augen schauten ihn melancholisch an. Sie zog ihren rotweißgestreiften Ärmel zurück, der Arm darin war stäbchendünn.

»Ich löse mich langsam in Luft auf.«

16.

Er steckte den Schlüssel in die Tür des Neubaus am Hölderlinweg, schloss auf und trat ein. Der marmorweiß geflieste Vorraum lag im Licht des Spätnachmittags. Auf der Kommode aus Kirschbaum stand eine blaue chinesische Vase voller weißer Rosen.

»Fabian, wie schön!« Conny Grundmann trat aus der Küche und küsste ihren Sohn auf die Wange. Dazu musste sie sich kaum auf die Zehenspitzen stellen. Sie war selbst groß, schlank, braungebrannt und trug eine weite Bluse über einer weißen Jeans.

Unwillig entzog er sich, indem er einen Schritt zurücktrat.

»Ich muss leider gleich weg. Die Charitys warten schon.«

Immer sonntags kümmerte sich Conny um ihre gesellschaftlichen Verpflichtungen, zu denen auch der Damenclub gehörte, der bei reichlich Prosecco Pläne für das nächste Benefizkonzert schmiedete.

»Hast du was von Sandra gehört?«

»Nein.« Seit seine Freundin ein Auslandssemester in England verbrachte, hatte sich ihre Beziehung abgekühlt.

»Könntest du dich bitte um meinen Rechner kümmern? Er lässt sich einfach nicht mehr hochfahren. Und vergiss nicht, den Garten zu gießen!« Das Frühjahr war viel zu trocken gewesen. Der staubige Erdboden saugte das Wasser auf wie ein Schwamm. Fabian nickte resigniert. »In Ordnung. Und wo ist der Alte?«

Missbilligend schüttelte sie den Kopf. »Vater ist Golfspielen«, sagte sie leise. Einen Moment später fiel die Tür ins Schloss. Kurz darauf setzte sie den schwarzen Mercedes zurück, der in der Einfahrt gestanden hatte, und fuhr in Richtung Mülberger Straße davon. Okay, okay.

Fabian ging in die Küche und schaute nach, was es zu essen gab. Nicht schlecht. Er packte sich den Teller voll Kartoffelgratin, häufte Salat darauf und griff sich gleich zwei der leckeren mit Schafskäse und Lammfleisch gefüllten Teigtaschen. Dann setzte er sich auf das weiße Ledersofa im Wohnzimmer und legte die Beine auf den passenden Hocker. Es war so still, dass er den Staub in den Sonnenflecken tanzen sah. Der Raum war mit 40 Quadratmetern angemessen groß. Er lag im Erdgeschoss des repräsentativen Terrassenbaus mit acht Zimmern, den sich seine Eltern vor sieben Jahren in bester Halbhöhenlage gebaut hatten. Der Perserteppich, ein riesiger Flachbildfernseher, die dunklen Regale aus Kirschbaumholz, in denen sich die Bücher bis zur Decke stapelten. Das Zimmer spiegelte den gediegenen Wohlstand, den sich der Alte über die Jahre hinweg erarbeitet hatte. Grundmanns fühlten sich an ihrem gesellschaftlichen Platz in der Esslinger Oberschicht wohl und füllten ihn stilvoll aus. Nur Fabian hatte die Familientradition gebrochen, war kein Banker auf Erfolgsschiene geworden, sondern Polizist. Einer, der im Schlamm herumstochert und nicht mal gut dabei verdient, hatte sein Vater gesagt. Fabian selbst hatte keinen Namen für den unverbesserlichen Idealismus, mit dem er die Risse in der Welt zu kitten versuchte.

Er drückte auf die Fernbedienung und begann, auf dem Sofa zu essen. Auf Arte kam eine Reportage über Brunnenbau in Afrika, langweilig, aber er brauchte die Glotze sowieso nur, um in Ruhe nachdenken zu können.

Der gestrige Tag steckte ihm in den Knochen. Wenn er die Augen schloss, wirbelten die Bilder durcheinander, der muffige Geruch des Schotters, der Junge mit dem Gesicht auf den Gleisen, dessen kaum merklichen Puls er in den Fingerspitzen gespürt hatte. Die Lichter der Stadtbahn, Leonies angstvoll aufgerissene Augen. Er fühlte sich, als sei er in Einzelteile zerfallen. Und er wusste nicht, was dabei herauskommen würde, wenn er sie wieder zusammensetzte. Denn dazwischen lag die Begegnung mit Leonie. Nach der schlaflosen Nacht im Krankenhaus hatte er als Erstes ihre Nähe gesucht und wie ein begossener Pudel in Hausmanns Garten herumgestanden. Die Sache mit der Falschaussage war dabei nebensächlich gewesen.

Sie gefiel ihm, obwohl ihm klar war, dass er damit auf Glatteis balancierte. Eine Frau, die das Modell eines Barockkünstlers mit einem jugendlichen Straftäter verwechselte, war hochgefährlich. Aber vielleicht war genau diese traumtänzerische Art das, was ihn interessierte. Weil sie nicht nachdachte, bevor sie zu leben begann.

Er ging ins Schlafzimmer an den Schreibtisch seiner Mutter. Der Alte leistete sich ungefähr einmal im Jahr einen neuen Rechner. Für Conny, die mit dem Computer allenfalls ihre Termine plante oder im Internet recherchierte, blieben die ausrangierten Modelle übrig. Er drückte auf Start, einmal, zweimal, dreimal, dann gelang es ihm, die Seite seiner Mutter hochzufahren, auf der ein rosagrünes Streifenmuster für unerwartete Akzente sorgte. »Graphikkarte kaputt«, murmelte er und fuhr den Rechner wieder runter. Da musste zumindest ein Ersatzteil, wenn nicht diesmal doch ein neues Modell her.

Fabian trat auf die Terrasse hinaus. Die Sonne war schon verschwunden, aber die Hitze des Tages lag noch in der Luft. Er wickelte den Gartenschlauch ab und zog ihn mit sich den Hang hinunter. Vom Garten aus bot sich ein grandioser Blick über das Neckartal. Halbherzig begann er, den Steingarten zu wässern und schwenkte den Wasserstrahl schließlich auf die Rosen um. Von weitem hörte er den ICE Stuttgart–München vorbeirauschen, der die Geräusche der B 10 mühelos übertönte. Der Lärmpegel war ein Nachteil der Halbhöhenlage, den die Wohlhabenden in Kauf zu nehmen wussten.

Fabian hielt den Gartenschlauch gerade auf den Lavendel, als er hinter dem Jägerzaun eine Bewegung wahrnahm. Nebenan, im Garten des Baulöwen Peter Ölnhausen, stand jemand am Pool. Der Unternehmer hatte sein nobles Stadthaus rund zwei Jahre später als seine Eltern bauen lassen und dabei weder an Kosten noch an Ideen gespart. Fabian wusste, dass seine Mutter hin und wieder neidisch hinüberlinste und sich heimlich von den Designideen seines Gartenbauarchitekten inspirieren ließ. Ein Stück unterhalb der holzgedeckten, von Bambussträuchern umrahmten Terrasse befand sich ein Pool, an dessen Rand eine ziemlich gutaussehende Frau stand. Sie streifte ihren Bademantel ab, warf ihre Haare nach hinten und schlappte in Flipflops bis zur Kante. Dort ging sie in die Knie, stieß sich ab und sprang elegant wie ein Delphin ins Wasser. Ihr knapper Bikini leuchtete weiß wie ein Blitz. Seine Mutter lästerte immer darüber, wie schnell Ölnhausens Flammen wechselten. Etwas Halbseidenes hätten sie alle an sich, wie frisch aus einer Bar gekapert, meinte sie. Die Zuckerpuppe mit der blonden Mähne jedenfalls würde so schnell keiner von der Bettkante stoßen. Doch er sah vor seinen Augen nur Leonie, und ihr Name hieß Begehren.

Milena Donakova schaffte es, zwei Bahnen zu schwimmen und erst danach zu atmen. Wenn sie tauchte, träumte sie auf Russisch und war zu Hause. Sobald sie ihren Kopf über die Wasseroberfläche hob und nach Luft schnappte, hatte die Gegenwart sie wieder, der Pool, die Terrasse, das Haus, in dem sie sich als Hausherrin fühlen durfte oder aber als Inventar. Wie man es nahm. Sie legte sich im Wasser auf den Rücken und schaute in den Himmel, der so durchsichtig war, dass ihre Gedanken wie durch einen Tunnel nach Hause gleiten konnten. In St. Petersburg war ebenfalls Sommer, und Aljoscha ging mit ihrer Mutter auf den Spielplatz und in den Park. Ein kleiner Junge im gestreiften T-Shirt, der in der Schaukel saß und so hoch flog, dass seine Füße fast die Äste der Bäume berührten. Und der sie langsam aber sicher vergaß. Sie ließ zu, dass ein paar Tränen aus ihren offenen Augen ins Wasser tropften, ein bisschen Salz, das weniger Spuren hinterließ als die Kondensstreifen am Himmel. *Reiß dich zusammen!*, dachte sie. Dir fehlt nichts. Noch nie hatte sie so sorglos gelebt. *Doch, doch, doch,* dachte ein eigensinniger Teil ihres Gehirns. *Doch, mir fehlt etwas*. Sie schwamm zum Rand und zog sich hoch. Als sie sich abtrocknete, ließ eine Windböe sie frösteln, und sie hüllte sich in ihren Luxusbademantel. Ein Luxusweibchen mit einem Brillanten am Finger, wie gemacht für das teure Designerhaus. Sogar die Flipflops waren mit Strass besetzt.

Milena hatte Russland verlassen, um in Deutschland als

Hausmädchen zu arbeiten. Doch dann hatten diese Männer sie auf den Geschmack gebracht. Es waren Russen gewesen und Italiener, kurzgeschorene Köpfe und Westernstiefel an den Füßen, die sie auf den Tisch gelegt hatten, als würde sie ihnen gehören. Milenka, hatten sie gesagt, so wie du aussiehst … Es gibt leichtere Arten sein Geld zu verdienen als hinter den Deutschen herzuwischen. Sie hatte immer gewusst, dass sie schön war, groß, mit exotisch geschnittenen Augen, aber erst diese Geschäftsmänner hatten sie auf die Idee gebracht, Kapital aus ihrem Körper zu schlagen. Und auch da hatte sie noch geglaubt, es handle sich um einen Modeljob. Ha! Tief in ihrem Innern hatte sie gewusst, dass es keiner war, dass sie die Beine breit machen würde für die Herren im Anzug, die auf Firmenkosten kamen, ihre teuren weißen Hemden durchgeschwitzt und mit der weißen Spur am Ringfinger, die entstand, wenn man den Ehering kurzfristig ablegte. Die Zeit im Bordell war hart gewesen, aber verdient hatte sie tatsächlich nicht schlecht. Es war kein Straßenstrich, und der Deutsche, der ihn im Auftrag der Organisation führte, hatte auf die Mädchen aufgepasst. Sie hatte alles, was übrig blieb, zusammengekratzt und in die Heimat geschickt, wo es ihrem Jungen an nichts fehlen sollte. Kleidung, Spielzeug, die besten Schulen, die Viertelgeige, die halbe Geige. Aljoscha war begabt, und sein Unterricht kostete Geld. Und irgendwann war da Peter Ölnhausen gewesen, der immer nur sie wollte, wieder und wieder. Peter mit seinem Bauch und seiner Glatze, seinen etwas anderen Vorlieben und der Armbanduhr, die er auch beim Sex nicht ablegte, weil er, wie er sagte, ein Vermögen für sie bezahlt hatte. Irgendwann hatte er dem Deutschen Geld gegeben und sie mit nach Hause genommen wie eine streunende Katze.

Milena setzte sich an den Rand des Pools, breitete den Bademantel hinter sich aus und schüttelte ihre nassen Haare. Die

Wassertropfen kühlten ihr heißes Gesicht. Sie blieb sitzen, bis die Sonne hinter den Hügeln im Westen verschwand. Dann ging sie ins Haus, duschte und zog sich ein weißes Sommerkleid an. Das Parkett im Flur war mahagonifarben, die Wände mit Holz verkleidet. Barfuß tappte sie in die Küche, Hochglanz weiß, und öffnete den Kühlschrank. Die Putzfrau füllte ihn am Samstag mit Fertiggerichten. Milena entschied sich für Boeuff Stroganoff und stellte es für die Mikrowelle bereit. Sorgfältig schnitt sie ein Baguette in immer gleich dicke Scheiben und richtete es in einem Korb an, den sie vorher mit einer Stoffserviette ausgelegt hatte.

Ein Salat, den sie wusch und mit Fertigsoße anmachte, Tomaten, die sie schnitt, die Flasche Rotwein, die dekantiert und temperiert werden musste. Langsam und geduldig hatte Pjotr ihr erklärt, wie eine deutsche Hausfrau zu funktionieren hatte, und Milena wollte seinen Vorstellungen entsprechen. Nur, dass sie über ihren Versuchen, deutsch zu lernen, ihre eigene Sprache vergaß und manchmal träumte, sie sei stumm wie ein Fisch, der unter Wasser lautlos sein Maul aufriss.

Als das Abendessen gerichtet war, ging sie über den Flur ins Schlafzimmer, um sich ihre Flipflops zu holen. Ihre Füße wurden auf den glatten Böden langsam kalt. Am Bett hingen noch immer die Handschellen. Ja, sie zahlte ihren Preis für ihren Platz im goldenen Käfig, und es machte ihr mehr und mehr Angst, dass sie es zu genießen begann. Sie legte ihren Schmuck an, die helle Perlenkette, die so gut zu dem weißen Leinenkleid passte, die Perlenohrringe. Ihre schweren Haare waren schon wieder fast trocken. Peter liebte die hellen Goldtöne, aus denen sie zu bestehen schien. In der Luft hing der Geruch nach Sex, und in ihrem Brustkorb war plötzlich nicht mehr genug Platz für die Luft, die sie atmen wollte. Milena riss das Fenster auf. Plötzlich, sie wusste es nicht, war da dieser Impuls.

Ein, zwei Mal hatte sie ihm schon nachgegeben. Sie umkreiste das Bett und ging auf Peters Seite, wo sein Nachttisch stand. In der mittleren Schublade, unter seinen Socken, die immer sorgfältig zusammengerollt waren, lag die Pistole. Milena schob die Socken an die Seite und hob sie heraus. Sie war überraschend schwer, das Metall glatt und kalt. Einen Moment lang sah sie, wie sie die Waffe an ihre Schläfe hielt und abdrückte. Ein Ausweg, und sie hätte endlich eine Spur in diesem Haus hinterlassen. Da hörte sie, wie Pjotr den Porsche in die Garage fuhr und das Tor zuschlug. Gleich würde er ins Haus kommen und sie fragen, wie es ihr ging. Gut, würde sie in gebrochenem Deutsch antworten, und das Lächeln würde sich nicht mehr von ihrem Gesicht wischen lassen. Wie eingefroren würde es dort stehenbleiben bis in die Nacht hinein. Erst dann würde ihr wieder einfallen, dass sie eine russische Hure war.

17. Als Alessio am Montagmorgen erwachte, war der Himmel so orange wie Pfirsichshampoo. Schlaftrunken schälte er sich aus Blues Schlafsack, in dem es durchdringend nach Hund und Bier roch, und setzte sich auf. Zu dritt war es darin zwar eng, aber leidlich warm gewesen. Jetzt fror er in der Morgenkühle. Die meisten anderen Straßenkids lagen noch in ihre Decken gewickelt unter den Bäumen, manche so alkoholisiert, dass es sicher noch eine Weile dauern würde, bis sie wieder unter den Lebenden weilten. Nur Henne stand mit bloßem Oberkörper der aufgehenden Sonne, streckte sich und fiel in einen Karateschritt, bei dem sein Hahnenkamm wogte. Der Schlossgarten lag blaugolden im Morgenlicht wie eine Märchenlandschaft. Die Bäume waren freundliche Riesen. Unter dem Schatten eines Parkbaums entdeckte er Blue, die ihren Hund kraulte und ihn anlächelte. »Hallo! Ich bin eine Frühaufsteherin. Hab dich etwas länger schlafen lassen.«

Er stand auf, streckte sich und kam barfuß durchs nasse Gras auf sie zu. »Was machen wir heute?«

Sie zuckte die Schultern. »Schnorren. Wir müssen schließlich von was leben.«

Sie hatten den Sonntag im Park vertrödelt, in der Sonne gelegen und die Familien erschreckt, die mit ihren Kinderwagen in Richtung Cannstatt gezogen waren. Wo die Punks auftauchten, fiel jedes Picknick flach, und türkische Großfamilien flohen in Scharen zu ihren Autos. Alessio hatte nicht gewusst, dass man so glücklich sein konnte. Noch nie zuvor hatte er sich als Teil einer Gruppe gefühlt, vollkommen akzeptiert, ohne dass ihm jemand Fragen stellte. Und dann war da Blue, an die er sich halten konnte, fast als sei er ihr Freund. Aber heute war es vorbei mit dem lockeren Leben. Geld musste her, von dem sie sich Essen kaufen konnten. Niemand ahnte, dass Alessio jede Menge Cash besaß, seine Investition in die Freiheit, die sich im Geldbeutel in seiner rückwärtigen Jeanstasche befand.

»Vielleicht gehe ich in den Schlupfwinkel«, sagte Blue, stand auf und streckte sich. »Kommst du mit? Ich würde mich gerne mal wieder als Mensch fühlen.«

In der Anlaufstelle der Evangelischen Gesellschaft konnte man hin und wieder das tun, was normale Kids auch taten: duschen, essen, Wäsche waschen und chillen. Fast so wie zu Hause. Manche der Straßenkinder waren auf Drogen, aber auch die schickten die Sozialarbeiter nicht weg. Und vor allem stellten sie keine Fragen. Auch Alessio fühlte sich reif für eine Dusche, denn er stank noch immer penetrant nach dem Bier, das Henne ihm am Samstagabend über den Kopf gegossen hatte.

»Ich habe eine bessere Idee.« Er stand auf und zog sich sein schmutziges Sweatshirt über den Kopf.

»Und was?«

»Komm! Und nimm deine Wäsche mit.« Ohne zu zögern stapfte er über die Wiese auf den Hauptweg zu, der zum Bahnhof führte. Fahrradfahrer strebten an ihnen vorbei in Richtung Innenstadt, nur wenige Meter entfernt von der Stadtautobahn, auf der die Autos wie jeden Morgen kilometerlang im Stau standen.

»Aber wo willst du hin?« Ronja an der Leine, holte Blue ihn ein.

»Wart's ab!« Zielstrebig ging er ihr voran in die brechend volle Klettpassage, in der sich die Leute drängten, die zu den Stadtbahnen und Bussen eilten. Kurz vor der Rolltreppe zur S-Bahn hielt sie ihn am Ärmel zurück.

»Wir haben keine Fahrkarte«, zischte sie. »Wenn man uns erwischt, kostet das. Und man überprüft unseren Perso.«

Er zuckte die Schultern und zog ein Mehrfahrtenticket am Automaten und dazu noch ein Kinderticket für den Hund.

»Wo hast du die ganze Kohle her?«, fragte sie unsicher.

»Hatte ich noch«, sagte er und stempelte zwei Fahrten.

Sie stiegen in die S-Bahn nach Plochingen und stellten sich auf die Stehplätze nahe der Tür, als würden sie einen Fluchtweg brauchen. Von überallher warfen die Leute ihnen misstrauische Blicke zu. Blue fasste Ronjas Leine kurz. »Platz!«, sagte sie und schaute sich nervös um. »Wenn nur keine Bullen kommen.« Plötzlich wünschte sich Alessio, dass sie nie mehr Angst haben musste. Einen Moment später ging ihm auf, dass er es war, der die eigentliche Bedrohung darstellte. Er wurde gesucht. Und die Lebensgefahr, in der er steckte, würde sich auf Blue übertragen, solange sie mit ihm zusammen war. Das Gefühl lastete einen Moment auf ihm, wie eine dunkle Wolke, die ihn verschlingen wollte. »Obertürkheim. Ausstieg in Fahrtrichtung links«, sagte die Automatenstimme. Entschlossen drängte er die aufsteigende Panik zurück und schaute sich um. Obwohl sie gegen den Strom fuhren, war der Waggon voller Schüler, die eifrig vor sich hin simsten. Pendler, die im Neckartal arbeiteten, steckten ihre Köpfe in die Stuttgarter Zeitung oder hielten ein Nickerchen. Eine teuer gekleidete Frau, sicher auf dem Weg in die Büros des Daimler-Konzerns, zog sich vor einem winzigen Spiegel die Lippen nach.

Sie stiegen am Mettinger Stadtteilbahnhof aus und kauften im Café Mocca Croissants, trotz der missbilligenden Blicke der Verkäuferin, die Blue in ihrem rotkarierten Mini genauso galten wie Alessio mit seinem dreckigen Shirt. Als sie auf die Straße traten, griff Blue hungrig in die Tüte, holte sich ein Croissant und biss hinein.

»Geklaut?«, fragte sie mit vollem Mund und schaute ihn an.

»Was?«

»Das Geld.«

Er zuckte die Achseln. »Und wenn schon. Komm!«

»Wohin?«

»Nach Hause. Da ist niemand.«

Die Wohnsiedlung lag gleich hinter der Unterführung zwischen den Gleisen, dem Neckar und der B 10. Östlich der Häuser hörte die Bebauung langsam auf. Auf den Feldern nahe der Neckarbrücke konnte man in der Morgensonne Erdbeeren pflücken und Blumen schneiden. Dort gab es einen Abenteuerspielplatz, auf dem Alessio als Kind viel Zeit verbracht hatte. Später hatte er dann mit seinen Kumpels im Verein gekickt und sich dabei locker Respekt verschafft. Damals war die Welt noch fast in Ordnung gewesen.

Die Siedlung bestand aus rechteckigen Wohnblocks, die in ebenso rechteckige Wohnungen aufgeteilt waren. Die Schuhschachteln unterschieden sich nur durch die unterschiedliche Farbe der Balkone. Es gab welche mit grünen und blauen

Balkonen und welche mit roten und orangefarbenen. Alessio wohnte in einem der orangefarbenen.

Als er seinen Schlüssel in die Haustür steckte, bewegte sich im ersten Stock eine Gardine. Frau Hegele. Er winkte, wie er es immer getan hatte, wenn die Alte spionierte, und der Schatten verschwand. »Neugierige Eule«, brummte er.

Blue biss sich auf die Lippen, aber sie folgte ihm trotzdem in den dritten Stock. Es war ein komisches Gefühl, nach vier endlosen Wochen wieder die Wohnung aufzuschließen. Drinnen war es perfekt aufgeräumt, fast, als hätte sich seine Mutter damit abgefunden, dass niemand von ihnen je wieder nach Hause kommen würde. Die kleine Schäferin aus Porzellan, die sie so sehr liebte, stand auf der Kommode. Es roch nach zerbrochener Familie und dem Rauch, der muffig in den Vorhängen klebte. Blue ging ihm voran ins Wohnzimmer und steuerte zielstrebig in Richtung Fernseher, auf dem das Foto stand, das an Alessios fünfzehntem Geburtstag geschossen worden war.

»Seid ihr das, du und deine Eltern?«

Er nickte. »Das waren wir. Mein Vater ist vor drei Monaten gestorben. Meine Mutter musste vor vier Wochen in die Klinik.«

»Oh«, sagte sie. »Das tut mir leid. Sie sehen so gut aus, der grauhaarige große Mann wie George Clooney und deine Mutter. Sie ist so viel jünger und so schön.«

Er zuckte die Schultern. »Vielleicht stand er deshalb auf sie. Aber das hätten sie lieber lassen sollen. Ihre Ehe war eine Katastrophe.«

Sie trat auf ihn zu und legte ihm die Hand auf den Rücken. »Aber dann würde es dich nicht geben.«

Alessio zuckte die Schultern. »Das wäre kein großer Verlust.«

»Doch, das wäre es«, widersprach sie. »Und wer hat das Foto gemacht?«

»Ein Verwandter«, sagte er ausweichend.

»Zeig mir mal die Küche. Ich möchte Ronja Wasser geben.«

Als der Hund friedlich aus der Obstschale trank, steckte er die mitgebrachte Wäsche samt Schlafsack in die Waschmaschine. Einen Moment lang sah er zu, wie die Maschine den Schmutz der vergangenen Wochen einfach so fortspülte. Dann holte er Handtücher aus dem Elternschlafzimmer, auf dessen Bett die Rüschendecke lag, rechtwinklig und abgezirkelt, rosa.

Alessio und Blue duschten nacheinander. Danach setzte sich Blue mit Ronja ins Wohnzimmer und schaute Viva. Als er mit einem Tablett voll italienischem Kaffee, den restlichen Croissants, Butter und Marmelade aus der Küche kam, wandte er schnell den Blick ab, denn sie trug nichts außer dem flauschigen Badetuch, das er ihr gegeben hatte. Irgendwie hatte sie geschafft, es wie ein Strandkleid um sich herumzuwickeln und dabei noch elegant auszusehen. Blues Schultern waren sehr zart und sehr weiß, die Haare standen in alle Richtungen ab wie bei Pumuckl, der in seiner Kindheit im Fernsehen sein Unwesen getrieben hatte. Nur blau. Vorsichtig setzte er sich auf die Sofalehne, nicht zu nahe und nicht zu weit von ihr weg. »Magst du Cappuccino? Ich hab Milch aufgeschäumt.«

»Na klar«, sagte sie. »Aber woher kannst du solche Sachen?«

Er goss den Kaffee in zwei Tassen, rührte Zucker hinein und gab Milch dazu. »Weil Laura, meine Mutter, Hilfe brauchte. Seit mein Vater krank war, hatte sie als Fremdsprachenkorrespondentin Vollzeit gearbeitet, und wenn sie müde nach Hause kam, randalierte der Alte besoffen herum. Irgendwann war sie so traurig, dass sie nicht mehr gesprochen hat. Manchmal hat es ihr dann geholfen, wenn ich da war und Kaffee gekocht habe. Dann ist der Alte gestorben, aber ihre Traurigkeit blieb und wurde immer schlimmer, bis sie nur noch auf dem Sofa gelegen und geraucht hat. Ein Wunder, dass die Bude nicht abgefackelt ist.«

Wenn es Laura schlecht ging, musste er raus und an irgendjemandem Dampf ablassen, jemandem, der schwächer war als er und dem er zeigen konnte, mit wem er es zu tun hatte. Den Revolver seines Vaters hatte er im Schlafzimmer versteckt.

»Die Arme«, sagte Blue, trank und leckte sich den Schaum von den Lippen.

Alessio schwieg. Er durfte nicht an seine Mutter denken, nicht jetzt. »Und du? Warum bist du von zu Hause abgehauen? Das bist du doch, oder?« Zornig stieß sie die Luft aus. »Ich bin dir keine Rechenschaft schuldig!«

»Komm schon«, sagte er beschwichtigend. »Ich hab dir von mir erzählt, und das ist echt keine schöne Geschichte. Warum kannst du dann nicht von dir erzählen?«

Sie musste ja nicht wissen, dass er das Wesentliche weggelassen hatte. Blue setzte sich zurück und schaute ihn prüfend aus ihren dunklen Augen an. »Wir hatten ein Gestüt. Voll schön.«

Er runzelte die Stirn.

»Na, einen Pferdehof, du weißt schon mit edlen … Araberhengsten. Braun, schwarz, weiß. Mein Pferd hieß Flamingo. Und dann kam ein Feuer, und alles brannte ab, die Pferde alle tot. Meine Eltern auch, und ich stand allein auf der Straße.«

»Jetzt lügst du«, sagte Alessio langsam.

»Na gut. Das stimmt nicht. Aber die Wahrheit ist so beschissen. So erniedrigend.« Sie setzte sich zurück, drückte sich in das Kissen mit dem Elefanten und fasste einen Entschluss. »Meine Eltern sind nicht tot und auch nicht arm. Sie haben ein Autohaus, und bis vor einem halben Jahr war ich nur die rebellische Tochter der Chefs der Opelniederlassung in Backnang.

Flamingo gibt es übrigens wirklich. Sie haben locker den Reit- und den Ballettunterricht für uns bezahlt. Aber dann ist Paula ausgezogen, meine ältere Schwester, und er fing an … hinzugucken.«

»Wer?«, fragte Alessio begriffsstutzig.

»Mein Vater. Und dann hat er zugegriffen.« Ihre Stimme war sehr leise geworden. »Ich hab irgendwann gerafft, dass er es mit Paula genauso gemacht hatte. Sie war bloß so lange daheim geblieben, weil sie mich schützen wollte. Aber irgendwann konnte sie nicht mehr. Und das kann ich gut verstehen, denn man fühlt sich wie ein Nichts.«

»Ich blas ihm den Kopf weg«, sagte Alessio gelassen.

»Was?«

»Er ist schon tot.«

»Aber …« Entgeistert starrte sie ihn an.

»Das macht man so mit Verbrechern. Dann kann er keinen Ärger mehr machen, genau wie mein Alter.« Alessio trank einen Schluck Cappuccino, der kalt und schal geworden war.

Blue schaute ihn an und biss sich auf die Unterlippe. »Manchmal machst du mir Angst.«

Er nickte. »Natürlich. Unsere Sachen sind trocken.«

Auf dem Bildschirm räkelte sich Amy Winehouse mit ihrer aufgetürmten Frisur und den unglaublich schwarz angemalten Augen am Mikrophon und sang »No, No, No.«

Er holte die Wäsche aus dem Trockner und streifte sich das blaue Sweatshirt über. Auf dem Weg ins Wohnzimmer stoppte er am Fenster und schaute hinaus.

Sofort durchzog ihn ein Schwall Kälte, ein eisiger Wind, der in seinem Inneren begann. Dort unten stand Kain und beobachtete das Haus. Im gleichen Moment hob er den Kopf, und ihre Augen begegneten sich. Alessio verlor keine Zeit und rannte, so schnell er konnte, ins Wohnzimmer.

»Nimm Ronja, wir müssen abhauen«, rief er und warf Blue, die zum Glück wieder ihr T-Shirt und den Minirock angezogen hatte, den Schlafsack zu. Eine Sekunde später klingelte es unten Sturm und jemand polterte an die Tür. Sie stolperten durchs Treppenhaus, durch das die Klingel schallte wie eine Schiffssirene, und die Tür im ersten Stock ging auf.

»Alessio, mach doch uff! Des isch ja oin Hoidelärm dahanne«, herrschte ihn Frau Hegele an.

»Nein, kann ich nicht«, schrie er. Sie schaute ihn an und begriff schneller, als er gedacht hatte. »En den Keller«, sagte sie.

Hand in Hand rannten sie die Kellertreppe runter. Im unteren Flur blieben sie mit klopfendem Herzen stehen und lauschten. Sogar der Hund war still. Tatsächlich, die Nachbarin stieg in ihren Pantoffeln ins Erdgeschoss und öffnete die Tür.

»Ist Alessio da?«, fragte Kain, und Alessio drückte sich mit seinem Rücken an die kalte Kellerwand, als könnte die ihm Kraft zum Durchhalten geben. »Gerad eben war ers noch«, sagte Frau Hegele unbestimmt. »Ganget se doch nuff, Corrado, und leitet obe!« Fluchend rannte Kain die Treppe hoch in den zweiten Stock.

»Warum hast du Angst vor dem Typ?«, zischte Blue.

»Das hättest du auch«, flüsterte er und zog sie mit sich den viel zu langen Gang entlang, am Heizungskeller vorbei, durch die Tür ins Freie. Hier standen rostige Wäschestangen herum, die niemand mehr benutzte, dazwischen ein morsches Schaukelgestell. Blauer Himmel wölbte sich friedlich über allem.

»Komm!«

Sie rannten durch die Unterführung in Richtung Bahnhof und nahmen auf der Treppe zum Bahnsteig drei Stufen auf einmal. Die nächste S-Bahn in Richtung Stuttgart kam erst in zehn Minuten. »Scheiße«, sagte Alessio und zog Blue in eines der Wartehäuschen, die wenigstens ein bisschen Schutz boten.

Hier kauerten sie sich auf die Bank und machten sich so klein wie möglich.

Wieder und wieder schauten sie zum Treppenaufgang. Ronjas Ohren zuckten nervös, aber noch immer gab sie keinen Laut von sich. Ein Zug raste durch den Bahnhof und saugte alle anderen Geräusche in sich auf. Als es wieder still war, hielten Alessio und Blue sich an den Händen. Eine alte Frau im türkisblauen Sommerkleid betrat den Bahnsteig und setzte sich freundlich grüßend neben sie auf die Bank. »Was für ein schöner Tag!«

Er nickte. Als Nächstes kam eine türkische Familie, die Frau mit Kopftuch, der Mann schob den Buggy über die Laufrinne am Rande der Treppe und hievte ihn über die Kante. Dann holte er seine Zigaretten aus der Tasche.

»Hier wird nicht geraucht!« Grantig fuhr die Alte den jungen Vater an, der achselzuckend die Kippe austrat und die Hände in den Hosentaschen versenkte. Seine Frau nahm das Baby aus dem Wagen und setzte es sich auf die Hüfte, von wo aus es sich neugierig umsah. Aber wenn Kain doch kam, würde er dann auf sie alle schießen?

Alessio dachte an Zuffenhausen, spürte das Entsetzen noch einmal, sah das viele Blut, die Pfützen, die rot gesprenkelten Fliesen, hörte die Stille, als die beiden alten Leute tot waren. Der Tod war nicht sauber, sondern eine Riesensauerei, besonders wenn mehrere Menschen gleichzeitig starben. Jede Nacht träumte er, dass er die Pizzeria mit einem Gartenschlauch reinigen musste und dann in den Fluten ertrank.

In diesem Moment fuhr die S-Bahn ein. Lautlos gingen die Türen auf und verschluckten sie alle. Die Bahn hatte sich gerade in Bewegung gesetzt, als Kain polternd die Treppe hochstürmte, ohne Pistole, aber mit einem Gesicht wie ein scharfgemachter Pitbull. Alessio drückte seine Nase ans Fenster und sah, wie er die Faust gegen ihn reckte, voll hilflosem Zorn, dass er ihm wieder entkommen war.

»Wer ist das?«, fragte Blue, und er hörte die Angst in ihrer Stimme. Diesmal hatte sie allen Grund, sich zu fürchten.

»Mein Halbbruder«, sagte er.

»Du bist mir einen Sohn schuldig«, hatte der andere gesagt.

»Noch einen?«, fragte der Alte.

»Du weißt, dass wir eine Familie sind, Giorgio.«

Der Alte hatte versucht, ihn hart zu machen, indem er ihn prügelte, wann immer ihm der Sinn danach stand. Aber es war ihm nicht gelungen. Alessio war ein Weichei geblieben. Anders Corrado, dessen uneheliche Geburt wie ein Makel an ihm haftete und der von allen nur Kain genannt wurde, der Bluthund des anderen, vielleicht, weil sein wirklicher Vater nie etwas von ihm wissen wollte.

18.

Sie würden der Zeitungsschlampe einen Denkzettel erteilen. Es war Abend, und die Abgase von Stuttgart City prasselten in einem Regenschauer auf die engen Häuserzeilen im Stuttgarter Westen herunter. Zu gern hätte Kain die Angst in ihren Augen gesehen und ihr gezeigt, was er noch alles drauf hatte. Doch man hatte ihm verboten, sich direkt mit ihr auseinanderzusetzen, und er hielt sich an die Befehle. Er hatte den Geländewagen am Straßenrand der Reinsburgstraße auf einem der wenigen legalen Parkplätze abgestellt und seine Hände locker auf das Lenkrad gelegt. Der Junge neben ihm rutschte unruhig hin und her und befingerte seinen Rucksack, in dem die Spraydosen aneinanderklackerten. Anders als Alessio tat er, was man ihm sagte.

»Keine Panik!«, sagte er, und der Junge lächelte schief.

Er fühlte sich gut, brannte vor Tatkraft. Der Geländewagen – er genoss es, wenn man ihm gestattete, ihn zu benutzen. Im Auto roch es nach den Ledersitzen, und die PS spürte man daran, dass der Motor schnurrte wie ein Kater, wenn er ihn mit einer leichten Handbewegung auf die linke Spur zog. Jetzt stand das Baby. Er schaute in den Seitenspiegel, erkannte die Streife, die langsam die Straße herabfuhr. Blausilbern. Als sie vorüber war, zählte er bis zehn und stieg aus. Der Junge folgte ihm. Er kaufte einen Parkschein und platzierte ihn akribisch ordentlich vor der Windschutzscheibe. Dann gingen sie an die Arbeit.

Die Redaktion der Zeitung lag im Hinterhof, rundum ragten Ziegelwände auf, Mülltonnen vollgestopft mit Altpapier, nasses Gras. Das ganze Haus stand dunkel und still unter dem grauen Himmel, aus dem es noch immer leise tropfte.

»Keiner da«, sagte der Junge.

Er nickte und ging daran, die Tür mit einem Dietrich zu öffnen. Was kein Problem war, denn es handelte sich um ein Schloss aus der Zeit vor hundert Jahren. Wenn sie wüssten, wer ihnen auf den Fersen war, würden sie sich zweimal überlegen, ihr Haus ungesichert zu lassen. Bei diesem Gedanken spürte er die Macht, die von ihm ausging. Im Nu standen sie im Flur, von dem eine Tür zu einer kleinen Druckerei abzweigte, die genauso dunkel und leer wie der Rest des Hauses dalag. Davor hatten Handwerker einen Eimer und zwei Säcke mit Sand und Zement zurückgelassen.

»Wollen wir?«, fragte der Junge aufgeregt und deutete auf das Zubehör. Es war zweifellos eine reizvolle Idee, denen einen Eimer Zement vor die Füße zu kippen, und es weckte so viele dunkle Erinnerungen. Leute waren einbetoniert worden oder waren mit einem Betonklotz am Bein im Hafenbecken von Palermo ertrunken. Mit leisem Bedauern schüttelte er den Kopf. »Wir machen ein Graffiti vor ihrer Tür«, sagte er leise.

Auf keinen Fall sollte sie hier jemand erwischen. Im Dunkeln schlichen sie die Treppe hinauf, bis sie vor der Tür zur Redaktion standen, die dem Eingang einer Mietwohnung ähnelte.

»Und warum macht ihr sie nicht gleich einen Kopf kürzer?« Der Junge lockerte den Verschluss seines Rucksacks. »Ich meine, wenn sie euch schon an den Karren gefahren ist. Sie hat schließlich all diese Lügen verbreitet.« Er holte die Spraydosen heraus und wog sie in seiner Hand.

Es wäre ein Leichtes gewesen, der Alten den Kopf wegzupusten. Nichts hätte er lieber getan, und verdient hatte sie es, auch wenn die Lügen verdammt wahr gewesen waren. Er konnte die Deutschen nicht leiden, die sich nicht kaufen ließen und bei allem den moralischen Zeigefinger hoben. Die sollten froh sein, wenn man sie in Ruhe ließ. Er fuhr dem anderen durch die dichten Haare. »Lektion eins, Kleiner. Du hältst dich immer an das, was die da oben dir sagen.« Der Junge zuckte die Schultern, öffnete den Verschluss der roten Dose und schüttelte. »Was soll ich sprühen? Fotze?«

Er schüttelte den Kopf. »Ey, was sollen die denken, Mann, dass wir Banausen sind?«

»Also was jetzt?«

»Mach was Englisches!«

Die Buchstaben entstanden im Nu, rot zuerst, dann kam noch eine blaue Umrahmung dazu. Und schließlich stand groß und unübersehbar »Stoppit« auf der weißen Wand im Treppenhaus. »Voll das Kunstwerk.« Er klopfte dem Jungen auf die Schulter.

»Und das soll alles gewesen sein?«, fragte der enttäuscht.

Und plötzlich sah er das genauso. »Komm!«, rief er. Sie waren schnell unten, lachten, spürten, wie das Adrenalin hochschoss. Er schüttete Sand und Zement in den Eimer und holte Wasser im Waschraum der Druckerei, die einfach offen stand. Hier steckten sie auch die Bohrmaschine der Handwerker ein und rührten den zähen Speis um, bis er zu einem dickflüssigen Brei geworden war. Sie schleppten den Eimer bis zur Tür, öffneten sie und gossen den Inhalt in den offenen Eingang, auf die bunten, uralten, etwas zersprungenen Fliesen.

»Wie Kotze«, sagte der Junge andächtig.

Er haute ihm auf die Schulter. Das hatten sie gut gemacht. »Und jetzt?«, fragte der andere. »Wir warten.«

Sie standen, schauten in den offenen Hof hinaus, über dem sich eine blaue Dämmerung ausbreitete. Die Regenwolken waren verschwunden und hatten einem Himmel Platz gemacht, so leer wie ein Schacht, der einen in die Tiefe ziehen wollte. Und warteten noch immer. Niemand nahm von ihnen Notiz, auch nicht die Ratte, die zwischen den Mülltonnen hin- und hersauste.

»Wie lange noch?«, fragte der Junge.

Er berührte die Zementmasse mit seiner Schuhspitze. »Jetzt!« Er zog die hölzerne Eingangstür mit ganzer Kraft über die ausgehärtete Zementschicht, spürte in den Schultern, wie Türblatt und Zarge verbogen und drückte die Tür so nahe wie möglich ans Schloss. Zumachen ließ sie sich nicht mehr. Die Leute würden morgen früh ein größeres Problem haben, wenn sie sie öffnen wollten.

»Das war's«, sagte er. Sie verließen den Ort so unbehelligt, wie sie gekommen waren.

19. »Aber er war do! In eller Göggelesfrüh.«

»Herrgottsfrühe«, übersetzte Fritz Keller für Fabian.

Er runzelte die Stirn und betrachtete die alte Frau, die auf der sauber gescheuerten Schwelle des Mettinger Wohnblocks stand, das graue Haar gesträubt wie das Fell einer wütenden Katze. Sie hatten sich für diesen Montagmittag vorgenommen, Alessios Umfeld zu erkunden.

»Er ist hier gewesen?« Fabian konnte es kaum glauben. Der Junge wurde gesucht, und trotzdem spazierte er in seiner Wohnung in Mettingen ein und aus, als sei weder der Handtaschenraub an Frau Deringer, noch die schwere Körperverletzung vorgestern in Stuttgart je geschehen.

»Sag I doch. Mit eim Mädle und ihrm Hond. So oane Blaugfärbte. Net der Hond. Des war an Schäferhondmischling.« Sie hatte Tränensäcke unter den Augen. Die Stützstrümpfe waren auf ihre Knöchel gerutscht und entblößten Beine voller bläulicher Krampfadern.

»Aber was kann er daheim gewollt haben?«, fragte Fritz Keller sachlich. Die alte Frau zögerte.

»Gwasche hen se. I han die Maschin schleidere ghört. Ond Kaffee kocht. Des han I geroche.«

Keller nickte, als würde ihn nicht überraschen, dass ein jugendlicher Straftäter, der inzwischen in zwei Landkreisen gesucht wurde, hin und wieder nach Hause kam, um Wäsche zu waschen und Kaffee zu kochen.

»Wir müssen den Stuttgartern mal richtig einheizen«, stieß Fabian zornig hervor. »Was machen die eigentlich den ganzen Tag?« Mit der Schuhspitze seiner Joggingschuhe trat er gegen die Schwelle.

»Gemach, gemach.« Keller machte eine beruhigende Geste. »Wenn er sich in der Straßenkinderszene versteckt, und das blauhaarige Mädchen deutet darauf hin, kriegen wir ihn. Die ist überschaubar.«

Dann wandte er sich an Frau Hegele. »Könnten wir reinkommen? Vielleicht können Sie uns ja erzählen, wie die Familie Cortese so gelebt hat.«

Die blauen Augen begannen zu glitzern. »Der Olte, des war oin Suffkopf, wie er im Buche stoht. Kommet Se no mit! I sammel auch die Poscht für die Laura, die Ärmschte.« Sie folgten ihr durch das perfekt geputzte Treppenhaus in den ersten Stock, wo es hinter der Wohnungstür penetrant nach Sauerkraut roch.

»Krautschupfnudle«, sagte Keller und verdrehte genießerisch die Augen. Fabian folgte ihm kopfschüttelnd ins Wohnzimmer, in dem eine abgewetzte Polstergarnitur stand, auf die ein Röhrenfernseher aus den Achtzigern passgenau ausgerichtet war. Frau Hegele holte derweil ein paar angelaufene Gläser aus der Vitrine, stellte eine Flasche Mineralwasser dazu und öffnete eine Packung mit Erdnussflips, deren Haltbarkeitsdatum sicher schon ein paar Jahre abgelaufen war. Ein Alpenveilchen mickerte auf der Fensterbank vor sich hin und gierte nach etwas Blumenwasser. Alles in allem gab die Wohnung nichts Besonderes über ihre Bewohnerin preis.

Das Wasser war so kalt, dass es die Gläser beschlagen ließ. Fabian trank durstig.

»Ja, und nun erzählen Sie mal, wie die Familie Cortese so gelebt hat!«, schlug Keller vor. Frau Hegele setzte sich auf die Kante des Sofas und strich den Rock über ihren Knien glatt. Die Stützstrümpfe hingen noch immer in unordentlichen Falten auf ihren Knöcheln. »Zuerscht waret des ganz normale Leut«, begann sie. »Der Alte war so an schmucks Mannsbild und sie so hübsch. Ond dann kam der Alessio mit seine Locka, allerliebscht.«

»Das ist er heut gewiss nicht mehr«, warf Fabian ein, aber die Alte schüttelte energisch den Kopf. »Noi. Er isch noch immer an guater Bua, einer dem nahe goat, was mit seiner Mutter isch. Vor etwa vier Jahren ging es los. Da begann der Giorgio zu saufen und seine Familie zu drangsaliere. Da isch die Laura ein oder zwoimal zu mir komme und hat gheult und gsagt, dass der Alte gedroht hätt, sie boide omzumbringe.«

Nervös griff sie sich in die Haare und versuchte vergeblich, ihre wirren Locken hinter die Ohren zu klemmen.

Keller lehnte sich vor und verschränkte die Hände. »Aber Frau Hegele, warum haben Sie da nicht die Polizei gerufen?«

»Sie hätts net welle«, sagte Frau Hegele ernst. Ihre blauen Augen wanderten von einem zum andern. »Es het elles mit diesem Corrado zu tun ghätt. Als der begann, die Familie zu bsuche, ging elles den Bach nunter.«

»Corrado?«, fragte Fabian.

»An jonger Kerle. Italiener. Ond der het heut morge au gläutet. Des Pärle von obe, des isch nuntergsprunge wie gestört. So voll Angscht hen I den Alessio noch nie gsehe.« Sie lehnte sich zurück und trank einen Schluck Mineralwasser. »Aber I, I hen ihne gholfe, sie ins Souterrain gschickt und den Corrado in den dritte Stock. Bis der spitzkriegt hätt, dass die zwoi über alle Berge waret, des het gedauert, des kann ich Ihne sage.« Sie grinste zufrieden. »Ond gflucht het der, uff Italienisch.«

»Es gibt da also einen anderen Italiener, vor dem Alessio sich fürchtet«, fasste Keller nachdenklich zusammen. »Haben Sie eine Ahnung, warum das so ist?«

»Boim beschte Wille net.« Die alte Frau schüttelte den Kopf. »I hen mir den Kopf zerbroche, aber Wichtiges het die Familie immer auf Italienisch beschproche.«

Fabian konnte sich gut vorstellen, wie die alte Frau über dem Schlüsselloch gehangen und gelauscht hatte. »Frau Hegele, könnten Sie uns vielleicht die gesammelte Post kurz durchsehen lassen?«, schlug er vor. Als sie das Zimmer verlassen hatte, um die Briefe zu holen, lehnte sich Keller zurück. »Ein gewalttätiger, alkoholsüchtiger Vater ... Alessio scheint nach seinem Tod den Halt verloren zu haben.«

»Oder er hat nachgeholfen«, sagte Fabian leise. »Vielleicht wollte er seine Mutter schützen und hat die Tabletten ausgetauscht.«

»Um ihn das zu fragen, müssen wir ihn erst einmal haben.«

Fabian nickte und nahm sich fest vor, die Stuttgarter Kollegen noch heute auf die Gruppe Straßenkinder in der Innenstadt anzusetzen.

Frau Hegele kam mit einem schmalen Häuflein Post zurück, das sie auf dem Wohnzimmertisch deponierte. Nachdenklich betrachteten die Polizisten die Absender, öffneten die Briefe aber nicht. Da waren einige Schreiben von der Krankenkasse, Arztrechnungen, die Agentur für Arbeit, eine Handyrechnung, die sicher unbezahlt geblieben war. Nichts Weltbewegendes, dachte Fabian. Ein privater Brief war auch dabei, beschrieben mit der eckigen Druckschrift der Südeuropäer, abgestempelt in Süditalien.

»Reggio Calabria«, las Fritz Keller vor. Einen Absender gab es keinen.

»Was ist eigentlich mit dem Rechner von Alessio?«, fragte Fabian.

»Dem Computer? Die Familie Cortese hätt zwoi ghätt. Boide hen ein paar junge Italiener vor etwa einer Woch naustrage. I han se im Treppehaus ghört. Oin Bildschirm isch ihne runtergerasselt.«

»Herrgottsdonnerblitz«, fluchte Fritz Keller und nickte, als hätte er das bereits vermutet. Fabian zuckte die Schultern. Keller hatte sich seinem Verdacht nicht anschließen wollen. Jetzt stellte sich heraus, dass der Junge eine tickende Zeitbombe war und dass es Landsleute von ihm gab, denen es sehr recht war, wenn die Geheimnisse der Familie nicht enthüllt wurden.

»Wartet Se! Ich glaub, ich hab da was, das Sie interessiere könnt.« Frau Hegele ging in die Küche und kramte in einem Stapel Papier, der sich auf ihrer Obstschale türmte. Triumphierend hielt sie einen Moment später einen Zettel in die Höhe. »Die Italiener, die mit den Computern, die sin mit oim Laschtwage komme, auf dem stand oin Name.« Das Stückchen Papier war zerknüllt, als hätte es schon im Altpapier gelegen. Fabian konnte den krakelig darauf geschriebenen Namen »Alberto Cortese, Import, Export« nur mühsam entziffern, notierte ihn aber trotzdem sofort in sein Notizbuch.

»Könnet Se da was mit afange?«

»Das können wir, Frau Hegele«, sagte der Kommissar. »Danke.«

Sie verabschiedeten sich und zogen die Wohnungstür hinter sich zu.

»Ich könnte einen Kaffee vertragen«, sagte Keller und wischte sich den Schweiß von der Stirn.

Sie standen auf dem unbenutzten Wäscheplatz zwischen den Häusern, die sich rundherum fast identisch erhoben. Rechteckige Wohnblocks mit den immer gleichen rechteckigen Wohnungen und darüber ein einfarbig blauer Himmel. Obwohl es früher Nachmittag war, lag Stille über der Siedlung, als würde sie den sechziger Jahren nachtrauern, in denen sie ihre große Zeit gehabt hatte. Vor einem der Häuser hievte eine Frau mit Kopftuch den Buggy mit ihrem Kleinkind rückwärts die Stufen hoch. In diesem Augenblick rammte Fabian etwas von hinten.

»Verdammt!« Er hielt sich den Knöchel, schaute sich suchend um und dann nach unten.

»Entschuldigung.« Der Junge klemmte sich verlegen das Skateboard unter den Arm, mit dem er ihm in die Hacken gefahren war. »War keine Absicht.«

»Das will ich dir auch geraten haben.« Kopfschüttelnd schaute er sich den Kerl an. Er war vielleicht zehn oder zwölf Jahre alt, klein, mit dunklen Haaren und aufgeschlagenen Knien. Er trug ein gestreiftes T-Shirt und kurze Jeans.

»Kiriaki, Eleni«, rief er und sagte etwas auf Griechisch. Zwei kleine Mädchen sprangen von der Schaukel und näherten sich langsam, als er sich zum Wohnblock links wandte. »Och nee, Athanassios!«, rief die Kleinere.

»Doch. Wir gehen rein, Hausaufgaben machen.«

»Warte mal!«, sagte Fritz Keller und bückte sich auf Augenhöhe.

Der Junge drehte sich um und blies sein Kaugummi zu einer Blase auf, die platzte und auf Mund und Nase kleben blieb. »Ja?« Er pulte die Schicht in aller Ruhe mit seinem Zeigefinger ab.

»Wir zwei kommen von der Polizei. Das ist mein Kollege Grundmann, und ich heiße Keller.«

»Athanassios«, sagte der Junge misstrauisch.

»Kennst du eigentlich Alessio aus diesem Haus?« Keller deutete auf den Block hinter sich, wo sich im ersten Stock gerade die Gardine bewegt hatte.

Das Gesicht des Jungen versteinerte in dem Moment, als der Name Alessio fiel. Und nicht nur das. Alle Farbe wich aus seinen Wangen, und seine Nase wurde ganz spitz. Von einer Sekunde zur anderen sah er aus wie ein kleiner Greis.

»Alessio ist tot«, sagte er.

20. *Damiano.* Leonie wusste nicht, ob sie den Namen gedacht oder geflüstert hatte. Er saß neben dem Institutsleiter und seiner Stellvertreterin an dem großen runden Tisch, der im Institut für Meetings benutzt wurde, und erhob sich, um sie mit der gebotenen Höflichkeit zu begrüßen. *Reiß dich zusammen!*, dachte Leonie. Seine Augen blitzten kurz auf, als er sie ansah. Die Professorin entfernte sich und füllte vier schlichte Porzellantassen mit Kaffee. »Möchten Sie Milch und Zucker, Frau Hausmann?«, fragte sie freundlich.

»Milch und einen Löffel Zucker, bitte«, sagte Leonie gepresst.

Egal ob mit oder ohne Zucker in ihrem Kaffee, durch Damianos Gegenwart war das Vorstellungsgespräch am Institut für Kunstgeschichte der Universität Stuttgart sowieso gelaufen. Denn welche Frau rechnet schon damit, bei einem solchen Termin unverhofft ihrem Exlover zu begegnen, der noch dazu der bisher geheimgehaltene Vater ihres Sohnes ist. Ein Blick aus dem Augenwinkel zeigte ihr, dass seine ehemals schwarzen Locken in den letzten anderthalb Jahren grau geworden waren. Aber sonst sah er noch genauso aus wie der Mann, in den sie sich vor zwei Jahren bis über beide Ohren verliebt hatte.

Leonie schluckte und setzte sich ihren Gesprächspartnern gegenüber. Die Räume des Instituts lagen hoch oben im K 2, dem Hochhaus in der Keplerstraße, das die geisteswissenschaftlichen Hörsäle der Stuttgarter Uni beherbergte. In diesem Moment wünschte sie sich, ein Vogel zu sein und davonfliegen zu können, mitten in den blauen Himmel hinein, über den weiße Schäfchenwolken schwebten. Aber hier wurde nicht geflohen und sich schon gar nicht in Luft aufgelöst.

Und dabei hatte alles so gut angefangen. In ihrem grauen Hosenanzug und mit frisch geföhnten Haaren hatte sie beim Probestyling gestern Abend eine so gute Figur gemacht, dass sogar Sybille zufrieden gewesen war und ihr als Krönung ihres Outfits ihre sündhaft teuren, hohen Sandaletten geliehen hatte. Als zeitweilige Römerin konnte sich Leonie, was Eleganz anging, durchaus mit ihrer älteren Schwester messen, eine Fähigkeit, die sie, wie so vieles andere, ebenfalls Damiano zu verdanken hatte. Als Leander endlich eingeschlafen war, hatte sie die halbe Nacht damit verbracht, ihre Publikationen zu sortieren und durchzusehen, darunter ihre begonnene Doktorarbeit über Caravaggios Einfluss auf die Künstler seiner Zeit. Sicher würde ihre Forschung für das Projekt über italienische Kunst, bei dem sie an der Uni Stuttgart mitarbeiten sollte, brauchbar sein. Auch Seminare für Erstsemester konnte sie locker geben. Und so hatte sie sich voll Optimismus nach Stuttgart aufgemacht.

Doch dann kam das Desaster mit Namen Damiano. Nervös rührte Leonie in ihrer Kaffeetasse.

»Frau Hausmann.« Der Institutsleiter, der gerade ausschweifend über sein Institut, den neuen Bachelorstudiengang und sein Projekt referiert hatte, wandte sich ihr zu.

»Ja.« Leonie riss sich zusammen und wich Damianos Augen aus, die sich wie Saugnäpfe an ihr Gesicht hefteten. Wenn sie ihn nicht ausblendete, würde sie kein Wort herausbringen.

»Professor Di Luca, der freundlicherweise ein Gastsemester an der Stuttgarter Uni verbringt, hat uns berichtet, dass sie bereits in Rom zusammengearbeitet haben.«

»Er hat meine Promotion betreut«, sagte sie leise. »Während meines Stipendiums an der Bibliotheca Hertziana habe ich unter anderem Architekturzeichnungen des Barock archiviert. Für meine Doktorarbeit über Caravaggio und seine Rezeption durch die Künstler seiner Zeit hat mich Professor Di Luca von der Uni in Rom beraten. Und daraus hat sich eine Zusammenarbeit entwickelt.«

Und nicht nur das. Diesmal konnte sie dem Blick seiner brombeerschwarzen Augen nicht entgehen, die denen Leanders so ähnlich sahen. Warum nur hatte er sein Aussehen eins zu eins an seinen Sohn vererben müssen? Leonie trank einen Schluck Kaffee. Als sie die Tasse abstellte, zitterten ihre Hände und ließen Porzellan auf Porzellan klirren.

»Signorina Hausmann hat mir vor zwei Jahren schon bei meinen Forschungen assistiert«, sagte Damiano in fließendem Deutsch mit jenem leichten italienischen Akzent, der ihr damals so unglaublich erotisch vorgekommen war. »Es wäre ideal, wenn wir hier zu einem ähnlichen Arrangement kommen würden.«

Leonie nickte. Das konnte sie sich vorstellen. Wie sie die nächste halbe Stunde hinter sich gebracht hatte, wusste sie später nicht mehr. Sie hatte nicht viel geredet, aber irgendwie jede Frage beantwortet und zu allem, was von der Seite der Professoren kam, ja gesagt. Ja, sie würde Seminare für Studenten im Bachelorstudiengang geben können. Ja, sie hatte Erfahrung mit den einschlägigen Computerprogrammen und kannte sich mit Datenbankrecherchen aus. Ja, sie sprach fließend Italienisch und konnte die italienische Malerei des Barock rauf und runter repetieren. Ja, für ihren kleinen Sohn sei gesorgt, auch, wenn er mal krank werden würde.

Als sie schließlich aufstand, drehte sich der Raum um sie herum. Sie verabschiedete sich freundlich von allen, drückte auch Damiano die Hand, ohne ihn anzusehen, und wandte sich zur Tür. Warum nur hatte sie dabei das Gefühl, dass die Wände auf sie zuschwankten?

Damiano passte sie im Flur vor den Institutsräumen ab, wo Trauben von Studenten auf den Vorlesungsbeginn warteten.

»*Attenda*, Leonie!« Er war ganz von selbst ins Italienische gefallen. »Du siehst bezaubernd aus. *Bellissima!*«

Von seinem weißen Hemd ging wie immer dieser sanfte Geruch nach After Shave und Rauch aus, der sie auch schon früher schwach gemacht hatte. Sie drehte sich um und schwieg ihn an.

»Ich möchte dich wiedersehen. Und ich möchte unseren Sohn sehen.«

»Unseren Sohn? Nein! Niemals!« Sie hatte einen klaren Schnitt gebraucht, Abstand zwischen Rom und ihrem Leben in der schwäbischen Provinz, um wieder zu sich selbst zu finden. Und diesen mühsam erkämpften Frieden würde sie sich nicht von Damiano kaputtmachen lassen, auch nicht, wenn er zu den besten Kunsthistorikern gehörte, die sie kannte.

»Bitte!«

Er stand mit hängenden Armen im Flur und hatte ganz anders als sonst die Dinge nicht im Griff. Leonie rang sich eine Antwort ab.

»In einer halben Stunde auf der Treppe neben dem Kunstmuseum.«

Ein Gespräch war sie ihm schuldig, denn schließlich hatte sie Rom ohne ein Wort verlassen und ihm ihre Schwangerschaft verschwiegen.

21.

Dreißig Minuten später saß sie hoch oben neben dem gläsernen Kunstkubus und schaute auf den Schlossplatz hinaus. Überall flanierende Passanten und volle Straßencafés. Leonie wandte ihre Augen zum Himmel und versuchte, ihre Tränen wegzublinzeln. Nie hätte sie geglaubt, dass sie eine Affäre mit einem verheirateten Professor beginnen würde, nicht bei ihrer Sozialisation. Ihr Vater war schließlich der hochanständige Hochschullehrer Gottfried Hausmann, der immer die Grenzen zu seinen Studentinnen gewahrt hatte.

Aber Damiano war anders gewesen, zuvorkommend, aufmerksam, als könne er ihre Gedanken lesen. Gleich beim ersten Besuch, der eigentlich nur der Besprechung ihrer Promotion dienen sollte, hatte er sie zu einer der kleinen Partys eingeladen, die er von Zeit zu Zeit für seine Studenten gab. Sie hatten sich in der Wohnung einer Kommilitonin an der Piazza Navona getroffen. Und Leonie war überwältigt gewesen, nicht nur, weil sie hier junge italienische Akademiker kennenlernte, mit denen sie sich auf Anhieb verstand, sondern auch von Damianos einfühlsamer Art. Sie spürte schon da, dass sein Blick häufiger auf ihr ruhte als auf den anderen Mädchen.

Eine Woche später hatte er sie nach Florenz eingeladen. Leonie hatte gedacht, dass es sich bei dem Besuch um eine offizielle Exkursion seiner Doktoranden handeln würde, doch als sie vom Zug auf den Florentiner Bahnsteig sprang, stand er alleine da. Unter seinem Blick war sie sich ihrer Aufmachung bewusst geworden, die sich seit ihrer Schulzeit kaum geändert hatte. Ein bodenlanger indischer Rock mit Glöckchen, Flipflops und eine bauchfreie Bluse, dazu eine gestreifte Umhängetasche. Als schwäbisches Landei auf Ökotrip konnte sie neben dem eleganten Italiener nicht bestehen. Und auch das hatte Damiano sofort begriffen und war mit ihr in den teuersten Läden einkaufen gegangen. Gemeinsam hatten sie dann Florenz erkundet. Er hatte ihr die Stadt und ihre Kunst bis ins Detail erklärt, mit jenem lebendigen Interesse und jener Begeisterung, die sich nicht jeder Lehrende über Jahrzehnte hinweg bewahren konnte. An diesem Abend hatte sie ihre Zimmertür in dem luxuriösen Hotel, das er gebucht hatte, unverschlossen gelassen. Auch im Bett war Damiano ein guter Lehrmeister, und Leonie, die ihre erotischen Erfahrungen vorher allein mit Jonas geteilt hatte, profitierte ebenfalls davon. Damiano schien ihre Unverbrauchtheit zu schätzen und machte sie in den nächsten Monaten ganz zu seinem Geschöpf. Immer, wenn sie Zeit hatte, recherchierte sie an der Uni für sein Forschungsvorhaben und vernachlässigte ihr eigenes. Am Wochenende fuhr sie mit ihm aufs Land oder ans Meer.

Eines Tages jedoch sprach sie die Professorin an der Bibliotheca Hertziana, der sie bei der Archivierung einer Sammlung barocker Architekturzeichnungen assistierte, auf ihr verändertes Verhalten an. Sie solle sich ihr Leben nicht zerstören lassen, sagte sie, nicht von einem Schürzenjäger wie Damiano di Luca. Doch Leonie ließ sich nichts vorschreiben, dafür liebte sie Damiano zu sehr. Und genauso sicher war sie sich, dass sie zurückgeliebt wurde. Wie oft hatte er ihr gesagt, dass seine Ehe vor dem Aus stünde, und dass seine Frau Camilla mit den beiden halbwüchsigen Mädchen bald in ein eigenes Haus ziehen würde. Leonie hatte das für bare Münze genommen, die Pille abgesetzt und war quasi sofort schwanger geworden.

Eines Tages, sie hatte gerade ihr Frühstück ins Klo gespuckt, klingelte es an der Tür ihrer Bude in Trastevere. Vor der Tür stand eine elegante Römerin mittleren Alters, die sie kühl musterte.

»Ich bin Camilla di Luca«, sagte sie, und Leonie hätte sich fast noch einmal übergeben, so brachte sie der Besuch aus dem Konzept. Noch heute bekam sie Sodbrennen, wenn sie daran dachte. Camilla, die sich in Leonies chaotischer Einzimmerwohnung zuerst die eleganten rehfarbenen Lederhandschuhe von den Händen gestreift hatte, öffnete ihr die Augen über ihren Mann.

»Glauben Sie ja nicht«, sagte sie ohne Umschweife, »dass Sie die Einzige sind, Kindchen. Damiano hat schon seit Beginn unserer Ehe nebenbei Beziehungen, er braucht die Bestätigung durch die *Ragazze*.« Das letzte Wort sprach sie mit einer Verachtung in der Stimme aus, die alles zum Ausdruck brachte, was bisher unter Verschluss gewesen war.

Leonie brachte keinen Ton heraus. Das war genau die Situation, vor der sie sich immer gefürchtet hatte, sie selbst in der Rolle der Geliebten, die sich mit der betrogenen Ehefrau konfrontiert sah. Warum nur musste sie diesen Albtraum erleben? Es war so unglaublich demütigend, und sie war auch noch schwanger und spürte instinktiv, dass Camilla die Wahrheit sagte.

»*Ecco*.« Die kühle Schönheit mit den blonden Strähnen in den Haaren legte einen Stapel von E-Mailausdrucken auf ihren Schreibtisch und musterte sie vom Scheitel bis zu den Zehenspitzen. »Ich muss zugeben, dass er bei Ihnen gar keinen so schlechten Geschmack bewiesen hat, Kindchen.«

Camilla drehte sich um und ging zum Fenster, von dem aus man den Tiber sehen konnte. Das Zimmer, das einem Studienfreund von Leonies Vaters gehörte, war ein Glücksfall gewesen. Zentral gelegen und zu einem Freundschaftspreis zu haben. Damianos Frau trug eine helle Lederjacke über einem Wickelkleid, das irgendwie chinesisch aussah, dazu High Heels, und war viel attraktiver, als Leonie sie sich vorgestellt hatte. Und sie war nicht die neidische Hexe, als die Damiano sie immer geschildert hatte.

»Er hat es lange mit Ihnen ausgehalten. Fast hatte ich gedacht, er würde sesshaft werden, weil ich mich über Monate nur mit einer einzigen Nebenbuhlerin abgeben musste. Glauben Sie mir, da kenne ich andere Zeiten, in denen er drei oder vier Mädchen gleichzeitig laufen hatte. Aber das, was ich hier auf seinem PC gefunden habe, hat mich eines Besseren belehrt.«

Einen Moment lang sah Leonie Camilla als Selbstmordattentäterin mit Bombengürtel, denn der Papierstapel auf ihrem Schreibtisch, das begriff sie in diesem Moment, würde ihr Leben sprengen, unweigerlich und jetzt sofort. Ich will nicht, dachte sie. Und trotzdem nahm sie das oberste Blatt und begann zu lesen. Liebesgeflüster, Komplimente und eindeutige Details, die ihr prompt das Blut in die Wangen schießen ließen. Solche Mails hatte er zu Anfang auch mit ihr ausgetauscht, als Teil eines erotischen Vorspiels am Computer, doch jetzt fand Leonie seinen Schreibstil nur noch schwülstig und übertrieben.

»Wer bitte ist Chrissy 05?«, fragte sie.

Camilla drehte sich um, und Leonie erkannte bestürzt, dass in ihren grauen Augen Mitleid stand. »Eine junge englische Studentin, Drittsemester. Sie müssten sie eigentlich kennen.« Natürlich kannte Leonie Christina, die zierliche Blonde aus Oxford, die in den letzten Vorlesungen so begeistert zugehört hatte, als würde Damiano das fünfte Evangelium verkünden. Ihre Anbetung für ihn hatte Leonie so manches Mal die Augen zum Himmel verdrehen lassen, aber dass da mehr lief, hatte sie nicht geahnt.

»Es tut mir leid, Kindchen. Damiano braucht Bewunderung, Verehrung über alles. Er braucht das Gefühl, eine Persönlichkeit formen zu können. All das kann ich ihm wohl nicht mehr geben. Und Sie wohl auch nicht.«

Camilla streifte sich die Handschuhe wieder über ihre Finger und wandte sich zur Tür. »Aber glauben Sie nicht, dass er seine Familie je verlassen würde, weder für Sie, noch für eine der anderen. Er liebt, wenn auch nicht mich, so doch die Mädchen über alles und ist ihnen ein guter Vater. Und er ist Italiener. Da lässt man sich in unseren Kreisen nicht so schnell scheiden.« Die Tür fiel leise hinter ihr ins Schloss.

Leonie ging kotzen, und dann heulte sie sich zwei Tage lang die Augen aus. Am dritten Tag packte sie ihre Koffer und fuhr mit dem Nachtzug zurück nach Deutschland.

Ganz anders als sonst war Damiano pünktlich auf die Minute und stieg zielstrebig die ausladende Treppe hinauf. Sein perfektes Outfit entsprach seinem Stil. Zu dem weißen Hemd, das ihr schon beim Vorstellungsgespräch aufgefallen war, trug er einen schwarzen, leichten Sommeranzug aus Leinen. Seine Ray-Ban-Sonnenbrille hatte er hochgeschoben, und seine Schuhe, handgenäht in Florenz, waren frisch gewienert. In seinen Händen hielt er zwei Tüten Mövenpickeis.

»Ein vollendeter Platz«, sagte er kaum außer Atem, drückte ihr eine Tüte in die Hand und setzte sich neben sie auf die Stufe.

»Er bringt den städtischen Charakter zur Geltung, um den sich Stuttgart sonst vergeblich bemüht. Das Eis ist nicht italienisch, aber immerhin Schokolade, wie du es liebst.«

Mit diesen kleinen Aufmerksamkeiten hatte er sie auch früher gern verwöhnt. Fast war sie ein bisschen gerührt, dass er sich daran erinnerte, wie gern sie Schokoladeneis aß. Doch dann fiel ihr wieder ein, dass das alles nur eine Masche war. Sie wappnete sich, indem sie ihn mehrere Minuten lang anschwieg. Das Kribbeln im Bauch, das sie in seiner Gegenwart früher immer gespürt hatte, blieb aus, und sie spürte, wie seine Verlegenheit von Sekunde zu Sekunde wuchs. *Das geschieht dir recht,* dachte sie rachsüchtig. Eine Taube setzte sich auf die Treppenstufe unterhalb ihrer Füße und wartete darauf, dass etwas von den Eiswaffeln für sie abfiel. Am Hals schillerte ihr Gefieder in der kalten Palette einer Ölpfütze. »Ich verstehe dich, Leonie«, begann Damiano schließlich. Sie drehte sich überrascht um. Damit hatte sie nicht gerechnet. »Ich habe mich – abscheulich benommen. Sagt man so auf Deutsch?«

Sie nickte grimmig.

»Aber ich kann manchmal nicht – über meinen Schatten springen.«

Leonie starrte ihn perplex an. »Und wie geht es Chrissy 05?«

Damiano machte eine wegwerfende Gebärde mit der Hand, für die sie ihn am liebsten geohrfeigt hätte. »Nicht der Rede wert. Das ging nicht einmal drei Monate. Christina war zu jung für mich. Und zu oberflächlich. Typisch englische Oberschicht. Pferde, Hunde, die Jagd, Taschen und Tücher aus Paris. Sie hat mich nicht interessiert. Aber es hat mir das Herz gebrochen, dass du einfach so die Stadt verlassen hast. Nach allem, was zwischen uns war.«

»Du hast *uns* das Herz gebrochen«, rief Leonie entrüstet. »Mir und deiner Frau Camilla.«

»Jetzt bist du auch noch auf ihrer Seite«, sagte er traurig. »Und dabei hat sie gar kein Herz, das man brechen kann. Camilla ist mit den Mädchen ausgezogen, keinen Monat nach ihrem Besuch bei dir. Sie zieht es vor, ohne mich weiterzuleben, und für unsere Töchter haben wir ein Arrangement.«

Vor zwei Jahren hätte sie sich über diese Nachricht gefreut, aber jetzt war sie gerade dabei, sich etwas Eigenes aufzubauen. Ohne ihn. »Und du hast seither …?«

»Keine Geliebten mehr gehabt. Ich bin clean.«

Etwas hatte ihn verändert, und das war sicher nicht die Tatsache, dass sie ihn verlassen hatte. Vielleicht war es der Auszug seiner Frau gewesen. Leonie sah einen Achtundvierzigjährigen in der Midlifecrisis vor sich, der sich verzweifelt bemühte, eine rettende Planke seines gekenterten Lebensschiffs zu erreichen.

»Sie stehen nicht mehr auf mich.« Seine Hand, schmal, elegant und mit immer sauber manikürten Fingernägeln, strich durch die Locken.

Leonie lachte leise. »Oh nein, daran liegt es sicher nicht. Vielleicht stehst du nicht mehr auf sie.«

Er rückte näher heran und legte ihr die Hand aufs Knie.

»Ich vermisse dich. Nur deshalb bin ich in diese Stadt gekommen …« Seine Geste fasste alles zusammen.

Sie grinste. »Nein, Stuttgart passt wirklich nicht zu dir.« Er war wie ein Albatros, den man in einen Dorfteich gesetzt hatte. Wenn er seine Flügel spreizte, würde er an beiden Ufern anstoßen.

Das Eis in ihrer Hand verwandelte sich langsam in Schokoladensoße, lief an ihrer Handkante hinab und tropfte auf die graue Hose. Noch immer wartete die Taube geduldig auf weitere Krümel und hüpfte vorsichtig einen Satz näher.

»Ich bin gekommen, um dich wiederzusehen. Und dann lächelt mir Fortuna und du bewirbst dich auf die ausgeschriebene Stelle.«

Leonie zerkrümelte die Reste der Waffel und leckte sich über die Hand. Die Hose würde sie in die Reinigung geben müssen, aber wenigstens die Taube sollte sich freuen. »Ich habe nicht gewusst, dass du in Stuttgart bist.«

»Certamente no!« Er schüttelte den Kopf. »Und dann das: Wir gehen die Bewerbung durch, und da steht, dass Leonie ein Kind hat, einen Sohn.« Er schaute sie einen Moment lang an, die dunklen Augen undurchdringlich. »Meinen Sohn. Ich hätte mich fast verraten.«

Leonie lachte und wunderte sich gleichzeitig darüber. »Hoffentlich verfügen der Institutsleiter und seine Stellvertreterin über keine gute … Intuition.«

Damiano ignorierte ihren Einwurf. »Wie heißt er? Wie sieht er aus? Wie entwickelt er sich?« Die Fragen prasselten in einem so leidenschaftlichen Staccato auf sie nieder, dass sie sich an Camillas Behauptung erinnerte, Damiano sei immer ein guter Vater gewesen, der seine Töchter über alles liebte. Hatte sie wirklich das Recht, Leander diesen vorzuenthalten? Leonie riss sich zusammen und schnipste die Krümel ihrer Waffel über den Rand der Stufe, wo die Taube gierig danach pickte und einen nach dem anderen in ihrem Kropf verschwinden ließ. »Er heißt Leander, ist elf Monate alt und spricht drei Worte, Mam, Njam und Pop, womit er seinen Großvater meint«, sagte sie und kramte in ihrer Umhängetasche nach ihrer Geldbörse.

»Leandro«.

Er nickte, und plötzlich erschien vor ihren Augen das Gesicht Alessios, der in dem Kleinen seinen Bruder gesehen hatte. Mit seinen dunklen Locken hätte er gleichfalls ein Sohn Damianos sein können. Alessio, ein Kind der römischen Oberschicht, das ins Internat ging und mit fünfzehn auf der Vespa rund um die Villa Borghese brauste. Das Trugbild verschwand so schnell, wie es gekommen war.

»Hier. Das kannst du behalten.« Sie zog ein Foto hervor, das ihren Sohn über beide Backen lachend zeigte. Alle vier Zähne blitzten weiß. »Er sieht aus wie du, sizilianisch-maurischer Einschlag. Ein Putto Murillos.«

Damiano griff danach wie ein Ertrinkender nach dem Rettungsreifen. *»Grazie!«*, sagte er langsam. *»Spero che lui sta bene?«*

»Wie die Made im Speck. Im Moment passt sein Großvater auf ihn auf. Und auch sonst habe ich jede Menge Hilfe.«

»Aber dann könntest du doch … *Carissima …*« Seine andere Hand, die das Foto nicht hielt, griff nach ihrer, aber sie zog sie entschieden zurück.

»Nein, ich werde die Stelle am Institut nicht annehmen, und ich will auch kein Arrangement zwischen uns. Aber für Leander und dich werden wir eins finden. Du darfst ihn kennenlernen und in Kontakt mit ihm bleiben.« Einen Moment lang erschrak sie über ihre eigene Großzügigkeit. Wenn man ihr heute Morgen gesagt hätte, sie würde Damiano gestatten, Leander zu besuchen, hätte sie nur gelacht. Aber jetzt wirkte er so verloren auf sie. Später würde sie sich Gedanken darüber machen, ob und wie sie ihn ihrer Familie vorstellen würde. »Hallo, hier ist Leanders Vater, ein hochdotierter Kunstgeschichtsprofessor aus Rom. Wahrscheinlich noch verheiratet und ein bisschen durch den Wind. Midlifecrisis. Und Sebastian – wegen ihm sieht Leander so südländisch aus.« Für dieses unglaubliche Szenario und für neue Pläne, ihre berufliche Laufbahn betreffend, würde sie sich Zeit nehmen, doch nicht jetzt.

»Adieu!«, sagte sie, stand auf, lächelte ihm zu und ging die Treppe herunter, ohne sich noch einmal umzusehen. Die Welt schwankte nicht mehr.

Leonie überquerte den Schlossplatz. Sie fühlte sich federleicht. Sie war frei, eine Jongleurin, bereit, die Bälle aufzunehmen, die die Zukunft ihr zuspielen würde, und sie hoch in die Luft zu werfen. Die Cafés leerten sich langsam. Der Himmel im Osten war von einem fast unwirklichen Blau, doch weit im Westen ballten sich Wolkenberge zusammen, die ihn in Windeseile mit Blei überziehen würden.

Diese Mörderschuhe! Sie stoppte, streifte die hochhackigen weißen Sandaletten von den Füßen, lief barfuß weiter, und fühlte sich frei. Der Königsbau mit seinen klassizistischen Arkaden lag hinter ihr. Links erhob sich das Kunstgebäude, auf dessen Kuppel der goldene Hirsch glänzte, und vor ihr das Neue Schloss in seiner barocken Großzügigkeit.

Leonie überquerte den Vorplatz mit dem Brunnen, an dem sich fette Bronzeengel räkelten, und lief bis zum Eckensee. Der Grund unter ihren Füßen war warm, voller Kiesel und ziemlich dreckig, doch im Moment war ihr das egal. Hier trafen sich nachmittags die jungen Mütter, ließen die Kleinen Tauben jagen und Enten füttern und förderten den Algenbestand im ohnehin trüben Wasser mit Brotrinden. Die Enten waren so überfüttert, dass sie dem Futter oft davonschwammen.

Sie setzte sich zwischen Staatstheater und Landtag auf eine Bank. Am anderen Ende saß ein junger Mann, hob kurz den Kopf und steckte ihn dann wieder in seine Zeitung. Sie rückte ganz an den äußeren Rand, so dass sie ihre Füße in der Mitte hochziehen und seitlich ablegen konnte. Wie lange war sie nicht mehr barfuß gegangen? Eigentlich war es hier zu schmutzig und zu kieselig dafür. Zweifelnd betrachtete sie ihre schwarzen, schmerzenden Fußsohlen und beschloss, sich zu Hause näher mit ihnen zu befassen.

Im Westen zerriss ein Blitz die grauen Wolken, einen Atemzug später krachte der Donner in ihren Ohren. Sollte sie Vernunft walten lassen und gehen? Nein, sie blieb sitzen, ließ zu, dass ein böiger Wind in ihre Haare fuhr und genoss es sogar. Der Himmel glich der wilden Palette eines Malers, der Sepiaschwarz, Violett und Ocker bedenkenlos miteinander vermischte. Der erste dicke Tropfen traf sie ohne Vorbereitung, dickflüssig wie Farbe oder Blut. Einer, dann noch einer, dann ein ganzes Dutzend, im Nu hatte der Regen seinen grauen Vorhang zwischen Bank und See fallen gelassen.

»Huch!«, sagte sie.

Der Mann neben ihr hob die Augen und fasste einen Entschluss. Er breitete die Stuttgarter Zeitung über ihren Köpfen aus und zog Leonie hoch. Mit der Berührung traf sie ein elektrischer Schlag, der sie ihre Hand zurückziehen ließ.

»Kommen Sie!«, rief er gegen den prasselnden Regen an, der den Eckensee binnen Sekunden in ein schlammiges Meer verwandelte. Er griff ein zweites Mal nach ihrer Hand und rannte mit ihr in Richtung Kunstgebäude. Über ihnen leerte der Himmel seine Wasserspeicher und machte aus dem Boden eine Wattlandschaft. Leonie rutschte mehr, als dass sie lief, und kam nicht dazu, sich zu fragen, ob sie in Entenkot trat oder nicht. Rechts trug sie die Sandalen, ihre schlackernde Tasche und ihre Jacke und links überließ sie sich der überraschend festen Hand, die nicht bereit war, sie loszulassen. Spürte er die elektrischen Ströme denn gar nicht, die zwischen ihnen hin und her flossen? Der Schlossplatz war menschenleer, die Straßencafés lagen hinter einem Regenschleier.

Völlig außer Atem und komplett durchnässt, kamen sie unter dem Vordach des Kunstgebäudes an. Als die Zeitung in feuchte Fetzen zerfiel, begannen sie zu lachen, bis sie sich den Bauch halten mussten.

»Niemand … hat einen … Regenschirm!«, stieß der Fremde hervor.

»Sie sehen alle aus wie …« Leonie erstickte fast an dem Wort. »Nasse Enten!«

Die Passanten, die unter dem Vordach Schutz gesucht hatten, starrten sie missbilligend an. Sicher dachten sie, sie hätten sich am hellichten Montagnachmittag mitten in der Stadt betrunken. Als Leonie in die Realität zurückkehrte, fiel ihre Bilanz nicht gerade berauschend aus. Der Saum ihrer Hose hing formlos und schwer auf den Boden und verdeckte ihre Füße. Ihre Haare tropften auf ihren Rücken, und das Seidenshirt war sicher nicht mehr zu retten. Der Fremde stand kaum einen Schritt entfernt und hielt noch immer ihre Hand. Seine Augen glitten über sie hinweg, und plötzlich wurde ihr bewusst, was er sehen musste. Das klatschnasse Shirt lag verdammt eng an … Verlegen löste sie sich und trat zurück. Alles an ihr war kalt, nur ihre Hand brannte von seiner Berührung. »Danke!«, sagte sie. »Ich bin manchmal etwas langsam im Reagieren.«

»Ich nicht.«

Dieser Akzent. *Das kann nicht sein,* dachte sie und schaute genauer hin. Er sah wirklich nicht aus wie ein Italiener, aber deutsch war er auch nicht. Vielleicht Kroate, Serbe, Grieche. Da waren blaugrüne Augen, die sie anlächelten, und regendunkle Haare. Sein T-Shirt machte sich nass auf seiner Brust auch nicht schlecht. Leonie hatte bis jetzt nicht gewusst, dass sie empfänglich für dergleichen war.

»Wollen wir etwas Heißes trinken?«, fragte er, und seine Stimme wärmte sie auf. »Das können Sie gebrauchen. Mit Sommergrippe ist nicht zu spaßen.«

»Glühwein?« Den würde es frühestens auf dem Weihnachtsmarkt geben. Verdammt! Wann würde sie es endlich schaffen, keinen Unsinn mehr zu reden, wenn ein Mann ihr gefiel? »Nein, danke. Ich muss nach Hause.«

»Schade!«

»Warten Sie! Ich könnte Ihnen meine Nummer geben.«

»Das würden Sie tun?«

»Na klar.« Sie kramte in ihrer Tasche. Zwischen ihren Bewerbungsunterlagen, Geldbörse, Tampons, Lipgloss und Leanders Schnuller lag der kleine Block. Der Reißverschluss hatte dem Platzregen wenig entgegenzusetzen gehabt. Alles war klamm, und das Papier sah aus, als wären Tränen darauf gefallen. Mühsam kritzelte Leonie ihre Handynummer auf die wellige Unterlage. Er faltete den Zettel sorgfältig und verstaute ihn in der Hosentasche seiner Jeans. Als sie sich die Sandalen über die Füße streifte, ruhten seine Augen noch immer auf ihr.

»Gehen wir ein Stück!«, sagte er und griff nach ihrer Hand. Ein Schauder wanderte die Nervenbahnen bis zu ihrem Nacken hoch. »Wohin müssen Sie denn? Ich könnte sie begleiten.«

»Zur Rathausgarage.«

Es hatte zu regnen aufgehört, und der Schlossplatz begann unter einer weißen Sonne zu dampfen. Die Kellnerin des Cafés vor dem Königsbau wischte das Wasser von den Stühlen. Ohne Notwendigkeit gingen sie Hand in Hand. Sein Körper strahlte Hitze ab. Vor der Einfahrt der Rathausgarage zog er eine feuchte Visitenkarte aus seiner Jeans. »Ich würde Sie gern wiedersehen. Ich bin Koch. Kommen Sie doch in mein Restaurant! Das hier ist eine Einladung für ein Abendessen, in Begleitung, wenn Sie mögen.«

Sein starker Arm legte sich um ihre Taille und drückte sie einen Moment lang. Später wusste sie nicht mehr, ob sie das nur geträumt hatte. Er ging drei Schritte, drehte sich noch einmal um. »*La donna del fiume*«, sagte er, winkte lässig und verschwand auf dem Rathausplatz in Richtung Breuninger. Leonie starrte ihm nach und hob das feuchte Stück Papier, das vor ihren Augen zerfiel. »Ristorante Sotto le Stelle. Römerstraße. Esslingen. Inh. Gianluca Battista.«

22.

»Ej, Alter, was willst du hier?« Der dicke Junge ballte seine Fäuste und versteckte sie in den Taschen seiner Windjacke. Fast hätte Fabian geantwortet. »Ej, Kleiner, das geht dich gar nichts an«, konnte sich aber gerade noch beherrschen.

»Ich habe einen Termin mit Thomas Hertneck«, sagte er freundlich und wandte sich dem Eingang zu. Die Gewitterwolken verzogen sich langsam nach Osten und machten tropischer Schwüle Platz. Sein Empfangskomitee musterte ihn aus dunklen Augen.

»Okay.«

Wow, er hatte freien Eintritt und das ganz ohne Schutzgeld! Auch im Dunkeln wurde Fabian mit Bengeln wie diesem fertig, konnte sich aber vorstellen, dass manche Leute das anders sahen, vor allem, wenn ihnen mehrere von der Sorte gegenübertraten. Er hatte den hellblauen Saab an der Esslinger Burg geparkt und war den Hügel zu dem altehrwürdigen Gebäude hinaufgestiegen, das bis fast zur Mitte des 20. Jahrhunderts

Esslingens jüdisches Waisenhaus gewesen war. Heute waren mehrere Einrichtungen der Jugendhilfe hier untergebracht, darunter das Heim, in dem Alessio die letzten Wochen vor seinem Verschwinden verbracht hatte. Links lag ein Sportfeld, auf dem mehrere halbwüchsige Jungs Basketball spielten. Als einer mit erstaunlicher Eleganz einen Korb warf, klatschten und johlten sie begeistert. Fabian öffnete die Tür, durchquerte einen langen Flur, in dem es nach verschwitzten Turnschuhen roch, und stand schließlich vor der Tür des Sozialpädagogen Thomas Hertneck.

»Herein«, rief es auf sein Klopfen.

Er trat ein und grüßte den bärtigen Mann auf der anderen Seite des Schreibtischs. Er sah mehr wie ein Boxer als ein Heimerzieher aus, aber möglicherweise kam ihm genau das im Umgang mit den Jungs zugute. *Wenn sie nicht spuren, knockt er sie aus,* dachte Fabian, *und verdient sich so ihre Achtung*. Rundum standen Aktenschränke und Regale voller Bücher, und an der Wand hing das Schwarzweißporträt eines weiteren Mannes mit Bart, Theodor Rothschild, dem ehemaligen Leiter des Waisenhauses, der im KZ umgekommen war. Durchs Fenster kam jetzt, nach dem Gewitter, eine frische Brise herein. Das Heim lag im gutbürgerlichen Viertel nahe der Esslinger Burg, beinahe in der Nachbarschaft von Fabians Eltern.

»Setzen Sie sich doch!« Der Sozialpädagoge bot ihm den Platz gegenüber an und lehnte sich zurück.

»Gerne, danke.«

»Wollen Sie Kaffee oder ein Glas Wasser?«

Er verneinte. »Sie wissen, weshalb ich da bin?«

»Alessio … Das wurde aber auch Zeit. Wir haben ihn schon vor einer Woche als vermisst gemeldet.«

Fabian nickte. »Alles deutet darauf hin, dass er in den letzten Tagen mehrere Straftaten begangen hat. Einen Handtaschenraub, der vielleicht der Auslöser für sein Verschwinden ist, und vorgestern eine schwere Körperverletzung. Sein Opfer liegt im Koma.«

Hertneck griff nach dem Päckchen Zigaretten auf dem Schreibtisch und klopfte eine heraus. »Scheiße«, sagte er unverblümt und zündete sie an. »Beim nächsten Mal kommen Sie doch bitte, bevor etwas passiert!« Er machte eine wegwerfende Handbewegung. »Ich weiß, wie überflüssig solche Bemerkungen sind. Aber gerade Alessio. Als er kam, dachte ich, dass er eine reelle Chance hätte.«

»Warum?«

»Klar ist er schon mehrmals auffällig geworden, aber trotzdem … Alessio ist zu uns gekommen, als seine Mutter in die Klinik musste. Depressionen. Er ist nicht dumm und in der Lage, sein Verhalten zu reflektieren und daraus zu lernen.

Die Zigarette glühte auf, als Hertneck daran zog. Fabian setzte sich ein Stück näher ans offene Fenster.

»Hat er eigentlich keine weiteren Verwandten in Esslingen?«

»Doch. Es gibt einen Onkel, aber zu dem wollte er nicht. Er hat sich mit Händen und Füßen dagegen gewehrt und wollte auch keine Besuche von ihm. Wenn ich jetzt so darüber nachdenke – es könnte sein, dass er Angst gehabt hat.«

»Warum fürchtet er sich vor seinem einzigen Verwandten wie der Teufel vor dem Weihwasser?«

»Keine Ahnung.«

Fabian nahm sich vor, den Transportunternehmer Alberto Cortese zu überprüfen, sobald er wieder zurück in seinem Büro war.

Der Sozialpädagoge sprach weiter. »Alessio war nicht nur vom Tod seines Vaters und der Krankheit seiner Mutter schwer traumatisiert. Er hat in seiner Kindheit Gewalterfahrungen gemacht, die seine Persönlichkeitsentwicklung schwer beeinträchtigt haben. Zweimal hat er sich deswegen von uns in Obhut nehmen lassen. Freiwillig.«

Fabian nickte. Ein prügelnder Vater, der die Mutter misshandelte, wäre das nicht Grund genug gewesen, dass Alessio bei seinem Tod nachgeholfen hatte? Das konnte er ihm nicht einmal übelnehmen. Der Sozialpädagoge zog an seiner Zigarette und pustete Fabian den weißen Rauch ins Gesicht. Er unterdrückte ein Husten.

»Sie sind Nichtraucher? Entschuldigung«, sagte Hertneck und drückte seine Zigarette im Aschenbecher aus. »In der Wohngruppe ging es zuerst ganz gut. Alessio ist auf den ersten Blick ein netter Junge, räumt den Tisch ab, stellt die Spülmaschine an, rührt die Suppe um. Schwiegermutters Liebling würde ich so einen nennen. Damit kommt er bei den Erziehern natürlich gut an.«

»Und die anderen Jungs?«

»Die loten, wenn ein Neuer kommt, zunächst einmal seinen Rang in der Hierarchie aus.«

»Wie alle Jungs«, sagte Fabian und erinnerte sich an entsprechende Prügeleien in der Schule.

»Anders. Hier geht es weit heftiger zu. Aber selbst das kann man ihnen nicht übelnehmen. Die Jungs, die zu uns kommen, sind arm dran. Ihren Eltern sind sie egal und wenn nicht, dann bringen sie ihnen das Falsche bei. Du bist der Beste, wenn du das neuste Handy hast und wenn du es schaffst, dem anderen schneller in die Fresse zu hauen als er dir.« Hertneck stand auf, holte die Kaffeekanne und goss die dunkelbraune Brühe in seine angeschlagene Henkeltasse. »Sie wollen wirklich keinen?«

»Ich hatte heute schon genug.« Fabian setzte sich zurück

und streckte seine langen Beine aus. Er fand Hertneck nicht unsympathisch. Er war einer, der sich für seine Aufgabe einsetzte. So wie er selbst. Wahrscheinlich waren sie beide perfekte Kandidaten für einen Burnout. Wenn er nicht schon vorher sein Leben unter einem Zug aushauchte.

»Und was würden die Jungs brauchen, damit es besser läuft?«

Der Erzieher sah ihn aus seinen braunen Augen an, die jetzt leidenschaftlich blitzten. Es war klar, dass er über diese Antwort lange nachgedacht hatte. »Sie brauchen männliche Bezugspersonen und Vorbilder, für die Gewalt nicht alles ist. Jugendliche Gewalttäter, das sind nicht die Kerle, die freitags in die Moschee gehen, oder die Messdiener in St. Paul. Und es sind auch nicht die, die gestern mit der A-Jugend des Fußballvereins gewonnen haben oder die Kampfsportler, die zum Kickboxen gehen. Und auch nicht die Rockmusiker mit eigener Band. Es sind die, für die sich ihr Vater nicht interessiert, und die das nirgendwo und durch nichts kompensieren können. Ihre einzigen Bezugspersonen sind ihre Cousins mit den dicken Autos, die in der Stadt die besten Miezen abschleppen, auf zweifelhafte Weise ihr Geld verdienen und immer und überall damit durchkommen.«

»Und die zuschlagen, wann es ihnen passt«, sagte Fabian. »Damit beschreiben sie ein typisch kriminelles Milieu. Aber Alessio ist doch in einer kleinen heilen Familie aufgewachsen.«

»Wissen Sie das?«, fragte Hertneck.

Fabian schüttelte den Kopf. »Das war ironisch gemeint.«

»Wegen seinem freundlichen Verhalten uns gegenüber haben die anderen Jungs Alessio in die unterste Schublade gesteckt – Marke Weichei – und gedacht, sie könnten mit ihm machen, was sie wollten. Aber er hat sie schnell eines Besseren belehrt. Wir mussten erleben, dass er gewaltbereit ist und noch dazu unberechenbar. Bei ihm öffnen sich Abgründe, von denen man völlig überrascht wird. Einmal hat er Cem aus seiner Wohngruppe auf den Boden geworfen und mit einem Klappmesser bedroht. Er hatte es ihm schon an den Hals gesetzt. Wer weiß, was passiert wäre, wenn ich nicht eingegriffen hätte.«

»Und was hatte die Attacke ausgelöst?«

Hertneck zuckte die Achseln. »Italien – Türkei. Das muss bloß eine blöde Bemerkung über Fußball gewesen sein. Wenn man ihn reizt, reagiert Alessio komplett über, auch bei Nichtigkeiten, aber Anspielungen auf seine Familie und seine italienische Herkunft kann er überhaupt nicht ab. Er ist jähzornig und spiegelt damit genau das, was er in seiner Kindheit von seinem eigenen Vater erfahren hat.«

Fabian nickte. »Vorgestern ist er komplett ausgerastet. Er hat einen Jungen ins Koma geprügelt.«

»Das kann ich mir gut vorstellen.« Hertneck stand auf und trat mit Fabian auf den gekachelten Flur hinaus, in dem ihre Schritte widerhallten. Hinter einer der Türen stritten sich zwei Jungen lautstark um irgendein Lied auf YouTube. »Das ist doch Coverscheiße, Mann!«, rief einer. »Mach das aus!«

»Du hast echt keinen Durchblick«, gab der andere zurück und drehte voll auf.

Hertneck legte die Hände auf die Ohren und grinste. »Die meisten Konflikte tragen sie ohne Prügeleien aus.«

Fabian trat auf den Hof hinaus, über dem jetzt Stille lag. Die Basketballer hatten zu spielen aufgehört. Das Feld war so hoch umzäunt, dass der Ball auf keines der Nachbargrundstücke fallen konnte, die direkt an das Heim angrenzten.

»Und was machen Sie jetzt?«, fragte Hertneck.

»Es gibt Hinweise darauf, dass sich Alessio in Stuttgart in der Straßenkinderszene aufhält. Mit den dortigen Kollegen werden wir den Kids mal einen Besuch abstatten.«

»Wenn Sie ihn haben«, sagte Hertneck leise, »dann geben Sie ihm eine Chance! Suchen Sie nach der Wahrheit!«

23.

Da war nichts über ihm als der Himmel, der nach dem Gewitter wieder blau leuchtete. »Wuhuu! Das ist so geil!« Alessio jubelte so laut, dass die da unten den Blick nicht von ihm wenden konnten. Sie waren richtig klein, Henne, Blue mit ihrem blauen Schopf und ein paar der anderen Kids. Er hing hoch in den Seilen in einem dieser Parkbäume, die bald gefällt werden sollten. Der Baum war uralt, und sein Stamm so dick, dass er ihn nicht umfassen konnte.

»Pass lieber auf!«, sagte Ron, der ihn sicherte. Der Typ von Robin Wood hatte ihm versprochen, ihn einmal mit hinaufzunehmen, als Dank dafür, dass er auf der Demo Prospekte verteilt hatte. Er hatte nicht gefragt, woher er kam. Alessio gefiel, dass die Baumkletterer von Robin Wood für ihre Ziele alles gaben und dabei genauso in den Tag hinein lebten wie er selbst. Ron war ein wettergegerbter Kerl mit Rastalocken, der mehr in den Bäumen als auf der Erde herumhing.

»Gib acht, wo du hintrittst!«, mahnte er. »Du musst dich konzentrieren, auch wenn ich dich an der Leine hab.«

»Wenn es keine Bäume mehr gibt, stirbt auch der Mensch«, stand auf dem Transparent, das sie an der Plattform des besetzten Baums aufhängen wollten. Alessio angelte mit dem Fuß nach einer Astgabel, stellte sich darauf und band das Spruchband an einen Ast. Ron befestigte es auf der anderen Seite und schwang sich elegant auf die Plattform. *Cool,* dachte Alessio. Er zog sich hoch, stand sicher im Baum und schaute sich um. Der Park schlug eine grüne Schneise in das Häusergewirr der Stadt. Hinter ihm fuhren zwei Züge langsam in den Kopfbahnhof ein. Vor ihm schob sich der Stuttgarter Osten den Hang hinauf, Häuser über Häuser.

»Ich lass dich jetzt runter«, rief Ron. »Die Kleine da unten verrenkt sich fast den Hals nach dir.«

Alessio stieg von der Plattform, hing einen Moment lang in der Luft, und dann ging es an der Sicherheitsleine bergab. Fast wie im freien Fall war das, seine Füße suchten Halt an der Borke des Baums, der hellgrüne gezackte Blätter hatte und dessen Namen er nicht kannte. Als er unten angekommen war, umringten die anderen ihn und schlugen ihm auf die Schultern. Blue legte ihm die Arme um den Hals. Sie roch nach dem Shampoo seiner Mutter, von dem sie eine Ersatzflasche im Vorratsschrank gefunden hatten.

»Hey, du Held«, sagte Henne und öffnete zischend eine Bierflasche. »Trink!«

Das Bier rann eiskalt durch seine Kehle. Hinter ihm standen die großen Tipis der Parkbesetzer. Henne war der Häuptling der Huronen und er, Alessio, der letzte Mohikaner im tiefen Wald von Stuttgart City. Er stellte sich auf ein Bein und tanzte johlend um Henne und Blue herum. Als er wieder zur Ruhe gekommen war, drehte sich die Welt. Zuerst dachte er, das Gesicht, das sich zwischen die beiden geschoben hatte, sei eine Vision, direkt aus einem seiner Albträume entwichen. Als er begriff, dass es echt war, wurde ihm schlecht, und er wandte sich ab.

»*Ciao!*«, sagte Kain und legte ihm die Hand auf den Rücken.

Alessio drehte sich langsam um und suchte Blues Blick. Sie hatte verstanden, war schon drei Schritte zurückgetreten und hielt die leise knurrende Ronja am Halsband fest. Er sagte nichts und schaute sich um. Seine Freunde umringten ihn schweigend. Instinktiv hatten sie verstanden, dass Alessio nicht auf diesen Besuch gewartet hatte, und waren wachsam.

»Was willst du?« Zeit gewinnen war alles. Alessio überlegte fieberhaft. Irgendwo musste sich doch ein Ausweg auftun!

Kain hob die Hände. »Nur mit dir reden.«

»Ist das okay?«, fragte Henne.

Alessio nickte, schüttelte Kains Hand ab, die sich auf seinen Arm gelegt hatte, und folgte ihm über die Wiese. Blues beunruhigter Blick brannte in seinem Rücken. *Bloß nicht umdrehen!*, dachte er. Bloß nicht Kain auf den Gedanken bringen, er hätte was mit ihr! Sie gingen bis zu einer Baumgruppe und stellten sich einander gegenüber. Alessio spürte die raue Rinde an seinem Rücken.

»Wie geht es dir?« Kains Augen ruhten auf ihm, fast so, als hätte er sich Sorgen gemacht.

»Gut. Das siehst du doch.«

Sein Bruder nickte. »Klasse Clique«, sagte er spöttisch. »Seit wann hängst du mit denen ab?« Zorn stieg in Alessio auf wie eine Stichflamme und verpuffte ebenso schnell. Jeglicher Widerstand hatte seinen Sinn verloren. »Noch nicht lange«, sagte er ausweichend.

»Du hast hoffentlich nichts gesagt?«

»Nein!«

»Du weißt, warum ich da bin?«

Er nickte widerstrebend.

»Um dich nach Hause zu holen, Mann. Die anderen warten auf dich. *Er* wartet auf dich.«

»Ich habe kein Zuhause«, sagte er und dachte an seine Mutter. Es war besser, sie lenkten die Aufmerksamkeit nicht auf Laura, vergaßen sie ganz. Sie hatte eine reelle Chance, denn es gab keine Blutsbande, die sie mit den anderen verband, und in ihrer Klinik war sie relativ sicher.

»Das stimmt so nicht!« Kains Zeigefinger deutete auf seine Brust. »Ich, wir sind dein Zuhause. Blut ist dicker als Wasser.«

Er war im Kreis seiner Familie neu geboren worden, hatte auf das Heiligenbild geschworen und es danach verbrannt.

»Ich will das alles nicht.« Er steckte die Hand in seine Jeanstasche und griff nach den fünf Hunderteuroscheinen, die er zusammengerollt und mit einem Gummiband umwickelt hatte. »Hier, ich gebe dir das Geld. Das kannst du an ihn weitergeben. Damit kaufe ich mich frei.«

Sein Bruder starrte ihn ungläubig an. »Du denkst, du kannst deine Verpflichtungen loswerden, wenn du etwas Kohle lockermachst, die du ausgerechnet einer alten Dame geklaut hast? Mann, das stand in allen Zeitungen. Peinlich.«

Alessio spürte, wie er rot wurde, und ärgerte sich. Schließlich pustete Kain anderen Leuten so locker den Kopf weg, wie er sich einen Espresso machte. Was war dagegen ein kleiner Handtaschenraub? »Darüber musst gerade du dich aufregen.«

»Ich tue, was die Ehre gebietet«, sagte Kain würdevoll und streckte die Hand aus. »Behalt dein schmutziges Geld! Komm mit mir, und alles wird vergessen sein!«

Er schüttelte den Kopf. »Ich bleib hier.«

Kain trat so nahe an ihn heran, dass sein Atem Alessio ins Gesicht blies. Er hatte Knoblauch gegessen. »Du tust, was ich dir sage. Nicht, weil ich dein älterer Bruder bin, sondern weil du einen Eid geschworen hast, bei deinem Blut.«

Dieser verdammte Eid. Wer ihn brach, hatten sie gesagt, dem drohe nicht nur der Tod, sondern die ewige Verdammnis. Er glaubte zwar nicht daran, dass ihn der heilige Antonius von Padua bei Gott verpfeifen würde, aber konnte er sich dessen wirklich sicher sein?

»Ich bin kein Mörder.« So wie du, hätte er am liebsten hinzugefügt.

»Du bist ein Soldat.«

»Ich führe keine scheißsinnlosen Befehle aus.«

»Doch, das tust du«, sagte Kain. »Und weißt du auch, warum?« Alessio schüttelte den Kopf und biss sich auf die Lippe, bis er Blut schmeckte. In diesem Moment begriff er, dass er verloren hatte.

»Glaubst du, ich hätte nicht bemerkt, wie die Kleine mit dem Hund dich ansieht? Und glaubst du wirklich, ich wüsste nicht, dass sie heute Morgen mit dir in der Wohnung war?«

Alessio öffnete den Mund und schloss ihn wieder. Es war zwecklos, noch etwas zu sagen.

»Es geschieht ihr nichts, keine Sorge«, fuhr Kain fort. »Noch nicht. Aber du kannst sie als kleines Unterpfand dafür verstehen, dass du spurst. Das ist eine einfache Rechnung. Alessio erfüllt seine Aufgaben und sieht seine Kleine wieder, heiße Liebe, heißer Sex.« Er machte eine eindeutige Bewegung über seiner Kehle. »Oder Alessio ist weiterhin widerspenstig, und es gibt keine Kleine mehr, mit der er sich rumtreiben kann.«

»Lass uns gehen!«, sagte er müde.

Über die Wiese kam Ron auf sie zu. »Alles in Ordnung, Alessio?«, fragte er und musterte Kain, als hätte er ihn durchschaut.

»Ja, ja, schon gut.« Nicht weil er hoch oben auf dem Baum gewesen war, wusste Alessio, wie Freiheit schmeckte, sondern weil er das Gegenteil dieses Zustands kannte. Er hätte den Gurt lösen und aus dem Baum springen sollen, als noch Zeit dafür gewesen war.

»Warte!« Er legte Kain die Hand auf den Arm. »Ich komme mit dir, aber ich will mich eben … von den anderen verabschieden.«

Er überquerte die Wiese mit bleischweren Schritten und ging auf die Gruppe der Straßenkinder zu. Sie hatten sich im Schneidersitz rund um den Baum gesetzt, barfuß, das Gras war noch nass vom Gewitter. Blue sprang auf, als sie ihn kommen sah. »Alessio, das ist doch dein Bruder. Was will der von dir?«

»Ich muss … kurzfristig weg.«

»Aber …« Ronja schnüffelte an seiner Hand und bellte beunruhigt.

»Ich komme bald wieder«, log er und zog sie ein Stück fort. »Bitte, ihr dürft mich nicht verraten! Auch nicht, wenn die Bullen kommen.« Er zog das Bündel Geldscheine aus seiner Hosentasche, für das er so viel riskiert hatte. »Hier nimm! Davon kommt ihr eine Weile über die Runden.«

Sie zog den Gummiring ab und blätterte die Scheine auseinander. »Aber das ist richtig viel Kohle.«

Er nickte grimmig. »Es ist für dich. Dieser ganze Mist soll nicht umsonst gewesen sein.«

»Danke«, sagte sie.

Alessio drehte sich nicht noch einmal um, sondern folgte seinem Bruder zurück in ein Leben, das ihm nicht gehörte.

24.

Sie waren wieder zu spät gekommen. Es hatte gedauert, bis sie nach Stuttgart fahren konnten, weil sie zuerst einen Bericht über die Besuche bei Frau Hegele und Herrn Hertneck verfasst hatten. *Mistbürokratie,* hatte Fabian gedacht. Danach hatten sie in der Stuttgarter Klinik angerufen, in der der fremde Junge im Koma lag. Zustand unverändert. Und schließlich passte den Kollegen aus der Landeshauptstadt der Termin am Nachmittag nicht. Der frühe Abend sei besser. Gegen halb sieben quetschten sie sich zu viert in den Streifenwagen, die beiden Esslinger Kommissare mit zwei Hauptwachtmeistern der zuständigen Polizeistation in Stuttgart Mitte, und fuhren in den Schlossgarten. Als sie am Lager der Parkschützer ankamen, lag dieser idyllisch in der Abendsonne, die Gewitterwolken hatten sich verzogen, und die Glocken läuteten gerade sieben. Die Wege und die Wiesen waren voller Menschen, Stuttgart-21-Gegner, Jogger, Spaziergänger, Teenies, Penner, alles durcheinander, nur Alessio war fort. Die Gruppe Straßenkinder kampierte nahe am Lager der Parkschützer, und der Junge mit dem regenbogenfarbigen Hahnenkamm, den die Kollegen Henne nannten, starrte auf das Foto, das ihm Fabian unter die Nase hielt.

»Wer soll das sein?«, fragte er.

Wieso war sich Fabian so sicher, dass er log? Alessio war hier gewesen, noch heute Nachmittag. Genauso sicher, wie er heute Morgen seiner Wohnung in Mettingen einen Besuch abgestattet hatte.

Die anderen Kinder beobachteten die Polizisten misstrauisch. Sie rochen nach Bier und ungewaschenen Haaren.

»Alessio Cortese«, sagte Keller geduldig. »Er kommt aus Esslingen, hat allerlei ausgefressen und allen Grund, sich bei euch zu verstecken. Habt ihr ihn gesehen?«

»Ne, Mann.« Henne schüttelte den Kopf, dass der Hahnenkamm wippte. »Sag ich doch.«

»Und ihr anderen?« Fabians Blick blieb an dem Mädchen mit den blauen Haaren hängen, das aussah wie das wandelnde schlechte Gewissen. Prompt wurde sie knallrot.

»N-nein«, stotterte sie.

Ihr Hund legte den Kopf auf die Pfoten und fing an zu winseln. Die Kleine war höchstens fünfzehn, zierlich, mit dünnen Armen und Beinen. Unwillkürlich fragte er sich, wo sie heute Nacht schlafen würde.

»Komm mal mit!« Fabian griff nach ihrem Arm und zog sie sanft zur Seite. Er ertappte sich dabei, dass er so vorsichtig mit ihr umging, als sei sie aus Porzellan. »Wir wissen, dass ihr heute Morgen in Mettingen wart, du und Alessio. Man hat euch gesehen.«

Sie wehrte sich, zappelte so lange, bis er sie losließ. »Ich kenn keinen Alessio.«

»Ich auch nicht«, sagte ein Junge mit Glatze und verschieden großen Sicherheitsnadeln im Ohr. »Wir haben mit Esslinger Schlägern nichts am Hut.« Henne wandte sich derweil an einen der beiden Stuttgarter Schutzpolizisten.

»Sie haben uns doch schon vorgestern vernommen, Herr Wachtmeister. Und auch da konnten wir Ihnen nicht weiterhelfen. Also lassen Sie uns in Ruhe!«

»Ich hatte dich für vernünftiger gehalten, Hans-Georg.« Der angesprochene Polizist schüttelte missbilligend den Kopf. »Dieser Alessio hat einen anderen Jungen ins Koma geprügelt.«

»Was andere machen, geht uns nichts an«, sagte Henne. »Wir mischen uns nicht ein.«

Verdammt! Die Bande hielt zusammen wie Pech und Schwefel, und Alessio hatte es auf Anhieb geschafft, ihre Solidarität zu gewinnen.

»Wir bestellen euch aufs Präsidium, allesamt. Morgen«, drohte Fabian mit leiser Stimme. »Oder sollen wir euch gleich in Gewahrsam nehmen?«

Das Mädchen mit den blauen Haaren sah aus, als würde es gleich in Tränen ausbrechen. Ihre Unterlippe zitterte.

»So hat das keinen Sinn«, sagte Keller begütigend und wandte sich an die Gruppe. »Dieser Junge, Alessio, steckt in Schwierigkeiten. Wir suchen ihn auch, damit wir ihm helfen können. Und ihr überlegt am besten über Nacht, ob ihr uns etwas zu sagen habt.«

Er drückte Henne seine Visitenkarte in die Hand, drehte

sich um und ging auf den blauen Streifenwagen zu, den sie auf dem Parkplatz des Planetariums abgestellt hatten.

»Aber Fritz.« Fabian eilte ihm hinterher. »Du kannst sie doch nicht davonkommen lassen. Das Mädchen mit den blauen Haaren muss seine Freundin sein.«

»Lass sie!«, sagte Keller. »Sie haben ihren Ehrenkodex. Natürlich schützen sie Alessio. Und die Kleine muss erst einmal verdauen, dass er in Gefahr ist und sie ihm hilft, wenn sie ihn verrät. Die kommen schon von selbst.«

»Aber wieso in Gefahr?«

»Das habe ich im Gefühl«, sagte der Alte. »Seine Freunde werden ihn nicht im Stich lassen. Die müssen sich nur noch klarwerden, was am besten für ihn ist.«

Fabian nickte betreten. Keller überraschte ihn immer wieder. »Also gut, warten wir ab.« Ihre zwei Stuttgarter Begleiter folgten ihnen und öffneten die Zentralverriegelung des Streifenwagens.

»Ich hätte Henne wirklich für klüger gehalten.« Der Größere der Kollegen setzte sich hinters Steuer.

»Schick mal morgen nen Streetworker vorbei, Martin!«, meinte Keller. »Ich glaube schon, dass die uns was zu sagen haben, vor allem die kleine Blaue.«

Die beiden Esslinger Kommissare kletterten auf die Rückbank, und Martin lenkte den Streifenwagen langsam aus dem Schlossgarten.

»Die ist doch höchstens so alt wie Alessio«, begann Fabian. »Sie ist sicher von zu Hause abgehauen. Vermisst die eigentlich keiner?«

»Wir wissen nicht immer, was dahintersteckt, wenn ein Kind auf die Straße geht«, der Polizist auf dem Beifahrersitz drehte sich um. »Aber du kannst dir sicher sein, dass sie es nicht grundlos tun. Ohne Not setzt sich keiner diesem Leben aus. Aber für die Blauhaarige gibt es keine Vermisstenanzeige, die passen könnte.«

»Ihre Eltern suchen sie nicht?«, fragte Fabian fassungslos.

»Sie muss ja nicht hier aus der Gegend kommen. Und wenn doch, im Umkreis von Stuttgart ist sie jedenfalls niemandem abhandengekommen.«

25.

»Wir könnten ein neues Auto kaufen. Die Rostlaube ist sowieso dauernd in der Werkstatt.« Paps stand in der Tür zu ihrer Dachwohnung und stieß sich den Kopf am Rahmen. Die dünnen, blonden Haarsträhnen hatten sich von seiner Glatze gelöst und standen in alle Richtungen ab. Er trug eine kurze Hose und Sandalen. Hinter ihm quälte sich der Mops die Treppe hinauf, hechelte in der Hitze und lugte mit zerknautschtem Gesicht hinter seinen Beinen hervor.

Leonie wurde das Herz schwer. Die wahre Botschaft seiner Aussage lautete: »Lass uns zusammenbleiben und wieder eine Familie sein!«

Sie saß mit Leander auf dem Schoß am Computer und suchte nach Stellenangeboten. Das Dachgeschoss hatte schräge Wände und war nicht für große Leute gemacht, aber Leonie fühlte sich hier wohl. Es gab ein Messingbett, einen gewachsten Eichentisch und ein Gitterbett, in dem schon Generationen von Hausmanns geschlafen hatten. An der einzigen deckenhohen Wand war das Regal bis zum dritten Fach ausgeräumt und mit Leanders Spielzeug gefüllt. Darüber türmten sich Leonies Fachbücher bis an die Decke. Ein fetter Bronzebuddha meditierte auf ihrer alten Kommode, die der Holzwurm langsam aber sicher von innen aushöhlte. Er war das letzte Erinnerungsstück an Jonas, und sie brachte es einfach nicht fertig, ihn auszusortieren.

»Wie war es in Stuttgart?«, fragte er. Leander streckte die Arme nach seinem Opa aus und wechselte kurzerhand die Trageperson.

Leonie biss sich auf die Lippe. Als sie nass und schmutzig heimgekommen war, hatte sie sich mit dem Kleinen in ihre Dachwohnung zurückgezogen, ziemlich lange und heiß geduscht und den Rest des Nachmittags Holztürme gebaut und Eisenbahnschienen zusammengesetzt. Sie hatte einfach nicht die Kraft gehabt, ihrem Vater zu erzählen, dass sie die Stelle nicht antreten würde. Es war zu viel passiert. Da war Fabian, der vor zwei Tagen sein Leben riskiert hatte, Damiano, den sie irgendwie in ihres einbauen musste und die Begegnung mit dem Fremden, die nach Abenteuer geschmeckt hatte.

»Es ist nicht so gut gelaufen«, sagte sie und trat einen Schritt zurück. »Ich werde die Stelle nicht annehmen.«

Er nickte und respektierte, dass sie nicht darüber reden wollte. »Es wird andere Stellen geben.«

Müde reichte er ihr ihren Sohn. Der Tag hatte ihn mitgenommen. Erst Sebastian und seine Strafe, dann Leonie, die nichts auf die Reihe bekam. Als er langsam die Treppe heruntertstieg, sah er mit seinem zerzausten Kopf ganz verloren aus. Der Mops hoppelte ihm auf krummen Beinen hinterher.

Leonie seufzte und wandte sich ihrem Sohn zu. »Und du gehst jetzt schlafen?«

Als er im Bett lag und seiner Spieluhr lauschte, die unermüdlich »Weißt du wie viel Sternlein stehen« spielte, nahm sie ihre Internetrecherchen wieder auf.

Warum nur gab es in Nord- und Ostdeutschland so viele Möglichkeiten, während es hier Essig mit freien Stellen war? Stuttgart war für Kulturschaffende wie leergefegt. Sie seufzte. In Ingolstadt wurde ein Volontariat bei der Stiftung für Konkrete Kunst und Design angeboten. In Karlsruhe hatte das

ZKM eine Teilzeitstelle im Bereich Presse- und Öffentlichkeitsarbeit zu vergeben. Wenn sie sich entschließen könnte, weiter weg zu gehen, gab es Angebote genug. In Hamburg konnte man sich für diverse Promotionsstipendien bewerben. Am kunsthistorischen Institut in Florenz wurde eine Hilfskraft gesucht, und eine Galerie in Berlin benötigte dringend eine Verkäuferin. Ingolstadt, Hamburg, Florenz, Berlin. Allein bei der Vorstellung, in einer fremden Stadt mit Leander neu anzufangen, wurde ihr schwindlig. Täglich nach Stuttgart zu fahren wäre schon umständlich genug. Und Karlsruhe? Für den Weg hin und zurück musste sie drei Stunden einplanen. Frustriert stand sie auf und schaute nach Leander, der mit seinem Teddy im Arm friedlich eingeschlafen war. Der Mond hatte sich aus dem Dachfenster davongestohlen. Aber sein silbriges Licht lag noch immer über dem Himmel, der voller Sterne stand, als hätte er das Schlaflied gehört und wollte sein Bestes geben. Auf Leanders Lippen lag ein Lächeln. »Träum süß!«, sagte Leonie und deckte ihn zu.

Auf Zehenspitzen schlich sie sich die Treppe hinunter in den ersten Stock. Nicht einmal Emine hatte Zutritt zu Mutters Atelier, und sie selbst hatte es seit dem Unfall nicht betreten. Aber jetzt musste es einfach sein. Wenn sie ihr schon keinen Rat geben konnte, brauchte Leonie zumindest das Gefühl, ihr nahe zu sein. Vorsichtig drückte sie auf die Klinke und trat ein. Das Deckenlicht funktionierte zum Glück noch. Es beleuchtete einen Raum, den ihr Vater seit zehn Jahren nicht verändert hatte. Sogar ihr letztes Bild stand noch auf der Staffelei, und der Geruch nach Farben und Lösungsmittel hing noch immer wie eine Ahnung in der Luft. Auf dem Tisch lag eine weiße Rose. Als Leonie sie anhob, verlor sie ihre Blätter. Sie schluckte und trat an die Staffelei heran. Irene Hausmann hatte Veduten gemalt, Ansichten der malerischen Fachwerkstadt mit dem Alten Rathaus und der Burg, sowie stimmungsvolle Landschaftsbilder. Bei einem Malausflug an den Neckar hatte sie als junge Kunststudentin ihren Vater kennengelernt, der gerade seinen Köder ausgeworfen und dabei eine Frau und keinen Fisch gefangen hatte. Die romantische erste Begegnung hatte Stoff für unzählige Anekdoten zu Hochzeitstagen und Festen geboten. Künstlerisch hatte sich ihre Mutter in den letzten Jahren weiterentwickelt. Ihre Bilder waren immer reduzierter, leichter und abstrakter geworden, bis man die Architekturmotive schließlich nur noch erahnen konnte. In den letzten zwei Jahren ihres Lebens hatte sie Ausstellungen im ganzen Landkreis gehabt und war dabei gewesen, sich überregional einen Namen zu machen.

Das war der Stand der Dinge, als Irene nach einem Malausflug an einem finsteren Herbstabend mit dem Fahrrad von der Neckarinsel zurückfahren wollte. Ein Unbekannter hatte sie angefahren und Fahrerflucht begangen. Als der Krankenwagen eintraf, lag sie schon im Sterben. *Ich heul hier jetzt nicht*, dachte Leonie und ging zum Fenster, das ihr Vater extra für seine Frau vergrößert hatte. Schon als Kind hatte sie die Leidenschaft ihrer Mutter für Stifte und Farben geteilt und erinnerte sich an die Liebe, mit der sie ihr die Hand geführt hatte. »So schraffiert man, Leonie«, hatte sie gesagt und den Pastellstift schräger aufs Blatt gelegt, als Leonie es je gewagt hätte. Im hinteren Teil des Raumes standen ein paar großformatige Bilder, die ihr Vater mit Decken sorgsam zugedeckt hatte. Bilder, die sie nicht kannte. Sie trat heran und entfernte vorsichtig eine Stoffbahn. Was darunter zum Vorschein kam, ließ sie staunen. Die Leinwand war in Acryl bemalt, wild, abstrakt, in leuchtenden Farben. Das also waren die letzten Bilder ihrer Mutter. Sie zeigten einen ganz anderen, neuen Stil, als ob sie sich gehäutet hatte.

»Cool, nicht?« Leonie sah Sebastians Silhouette in der offenen Tür. Gefolgt von Max, dem Mops, betrat er den Raum. Warum nicht, dachte sie. Ihre Mutter hatte Tiere geliebt und sicher nicht gewollt, dass man ein Mausoleum aus ihrem Atelier machte.

»Ich bin manchmal hier«, sagte er leise. »Dann kann ich ihre Stimme und ihr Lachen hören. Diese Bilder …« Er trat näher heran, und der Mops folgte ihm auf leisen Sohlen.

»Sind wirklich gut«, vollendete sie.

»Wenn du das als Fachfrau sagst. Jedenfalls komplett anders als alles, was sie vorher gemalt hat.«

Leonie bückte sich und strich dem Mops über die seidigen Ohren und den speckfaltigen Hals. Er wedelte mit dem Hinterteil, entfernte sich und begann, die eingetrockneten Farbtuben zu beschnüffeln.

Sebastian ging zum Tisch und hob das Deckblatt eines Zeichenblocks. »Das hier ist übrigens von mir.«

»Du zeichnest in Mutters Atelier?«

»Ich bewahre nur meine Sachen hier auf«, sagte er. Neben dem Block lag eine Schachtel mit Blei-, Kohle- und Rötelstiften.

Leonie trat näher heran und betrachtete das obere Blatt. Es zeigte eine Ansicht des Kirschbaums von unten, durch die Froschperspektive gleichzeitig realistisch und dynamisch verzerrt. Sie blätterte weiter. Ein schlankes Mädchen, das mit einem Regenschirm in der Luft schwebte, zart und leicht wie eine Seifenblase.

»Woher kennst du die Baumelfe?«

»Flavia? Ich treffe mich manchmal mit ihr.«

Der ganze Block war voller Skizzen. Leonie hatte nicht gewusst, dass seine Begabung so herausragend war. »Weißt du, wie gut du bist?«

Er zuckte die Schultern. »Was heißt das schon?«

»Du solltest eine Mappe zusammenstellen und dich an verschiedenen Akademien bewerben. Du hast das Zeug zu einem Künstler.«

»Vielleicht mach ich das ja«, sagte er. »Wenn sie mich nicht vorher von der Schule werfen.«

»Dafür lohnt es sich, am Ball zu bleiben und das Abi zu machen. Vielleicht wird ja mal der nächste Anselm Kiefer aus dir. Komm!«

Entschlossen zog sie ihn am Ärmel. »Wir machen uns noch Spaghetti aglio e olio!«

Nach dem Essen, zu dem sich auch ihr Vater gesellt hatte, folgte ihr der Mops entschlossen unters Dach. An der Tür drehte sie sich zu ihm um. »Nur, wenn du brav bist und auf dem Boden schläfst.« Er schaute sie mit schief gelegtem Kopf treuherzig an. »Also gut. Ich hoffe, du benimmst dich.«

Sie setzte sich an den Computer und klickte eine weitere Jobseite an, diesmal eine regionale, auf der Angebote für Bürokräfte und Aushilfskellnerinnen standen. Nichts, nichts, und wieder nichts. Doch hier. Leonie überlief es heiß und kalt. Ein Volltreffer, na bitte. Es wurde eine Redakteurin für den Schwabenspiegel gesucht.

»Das In-Magazin für Stuttgart und Region«, las sie. Die Stelle sollte im Ressort Kultur sein, was wunderbar war, denn da konnte sie ihre Kenntnisse als Kunstkritikerin einbringen. Schon als Studentin hatte Leonie für verschiedene Blätter in der Region geschrieben, Schultheaterstücke und Kaninchenausstellungen besprochen und bei den Festen des Schwäbischen-Alb-Vereins die Jubilare fotografiert. Gleich morgen würde sie ihre Bewerbung und ihre Arbeitsproben an die Chefredakteurin schicken. Das Angebot war zwar nicht die Wucht, aber immerhin ein Anfang. Aber jetzt war sie zu müde, um überhaupt noch weiter auf den Beinen zu stehen. Leonie streifte die Flipflops von den Füßen, legte sich in Jeansshorts und T-Shirt auf ihr Bett und zog das Laken über sich. Irgendwann nach Mitternacht würde Leander aufwachen und zwei Stunden lang spielen wollen. Der Mops nahm Anlauf, folgte ihr mit einem entschlossenen Sprung, der das Bett in seinen Grundfesten erschütterte, und legte sich auf ihre Beine.

»Runter da«, zischte sie, und er rollte sich auf dem freien Platz neben ihr zusammen. »Meinetwegen«, murmelte sie, vergrub ihre Hand in den Speckrollen in seinem Nacken und war im Nu eingeschlafen.

26.

Als Peter Ölnhausen erwachte, wusste er zunächst nicht, wo er sich befand. Dann fiel ihm ein, dass er die laue Luft der Sommernacht für ein Schläfchen am Pool genutzt hatte. Er reckte den Hals und schaute hinauf zur Terrasse. Dahinter lag der zweistöckige Bau, sein Haus. Große Fenster, moderne Formensprache. Als ehemaliger Bauunternehmer wusste er, dass man ihm ansah, was es gekostet hatte. Es war Nacht, die Luft war so mild, dass ihm noch immer zu warm war, und der Gedanke an Sex drängte sich auf. Mit den kleinen blauen Pillen würde er auch heute Nacht wieder leistungsfähig sein. Er richtete sich auf, griff nach dem Glas, das auf der Umrandung des Pools stand, und trank einen Schluck. Das Bier war schal geworden. Ölnhausen spuckte aus. »Milena«, rief er. Sie sollte ihm eine neue, eisgekühlte Flasche bringen.

Wo blieb sie bloß? Der Gesang der Zikaden übertönte das Plätschern der Pumpe und vielleicht auch seine Stimme. Lauter als das Rauschen des Meeres, dachte er. Und noch einmal lauter. »Milena!«

Immer mit der Ruhe!, dachte er. Hatte er nicht viel erreicht im Leben? Von ganz unten hatte er sich raufgearbeitet bis in die

Chefetage der eigenen Firma. Und jetzt war er Pensionär und konnte sich den schönen Dingen des Lebens widmen. Niemand ahnte, wie nahe er am Abgrund vorbeischrammte. Wie schnell die Aktien, in denen er den Erlös aus dem Verkauf der Firma angelegt hatte, ins Bodenlose gefallen waren. Er hatte sich verspekuliert und hörte schon seine Neider lachen. Doch die Geldquelle, die sich ihm aufgetan hatte, würde seine Sorgen fortspülen. Er legte sich zurück und rülpste zufrieden. Etwas Magensäure lief ihm dabei in die Speiseröhre zurück. Sodbrennen. Kein Wunder, nach dem guten Essen heute Abend. Milena hatte Borschtsch gekocht. Er hatte gar nicht gewusst, dass sie das konnte. Flüchtig dachte er an die Warnungen seines Arztes, schaute über seinen Bauch auf seine Zehen und öffnete den Gürtel des Bademantels, der plötzlich spannte. Auf dem Pool lagen Blätter und etwas fauliges Gras, das beim Rasenmähen hinübergeweht sein musste. Man sollte ihn mal wieder putzen, dachte er träge.

Von Ferne hörte er die Nachbarn auf ihrer Terrasse miteinander reden. Die Mutter und den jüngeren Sohn, den man nur selten sah. Meist trieben sich nur die Bälger des älteren im Garten herum, stellten Unfug an und zogen Grimassen am Jägerzaun. Hin und wieder, wenn sie die Rosen schnitt oder den Garten begoss, hatte er die attraktive Frau Grundmann schon näher betrachtet. Der Banker vernachlässigte sie, für solche Dinge hatte er einen Riecher, aber sie konnte Milena nicht das Wasser reichen. Und ob sie für ihn mit seiner Glatze und seinem Speckbauch Interesse aufbringen würde, war doch eher zweifelhaft. Milena tat, was er wollte. Dass es ihr dabei ums Geld ging, störte ihn nicht, solange sie die Spiele akzeptierte, die ihn in Fahrt brachten. Gewisse Abhängigkeiten musste man schon für sich nutzen. Heute hatte er ihr verboten, einen Slip anzuziehen. Er freute sich schon auf ihre Pobacken und die goldfarbenen Schenkel mit den weichen Härchen darauf. Ölnhausen schaute sich um. Warum kam sie nicht?

»Milena!« Er war nicht gewohnt, dass sie nicht spurte. Entnervt beschloss er, selbst nach dem Rechten zu sehen. Wo waren seine Badelatschen geblieben? Er angelte gerade nach den gestreiften Tretern, als er eine Bewegung seitlich am Pool wahrnahm. Jemand entsicherte eine Waffe. Als er das Geräusch erkannte, war es wie ein Schlag in die Magengrube.

»Was …?« Er fuhr herum und hörte den Schuss schon nicht mehr, der ihm die linke Seite des Kopfes wegriss. Ölnhausen kippte von der Liege und landete mit dem Kopf im Pool. Wolken von Blut färbten das klare Wasser rosa wie die Waschbrühe in einem Schlachthaus.

Endlich war es Fabian gelungen, sich von dem Abendessen bei seiner Mutter loszueisen. Sein Auto stand unten an der Straße. Er war schon fast auf dem Gehweg, als er den Schuss hörte. Das Geräusch war leise, satt, einmalig, präzise abgezirkelt. Doch mit tödlicher Konsequenz zerriss es den Frieden der lauen Sommernacht. Die Stille, die darauf folgte, war tief. Die Welt hielt den Atem an. Es hatte seinen Ursprung weiter oben auf dem Grundstück des Nachbarn Peter Ölnhausen.

Fabian wandte sich um und hetzte über Ölnhausens Rasen den Hang hinauf. Da zerriss ein zweiter, lauterer Schuss die Luft wie ein Peitschenknall.

Er beschleunigte seine Schritte in Richtung der Terrasse, über der sich breit und behäbig das Haus erhob. Der Nachtwind blähte eine weiße Gardine in einer offenen Glastür. Unterhalb lag bläulich leuchtend der Swimmingpool, an dem er gestern die Badenixe beobachtet hatte. Eine einzelne weiße Kugellaterne tauchte die Szenerie in gespenstisches Licht. Ölnhausen lag am Rande des Pools, als sei er aus einem der Liegestühle gekippt, die auf der gepflasterten Umrahmung standen. Sein Kopf hing mit dem Gesicht ins Wasser, und er rührte sich nicht. Die Blondine saß anmutig neben ihm auf den Fersen und hatte ihren Bademantel über den Knien zusammengerafft. Mit beiden Händen hielt sie den Griff einer Pistole umklammert, die sie jetzt auf Fabian richtete. Sein Herz setzte einen Schlag lang aus. Sie ähnelte einem Gespenst mit riesigen blauen Augen, weggetreten, in Schockstarre gefallen. Eine Schneekönigin mitten im Sommer. Fabian spürte die Schwüle der Nacht, doch nicht sie war es, die ihm Schweißbäche über den Rücken trieb.

Beschwichtigend hob er die Hände.

»Ruhig!«, sagte er. »Ganz ruhig! Legen Sie die Waffe weg! Ich tue Ihnen nichts.« Einen endlosen Moment lang passierte gar nichts. Fabian zählte bis fünf.

Dann ließ sie die Pistole langsam in ihren Schoß sinken. Ihre Hände hielten den Griff noch immer umklammert wie einen Rettungsanker. Erleichtert schloss er die Augen und sah einen Augenblick lang den Feuerrädern zu, die sich auf der Innenseite seiner Lider drehten.

Dann trat er heran und drehte Ölnhausen auf den Rücken, dem nicht mehr zu helfen war. An seinem Handgelenk trug er eine teure Rolex, und seine Augen standen weit offen. Der Schuss hatte einen Teil seiner Schläfe und der Stirn weggerissen. Fabian schaute nicht auf das, was sich unterhalb der zerfetzten Knochendecke befand. Wolken rostrotes Blut waren ausgetreten und hatten sich mit dem klaren Chlorwasser des Pools vermischt wie eine schmutzige Sowjetfahne. Er schluckte die aufsteigende Übelkeit herunter, die wie ein Klumpen in seinem Magen lag, und atmete tief durch. Irgendwo sangen die Zikaden unbeirrt in den Büschen. Eine Bewegung ließ ihn aufschrecken. Die Frau legte die Pistole neben sich an den Rand des Pools, als hätte sie sich an ihr verbrannt. Ihre Hände zitterten. Er bückte sich, zog ein Tempotuch aus seiner Hosentasche und nahm die Waffe an sich, die sich glatt, hart und kühl anfühlte.

Dann holte er sein Handy heraus und klickte sich einhändig bis zur Nummer der Funkleitzentrale durch. Während er die Lage beschrieb, ließ er seine Augen nicht von der blonden Frau. Ihr Gesicht war vollkommen ausdruckslos, und ihre hellen Augen schauten an ihm vorbei in die Ferne. »Was ist hier vorgefallen?«, fragte er.

»Ich bin schuld«, sagte sie leise mit einem schweren Akzent, der die Worte in ihrer Kehle wie Steine aneinanderklingen ließ.

Ein klarer Fall. Er hatte die Mörderin auf frischer Tat ertappt und das Geständnis gleich mitgeliefert bekommen. Stirnrunzelnd hörte Fabian den Sirenen des Großeinsatzes zu, der sich mit einer Kolonne aus Krankenwagen und Einsatzfahrzeugen den Hang hocharbeitete. Zehn Minuten später flackerte Blaulicht durch den Garten, und ein unleidlicher Fritz Keller beugte sich über die Leiche und fluchte, weil sie ihn mitten in der Nacht aus dem Bett geklingelt hatten. Der Pathologe stand schon an der Terrassentür und sprach mit den Einsatzleuten.

»Gute Arbeit«, brummte Keller zwischen zusammengepressten Lippen. »Zum Glück warst du gleich zur Stelle. Aber vielleicht ziehe ich dich trotzdem wegen Befangenheit ab. Schließlich ist das hier kein Treffen mit deiner Jahrgangskameradin …«

»Sondern eine ganz besondere Art von Nachbarschaftskaffee«, vollendete Fabian. Aber wahrscheinlich war der Fall so sonnenklar, dass es gar nichts weiter zu ermitteln gab. Schließlich hatte er die Täterin auf frischer Tat ertappt.

Der Gerichtsmediziner begutachtete die Leiche, die man

mittlerweile aus dem Pool gezogen hatte. Er stellte fest, dass der Todeszeitpunkt mit den kurz zuvor abgegebenen Schüssen übereinstimmte. Während der Arzt den Toten untersuchte, sperrte die Kriminaltechnik den Pool und die Terrasse mit rotweißen Bändern ab und versiegelte das hell erleuchtete Haus, durch das die Polizisten streiften wie durch fremdes Jagdgebiet. Eine Beamtin wich der blonden Frau nicht von der Seite, während sie in ihrem Schlafzimmer einige Sachen zusammensuchte. Ihr Aufenthalt in Ölnhausens Villa war beendet. Fabians Telefon klingelte. Er erkannte die Festnetznummer seiner Eltern und klickte den Anruf weg. Über den Kraftwerkstürmen von Altbach brannte sich rot der Sonnenaufgang in den Himmel. Der Fall war aufgeklärt. Sein erster Mord. Wieso bekam er das Gefühl nicht los, dass etwas nicht stimmte? Irgendetwas war hier faul, er kam nur nicht darauf, was es war.

27.

»Eine Beziehungstat«, sagte Fritz Keller, lehnte sich zurück, faltete die Hände über seinem durchtrainierten Bauch und drehte die Daumen umeinander. »Und sie ist schon geklärt. Ich schlage vor, dass du dich weiter um unseren verschwundenen Jüngling kümmerst.« Gleich heute Morgen hatte sich unter der Leitung Kellers eine zwanzigköpfige Sonderkommission zusammengefunden, die sich mit dem Tötungsdelikt »Ölnhausen« beschäftigte. Da der Fall im Prinzip geklärt war, hatte man sich nur noch mit dem Motiv und der Beweisaufnahme herumzuschlagen, und Fabian konnte Zeit für seinen Handtaschenräuber einplanen.

Draußen wölbte sich ein blauer Himmel über der Stadt. Er hatte kaum drei Stunden geschlafen und musste heftig blinzeln, sobald er ins Helle starrte. Hinter seiner Stirn pochte es schmerzhaft. Gierig trank er das bittere Gesöff, das er sich als Kaffee in eine Thermoskanne gefüllt hatte, und suchte in der oberen Schublade nach seiner Noisette. Er hatte doch eine neue Tafel gehabt, eine jungfräuliche, noch im Papier. Wo war sie bloß hingekommen? Resigniert lehnte er sich zurück. Um zehn Uhr, also in einer knappen halben Stunde, hatte er zu allem Überfluss auch noch Alberto Cortese einbestellt, mit Übersetzerin, weil Alessios Onkel anscheinend nur mangelhaft Deutsch sprach. Als er den Termin ausgemacht hatte, war noch nicht klar gewesen, dass er mitten in der Nacht über eine Leiche stolpern würde. »Und was macht unser Marilyn-Monroe-Verschnitt heute morgen?«, fragte er.

Keller zuckte mit den Schultern. »Das blonde Gift liegt mit dem Kopf zur Wand auf seiner Pritsche und sagt kein Wort. Ich weiß nicht einmal, ob sie unsere Sprache gut genug beherrscht, um eine Aussage zu machen. Es gibt übrigens bisher keine Kugel. Sie hat ihm die Hälfte vom Kopf weggeblasen, das Projektil ist seitlich ausgetreten und wurde bisher nicht gefunden. Die Hülse komischerweise auch nicht.«

Fabian schüttete ungeduldig den Kopf. »An ihrer Schuld gibt's überhaupt keinen Zweifel. Sie hat den Mord gestern quasi gestanden. Aber was mich interessieren würde, wäre die Frage nach dem Warum. Warum bringt sie Ölnhausen um, der doch ihr Wohltäter war?«

»Frag mich was Leichteres!«, sagte Keller. »Manche Menschen ersticken an ihrem Leben. Vielleicht hatte der Alte perverse Vorlieben. Die KTU hat am Kopfende des Doppelbetts Handschellen gefunden. Vielleicht wurde der goldene Käfig unserem Vögelchen zu eng, und sie wollte fliegen. Vielleicht hatte sie einfach Heimweh, wie die polnischen Pflegerinnen, die zu Hause ihre Familie ernähren. Nur dass ihre Pflege ein bisschen … anders war.«

Stirnrunzelnd kramte Fabian weiter in seiner Schublade. Noch immer war die Schokoladentafel unauffindbar.

»Du isst sowieso zu viel von dem Zeug«, brummte Keller. »Ich glaube, Rena hat sie dir geklaut und damit ein gutes Werk getan.«

»Wie bitte?«

Rena war die junge Praktikantin von der Polizeihochschule, mit der Fabian hin und wieder mittags in die Kantine gegangen war und die er auch sonst recht sympathisch fand.

»Sie hat einen Jungen belohnt, der eine Fahrerflucht nach Blechschaden an einem parkenden Auto angezeigt hat. Der Kleine hatte sich tatsächlich das Kennzeichen gemerkt.«

»Mit meiner Noisette!« Entrüstet schüttelte Fabian den Kopf.

»Du wirst es überleben.«

»Aber statt rumzujammern, könntest du mir lieber mal erzählen, was du über den Nachbarn deiner Eltern weißt. Was war er für ein Mensch? Heute Nachmittag habe ich übrigens deine Mutter einbestellt.« Erwartungsvoll beugte sich Keller vor und stützte seine Arme auf dem Schreibtisch ab.

Fabian verdrehte die Augen. Auch das noch!

So genau wie möglich schilderte er seinem Vorgesetzten die Schüsse und die Auffindung der Leiche. Die Frage nach der Person Peter Ölnhausen war da schon schwieriger zu beantworten.

»Ölnhausen hat vier Jahre nach meinen Eltern gebaut«, begann Fabian und schreckte auf, als sich die Tür öffnete. Herein trat Rena, warf ihre braunen Locken über die Schulter und schwenkte eine Bäckertüte. »Ein Nougatkringel für unseren Macho.«

Fabian griff nach der raschelnden Tüte. »Ich hatte dich schon für eine schnöde Diebin gehalten. Aber unter diesen Umständen will ich noch mal gnädig sein.«

»Wo steckst du das bloß alles hin?«, begann Rena neidisch. »Wenn ich so viele Süßigkeiten wie du essen würde, wäre ich bald so fett wie ein Hefekloß kurz vorm Abbacken.«

»Künstlerglück«, sagte Fabian mit vollem Mund. Der Nougatkringel zerfiel aufs Köstlichste auf seiner Zunge.

»Noch passt's ja«, meinte Keller tröstend und musterte Renas Po, der in ihrer Jeans knackig aussah.

»Schau woanders hin, oder du lernst mich kennen!«, drohte sie.

»Und was gibt es Neues von unserer Diva?«, lenkte Keller ein.

»Sie sagt immer noch nichts. Aber die Überprüfung hat ergeben, dass sie Milena Donakova heißt und aus St. Petersburg stammt. Ihr Pass scheint echt zu sein. Jahrgang 1980. Sie hat einen Sohn, dem sie regelmäßig Geld zukommen lässt. Der Kleine wächst bei ihrer Mutter auf.«

Fabian zog ein zerfleddertes Taschentuch aus seiner Hosentasche und putzte sich die Finger ab. »Grund genug, um sich von seinem Arbeitgeber abhängiger zu machen, als man ursprünglich wollte.«

Rena setzte sich rittlings auf einen Stuhl. »Sag mal, stimmt es, dass Ölnhausen einer der wenigen Esslinger Millionäre war?«

Fabian nickte zögernd. »Ölnhausen eilt ein gewisser Ruf voraus, aber was davon stimmt, lässt sich schwer festmachen. Keiner kannte ihn richtig. Bei ihm gab es keine Geburtstagspartys mit Sekt und Bowle. Er war der typische übergewichtige Endfünfziger mit Goldkettchen und Rolex, der am Samstag sein Mercedescabrio polierte und ansonsten nichts über sich rausließ. Aber das kann euch meine Mutter alles viel genauer erklären.« Hoffentlich musste er ihre Zeugenaussage nicht auch noch aufnehmen.

»Liegt das vielleicht daran, dass es keine Frau Ölnhausen gibt?«, fragte Rena. »Für nachbarschaftliche Kontakte sind doch meistens die Frauen zuständig. Und auch dafür, dass Endfünfziger mit Glatze nicht mit Goldkettchen rumlaufen.«

»Frauen gab es schon«, meinte Fabian. »Aber sie haben gewechselt. Er teilte seine Villa immer wieder mit neuen halbseidenen Damen.« Sie schwiegen sich vielsagend an. Im biederen, evangelisch geprägten Esslingen kam ein solches Verhalten gesellschaftlichem Selbstmord gleich.

»Er hat also keinen Wert darauf gelegt, in irgendeiner Hinsicht respektabel zu sein.« Keller stand auf und begann, in einem seiner akribisch aufgeräumten Regale zu kramen. »Weiß man zufällig, womit unser Möchtegernplayboy seine Brötchen verdient hat?«

Fabian zuckte die Schultern. »Er ist wohl Bauunternehmer gewesen. Hat seine Firma verkauft und lebte von dem Erlös.«

»Ein Privatier mit Lust am Sex.« Rena stand auf und schob den Stuhl an den Tisch heran. »Der Kerl wird mir immer unsympathischer.«

»Rena, du könntest dich um seine Firma kümmern«, schlug Keller vor. »Auch wenn der Fall klar zu sein scheint, sollten wir Ölnhausens Lebensumstände überblicken können. Und du Fabian …«

Er nickte resigniert. »Caravaggios Junge ist noch immer verschwunden.«

»Wessen Junge?« Keller horchte auf, und Rena schaute ihn an, als hätte er nicht mehr alle Tassen im Kopf.

»Ach nichts«, sagte er. »Es geht um Alessio, dessen Onkel wahrscheinlich schon unten auf der Matte steht. Alberto Cortese – Import und Export.«

Anders, als er vermutet hatte, verspätete sich sein Zeuge um eine Viertelstunde, die Fabian damit verbrachte, auf die

Ringstraße hinauszustarren und an Leonie zu denken. Er hatte schon sein Handy herausgeholt, um sie anzurufen, als die Tür aufging und Rena in Begleitung von Alberto Cortese und seiner Dolmetscherin eintrat. Fabian kehrte in die ermüdende Realität zurück und setzte sich an seinen Schreibtisch. Sein Zeuge war ein schwerer, bärtiger Mann um die fünfzig, der über einem karierten Hemd ein Cordsakko trug. Seine grünbraunen Augen waren undurchdringlich.

»*Buon giorno*«, sagte Fabian und fuhr den Laptop hoch.

Cortese brummte eine undeutliche Antwort in seinen Bart.

»Guten Tag«, sagte die Dolmetscherin pikiert, eine elegant gekleidete Dame um die sechzig. »Italienisch zu sprechen, dürfen Sie ruhig mir überlassen. Maria Martelli. Ich komme vom interkulturellen Forum und stehe Signor Cortese heute zur Seite.«

»So!« Fabian betrachtete sie von den Pumps über den Tweedrock und die rosa Seidenbluse bis hin zum perfekt geföhnten Bob und war alles andere als begeistert. Auch das noch! So sahen heutzutage also die Vorkämpferinnen für Integration aus. Eine Löwendompteurin in der Garderobe einer Lady, die ihren Klienten mit Zähnen und Klauen verteidigen würde.

Plötzlich war er sich sicher, dass dieses Gespräch eine Quälerei werden würde.

»Herr Cortese.« Provozierend fiel er mit der Tür ins Haus. »Machen Sie sich eigentlich Gedanken um ihren Neffen, der seit einer Woche verschwunden ist?«

Dieser abrupte Beginn schlug keine Bresche in die Abwehrhaltung des Zeugen. Er ließ sich die Frage übersetzen, sagte etwas in bedächtigem Italienisch, und Signora Martelli gab es weiter. Fabian verdrehte die Augen. Dieses Gespräch würde nicht nur unangenehm werden, sondern obendrein zäh.

»Herr Cortese wurde erst vorgestern darüber informiert,

dass sein Neffe abgängig ist. Und bevor sie danach fragen: Er weiß nicht, wo er stecken könnte.«

»Wir suchen ihn wegen schwerer Körperverletzung an einem anderen Jungen und wegen eines Raubüberfalls auf eine ältere Dame«, erklärte Fabian. Nach der Übersetzung flammten Corteses Augen plötzlich auf, und er fluchte auf Italienisch.

»Alessio hat die Familienehre besudelt«, sagte die Dolmetscherin. »Für einen Süditaliener ist ein Raub an einer alten Dame ein schlimmes Vergehen.«

Auf die Körperverletzung an dem Jungen ohne Namen war Cortese überhaupt nicht eingegangen. Plötzlich hatte Fabian Mitleid mit Alessio. Ein Säufer als Vater und dazu dieses Pokerface von Onkel. Der Junge war wirklich nicht zu beneiden. Die Frage, warum Alessio lieber ins Heim als zur Familie Cortese gegangen war, stellte er erst gar nicht, sondern erkundigte sich nach dem Geschäft des Italieners.

Nach einer längeren Rede Corteses erklärte die Dolmetscherin: »Er beschäftigt sich mit dem Import von landwirtschaftlichen Erzeugnissen aus Süditalien, vor allem von Tomaten, Salat und Zucchini und im Spätsommer auch von Trauben. Zum Verkauf hat er einen Stand auf dem Stuttgarter Großmarkt, den sein Sohn Mario betreibt. Er lädt Sie ein, doch mal vorbeizukommen und etwas zu probieren. Alles ist von erstklassiger Qualität.«

Fabian nickte müde »Danke. Ich komme darauf zurück. Fragen Sie ihn bitte nach seinen Familienverhältnissen!«

»Mein Klient lebt leider in einem reinen Männerhaushalt und bedauert das sehr«, meinte die Dolmetscherin nach einer gestenreichen Erklärung Corteses. »Er ist früh verwitwet und musste seine beiden Söhne alleine großziehen. Mario und Mauro sind Zwillinge. Während Mauro in Kalabrien lebt und das Geschäft von dort aus betreibt, zieht Mario hier die Fäden.«

Nicht schlecht, dachte Fabian. Der Alte hatte sein Geschäft früh genug übergeben, um selbst noch ein paar Jahre lang von seinem Vermögen zu leben. »Und was genau macht er jetzt?«, fragte er.

Cortese berichtete, die Dolmetscherin hörte zu und übersetzte dann. »Er sagt, er sei auf das Weingut seines Vaters zurückgekehrt und versuche während einiger Monate im Jahr, den Weinberg zu rekultivieren, der einige Jahrzehnte lang brachgelegen hat. Den Rest des Jahres schaut er seinen Jungs auf die Finger.«

Fabian nickte. Außer seinem Neffen hatte Alberto Cortese anscheinend alles im Griff. Er fragte sich, ob er nicht tief in seinem Inneren daran verzweifelte, dass sich Alessio nicht fügen wollte.

»Erkundigen Sie sich bitte nach seinem Bruder und dessen Familie«, forderte er die Dolmetscherin auf, die ihrem Klienten daraufhin eine ganze Weile zuhören musste.

»Cortese hatte kaum Kontakt zu seinem Bruder«, meinte sie dann. »Der hatte sich von allen familiären Verpflichtungen gelöst, war nur noch mit seiner Ehe beschäftigt.« Missbilligend zog sie die Augenbrauen hoch und gab gleich einen Kommentar dazu ab. »Das ist sehr ungewöhnlich für einen Italiener, denn die Familie wird immer und überall großgeschrieben.«

Fabian erfuhr, dass die Römerin Laura, seine Schwägerin, die Schuld daran trug. Sie hätte ihren Mann von seiner Verwandtschaft entfremdet. Ein neuer Kontakt sei dann über Corteses zweiten Neffen Corrado entstanden, Giorgio Corteses unehelichen Sohn, der die Nähe zu seinem leiblichen Vater gesucht hätte. »Auch wenn Giorgio Cortese ein Trinker war und herzkrank«, betonte Martelli. »Corrado erinnerte ihn an seine Verpflichtungen der Familie gegenüber, und er lenkte ein.«

Fabian nickte. Das Gerede von der Familienehre konnte sie sich sparen.

»Und Alessio?«, fragte er. Jetzt brauchte die Dolmetscherin die Frage nicht mehr zu übersetzen. Cortese hatte verstanden und überschüttete sie mit einer italienischen Redeflut, nach der sie sich erschöpft eine Haarsträhne aus dem Gesicht pustete.

»Madonna!«, sagte sie. »Ich gebe Ihnen einfach mal wieder, was er gesagt hat, auch wenn ich anderer Meinung bin. Cortese hat mir lang und breit erklärt, dass die Mutter den Jungen zu weich erzogen habe. Und wenn der Vater seinen Verpflichtungen nachkommen und ihn züchtigen wollte, sei sie ihm in den Rücken gefallen. Cortese sagt, dass man einen Jungen formen müsse wie ein ungebackenes Brot, damit ein Mann aus ihm wird. Das Erste, was er lernen müsse, sei Gehorsam und Respekt. Bei Alessio wurde das alles versäumt. Er sei verdorben, und mein Klient weiß nicht, ob man ihn auf den rechten Weg zurückführen kann.«

»Dann meint er wohl, Alessio sei zu wenig geschlagen worden«, sagte Fabian beiläufig, und sein unfreiwilliges Mitleid mit dem Jungen, der als Zankapfel zwischen seinen Eltern gestanden hatte, vertiefte sich. »Dafür konnte er am Samstag in Stuttgart aber ganz gut austeilen.«

Cortese hob den Kopf und blickte ihn interessiert an. Fabian fragte sich, ob er ihn wirklich so schlecht verstand, wie er vorgab. Wenn nicht, warum tat er sich und ihm dann die Zeitverschwendung mit der Dolmetscherin an?

»Frau Martelli«, sagte er zum Abschluss. »Geben Sie bitte die Frage weiter, warum einige junge Männer zwei Computer aus der Mettinger Wohnung entfernt haben! Darüber weiß er doch sicher Bescheid.«

Cortese erklärte die Sachlage, zuckte gleichmütig die Schultern und setzte wieder sein Pokerface auf.

»Der Rechner seiner Schwägerin war kaputt«, sagte die Signora. »Und Alessio – der wollte einen neuen. Signor Cortese hat die gebrauchten Teile nach Italien geschafft, um sie dort zu verkaufen.«

Fabian nahm die Aussage zur Kenntnis. *Komplett erlogen*, dachte er. Irgendein Geheimnis war auf den Rechnern der Corteses verborgen, das nicht an die Öffentlichkeit gelangen sollte. Auf dem Anmeldebogen war eine Adresse in Aichwald notiert, und er fragte sich, ob die Beweislage eine Hausdurchsuchung rechtfertigen würde. Um was ging es eigentlich? Ein Junge war verschwunden, dem man schwere Körperverletzung und einen Handtaschenraub anlastete, fünfhundert Euro, die die Straßenkids sicher schon in Alkohol und Partydrogen umgesetzt hatten. Mit beiden Straftaten hatte sein Onkel nichts zu tun. Und doch, etwas in ihm sagte laut und deutlich, dass er weiterbohren musste. Schließlich standen noch immer die ungeklärten Todesumstände des anderen Cortese im Raum.

Die Italiener erhoben sich und verabschiedeten sich mit Handschlag.

»Danke … Grazie«, sagte Fabian und nickte den beiden zu. Er konnte sich zu keinem Lächeln durchringen. Über den Weinbergen ballten sich die weißen Wolken zum nächsten Gewitter zusammen.

28.

In der Glotze lief Viva. Alessio saß in Onkel Albertos riesigem Wohnzimmer vor dem Flachbildschirm, stopfte sich mit Chips und Cola voll und zog sich einen Clip nach dem anderen rein. Aber jetzt hielt ihn nichts mehr auf dem zu weichen Sofa. Er ging zur Terrassentür, hinter der nichts lag als ein riesiger Garten, so knallgrün wie bei den Teletubbies, mit denen er aufgewachsen war. Alle paar Meter hatte Onkel Alberto Beete voller bunter Sommerblumen anlegen lassen. Sein Gärtner steuerte mit dem Rasenmäher geschickt darum herum. Als er ihm von seinem Platz auf dem Trecker freundlich zuwinkte, tat Alessio, als hätte er ihn nicht gesehen.

Er war irgendwo in Aichwald in einem Kaff namens Lobenrot gelandet, das mitten zwischen Feldern und Wiesen lag und aus einer Handvoll Häusern bestand. Seinem Onkel gehörte das Abgelegenste davon. Hinter dem Garten begannen Felder, Wiesen und Wald, der sich von der Hochebene herunter bis ins Remstal mit seinen Weinbergen zog. Sein Onkel wusste schon, warum er sich genau hier ein Haus gekauft hatte. Der Bungalow lag in einer Art Park, der von einem hohen Zaun aus Eisenlanzen umrahmt wurde. Aber die eigentlichen Wächter waren die beiden Dobermänner Bruno und Bernardo, die Kain »Die Dämonen« nannte. Vielleicht waren sie ja Zwillinge wie seine Cousins Mario und Mauro, die auch nicht viel freundlicher waren. Den Mops der alten Dame hatte Alessio verachtet, Ronja hatte er geliebt. Die fiesen, schlanken Dobermänner, die ihn mit zurückgezogenen Lefzen anknurrten und weiße Raubtierzähne zeigten, wenn er auch nur einen Schritt tat, fürchtete er. An ihnen konnte er nicht vorbei. Auch wenn er nie mehr zu Blue und ihren Freunden zurückkehren durfte, auch wenn er sich jeden Gedanken an seine Mutter abschminken musste, er spürte, dass es ihm hier die Luft abschnürte. Das Gelände war perfekt abgesichert, die Terrassentür mit einem Extraschloss verriegelt. Außer den Kötern, die die ganze Nacht am Zaun entlangschlichen, gab es eine Alarmanlage mit Videoüberwachung. Wenn ein Unbefugter auch nur einen Schritt aufs Gelände setzte, packte man ihn und setzte ihm den Fuß ins Genick. Und wenn Alessio versuchen würde abzuhauen, drohte ihm das gleiche Schicksal. Sein Onkel ließ sich weder in die Karten schauen noch in die Suppe spucken.

Er verließ seinen Platz an der Glastür und schlenderte in die rote Hochglanzküche. Onkel Alberto lebte hier mit Mario und Corrado, und weil er nach immerhin einundzwanzig Jahren ohne Ehefrau noch immer nicht kochen gelernt hatte, packte er sich den Gefrierschrank jede Woche voller Fertiggerichte.

Als Kind hatte Alessio die Stapel italienischer Pizzas im Eis toll gefunden, die Chipstüten, die Tortellini in Sahnesoße, die man in die Mikrowelle schieben konnte, und die mit Schokocreme gefüllten Croissants. Irgendwann hatten sie angefangen, ihn einzuweihen und ihm die Dinge zu erzählen, die sie machten. Zunächst hatte er das alles so spannend gefunden wie einen Actionfilm mit Bruce Willis. Doch als ihm klar geworden war, was wirklich abging, hatte er auf die neue lederne Polstergarnitur gekotzt und war dafür grün und blau geschlagen worden. Wie eine Löwin hatte sich seine Mutter vor ihn gestellt, die Arme ausgebreitet und geschrien, er habe sich das Norovirus eingefangen, das gerade in der Schule umging, und Onkel Alberto solle die Finger von ihm lassen. Aber dieser hatte ihn mit einem Blick durchschaut.

Alessio zog die Schublade der Gefriertruhe auf, holte eine Pizza Quattro Stagioni heraus, packte sie aus und schob sie in den Backofen. Er musste essen, wenn er am Leben bleiben wollte. Aber wollte er das überhaupt noch?

Mit der fertigen Pizza in der Hand kehrte er zu seinem Aussichtsplatz an der Terrassentür zurück. Vor den Tannen schlich ein Fuchs über den Rasen, der irgendwas im Maul hatte, eine Maus oder einen Vogel. Die Pizza schmeckte wie Schmirgelpapier. Er spülte den trockenen Boden mit einem Liter Cola runter und klebte die Käsefäden wie Kaugummi an die Fensterscheibe.

Früher war das Haus sein Lieblingsplatz gewesen, weil Onkel Alberto so viele Dinge hatte, die Jungs gefielen. Schließlich musste er außer den Zwillingen auch Kain bei Laune halten. Es gab einen Keller mit einer Musikanlage und bunten Discolichtern, einen anderen mit einer Tischtennisplatte und einem Tischkicker. Draußen hatte er ein Fußballfeld mit kleinen Toren anlegen lassen und eigenhändig einen Basketballkorb ans Garagentor gehängt. Seine Cousins und sein Halbbruder hatten die neusten Playstations in ihren Zimmern und spielten die ganze Nacht hindurch Ballerspiele, bei denen das Blut nur so über den Bildschirm spritzte. Im Keller gab es auch ein Schwimmbad und einen Fitnessraum, in dem Kain noch immer täglich trainierte. Mario machte mit seinen stinkenden Crossbikes den Schurwald unsicher und fuhr fast jedes Wochenende zu einem anderen Wettkampf. Brot und Spiele hießen bei Onkel Alberto Pizza und »Counter Strike«. Alessio wandte sich um und verließ den Raum. Als er die Treppe zu seinem Zimmer mit dem nagelneuen Rechner hoch ging, waren seine Füße schwer wie Blei. Er würde sich vor den Computer setzen, »Battlefield« spielen und versuchen, sich dabei selbst zu vergessen. Es war eine gute Übung. Manchmal versank er in den Bildern und wurde zu der willenlosen Killermaschine, die sein Onkel haben wollte.

29.

»Frau Hausmann? Hier spricht Sabine Marian«, sagte die Stimme am Telefon. Den darauf folgenden Redefluss konnte Leonie nicht verstehen, denn Leander saß auf ihrer Hüfte, zog an ihren Haaren und plapperte »Mamamamam«.

»Ruhe!«, raunte sie ihm zu, aber Leander nahm das als Aufforderung, um noch lauter zu krakeelen und sie kräftig an den Haaren zu ziehen. Genervt löste sie einige Haarsträhnen aus seiner kleinen Hand und setzte ihn auf den Boden. Als er beleidigt zu brüllen begann, ging sie ins Treppenhaus und schloss die Tür hinter sich. Das Geschrei steigerte sich zu einem atemberaubenden Crescendo. Leonie rutschte einige Stufen tiefer.

»Puh«, sagte sie und versuchte die Nester aus ihren Haaren zu streichen, während sie mit der anderen Hand das Handy ans Ohr hielt.

»Ich weiß noch gut, wie das ist«, sagte die Stimme am anderen Ende der Leitung. »Meine Jungs sind inzwischen sieben und neun, aber telefonieren lassen sie mich immer noch nicht.« Von Wort zu Wort wurde die Chefredakteurin Leonie sympathischer, auch wenn ihr bei der Vorstellung graute, dass der Telefonterror noch acht bis zehn Jahre weitergehen würde.

»Leander ist noch klein. Noch nicht einmal ein Jahr alt.« Sie setzte sich auf den mittleren Treppenabsatz und stellte ihre nackten Füße auf die Stufe darunter. Es war fast Mittag. In der Küche hörte sie Emine mit den Töpfen klappern, aber sie selbst hatte es noch nicht einmal geschafft zu duschen.

»Es kommt sicher sehr plötzlich für Sie«, sagte Marian. »Aber ich fand ihre Bewerbung so ansprechend, dass ich Sie fragen wollte, ob Sie schon heute Nachmittag zu einem Vorstellungsgespräch erscheinen könnten. Sagen wir um vierzehn Uhr?«

Leonie schnappte nach Luft. So schnell hatte sie nicht mit einer Antwort vom Schwabenspiegel gerechnet. Gestern war fast der ganze Tag dabei draufgegangen, die Bewerbung zu schreiben und ihre Arbeitsproben aus der Zeit des Studiums aufzupolieren und einzuscannen. Erst am späten Abend hatte sie ihre Unterlagen per Mail abgeschickt. »Natürlich«, sagte sie und fühlte sich plötzlich wie im freien Fall. Aber warum sollte sie nicht gerade jetzt, wo es in ihrem Leben sowieso drunter und drüber ging, etwas ganz Neues wagen?

»Vierzehn Uhr kann ich schaffen.«

»Wunderbar«, sagte Marian. »Dann treffen wir uns um diese Uhrzeit in der Reinsburgstraße im Hinterhaus.«

Um kurz vor zwei quetschte Leonie den Volvo in eine winzig kleine Parklücke für Anwohner, drückte die Knöpfe an den Türen und stieg aus. Die Straßenschlucht war so eng, dass sie zwischen den Häuserzeilen einen Moment lang keine Luft bekam. Sie atmete tief durch, putzte die feuchten Hände an ihrer Jeans ab, öffnete den obersten Knopf ihrer blauen Bluse und machte sich Mut. Schließlich war das schon das zweite Vorstellungsgespräch innerhalb von zwei Tagen. Entschlossen packte sie die Tasche, die nach dem Gewitterguss wieder einigermaßen getrocknet war, überquerte die Straße und betrat einen engen Hinterhof. »Druckerei Maulschön«, stand an der Klingel im Erdgeschoss des Hinterhauses, und Leonie hörte eine Druckmaschine rattern. Als sie durch das fast blinde Fenster spähte, sah sie daneben ein uraltes Männchen stehen. Das war ja praktisch. Oben wurde der Schwabenspiegel geschrieben und unten gleich in Druck gegeben. Der alte Herr schlurfte aus der Tür und schob sich die Schirmmütze in den Nacken.

»Suchet Sie ebbes?« Er hob die Stimme, um gegen das Geratter anzukommen.

»Ähh, nein. Ich will zu Frau Marian. Schwabenspiegel.«

»Da müsset Se obe klingle«, sagte er, hob seine Hand noch einmal grüßend an den Schirm und ging wieder hinein.

Leonie stellte fest, dass die Tür sich ohne weiteres aufdrücken ließ und stieg die Treppe bis zum dritten Stock hinauf. Mit nervösen Fingern nestelte sie ein Traubenzuckerbonbon aus der Tasche und steckte es in den Mund. Die Tür zur Redaktion des Schwabenspiegels war verschlossen. Leonie klingelte und wartete. Als sie endlich aufging, stand ein pickliger Junge um die zwanzig vor ihr, über dessen dicker Hornbrille sich ein Wust dunkler Haare sträubte. »Ich bin Leonie Hausmann«, sagte sie.

»Eberhard.« Er drückte ihre Hand. »Ich bin der Praktikant. Kaffeekochen, Kopieren und Redakteurinnen flachlegen, du verstehst schon. Auf dem Kopierer.«

Sie starrte ihn entgeistert an.

»War ein Scherz«, sagte er. »Ich schreibe auch schon hin und wieder was.«

Er ging ihr voran durch den Flur, und seine Jeans hing so tief, dass Leonie unter dem Bündchen seine blauklarierten Boxershorts erkennen konnte. In der Tür hinten rechts stand eine Frau mit blonden, schulterlangen Haaren. »Schreiben muss er auch. Wir haben hier nämlich chronischen Personalmangel.« Sie musste um die vierzig sein, trug High Heels und eine weiße Bluse. »Ich bin Sabine Marian.«

»Leonie Hausmann.« Sie drückte eine feste, entschlossene Hand.

»Immer hereinspaziert!«

Sie schob sich in das chaotische Büro der Chefredakteurin und setzte sich auf den Schwingstuhl an der anderen Seite des Schreibtischs. Durch das dreigeteilte Erkerfenster schaute man auf die Ziegelwand des Vorderhauses, an der graugrüner Efeu emporrankte. Der Himmel darüber hatte sich bleigrau zugezogen. Irgendwo donnerte es leise. Zeitungen, Zeitschriften und Schreibblocks lagen in halsbrecherischen Stapeln auf dem Tisch herum und verdeckten beinahe die Sicht auf den Bildschirm. Auf der Spitze eines wackeligen Bücherstapels kam Langenscheidts Wörterbuch Italienisch gerade ins Rutschen.

»Hoppla«, sagte Leonie und fing das gelbe Ungetüm auf. Der Rest krachte zu Boden. »Lassen Sie es einfach liegen!« Sabine Marian betrat das Zimmer mit einem Tablett in der Hand und schob die Tür mit dem Fuß ins Schloss. »Entschuldigen Sie die Unordnung! Ich habe gerade sehr viel zu tun. Kaffee?«

»Ein Wasser bitte!«

Die Chefredakteurin goss Mineralwasser in zwei dickwandige Gläser. Leonie trank einen großen Schluck. Sabine Marian setzte sich in den Stuhl gegenüber und betrachtete sie mit Röntgenblick. Einen Moment lang erinnerte sie die Journalistin an Camilla, die ihr genauso unerbittlich erschienen war.

»Und – konnten Sie Ihren kleinen Sohn unterbringen?«

»Mein Bruder hütet ihn.« Sebastian war nicht gerade begeistert gewesen, als sie ihm neben der Hundeleine auch noch den Buggy in die Hand gedrückt hatte.

»Haben Sie eine regelmäßige Betreuung?« Während der forschende Blick weiter auf Leonie ruhte, klopfte Sabine Marian eine Kippe aus ihrer Zigarettenschachtel. »Stört es Sie, wenn ich rauche?«

Leonie schüttelte den Kopf. Die Chefredakteurin ließ ihr Feuerzeug aufflammen und inhalierte tief.

»Sie dürfen mir gerne antworten!«, sagte sie sanft, und Leonie nahm sich zusammen.

»Es ist alles sehr schnell gegangen«, sagte sie zögernd. »Ich weiß erst seit vorgestern von Ihrem Stellenangebot, aber ich kann das alles organisieren.«

»Und wie? Etwas zeitliche Flexibilität sollten Sie schon mitbringen.«

Jetzt wurde es Leonie zu bunt. »Wenn ich nicht wüsste, wo ich Leander unterbringen kann, würde ich mich wohl kaum bewerben«, entgegnete sie.

»Gut.« Die Chefredakteurin nickte zufrieden. »Ich frage

nur, weil ich das alles kenne. Ich erziehe Leon und Roman auch allein und weiß noch, was es mich gekostet hat, sie im Kinderladen anzumelden. Aber es hat ihnen nicht geschadet. Nirgendwo werden sie so konfliktfähig. Eine unschätzbare Fähigkeit.«

Leonie atmete tief ein und aus. Noch hatte sie keinen Krippenplatz, aber das würde sie der Chefredakteurin nicht auf die Nase binden.

»Nichts für ungut«, sagte Marian. »Ich war von Ihren Bewerbungsunterlagen sehr angetan. Sie sind genau das, was ich mir wünsche, denn meine vorherige Redakteurin für den Kulturbereich hat mich von einem Tag auf den anderen sitzengelassen. Sie war Kunsthistorikerin und Germanistin wie Sie und hat alle Theater, Museen und Galerien abgedeckt. Schließlich besteht ein Teil unserer Arbeit auch darin, dass wir das Stuttgarter Kulturprogramm checken und danach mit unseren Kritiken beurteilen.«

Uff, dachte Leonie. Aber Marian hob beschwichtigend die Hände. »Nein, nein, Sie müssen nicht jeden Abend zwei Theater und drei Galerien abklappern. Die wenigsten Kritiken werden Sie selbst schreiben. Ein Großteil Ihrer Arbeit wird darin bestehen, dass Sie die Texte der Heerscharen freier Mitarbeiter, die für uns arbeiten, redigieren. Trauen Sie sich das zu?«

Sie schluckte, nahm die Herausforderung aber an. »Natürlich!«

»Und was das Erfreuliche daran ist: Sie können es zu Hause machen und die fertigen Artikel online ins System einspielen. Dabei sind Sie zeitlich flexibel, denn der Schwabenspiegel erscheint ja nur einmal in der Woche.«

Eine Welle der Freude floss über Leonie hinweg. »Wirklich?«

»Ja. Sie sind meine einzige feste Kraft, wenn man mal von Eberhard absieht, der im Herbst zu studieren beginnt. Ich zahle Ihnen eine Pauschale für die Redaktionsarbeit, und wenn Sie Termine machen, erhalten Sie dasselbe Zeilenhonorar wie meine Freien. Es lehnt sich an die Vergütungsregeln an, die Verleger und Gewerkschaft im Frühjahr letzten Jahres vereinbart haben. Je nachdem, wie viel Sie machen, haben Sie so mindestens zwölfhundert Euro netto auf der Hand.«

Die Freude blieb und setzte sich als Wärmequelle in Leonies Bauchraum fest. Endlich würde sie ihrem Vater nicht mehr auf der Tasche liegen. »Gut«, sagte sie zufrieden.

»Sie haben in Tübingen studiert?«

Leonie bejahte.

»Meine vorherige Redakteurin kam aus Heidelberg. An Geisteswissenschaftlern schätze ich, dass sie gelernt haben, aus dem mündlichen Redefluss eines Gegenübers das Wichtige zu extrahieren und alles Überflüssige wegzulassen. Schließlich müssen sie in Vorlesungen ja nichts anderes tun.«

Leonie zuckte die Schultern. »Wenn Sie so wollen, ja.«

»Und Ihre Arbeitsproben haben mir auch gefallen. Sie haben einen ungeschminkten Stil und kommen schnell auf den Punkt.«

»Tatsächlich?« Ein so dickes Lob hatte Leonie seit der Grundschule nicht mehr kassiert. Ihre Freude am kreativen Schreiben hatte sich in den langatmigen Textanalysen, die sie im Fach Germanistik abzuliefern hatte, erheblich abgekühlt.

»Ich schlage Ihnen vor, dass wir es miteinander versuchen«, sagte Marian selbstbewusst. »Sagen wir drei Monate, und dann reden wir erneut.«

Sie stand auf und reichte ihr über den Tisch hinweg die Hand. »Abgemacht?«

»Abgemacht!«, sagte Leonie und schlug ohne zu zögern ein.

»Wird der Schwabenspiegel eigentlich hier im Haus gedruckt?«, fragte sie. Sabine Marian lachte leise. »O nein. Herr

Maulschön ist zwar sehr nett, aber auf seinem alten Tiegel geht das leider nicht. Das Magazin läuft in Möhringen im Zeitungshaus mit diversen anderen Stuttgarter Blättern über die Rollenrotation. Dort sitzt auch die Anzeigenabteilung.«

Leonie griff nach ihrer Tasche und stand auf. Marian begleitete sie bis zur Tür, die in dem Moment aufsprang, als sie davor standen. Ein Mann mit Dreitagebart stürmte mit Stechschritt in die Redaktion und rannte quasi in sie hinein.

»Sorry!«, sagte er, griff nach Leonies Schultern und hielt sie auf Armlänge von sich. »Hallo«, gab sie zurück. Der Fremde ließ sie mit einem Ruck los und ließ ein weißes Raubtierlächeln sehen. »Ramón Gonzales, freier Fotograf. Ich arbeite hin und wieder für Sabine.« Er sah so aus, als sei er gerade frisch vom Auslandeinsatz in Afghanistan oder im Irak zurückgekehrt. Leonie schnupperte. Er roch auch so.

»Ramón!«, rief Marian. »Darf ich vorstellen. Leonie Hausmann, meine neue Redakteurin.«

Er zog seine schwarzen Augenbrauen zusammen und nahm sie unter die Lupe. »Ob sie tough genug ist für den Job?«, murmelte er. Ärgerlich spürte Leonie, wie sie bis unter die Haarwurzeln errötete. Aber Gonzales wandte seine Aufmerksamkeit jetzt der Chefredakteurin zu. »Hast du es ihr gesagt, oder nicht?«, fragte er.

»Was denn?«, fragte Leonie.

Sabine Marian schaute auf ihre Füße. »Nein«, sagte sie dann leise. »Aber sie ist auch nur für den Kulturbereich zuständig. Es betrifft sie also gar nicht.«

»Sie muss es trotzdem wissen. Schließlich hat dich Sarah wegen genau dieser Sache im Stich gelassen.«

»Welche Sache?« Leonies Herz begann zu klopfen. Alles war ein bisschen zu schön gewesen und zu glatt gegangen. Jetzt kam das dicke Ende hinterher.

Die Redakteurin fasste einen Entschluss. »Kommen Sie! Ich lasse mir nicht nachsagen, dass ich meiner neuen Mitarbeiterin die Katze im Sack verkaufe.« Eberhard trat aus der Küche, eine Kaffeetasse in der Hand.

Sie traten vor die Etagentür und stiegen die Treppe bis zum nächsten Absatz hinunter. Als sie schweigend stehen blieben, schlugen die ersten Tropfen an das Treppenhausfenster. Im Westen hallte ein weiterer Donnerschlag über die Stadt.

»Schauen Sie sich die Wand an!«, forderte sie Marian auf.

»Da ist nichts«, sagte Leonie.

»Doch. Sie müssen genauer hinsehen.«

Leonie strengte sich an und erkannte auf der geweißten Mauer über der Holzverkleidung die hellen Umrisse von Buchstaben, ein Graffiti, an dem sich jemand beim Entfernen die Finger wundgeputzt hatte.

»Was heißt das?«

»Stoppit«, sagte Marian. »Es ist fast ganz weggegangen. Wir wollten die Wand eigentlich ganz überstreichen, sind aber noch nicht dazu gekommen.«

Eine Drohung also. »Wer war das?«, wisperte sie.

»Kommen Sie mit runter!«, lud Marian statt einer Antwort ein. Leonie folgte der Redakteurin bis ins Erdgeschoss.

»Hier«, sagte sie und drückte die Eingangstür auf. »Sie fällt nicht mehr richtig ins Schloss.« Der Regen tropfte in den Hinterhof, klopfte auf die Mülltonnen und sammelte sich zwischen dem Unkraut.

»Das alles ist vor einer Woche passiert, nachts, als zum Glück niemand hier war, denn im Haus gibt es nur Büros und Gewerbebetriebe. Jemand ist gekommen, hat die Tür aufgetreten und uns einen Eimer mit Zement in den Eingang geschüttet. Und als alles ausgehärtet war, hat er die Tür darübergezogen und Türblatt und Zarge verbogen. Der arme Herr Maulschön hat's am nächsten Morgen als Erster bemerkt, als er die Tür nur mit Gewalt aufstoßen konnte.«

Leonie starrte auf den Boden. Tatsächlich. Auch hier hatte jemand hart gearbeitet und den Zement mühsam Zentimeter für Zentimeter vom Mosaikboden gekratzt, aber das verschlungene Lilienmuster war nicht mehr zu erkennen. »Jugendstil«, sagte Leonie. »Schade drum.«

Die Redakteurin wandte sich Leonie zu und duzte sie automatisch. »Du musst wissen, Leonie, dass flüssiger Zement eine typische Drohung der Mafia ist. Sie haben so oft Leute einbetoniert, dass es reicht, wenn sie irgendwo einen Betonmischer vorfahren oder einen Kübel ausgießen. Die Leute sind gewarnt.«

Leonie schluckte. Ihr Mund war plötzlich sehr trocken. »Das heißt dann wohl, dass euer Leben bedroht ist.«

»Meins.« Sabine Marian lächelte sie traurig an. Um ihre Nase und ihren Mund lag ein kalkweißes Dreieck, und Leonie dachte plötzlich an die beiden Kinder der Redakteurin. »Ich recherchiere über die 'Ndrangheta. Das Stoppit und der Zement richten sich an mich persönlich. Und sie zeigen, dass ich auf der richtigen Spur bin. Ich habe jemanden aufgeschreckt.«

30.

In Esslingen fielen nur vereinzelte dicke Tropfen, und der Donner war nichts als das unentschlossene Grollen eines Drachen, der die Pranken streckte. Sebastian saß mit Flavia und Leander auf der Bank neben der Tischtennisplatte im Klinikgarten, klappte seufzend seinen Block zu und steckte ihn ins Netz des Buggys. Von den Platanen fing es an zu tropfen. »Da«, sagte Leander, zeigte auf den Regen und lachte.

Die Nachmittage im Klinikgarten hatten sich als höchst lukrativ herausgestellt, denn Frau Deringer machte für jeden Besuch von Max einen Zwanzigeuroschein locker. Jetzt unternahmen sie gerade einen Spaziergang bis zum hundert Meter entfernten Tor. Seine Begegnungen mit Flavia hatten ihn nachdenklich gemacht. Magersucht, das war kein Spaß, sondern eine echte psychische Krankheit. Er wollte da nicht mit hineingezogen werden, aber trotzdem, irgendwas an ihr faszinierte ihn, und er begann, ihr auf Facebook zu schreiben. Komischerweise war die Schüchternheit, die ihn im Umgang mit anderen Mädchen lähmte, bei ihr wie weggeblasen. Heute sah sie in ihrem langärmligen, roten T-Shirt und ihrer Jeans einigermaßen normal aus und war von Leander komplett hingerissen.

»Darf ich ihn mal aus dem Buggy holen?«, fragte sie.

Als er achselzuckend nickte, hob sie ihn heraus, setzte ihn auf ihren Schoß und ließ ihn rauf und runter fliegen.

»Der ist ja total süß«, sagte sie und vergrub ihre Hände in seinen schwarzen Locken.

»Ganz der Onkel halt«, sagte Sebastian lässig. Bisher hatte er im Kreis seiner Freunde ungern zugegeben, dass seine Schwester ihm hin und wieder diesen unmännlichen Job aufdrückte. Aber wenn er gewusst hätte, dass Babys bei den Mädels solche Türöffner waren, hätte er sich Leander schon öfter ausgeliehen.

»So eins hätte ich auch gern.« Auf den blassen Wangen lag ein rosa Schimmer.

»Ach was, ich dachte, du wolltest sterben.« Sebastian biss sich auf die Zunge. Das war ihm schneller rausgerutscht, als er es festhalten konnte. Sie antwortete nicht, sondern stellte Leander auf den Boden, fasste ihn an den Handgelenken und ließ sich von ihm mitziehen.

Sebastian folgte ihnen auf die kleine Aussichtsplattform, von der aus man bis auf die andere Seite des Neckartals sehen konnte. Nur jetzt nicht, weil der Regen sich mit grauen Wassersäulen dazwischengeschoben hatte.

»Ich kann wieder tanzen«, sagte sie beiläufig.

»Was?«, fragte er.

»Ist ganz neu. Die Ärzte sagen, ich könne mein Training vorsichtig wieder beginnen. Aber ich weiß nicht, ob ich wirklich noch Ballerina werden will.«

»Aber natürlich willst du das. Aber vielleicht solltest du davor noch das eine oder andere Butterbrot essen.«

»Ach, sei doch still!«, zischte sie.

Der Regen tropfte jetzt stärker von den Bäumen, platschte geräuschvoll auf den Boden, sprang in den Pfützen hoch und saugte alle Farben in sich auf.

»Wir sollten gehen.«

»Könnet ihr des Mäxle nehme?«, rief ihnen Frau Deringer vom oberen Weg aus zu. »I gang nei.« Der Mops zog an seiner Leine und wollte zu Sebastian.

»Na klar«, rief er und fand sich plötzlich echt gefragt.

»Leander muss auch rein.« Er schnappte sich den Kleinen und packte ihn in den Buggy. Wo war nur der Plastiküberzug, den Leonie immer im Netz hatte? Mist! Diesmal musste er auf der Kommode liegen geblieben sein. Gemeinsam trugen Sebastian und Flavia den Wagen die Treppe hoch zum Hauptweg, auf den der Regen inzwischen mit voller Wucht niederprasselte.

»Kann ich mitkommen? Ich könnte mir mal dein Zimmer ansehen«, fragte sie und sah vor Nässe aus wie eine verfrorene Katze. Das Wasser tropfte sogar von ihrer Nasenspitze.

»Musst du denn nicht hierbleiben?«

»Unsinn«, sagte sie. »Das hier ist doch kein Kinderknast. Und für heute sind alle Therapien vorbei.« Sie setzten den Buggy ab und schoben ihn durch die Pfützen zu Frau Deringer.

»Meinetwegen«, sagte Sebastian und nahm außer der Hundeleine auch den versprochenen Zwanziger in Empfang.

»Und sag deiner Schweschter vielen Dank, dass sie mei Mäxle hütet, und dass er so schee abgnomme hätt!«

»Das kommt vom vielen Treppensteigen.« Er schaute Frau Deringer nach, die eilig über den nassen Rasen in Richtung der Klinikcafeteria davonging. Wie stark der Mops seine Snickersvorräte dezimiert hatte, erzählte er ihr lieber nicht. Und dass er die Verpackung mit Vorliebe mitfraß.

»Mach lieber etwas schneller!«, drängte Flavia und griff nach der Hundeleine. »Sonst wird dein Neffe noch krank.«

Was würde seine Familie wohl dazu sagen, dass er zum ersten Mal ein Mädchen heimbrächte und noch dazu dieses Mädchen? Aber vielleicht war ja Leonie noch gar nicht wieder da. Und sein Vater hatte sich schon heute Morgen in sein Arbeitszimmer zurückgezogen und schrieb an seiner Publikation über Hochgebirgspflanzen im Himalaja. Die Chancen, dass sie außer Emine niemandem begegnen würden, standen eigentlich ziemlich gut.

Als Sebastian mit den Keksen, die er aus dem Keller geholt hatte, in die Küche trat, saßen die Frauen einträchtig über dem Lokalteil der Eßlinger Zeitung, während Leander mit dem Löffel in einem Obstgläschen herumfuhrwerkte und den Brei auf seinem Hochstuhl verteilte. Er ließ die Kekse in eine angeschlagene Steingutschüssel gleiten, nahm dem protestierenden Kind den Löffel weg und begann, es zu füttern.

»Sebastian, stell dir vor … Flavia kennt den Ölnhausen.« Emine klang beeindruckt.

»Echt?«

Der Mord am Hölderlinweg war die Schlagzeile des heutigen Mittwochs gewesen. Sebastian hatte nach der Schule kurz in die Berichte hineingelesen und sie dann wieder zur Seite gelegt. Die Lebensgefährtin war schon so gut wie überführt, alles schien ziemlich klar zu sein. »Esslinger Millionär ermordet«, stand dick und fett über den beiden Artikeln und dem Kommentar, die die ganze erste Seite des Lokalteils einnahmen. Das erste Foto zeigte ein rotweißes Absperrband um einen Swimmingpool und davor ausgerechnet Fabian Grundmann, der mit seinen weißen Handschuhen aussah wie ein Zauberkünstler. Foto zwei war das Passbild einer blonden Frau, der Tatverdächtigen Milena Donakova. Im Kommentar wurde die Frage gestellt, welches ihr Motiv gewesen sein könnte.

»Und du kennst den wirklich? Woher?«

»Ich hab mal dort getanzt«, erklärte Flavia. »In seinem schicken Bunker.« Die rosigen Flecken auf ihren Wangenknochen hatten sich vertieft. Nervös nippte sie an ihrem Kakao und schob ihn dann zur Seite. »Habt ihr mir ein Wasser? Der Kakao ist ja scheußlich süß.« Sebastian sprang auf, holte eine Flasche aus dem Kühlschrank und goss Flavia ein großes Glas ein. »Wir waren bei einer privaten Feier, einige Ballettschüler aus der Cranko-Schule, die Szenen aus dem Repertoire des Bolschoi-Theaters vorführen sollten. Er hatte sein Wohnzimmer für uns ausgeräumt, und ich habe auf Spitze ein Solo aus ›Dornröschen‹ getanzt und später zusammen mit Sergej noch einen Pas de deux, du weißt schon, nach der Choreographie von Petipas. Und schließlich noch zu viert den ›Tanz der jungen Schwäne‹ aus ›Schwanensee‹. Die Gäste waren begeistert und haben uns danach zu Wodka und Kaviar eingeladen. Es waren vorwiegend Russen und Italiener. Irgendwann tanzten die Russen auf dem Tisch. Ölnhausen lief die ganze Zeit so aufgeschreckt hin und her, als wäre das gar nicht seine Feier. Das Ganze muss ein Schweinegeld gekostet haben.«

»Ich glaube, das solltest du Fabian erzählen«, sagte er leise.

»Leonies neuem Verehrer. Er ist Polizist. Der da!« Er deutete auf das Zeitungsfoto.

»Etwas düster, aber *gut*aussehend«, sagte Flavia, und Sebastian nickte widerstrebend. »Ruf ihn doch schon mal an!« Emine stand auf. »Ich habe das Telefon neben dem Bügelbrett liegen gelassen! Ich hol's schnell.«

Als Emine die Küche verlassen hatte, lächelten sie sich versuchsweise zu. Flavia trank einen Schluck Mineralwasser, zerkrümelte einen Keks, steckte die winzigen Stückchen in den Mund und spülte sie mit genauso winzigen Schlucken Wasser herunter. Das war nicht allzu viel, aber immerhin, sie aß. Leander hatte inzwischen schon sein ganzes Obstglas verputzt und drehte in aller Ruhe seinen Teebecher auf den Kopf. In diesem Moment gellte die Klingel durchs Haus.

»Nanu«, sagte Sebastian. Soweit er wusste, erwarteten sie niemanden. Seine Schwestern hatten beide einen Schlüssel, die Post war schon dagewesen, und seine eigenen Freunde kündigten sich vorher per SMS oder Facebook an. Ziemlich verwirrt öffnete Sebastian die Tür und steckte im nächsten Moment mit der Nase in einem riesigen, gelben Rosenstrauß. Dahinter stand ein Mann mittleren Alters, aus dessen grauen Locken es unaufhörlich auf sein hellgelbes Poloshirt tropfte. In seiner linken Hand hielt er einen der sündhaft teuren Plüschbären mit Knopf im Ohr, die ihre Besitzer gewöhnlich überlebten.

»Sie wünschen?«, fragte Sebastian reserviert.

»Mein Name ist Damiano di Luca«, sagte der Fremde mit einem Akzent, der so elegant war wie seine ganze Aufmachung. »Ich bin Leandros Vater und würde ihn und Leonie gerne besuchen.«

31. »Es geht um den Mord an Massimo Girolamo und seiner Frau Maria«, sagte Sabine Marian. Ramón Gonzales kramte eine Packung blaue Gauloises aus seiner Jackentasche, zündete sich eine an und sog den Rauch tief in seine Lungenspitzen. Auf dem Tisch der Redaktionsküche lag eine Tüte mit süßen Teilchen, für die der Praktikant extra in den Regen hinausgelaufen war.

»Und es geht mir nahe, nicht nur, weil man mich bedroht, sondern auch, weil es so furchtbar ist. Überlegen Sie sich also gut, ob Sie für uns arbeiten wollen!«

Im Mai hatte der Mord an den beiden italienischen Pizzeriabesitzern tagelang die Schlagzeilen bestimmt. Leonie war erschüttert gewesen, nicht nur über die Fotos der beiden alten Leute, die so unbescholten ausgesehen hatten, sondern auch darüber, dass die Polizei nicht in der Lage gewesen war, auch nur eine einzige brauchbare Spur auszuwerten. Man vermutete das Motiv im Milieu der Schutzgelderpressung. Aber noch immer wusste niemand etwas Genaues.

»Sie kannten die beiden?«, vermutete Leonie, und Marian nickte. »Ich habe hin und wieder bei ihnen Pizza bestellt. Als alleinerziehende Mutter von zwei Jungs fühlt man sich manchmal, als hätte man eine ganze Fußballmannschaft abzufüttern.«

Der Fotograf drückte seine Zigarette im Aschenbecher auf dem Tisch aus. »Aus Mordermittlungen solltest du dich heraushalten, Marian!«, sagte er. »Das ist zu heiß für dich. Du kannst dich freuen, dass die Drohung nur ein simples Graffiti an der Wand und eine Schippe Zement im Hausflur ist. Es hätte auch eine Kugel im Kopf sein können. Puff.« Er hielt sich die Faust mit zwei abgewinkelten Fingern an die Schläfe und tat so, als würde er abdrücken. Leonie zuckte zusammen.

Marian lächelte müde. »Ich weiß wirklich nicht, was ich machen soll.«

»Du bist nicht Robin Hood«, sagte Eberhard. »Und ich kein Held in Strumpfhosen.«

»Ihr steckt nicht mit drin.« Marian hob beschwichtigend die Hände. »Wenn überhaupt, dann steht *mein* Name auf der Todesliste. Vor drei Jahren kam der große Knaller. Ich kannte Massimo und Maria nur beiläufig aus der Pizzeria. Doch dann hat Massimo mich im Büro besucht, ganz feierlich im schwarzen Anzug, der aussah, als würde er ihn sonst nur zu Beerdigungen tragen. Und er klärte mich auf, dass die 'Ndrangheta hier in Stuttgart in den Kreisen der Auslandsitaliener Blankowahlzettel verteilt hätte. Wer einen gewissen Rechtsanwalt in den römischen Senat wählte, der konnte mit einer Prämie rechnen.«

»Wie dreist!«, sagte Leonie.

»Das war offener Wahlbetrug unter den Augen der deutschen Öffentlichkeit«, stimmte ihr Marian zu. »Ich habe den Skandal in den nächsten Schwabenspiegel gebracht. Das Ganze ist übrigens heute kein Geheimnis mehr. Man kann sogar die polizeilichen Abhörprotokolle im Internet nachlesen.«

»Die 'Ndrangheta – die kommen aus Kalabrien, nicht?«, tastete sich Leonie vor. »Die sollen harmloser sein als die Cosa Nostra in Sizilien und die Neapolitaner. Wie heißen sie gleich?«

»Camorra!«, Eberhard schlug sich vor Lachen auf die Schenkel und begann, mit seinem Stuhl nach hinten zu kippeln. »Sie ist doch ein Häschen!«

»Eberhard ohne Bart«, sagte Leonie nachdenklich. Kippenden Stühlen konnte man ganz schnell einen Schubs geben und den darauf sitzenden Scheißkerl mit dem Kopf auf den Boden knallen lassen …

»Dass ihr Ursprung in Kalabrien liegt, stimmt, aber mit der

Harmlosigkeit täuschst du dich«, sagte Ramón. »Die 'Ndrangheta setzt im Jahr rund 44 Milliarden Euro um. Kokainhandel, Waffenschiebereien, Geldwäsche, Erpressungen. Sie sind überall ganz vorne mit dabei. Sehr gerne operieren sie von Deutschland aus, weil die deutsche Justiz ihnen gegenüber auf beiden Augen blind ist.«

Fast hätte sich Leonie an ihrem Kaffee verschluckt. »Aber in unserem biederen Stuttgart? Das kann ich mir nicht vorstellen.«

»Das habe ich auch mal gedacht«, sagte Marian. »Und das ist auch heute noch die offizielle Position. Der Polizeisprecher leugnete 2008 strikt ab, dass die 'Ndrangheta in Baden-Württemberg in nennenswerter Weise aktiv ist.«

»Wenn sie im Ruhrgebiet Aktionen machen, warum sollten sie dann unser Bundesland auslassen?« Plötzlich standen die Duisburger Mafiamorde klar vor Leonies Augen. »Und es gibt Killer unter ihnen?«, fragte sie. »So wie diesen Giovanni Strangio, der in Duisburg im Verlauf einer Familienfehde sechs Menschen erschossen hat?«

Marian schaute sie fest mit ihren blauen Augen an. »Die Worte Familienfehde oder gar Blutrache greifen bei den Duisburger Morden zu kurz«, sagte sie. »Es handelt sich wohl eher um einen Machtkampf zwischen den Familien Nirta-Strangio und Pelle-Romeo aus dem Verbrechernest San Luca. Und was Ihre erste Frage angeht: Natürlich gibt es Killer unter ihnen. Einen von ihnen kenne ich mit Namen.«

Der Kaffee schmeckte plötzlich schal. »Wie lautet der?«

»Kain«, sagte Marian.

»Wie der Bruder von Abel«, warf der Praktikant überflüssigerweise ein.

Leonie schüttelte den Kopf. »Das ist kein sehr gebräuchlicher Vorname in Italien.«

Marian sprach weiter. »Er soll im Kreis Esslingen leben.

Nach Massimos und Marias Tod hat mich eine Frau anonym angerufen und mir den Namen verraten. Sie hat gesagt, dass sie damit ihr Leben riskiert. Aber einen jungen Mann mit diesem Namen konnte ich bisher nicht auftreiben.«

»Und geschrieben hast du auch noch nichts.« Der Fotograf stellte seine Tasse auf den Tisch und goss Kaffee nach.

»Ja«, gab Marian zu. »Massimo ist nicht mehr dazu gekommen, mir seine Neuigkeiten zu verraten. Und so habe ich mich bisher nur nach den Restaurantkontakten unseres vorletzten Ministerpräsidenten erkundigt, bei denen er mit ziemlicher Sicherheit Personen aus Mafiakreisen begegnet ist. Aber alles in allem bin ich diesmal noch niemandem ernsthaft auf den Schlips getreten ... Und so wie es aussieht, traue ich mich auch nicht mehr, es zu tun.«

»Und die Frau?«, fragte Leonie leise.

»Keine Ahnung, wer das gewesen sein könnte. Aber wenn sie als Informantin aufgeflogen wäre, hätte man sie schon als Wasserleiche aus dem Neckar gezogen.«

»Ich muss langsam nach Hause und meinen Bruder ablösen«, sagte Leonie und erhob sich. Eberhard machte sich über die letzte süße Hefeschnecke aus der Tüte her, und der Fotograf checkte gerade eine SMS auf seinem Handy. Marian stand auf.

»Warten Sie, ich bringe Sie noch hinaus.«

Zu zweit traten sie in den Flur. Die Chefredakteurin lief bis zum rückwärtigen Fenster, öffnete es und ließ regenschwere Luft herein, die ausnahmsweise nicht nach den Abgasen der Stuttgarter Kessellage roch.

»Tja, jetzt müssen Sie überlegen, ob Sie sich für oder gegen die Arbeit mit mir entscheiden«, sagte sie.

»Da gibt es nichts mehr zu überlegen.« Die Mafiasache war ein bisschen beängstigend, aber auch interessant.

»Wissen Sie was? Ich habe ja lange in Italien gelebt. Ich lasse meine Connections spielen und informiere mich zunächst einmal über diese kalabrische Mafia. Dann können wir die Dinge besser einschätzen.«

»Gut, dann werden Sie spätestens übermorgen von mir hören. Warten Sie, ich begleite sie noch nach unten.«

Für einen Moment blieben sie vor der Wand im Flur stehen, auf der die verblassten Buchstaben des Graffitis unwirklich leuchteten.

»Komisch!«, sagte Marian nachdenklich. »Wenn man nichts von ihnen weiß, ist es beinahe, als hätte es sie nie gegeben.«

Auf der B 10 in Richtung Esslingen standen die Autos Stoßstange an Stoßstange. Leonie reihte sich nach dem Tunnel im Stuttgarter Osten in den Feierabendstau ein. Immerhin hatte sie einen Job ergattert, den sie bei freier Zeiteinteilung von zu Hause aus machen konnte. Während sich die Autoschlange im Zeitlupentempo vorwärtsbewegte, durchforstete sie ihr Gedächtnis nach Menschen, die ihr helfen konnten, sich über die Mafia zu informieren. Natürlich hatte sie jede Menge italienische Bekannte, die sie per Mail um Unterstützung bitten konnte. Aber eigentlich saß der vielversprechendste Kontaktmann gerade in Stuttgart. Damiano war als strikter Gegner Berlusconis politisch interessiert und wusste über verschiedene Verwicklungen der Mafia in offizielle Kreise Bescheid. Und er war Sizilianer und von daher ein gebranntes Kind. Ganz vorsichtig würde sie in dieser Sache mal nachhaken. Aber heute nicht mehr, dachte sie müde und zuckte zusammen, als der Mercedes hinter ihr hupte, weil sie eine Dreimeterlücke nicht genutzt hatte. In Stuttgart-Wangen lenkte der Fahrer seinen Schlitten auf den Abbiegestreifen, überholte rechts und zeigte ihr einen Vogel.

Nur nicht aus der Ruhe bringen lassen!, dachte sie, bog in Oberesslingen von der B 10 ab und parkte den Volvo schließlich vor dem Haus ihres Vaters. Beschwingt öffnete sie mit ihrem Schlüssel die Eingangstür. Der Mops lag auf den Fliesen im Hausflur.

»Hey, Max«, sagte sie und zauste ihm die Ohren.

Gerade hatte sie einen Schuh abgestreift, als sie überrascht innehielt. Was war das? Aus der Küche kamen Stimmen. Zögernd drückte sie auf die Klinke, öffnete und lugte verstohlen hinein. Oh nein! Am Tisch saßen ihr Vater, Sybille und Sebastian. Emine stellte gerade eine Kanne Tee auf die Platte, wo ein riesiger gelber Rosenstrauß beinahe die Sicht auf die Bank verdeckte. Aber nur fast. Zwischen Blüten und Stängeln erkannte Leonie die Baumelfe aus dem Klinikgarten und neben ihr Damiano, der einen über beide Backen strahlenden Leander auf dem Schoß hielt und dabei unverdient glücklich aussah.

Leise ließ sie die Tür wieder ins Schloss gleiten und lehnte sich mit klopfendem Herzen an die Wand. Wie konnte das sein? Hatte Damiano sich durch ihre Gedanken manifestiert? Oder hatte er ihr Angebot einfach wörtlich genommen? Einen Moment lang überlegte sie, einfach mit Leander nach oben zu rennen und die Tür hinter sich abzuschließen. Allerdings: Das Ganze hatte, wenn man es bei Licht betrachtete, auch etwas Positives. Denn wer Damiano war, erschloss sich mit einem Blick auf ihn und seinen Sohn im Nu. Das ersparte ihr viele Erklärungen. Sie holte tief Luft und drückte noch einmal auf die Klinke.

32.

Die Luft war frisch und feucht und roch nach dem nahen Fluss. Fabian lief den Uferweg an der Neckarinsel entlang in Richtung Zell. Endlich frei! Er hörte nur noch die gleichmäßigen Tritte seiner Joggingschuhe auf dem nassen Asphalt und wartete darauf, dass der Stress des Tages von ihm abfiel und der Leere Platz machte, die alle Gedanken vertrieb. Der Weg folgte dem Fluss in einer geraden Linie. Nicht weit entfernt lag die Bundesstraße, deren gleichförmiges Rauschen ihn begleitete. Es regnete nicht mehr. Trotzdem lief er durch einen grünen Tunnel, in dem es unaufhörlich tropfte. Hin und wieder kam ihm ein anderer Jogger oder Fahrradfahrer entgegen, dem er grußlos auswich. Der Fluss hatte sich durch den zusätzlichen Niederschlag braun verfärbt. Ungerührt strömte er nach Westen und scherte sich nicht um ungelöste Fälle und verschwundene italienische Jungs. Vielleicht sollte er Alessio einfach seines Weges ziehen lassen und sich für ihn freuen, dass er diesem unheimlichen Onkel entronnen war. *Nein,* dachte er dann. Der Junge hatte einen Kumpel ohne mit der Wimper zu zucken ins Koma geprügelt, und die alte Dame kurierte einen Armbruch aus. Eine Chance auf Wiedergutmachung musste es geben, für den Fremden, für die Gerechtigkeit und nicht zuletzt für Alessio selbst, der lernen musste, sich den Folgen seiner Taten zu stellen.

Ein lauter Knall unterbrach seine Gedanken. Ein Schwarm Enten erhob sich vom Fluss und flog pfeilförmig nach Westen in den durchsichtig grünen Himmel. Vielleicht war auf der B 10 ein Reifen geplatzt, vielleicht hatte es auch nur eine Fehlzündung gegeben, oder irgendein Idiot ballerte im Ufergebüsch herum.

Plötzlich drängte sich der Mord an Peter Ölnhausen in Fabians Gedanken. Irgendetwas hatte nicht gestimmt, und diese Frage hatte ihn den ganzen Tag über beschäftigt wie ein bohrender Zahnschmerz. Ganz plötzlich fiel es ihm ein. Die beiden Schüsse hatten sich in Lautstärke und Qualität unterschieden. Der erste war so leise gewesen, dass seine Mutter sogar ausgesagt hatte, sie habe ihn nicht gehört. Schwer atmend blieb Fabian stehen, drückte die Hände auf seine Oberschenkel und wartete darauf, dass sich seine Gedanken ordneten. Es waren zwei Schüsse gewesen, da war er sich sicher. Aber der erste war mit einem Schalldämpfer abgefeuert worden. Milena Donakova – hatte sie neben Ölnhausens Sportwaffe noch ein Profimodell mit Schalldämpfer in ihrem Kosmetiktäschchen? Wechselte sie ihre Waffen wie ihre Reizwäsche? Nein, zwei Pistolen bedeuteten, dass zwei Schützen am Werk gewesen sein mussten. Wer von ihnen Peter Ölnhausen erschossen hatte, war völlig unklar.

Als er Fritz Kellers Nummer wählte, spürte er verärgert, dass seine Hände zitterten.

»Fritz! Ich muss dich unbedingt sprechen!«

»Wie du wissen solltest, hab ich Feierabend und lege gerade auf meiner Terrasse die Beine hoch.« Die Bereitschaft, sich über Dienstschluss hinaus zu engagieren, ließ, wie Fabian immer wieder feststellen musste, mit der Anzahl der Dienstjahre nach. »Es ist aber wichtig«, drängte er.

»Na gut, dann komm halt vorbei. Elfriede hat Kartoffelsalat gemacht. Wenn ich's recht bedenke, hätte ich auch eine Neuigkeit für dich.«

»Den Kartoffelsalat kann ich mir unmöglich entgehen lassen.«

Fabian legte eine abrupte Wendung hin und lief zurück zum Parkplatz, wo sein eisblauer Saab auf ihn wartete. Er fuhr an seiner Wohnung in der Franziskanergasse vorbei und duschte. Eine Dreiviertelstunde später saß er mit dem Ehepaar Keller auf der Terrasse ihres Einfamilienhauses in Hegensberg, das inmitten eines steil abfallenden Gartens lag.

»Der Garten hat den Regen aufgesaugt wie ein Schwamm«, sagte Elfriede Keller und deckte den Tisch für drei, während ihr

Mann auf die Schweinenackensteaks aufpasste, die wegen des unerwarteten Besuchs auf den Grill gewandert waren. »In den ganzen letzten Jahren ist es nicht mehr so trocken gewesen.«

Fabians Magen knurrte lautstark. Seit dem Nougatkringel hatte er nichts mehr gegessen, und jetzt freute er sich auf das Festmahl bei seinem Chef.

»Du solltest öfter vorbeikommen, Fabian«, sagte Elfriede Keller. »Polizeiarbeit zehrt. Ich kenne das schon seit dreißig Jahren.« Sie legte ihm das größte Steak auf den Teller, häufte Kartoffelsalat daneben und drückte ihn auf einen Gartenstuhl. »Willst du eine Fanta oder eine Apfelsaftschorle?«

»Mach dir nichts draus!«, sagte Keller augenzwinkernd. »Wenn sie in Fütterlaune ist, reiche ich ihr einfach nicht aus.«

»Das ist mir sehr recht.« Fabian griff nach dem Besteck und schnitt das tellergroße Steak an.

»Elfriede hat eben gern junge Leute um sich«, sagte Keller. Die beiden Töchter seines Chefs waren schon lange aus dem Haus, hatten eigene Familien gegründet und lebten im fernen Norddeutschland.

»Käskuchen gibt's auch noch.«

»Auch damit kann ich prima leben«, sagte er zufrieden und verputzte den Inhalt seines Tellers in Rekordgeschwindigkeit. Danach dezimierten sie den Käsekuchen so, dass sich Fritz Keller den Gürtel locker schnallen musste. »Jetzt will ich euch mal nicht mehr stören«, sagte Elfriede und zog sich ins Wohnzimmer zurück. Die ersten Sterne leuchteten am tintenblauen Himmel.

»Meine Frau hast du glücklich gemacht«, sagte Keller. »Nimm doch noch ein Stück Kuchen!«

»Nein danke. Wenn ich noch was esse, platze ich.«

»Also schieß los!«, drängte ihn Keller. »Weshalb störst du mich an meinem wohlverdienten Feierabend?«

»Ich habe noch mal über den Mord nachgedacht.« Fabian schob seinen Teller zurück. »Es geht um die Schüsse. Es waren zwei, und die Geräusche unterschieden sich. Der erste war leise, ohne Nachhall, einer, den man leicht überhören konnte. Der zweite laut, typisch für einen Schuss.«

Keller lehnte sich vor, stützte die Ellenbogen ab und faltete die Hände. »Und was willst du damit sagen?«

Fabian sah ihn an. »Die Schüsse wurden aus verschiedenen Waffen abgefeuert. Die erste hatte wahrscheinlich einen Schalldämpfer.«

Keller pfiff leise durch die Zähne. »Die Waffe eines Profis. Du meinst, dass Ölnhausen nicht von seiner Freundin getötet wurde? Aber warum hat sie die Tat dann gestanden? Warte mal – hat sie das denn wirklich? Heute hat sie keinen Ton gesagt, sondern nur schweigend herumgesessen.«

»Es geht hier nur um die Schüsse«, sagte Fabian.

»Es fehlt uns das Untersuchungsmaterial. Dann wird der morgige Tag spannend, aber nicht nur deshalb.«

Er stand auf, ging ins Haus und kam mit einem Faxausdruck zurück. »Das hat die Dienststelle vorhin an mich weitergeleitet. Dem Jungen, den dein Alessio ins Koma geprügelt hat, geht es besser. Er ist heute nachmittag erwacht. Seine Vitalfunktionen sind im Normalbereich, und er erinnert sich sogar an die Rauferei mit Alessio.«

Fabian nickte. »Hat er auch einen Namen?«

Keller räusperte sich und schaute in seine Unterlagen. »Er heißt Nicolai Reskin, ist neunzehn Jahre alt und Automechanikerlehrling. Die Familie stammt aus der Ukraine. Seine Werkstatt hat ihn schon am Montag vermisst. Aber als sie nachfragten, war keiner da. Seine Schwester ist heute erst aus Mallorca zurückgekommen. Und jetzt kommt das Beste.«

Keller machte eine effektvolle Pause. »Dieser Nicolai hat

zwar jetzt eine eigene Bude, aber die Schwester wohnt noch immer im gleichen Haus wie Alessio.«

»Dann war er also Alessios Nachbar«, sagte Fabian grimmig. »Vielleicht habe ich auf seinen Wunsch hin den Mettinger Müll durchwühlt.«

»Du meinst, dass er der anonyme Anrufer gewesen sein könnte?« Fritz Keller setzte sich zurück. »Das fragen wir ihn morgen am besten selbst.«

33.

Spätabends brachte Leonie Damiano mit dem Volvo zurück nach Stuttgart. Seine Wohnung lag in der teuren Halbhöhenlage des Stuttgarter Westens. Als er ausstieg, stand über dem Talkessel ein glitzernder Sternenhimmel, wie ein schwarzes Tuch voller Diamanten.

»Danke!«, sagte er leise.

»Schon gut«, sagte sie müde. Mit atemberaubender Geschwindigkeit hatte sich Damiano immer geholt, was er wollte, und ihr Leben dadurch in eine komplett andere Richtung gebogen. Warum sollte es jetzt anders sein?

»Warte, ich begleite dich noch.« Sie stieg aus und warf die Tür ins Schloss. Damiano wohnte in einem Zweifamilienhaus mit Vorgarten und Blick über den gesamten Westen. So eng es unten im Kessel zuging, in der Toplage hier oben hatte man beinahe eine Ahnung von Freiheit. Wie hoch hier wohl der Mietpreis war?

»Damiano«, begann sie.

»Was hast du, *carissima*?«

»Ich habe seit heute eine Arbeit«, sagte sie.

Sie standen vor dem Zaun, der den Garten vom Gehweg abgrenzte.

»Tatsächlich?«

»Ja«, sagte sie ein bisschen trotzig. »Als Redakteurin beim Schwabenspiegel.«

»Aber das ist ja wunderbar.«

»Es ging ziemlich schnell«, fügte sie hinzu.

Sie folgte ihm bis zum Hauseingang. Damiano kramte in seiner Sakkotasche nach dem Schlüssel.

»Könntest du mir bei einer Recherche helfen?«, bat sie. »Ich habe versprochen, meine Chefin zu entlasten.«

»Worum geht es denn?«

»Um die 'Ndrangheta«, sagte sie leise.

Er ließ den Schlüssel sinken und schaute sie einen Moment lang undurchdringlich an. Für seine nächsten Sätze wechselte er ins Italienische.

»Verstehe ich dich richtig? Du hast die Zusammenarbeit mit mir abgelehnt, um als Journalistin über die Mafia zu recherchieren?«

Sie biss sich auf die Lippen.

»Lauf!«, sagte er leise. »Wenn du das Wort Mafia hörst, lauf, solange du es noch kannst! Weißt du, wie viele Journalisten ihre Recherchen über die Mafia mit einer Kugel im Kopf oder einem Betonklotz am Bein bezahlt haben? Oder, noch schlimmer, sich korrumpieren ließen?«

Leonie lief es kalt den Rücken herunter. »Nein«, sagte sie trotzig.

Er schüttelte den Kopf. »Italien liegt in den Händen eines riesigen Kraken. Die Mafia steckt in der Müllverarbeitung, im Baugewerbe, sie hat die Wirtschaft und das ganze öffentliche Leben unterwandert und ihre zahlreichen Helfershelfer auch im politischen System untergebracht. Aber ihr Deutschen, ihr seid so blauäugig – im wahrsten Sinne des Wortes. Ihr glaubt immer noch, das sei ein italienisches Problem.«

Er beugte sich vor, so dass sie seinen Duft in der Nase hatte. »Der Krake hat schon seit vierzig Jahren seine Fangarme in dieses schöne, verschlafene Land ausgestreckt. Wenn ich ein Mafioso wäre, dann würde ich auch nach Deutschland kommen und meine Geschäfte von hier aus erledigen. Denn hier gibt es so manches nicht, was mir in Italien das Leben schwermacht. Dort muss ich im Zweifelsfall meine Unschuld beweisen. Allein der Verdacht, zur ehrenwerten Gesellschaft zu gehören, reicht aus, um mein ganzes unrechtmäßig erworbenes Hab und Gut zu konfiszieren. Hier gilt die Unschuldsvermutung. Niemand darf mein Telefon abhören. Bevor man mir Geldwäsche nachweist, fließt, wie heißt der Fluss?«

»Neckar«, sagte Leonie kleinlaut.

»Fließt der Neckar aufwärts. Ich lebe hier wie im Schlaraffenland. Die 'Ndrangheta, an der sich deine Chefin unbedingt die Finger verbrennen will, ist aus den allgegenwärtigen Räuberbanden im bitterarmen Kalabrien entstanden und basiert auf den inneren Bindungen großer Familienclans. Ihre Mitglieder sind *immer* miteinander verwandt.«

»Das bedeutet …« Leonie tastete sich langsam vor. »Ehre ist kein Fremdwort für sie. Und wenn einer den anderen verrät, ist es doppelt so schlimm, weil dieser aus der eigenen Familie stammt. Im Ernstfall handelt es sich um den Vater, den Bruder oder den entfernten Cousin.«

»Ehre, pah!«, rief Damiano. »Das ist zu kurz gegriffen. Vielmehr handelt es sich um trauriges Vagantenheldentum. Alles, was der Organisation schadet, widerspricht der Ehre. Auf Verrat steht der Tod, und das Gesetz des Schweigens, die Omertà, ist zentral. Lange Zeit hat man geglaubt, die Kalabrier vernachlässigen zu können, aber das war ein Fehler. Sie mischen groß im Kokainhandel mit und sind auch sonst nicht zimperlich. Warum glaubt eigentlich deine Redakteurin, sie müsse gegen sie ins Feld ziehen?«

»Ihr sind Informationen zu einem Mordfall zugespielt worden. Ein italienischer Pizzabäcker und seine Frau wurden im Mai erschossen. Vielleicht, weil er sich keine Schutzgelderpressung gefallen lassen wollte, wohl eher aber, weil der alte Herr ihr vor drei Jahren schon einmal etwas verraten hat und jetzt neue Infos hatte.«

Damiano griff nach ihrer Hand. »Das ist eine traurige Geschichte. Aber sobald jemand über die Organisation recherchiert, spielt er mit seinem Leben.«

Leonies Widerstandsgeist erwachte. »Ich verstehe nicht, warum du das so ernst nimmst. Ich suche nur ganz diskret nach Informationen.« Kopfschüttelnd schaute er sie an. »Du willst es nicht begreifen.«

Eine Viertelstunde später fuhr Leonie auf der Kräherwaldstraße in Richtung Pragsattel. Ihre Müdigkeit war wie weggeblasen und hatte der euphorischen Stimmung Platz gemacht, die sie immer erfasste, wenn sie den toten Punkt überwunden hatte. Plötzlich, sie stand gerade an einer roten Ampel, vibrierte ihr Handy, das sie auf den Beifahrersitz gelegt hatte. Noch war die Ampel tiefrot, und so griff sie ungestört danach und las die SMS. »Kann Sie nicht vergessen. Wie wäre es mit morgen Abend im ›Sotto le Stelle‹? Ich reserviere einen Tisch für zwei unter den Sternen und lade Sie zum Essen ein. Kommen Sie doch mit einer Freundin oder ihrem Partner! Gianluca Battista.«

Das Leben bot gerade so viele Möglichkeiten. Sie gab Gas und startete mit quietschenden Reifen durch.

Die Obduktion war vorüber. Ölnhausens Leiche lag auf dem chromglänzenden Tisch im gerichtsmedizinischen Untersuchungsraum des Stuttgarter Robert-Bosch-Krankenhauses. Sein Körper war schwammig und aufgedunsen, das Gesicht grau, die Behaarung weiß auf seiner Brust, die vor kurzem noch auseinandergeklafft hatte wie bei einem Stück Schlachtvieh. Gerichtsmediziner Jan Geertjens und seine Kollegin Tabea Schuster setzten gerade die T-Naht, die den Körper zwischen Brust- und Schambein wieder verschloss. Fabian wusste nicht genau, warum er sich davon magisch angezogen fühlte. Wahrscheinlich eine gewisse krankhafte Faszination. Er hatte sich wacker geschlagen und dem Gerichtsmediziner nicht auf den Tisch gekotzt. Und trotzdem. Er vermied den Blick auf Ölnhausens Kopf mit der schrecklichen Schussverletzung und schaute sich stattdessen um. Eine ganze Front des Kellerraums war mit Milchglasfenstern bestückt, die zusammen mit den Neonlampen für eine mehr als taghelle Beleuchtung sorgten. Die Funktion bestimmte die Einrichtung, der Boden war gefliest, saubere Metallarbeitstische standen für die Obduktionen zur Verfügung, einer war belegt, einer frei. Es war so kalt, dass er sich unwillkürlich in die Hände blies.

»Hände weg vom Mund!«, blaffte Geertjens ihn an. »Wer weiß, was hier für Keime herumschwirren? Ich möchte nicht, dass Sie mich für Ihre MRSA-Infektion verantwortlich machen.«

»Schon gut.« Fabian steckte die Hände in die Hosentaschen. Nur nicht zeigen, wie unangenehm ihm dieser Besuch war, nicht nur wegen des grellen Lichts, in dem Tote zu Gegenständen degradiert wurden, sondern auch wegen dem süßlichen Geruch nach Verfall, der trotz der Klimatisierung in der Luft hing.

Keller stand neben der Tür und unterhielt sich leise mit dem Oberstaatsanwalt Dr. Heinrich Müller-Eppendorf, den er von verschiedenen Morduntersuchungen her kannte.

»So«, sagte Geertjens zufrieden und legte seine Instrumente beiseite. Mit dem weißen Mundschutz und der grünen Arbeitsschürze hätte er locker als Metzger durchgehen können. »Es ist wieder geflickt, unser potentielles Opfer von Zivilisationskrankheiten.«

Fabian runzelte die Stirn. »Wie meinen Sie das?«

»Nun, der Mann ist ein Prototyp für ungesunde Lebensweise jenseits der fünfzig.« Der Gerichtsmediziner schob seinen Mundschutz unter das Kinn und schaute Fabian prüfend an. »Schlecht eingestellter Bluthochdruck und alle Merkmale des Lasters Völlerei. Was meinst du, Tabea?«

Seine Kollegin zog ihr Haargummi aus den dunklen Locken und schlang es neu um ihren üppigen Haarschopf. »Nicht nur das. Das Blutbild hat eine mittelschwere, unbehandelte Diabetes ergeben.« Sie schenkte Fabian ein Lächeln, der gar nicht anders konnte, als es zu erwidern. So ruppig Geertjens war, so freundlich wirkte seine Kollegin.

»Eine Prognose ist überflüssig«, fuhr Geertjens fort. »Aber wenn man dem Mann hier nicht frühzeitig das Lebenslicht ausgeblasen hätte, wären ihm höchstens noch zehn Jahre geblieben. Außer er hätte sein Leben komplett umgekrempelt.«

Fabian hätte gern hinzugefügt, dass Völlerei nicht Ölnhausens einziges Laster gewesen sei, unterließ es dann aber. Seine sexuellen Vorlieben taten hier nichts zur Sache.

Der Staatsanwalt trat mit Keller heran und schaute nachdenklich auf die Kopfwunde. »Und wie beurteilen Sie die unverkennbare Todesursache?«

»Nach einer gründlichen Beurteilung des Schusskanals ist der Exitus direkt nach der Einwirkung eines einzigen Schusses eingetreten«, antwortete Tabea Schuster förmlich.

»Aus der Nähe?«, fragte Müller-Eppendorf.

»Aus etwa einem Meter Entfernung.« Geertjens schaute sie

aus seinen blauen Augen erwartungsvoll an. *Blitzblau wie bei einem Schwein*, dachte Fabian gehässig. »Es gibt eine Unstimmigkeit. Der Täter – oder sollte ich besser die Täterin sagen? – hat die Person schlafend auf der Liege angetroffen. Sie ist herangetreten, schiebt die Waffe an den Kopf heran. Und dann …« Er machte eine effektvolle Pause. »Puff. Sie reißt im selben Moment die Hand zur Seite.«

»Vielleicht hat sie Skrupel bekommen«, mutmaßte Fabian.

»Vielleicht hat ihre Verdächtige die Nerven verloren«, stimmte Geertjens ihm zu. »Vielleicht hat das Opfer aber auch abrupt den Kopf gedreht. Auf jeden Fall ist der Schuss eher seitlich durchgegangen und hat die Knochenplatten des Schädels und das Gehirn stark beschädigt. Ein Projektil haben Sie immer noch nicht?«

»Weder Hülse noch Kugel«, sagte Keller.

»Das ist dumm.« Geertjens zog sich den Mundschutz über den Kopf und streifte die Gummihandschuhe ab.

»Sie haben sicher gehört, dass der Mord auf unserem Nachbargrundstück stattgefunden hat«, sagte Fabian. »Ich war zuerst am Tatort. Es wurde aus zwei verschiedenen Waffen je einmal gefeuert. Der erste Schuss wahrscheinlich mit Schalldämpfer, der zweite ohne.«

Geertjens pfiff durch die Zähne. »Wenn ihre Verdächtige Glück hat, ist sie aus dem Schneider, denn getroffen hat nur eine Kugel. Vielleicht hat sie ja auf den mutmaßlichen Täter geschossen, als der davonlaufen wollte.«

»Und dabei die Büsche getroffen«, fügte Keller hinzu. »Die Leute vom KTU graben gerade den Garten um.«

Der Gerichtsmediziner ging zum Waschbecken und stellte das Wasser an. »Dazu kann ich nichts sagen. Aber ein Schalldämpfer deutet darauf hin, dass der Täter ein Profi ist. Und dazu passt nicht, dass er seinen Schuss versemmelt hat.« Er seifte seine Hände ein, spülte und trocknete sie sorgfältig und desinfizierte sie dann mit dem Mittel aus der grünen Flasche neben dem Waschbecken.

Fabian und Keller verabschiedeten sich und wandten sich ihrem zweiten Anliegen zu. Praktischerweise lag Nicolai Reskin auch im Robert-Bosch-Krankenhaus.

»Frischluft«, sagte Keller, als sie in der lichtdurchfluteten, modernen Eingangshalle standen, und atmete durch.

»Nicht gerade ein Sympathieträger, dieser Geertjens«, brummte Fabian. Er fror noch immer und zog seine Jacke über.

Keller sah ihn abschätzend an. »Es gibt Leute, die lieben ihren Beruf über alles. Schätzungsweise gehört unser Nordlicht dazu. Was ihn seinen lebendigen Zeitgenossen gegenüber nicht gerade aufgeschlossener macht.«

»Wenn ich diese Leichenaufschneider so sehe, bin ich froh, nicht Medizin studiert zu haben«, sagte Fabian düster.

»Ein Quacksalber weniger.« Keller lachte und schlug ihm auf den Rücken. »Wir können dich gut bei der Polizei gebrauchen.«

Sie erkundigten sich an der Information nach Nicolai Reskin und erfuhren, dass er vor einer Stunde von der Intensivstation auf die Chirurgie verlegt worden war. Auf dem Gang liefen sie einem bärtigen Oberarzt über den Weg, der ihnen für ihren Besuch höchstens eine Viertelstunde zugestehen wollte.

»Kein Verhör!«, sagte er und hob abwehrend die Hände. »Der Junge ist ein zäher Kerl. Wir sind froh, dass wir ihn überhaupt zurückhaben. Aber trotzdem.«

»Ich bitte Sie«, meinte Keller und hob die Hände. »Wir sind zu einem Gespräch gekommen und nicht als Folterknechte.«

Der Arzt schaute sie zweifelnd an, öffnete aber trotzdem die Tür.

In seinem weißen Bett sah Nicolai Reskin verloren und

schmal aus. Sein Kopf steckte in einem dicken Verband, der die blonden Haare fast ganz verdeckte. Hinter ihm piepste der Anzeiger der Vitalfunktionen, mit dem er über eine Klammer am Finger verbunden war. Das Geräusch war rhythmisch und einschläfernd. »Polizei«, sagte der Oberarzt und schloss hinter sich die Tür.

»Wie geht es dir?«, fragte Fabian. Er hatte gesehen, wie erbarmungslos die Jungen aufeinander eingeprügelt hatten. Nicolai hatte Alessio in nichts nachgestanden. Der Junge wusste nicht, dass Fabian ihm vermutlich das Leben gerettet hatte, und würde das, wenn es nach ihm ging, auch nicht erfahren.

»Gut«, sagte er und fixierte ihn aus verquollenen Augen. Das Gespräch, oder was auch immer das hier werden mochte, durfte nicht lange dauern. Dafür reichte seine Kraft noch nicht aus.

»Wir wissen, dass du dich mit Alessio Cortese getroffen hast.« Keller holte einen Stuhl aus der Zimmerecke und setzte sich ans Fußende. Im Bett am Fenster lag ein Junge mit einem gebrochenen Bein und einem Kopfverband, der fasziniert zuhörte. Motorradunfall, tippte Fabian. Einen Moment lang zögerte Nicolai. Dann gab er sich geschlagen. »Ja!«, sagte er leise.

»Die Begegnung war also kein Zufall?«

Er schüttelte den Kopf. »Wir hatten telefoniert.«

»Wusstest du, dass wir Alessio suchen?«

Wieder ein Nicken. »Sie wollen wissen, warum ich Alessio nicht verpfiffen habe?«

Keller nickte und ließ einen besorgten Blick auf die Anzeige wandern, die einen Herzschlag von hundertzwanzig anzeigte. »Hey, du musst dich nicht aufregen.«

»Das ist nicht so einfach.« Die Pulsfrequenz stieg weiter.

»Atme tief durch!«, sagte Fabian und griff nach der Hand des Jungen.

»Schon gut. Geht schon wieder.« Er zog die Hand zurück. »Alessio schuldete mir Geld.«

»Weshalb?«, fragte Keller.

»Um sich rauszukaufen.«

»Wo rauszukaufen?«

»Bei mir.« Er keuchte und schnappte nach Luft. Hundertsechzig.

»Soll ich die Schwester rufen?«, rief der Junge am Fenster alarmiert. »Du musst denen nichts verraten.« Er drückte auf die Klingel.

Die Tür öffnete sich, und der Arzt stürmte mit hochrotem Gesicht herein, als hätte er im Gang bereits darauf gewartet. »Ich habe es Ihnen doch gesagt!«

»Schon gut, wir gehen.« Keller stand auf und drehte sich zur Tür.

»Tschüss, Nicolai«, sagte Fabian. Der Junge richtete sich auf und fixierte ihn.

»Sind Sie der Typ, der die Bahn aufgehalten hat? Das haben mir die Schwestern erzählt.«

Fabian zögerte und nickte dann.

Der Arzt drückte eine Spritze in die Infusionsflasche, die den Herzschlag des Jungen langsam wieder auf Normalniveau zurückführte.

»Danke, Mann. Ich erzähl Ihnen, was Sie wissen wollen.«

»Morgen!«, sagte der Arzt unerbittlich.

Fabian und Keller verabschiedeten sich und verließen das Zimmer.

34. Milenas Mund war wie zugenäht. Obwohl sie wusste, dass sie sich in der Tatnacht schwer belastet hatte, war sie zwei Tage lang nicht in der Lage gewesen, die Wahrheit zu sagen. Wer hätte ihr auch geglaubt, dass sie Pjotr und sich selbst erschießen wollte, aber der Killer ihr zuvorgekommen war. In ihrem ganzen Leben war ihr nichts Absurderes passiert. Sie, die Mörderin im Geiste, war mit dem Leben davongekommen. Doch als sie am Donnerstag ins Büro dieses Hauptkommissars bestellt wurde, hatte sie sich entschlossen zu reden. Nein! Auch wenn deutsche Gefängnisse besser als russische waren, würde sie die nächsten Jahre nicht für einen Mord hinter Gittern verbringen, den sie nicht begangen hatte. Die eine Nacht in der Polizeidirektion und die zwei in Stammheim hatten ihr gereicht. Ihr Blick hob sich, als zwei Polizisten kurz nacheinander eintraten.

Der Kommissar mit dem Bürstenhaarschnitt drückte genau wie gestern auf ein Aufnahmegerät, in das er Namen und Datum eingab. Dann setzte er sich ihr gegenüber und legte nachdenklich die Fingerspitzen aneinander. Der andere, junge, holte sich einen Stuhl. Mit leisem Schrecken erkannte sie ihn. Es war der Beamte, der sie in der Mordnacht gestellt und damit verhindert hatte, dass sie sich selbst etwas antat. Lange Wimpern umrahmten dunkle Augen und gaben seinem Blick etwas Melancholisches.

»Mein Name ist Keller, das wissen Sie ja schon. Und das da ist mein Kollege Grundmann.« Der Grauhaarige rieb sich die Hände. »Nun, Frau Donakova, erzählen Sie uns doch mal ganz genau, was in der Nacht zum Dienstag passiert ist!«

Vor dem Verhör hatte man ihr angeboten, einen Dolmetscher hinzuzuziehen, aber sie hatte abgelehnt. Auch wenn sie die Sprache nicht gut beherrschte, sie würde es schaffen, ohne dass ihr jemand hineinredete. Und sie würde das Wesentliche verschweigen.

»Es war gegen dreiundzwanzig Uhr«, begann sie.

»Pjotr hatte sich in den Garten gesetzt.« Sie verschwieg, dass sie auch in dieser Nacht die Pistole aus der Schublade des Nachtschranks geholt hatte. Ihr Gewicht in der Hand zu spüren, ihre glatte Kühle, war fast eine Marotte geworden. Am Bettpfosten hatten die Handschellen gehangen. Jede Nacht. Mit gespreizten Beinen hatte er ihre Füße an die unteren Bettholme gefesselt. Milena hatte sich wieder und wieder vorgestellt, wie es wäre, ihm den Kopf wegzupusten, und plötzlich war ihr klar gewesen, dass sie es tun würde. In dieser Nacht. Und die Konsequenz daraus wäre, dass sie sich dasselbe antun würde. Einen Moment später war sie auf die Terrasse getreten und hatte die Waffe entsichert. Und dann war es geschehen.

»Plötzlich hörte ich Schuss«, sagte sie.

Gespannt lehnte sich der junge Polizist über die Tischkante. »War das Geräusch leise oder laut?«

»Leise«, gab sie zurück. »Ich habe nur gehört, weil ich schon draußen stand.« Das Geräusch war so uneindeutig gewesen, dass sie gedacht hatte, der Schuss sei in ihrem Kopf abgefeuert worden. »Es machte leise plopp! Ich bin dann rausgegangen mit Pistole in Hand.«

»Hatten Sie denn keine Angst?«, fragte der Ältere stirnrunzelnd.

Sie schüttelte den Kopf. »Das war nicht Wirklichkeit.«

Der Jüngere nickte. Er hatte begriffen, dass Milena in ihrem eigenen Film feststeckte. »Haben Sie den Schützen beobachtet?«, fragte er.

Sie nickte. »Ich lief auf Terrasse. Mann rannte schnell davon. Aber dann sah ich Pjotr in Pool mit Blut.« Als die Realität sie eingeholt hatte, hatte sie die Waffe gehoben, gezielt und geschossen. Er war davongerannt, schnell, jung, sportlich, war wie ein Hase über die Büsche gesprungen. Sie hatte nicht getroffen. Am Pool wollte sie dann zu Ende führen, was der Fremde begonnen hatte. Dann war der junge Polizist gekommen. Milena wusste nicht, ob sie sich darüber freuen sollte.

»Wie hat er ausgesehen?«, fragte der Ältere.

»War junger Mann. Schnelle Schuhe. Konnte rennen. War fast fort, als ich geschossen habe. Sonst ich kann nichts sagen.«

»Nun, Frau Donakova.« Der mit dem Bürstenhaarschnitt schaute sie nachdenklich an. »Sie haben tatsächlich mit der Walther GSP Expert von Peter Ölnhausen geschossen. Eine kleinkalibrige Sportpistole.« Milena verstand kein Wort.

»Ich habe Pjotr nicht erschossen.« Ihre Augen trafen auf seine blauen. »Müssen im Garten an Seite von Haus nach Kugel suchen.«

Sie hatte alles gesagt, was es zu sagen gab. Milena wollte sich schon erheben, aber ganz so schnell ließen sie sie nicht gehen. »Wie lange sind sie schon in Deutschland?«, fragte der Bürstenhaarige.

»Drei Jahre«, antwortete sie.

»Und als was haben sie zuerst gearbeitet?«

Mit dieser Frage hatte sie gerechnet. »Ich habe Abschluss in Ökonomie«, sagte sie stolz. »Aber ging nicht in Deutschland. Habe erst als Hausmädchen, dann als Table Dancer gearbeitet.«

»Table Dancer.« Der Jüngere schaute sie ernst an. »Und wo haben Sie Peter Ölnhausen kennengelernt?«

»In Club«, sagte sie. Wie erleichtert sie gewesen war, sich nicht mehr wie eine Schlange an der Stange winden zu müssen, würde sie ihnen nicht auf die Nase binden. Und wie gut es ihr getan hatte, sich die Nächte nicht immer mit anderen Männern um die Ohren zu schlagen. Fast hatte sie geglaubt, dass Ölnhausen ihr Prinz war, der sie in sein Schloss entführte, ein

Prinz mit Bauch, Glatze und dicker Rolex am Arm. Wie sehr sie sich geirrt hatte.

»Waren Sie glücklich?«, fragte der Jüngere.

Die Frage brachte sie vollends aus dem Konzept. »Ich …« Mühsam schluckte sie an ihren Tränen. Sie durfte hier nicht weinen. Sie hatte ihren Namen vergessen in Ölnhausens Villa, hatte sich Stück für Stück selbst verloren, hatte vergessen, dass es Aljoscha gab. Und sie hatte es erst gemerkt, als es zu spät gewesen war und die Milena, die sie gekannt hatte, wie in der Auslage des Metzgers säuberlich zerteilt vor ihr lag. Der Bürstenhaarige kramte umständlich nach einem Papiertaschentuch und reichte es ihr.

»Man hat Viagra-Tabletten gefunden. Und dann diese Handschellen. Wollten Sie das so?«

Was erdreistete sich der junge Mann, dem diese Frage so peinlich war, dass er langsam rot anlief? Milena zerknüllte das weiße Tuch in ihren Händen.

»Hat mich nicht gefragt«, sagte sie dann leise. Sie ließen die Antwort so stehen und drängten sie nicht weiter.

»Frau Donakova.« Der Ältere wechselte das Thema. »Was wissen Sie über die Geschäfte von Peter Ölnhausen?«

Sie zuckte die Schultern. Zum Glück stocherten sie nicht länger mit einem Messer in ihrem Herzen herum. »Hat nicht mit mir darüber gesprochen. Irgendetwas mit Bauen von Häuser. Hatte Laden verkauft.« Sie würde ihnen nicht erzählen, dass Pjotr die Betreiber des Clubs gekannt hatte. Hin und wieder hatten sie bei ihm gefeiert und sich dabei reichlich Wodka hinter die Binde gekippt. Einmal hatten junge Tänzer von einer Ballettschule in Stuttgart Ausschnitte aus den klassischen Balletten aufgeführt, die sie aus ihrer Heimat kannte. Das war der einzige Abend gewesen, an dem sich Milena ansatzweise zu Hause gefühlt hatte. Da hatte sie auch erkannt, dass sich Pjotr von den Russen und den Italienern bedroht fühlte. Nicht ohne Grund, denn diese Männer waren gefährlich. Plötzlich loderte ihr fast erloschener Lebenswille auf. Wenn sie hier heil wieder herauskommen wollte, sollte sie besser einige wichtige Kleinigkeiten verschweigen.

»Herr Keller?« Eine braunhaarige junge Frau steckte den Kopf zur Tür herein. »Ich habe hier etwas für Sie.« Sie schwenkte ein Blatt Papier, das Keller ihr stirnrunzelnd aus der Hand nahm. Er setzte seine Brille auf, um die Angaben zu lesen, und fixierte Milena dann aus seinen eisblauen Augen. »Man hat eine Kugel gefunden. Kaliber 9 Millimeter. Im Gebüsch neben dem Pool. Sie sind entlastet, Frau Donakova. Die Projektile der Walther hatten nämlich Kaliber .22. Haben Sie das verstanden?«

Sie nickte zögernd und war sich nicht ganz sicher. Und plötzlich gingen ihre Nerven mit ihr durch. Wenn sie die Worte nicht herausließ, die sich in ihrer Kehle drängten, würde sie an ihnen ersticken.

»Aber ich *wollte* Pjotr töten«, sagte sie kläglich und schaute dem jungen Polizisten in die Augen, der nach den Handschellen und dem Viagra gefragt hatte. »An dem Abend.«

»So wie es aussieht, haben Sie es aber nicht getan«, sagte er leise. »In diesem Land wird man nicht für seine Absichten bestraft, sondern für seine Taten.«

Der Ältere stand auf. Sein Stuhl kratzte über den Boden. »Gehen Sie zurück zu ihrem Sohn und fangen Sie neu an!«

35.

»Und was machen wir jetzt?«, fragte Fabian.

Milena hatte die Polizeidirektion verlassen. Rena begleitete sie zurück ins Untersuchungsgefängnis nach Stuttgart Stammheim, wo sie nur noch ihre Sachen zusammensuchen musste, um dann auf freien Fuß gesetzt zu werden.

»Unsere Hauptverdächtige hat sich gerade mit meiner Hilfe entlastet.« Er versuchte ein schiefes Lächeln.

»Nichts geht je glatt«, sagte Keller gleichmütig. »Das ist die einzige Regel.«

Sie saßen in ihrem Büro und hatten Becher mit dampfendem Kaffee vor sich. Fabian trank einen Schluck und verbrannte sich fast den Mund. Kopfschüttelnd stellte er die Tasse ab.

Keller zuckte die Schultern. »Vor allem hast du eine Gabe, die Leute zum Reden zu bringen. Wenn du also kein Beichtvater werden willst, bist du bei uns genau richtig. Jetzt ist für uns erst einmal Schluss mit Spekulieren. Wir fangen von vorne an und durchleuchten Ölnhausens Leben mit Röntgenaugen. Die Kollegen recherchieren gerade die Details zu seiner Baufirma.«

»Und dieser Täter? Was hältst du von dem?« Fabian merkte, dass er sich zum ersten Mal seit drei Tagen entspannte. Er kam sogar in Versuchung, die Füße auf den Tisch zu legen. Nur schade, dass er seine Tafel Noisette im Handschuhfach des Streifenwagens vergessen hatte. »Wir könnten übrigens zum Bäcker gehen«, schlug er vor.

Keller öffnete seinen Schreibtisch und holte den sorgfältig in Aluminiumfolie verpackten Rest des Käsekuchens von gestern Abend heraus. »Selbst gemacht, ist allemal besser«, sagte er und verteilte ihn auf zwei Papptabletts, die Elfriede wohlweislich mit eingepackt hatte.

»Danke«, sagte Fabian, griff zu und hätte darüber fast seine Frage vergessen. »Und der Täter?«, wiederholte er.

»Hmm«, machte Keller grimmig. »Du hast wirklich nichts von ihm gesehen, keine Bewegung? Keine weiße Schuhsohle in der Luft?«

»Nichts«, sagte Fabian. »Und das ist auch kein Wunder. Du

musst bedenken, dass der Garten sowohl einen Zugang zum Hölderlinweg als auch zur Lenzhalde hat, genau wie unserer nebenan. Ich kam von unten, da war er schon längst nach oben hin abgehauen. Wenn das wirklich ein junger Kerl gewesen ist, musste er auf der Straße nur noch ganz normal weitergehen. Niemand hätte ihn je verdächtigt.«

Während Fabian Kaffee nachgoss, nahm Keller die vollgekrümelten Pappteller an sich, knüllte sie zusammen und ließ sie im Papierkorb verschwinden.

Dann setzte er sich wieder. »Es handelt sich um einen jungen, sportlichen Kerl, der Milena davongerannt ist wie ein Hase, während ihm die Kugeln um die Ohren pfiffen.«

»*Eine* Kugel«, korrigierte Fabian. »Und zielen kann Milena wahrscheinlich ebenso schlecht wie lügen.« Er stand auf und ging zum Fenster. Es hatte abgekühlt. Über den Weinbergen ballten sich graue Wolken zusammen.

Keller rekapitulierte weiter, was sie hatten. »Eine Kugel, 9 Millimeter. Die Waffe könnte zum Beispiel eine Beretta 92 gewesen sein. Guter alter Standard. Und er hat einen Schalldämpfer benutzt. Die Hülse hat er wohlweislich mitgehen lassen.«

»Was ist daran so besonders?«

»Die Dinger gibt es nicht bei Aldi. Sie sind verdammt schwierig zu besorgen. Allerdings nicht, wenn man in den richtigen Kreisen verkehrt.«

Fabian drehte sich um. »Und was heißt das für uns?«

Keller schüttelte ungeduldig den Kopf. »Nun überleg doch mal! Der Kerl spielt in der Profiliga, genau wie dieser Gerichtsmediziner – wie hieß er noch mal? – behauptet hat.«

Fabian ging zurück zum Tisch, setzte sich und schob seine langen Beine unter die Kante. »Jan Geertjens. Der Gerichtsmediziner. Dann haben wir es hier mit einem Nachwuchskiller in

Ausbildung zu tun. Was hat er da gemacht? Seine Gesellenprüfung?«

Keller tastete sich langsam vor. »Interessieren würde mich vor allem das Motiv. Ein Raubmord scheidet aus. Die Rolex war noch an Ölnhausens Arm, und ein Einbruch wurde nicht festgestellt, obwohl es zweifellos was zu holen gab. Und da Ölnhausen seit zwanzig Jahren geschieden ist und Milena nicht mehr in Frage kommt, kann es wohl auch keine Beziehungstat gewesen sein.«

Fabian pfiff leise durch die Zähne. »Eine Hinrichtung.«

Keller nickte verbissen. »Mich würde interessieren, ob die Auftraggeber aus dem Rotlichtmilieu kommen.«

In der nächsten halben Stunde herrschte konzentrierte Stille. Sie arbeiteten sich in die Notizen ihrer Kollegen rund um Ölnhausens Baufirma ein, aus deren aktiver Leitung er vor drei Jahren ausgestiegen war.

»Ölnhausen war ein Pensionär mit besonderen Vorlieben«, stellte Fabian schließlich fest. »Frauen und Luxus. Beides nicht zu knapp.«

»Und irgendwann im Verlauf seines langen Lebens ist er jemandem auf die Füße getreten«, fügte Keller hinzu. »Einem Zeitgenossen, der sich das nicht gefallen ließ.«

Er schob die Ausdrucke zusammen und legte sie auf einem Stapel ab. »Ich schlage vor, dass wir den Geschäftsführer verhören und Ölnhausens Exfrau einbestellen, die in Baden Baden lebt. Das können die Kollegen machen. Außerdem sollten wir Milenas Club einen Besuch abstatten.«

»Den wir nicht kennen«, fügte Fabian hinzu.

»Noch nicht«, sagte Keller. »Aber das lässt sich ändern.«

Fabian stand auf und trat ans Fenster, über das sich lange Regenschlieren zogen. Ganz kurz dachte er daran, Leonie anzurufen. Wie schön wäre es, sie heute Abend zu treffen. Vielleicht könnten sie einen Spaziergang machen oder essen gehen. Aber was wäre, wenn sie ihn eiskalt abblitzen ließ? Unschlüssig wog er das Handy in der Hand. In diesem Moment klingelte sein Festnetztelefon und nahm ihm die Entscheidung ab.

»Polizeidirektion Esslingen, Grundmann«, meldete er sich.

»Kommissar Grundmann? Hier Staller von der Bildzeitung.« Die Stimme war leicht heiser, als würde ihr Besitzer zu viel rauchen und sich die journalistische Arbeit hin und wieder durch einen Grappa versüßen. »Ich habe klingeln hören, dass es im Fall Ölnhausen Neuigkeiten gibt.«

Fabian blieb einen Moment lang die Spucke weg. Er deckte den Hörer mit der Hand ab und raunte Keller das Wort »Presse« zu, der grimmig nickte und »Abwimmeln« flüsterte.

»Stimmt es, dass der Fall gar nicht geklärt ist, weil diese russische Nutte sich entlastet hat?«

»Dazu kann ich noch nichts sagen. Sie werden die Aussagen unserer Pressesprecherin abwarten müssen.«

»Ach kommen Sie, Herr Grundmann«, drängelte die Stimme am anderen Ende. »Die Ausgangslage hat sich doch geändert. Etwas werden Sie schon weitergeben können.«

»Nein, Herr Staller«, wiederholte Fabian standhaft. »Unsere Pressesprecherin bereitet eine Erklärung vor, die alle Details beinhalten wird.«

Als leidenschaftlicher Vertreter seines Berufsstands bohrte Staller weiter. »Stimmt es, dass Sie komplett im Dunkeln tappen?«

Fabian ballte seine linke Faust und hatte plötzlich eine Pistole mit Schalldämpfer vor Augen, deren Abzug er langsam und genüsslich durchdrückte. »Herr Staller, ich kann mich nur wiederholen. Warten Sie bitte die offizielle Erklärung ab!«, sagte er mit mühsam unterdrücktem Zorn und knallte den Hörer auf die Station.

Keller setzte sich zurück, legte seine Lesebrille auf den Tisch und rieb sich die Augen. »Ich kenne Staller«, sagte er. »Die kleine, bissige Presseratte weiß, dass sie mich gar nicht mehr anzurufen braucht. Mal schauen, was morgen in seinem Käseblatt steht.«

36.

»Es ist so romantisch. Ein richtiges Abenteuer.« Sybille saß mit Leander auf dem Schoß auf Leonies Bettrand. Am unteren Ende lag der Mops, schnarchte leise und sabberte auf die zurückgeschlagene Tagesdecke.

»Was denn?«, fragte Leonie und pinselte sich perlmuttfarbenen Nagellack auf ihre Zehennägel. Zwischen ihren Zehen steckten Wattebäusche, nach denen Leander wieder und wieder grabschte. Um seinen Fingern zu entgehen, rutschte sie ein Stück zur Seite.

»Alles. Seit Sonntag spannst du mich in Liebesdingen auf die Folter.«

Leander rutschte von Sybilles Schoß und hangelte sich am Bettrand zielbewusst in Richtung des Nagellackfläschchens.

»Es ist doch gar nichts.« Leonie rettete das Fläschchen, schraubte es zu und hielt es in die Luft. »Finger weg!«, ermahnte sie ihren Sohn. Mit frisch lackierten Fußnägeln hopste sie zum Fenster und ließ die regenkühle Luft ein, die den Geruch nach Lösungsmittel vertrieb.

»Ach ja?« Sybille stand auf. »Also hör mal! Am Sonntag sitzt plötzlich dieser Polizist am Tisch, der gar nicht weiß, wie attraktiv er ist. Am Mittwoch steht wie aus heiterem Himmel Leanders Vater vor der Tür, der dich – mit Kusshand – zurücknehmen würde. Mit dem könntest du glatt ein Jetsetleben führen. Und heute hast du plötzlich eine Einladung von einem jungen italienischen Starkoch, zu der ich als Anstandsdame mitgehe. Und du sagst, bei dir läuft nichts. Guck mich mal an!« Mit einer zornigen Bewegung strich sie sich eine blonde Strähne hinter die Ohren. »Bei mir ist alles seit sechs Jahren gebongt, inklusive Bausparvertrag. Martin und ich, wir werden heiraten. Aber manchmal prickelt das Schöfferhofer Weizen eben nicht mehr im Bauchnabel.«

Plötzlich fielen Leonie in Sybilles Gesicht zwei scharfe Falten auf, die sich von ihren Nasenflügeln bis zu den Mundwinkeln zogen. In jeder saß mehr als nur eine Spur Bitterkeit. Leonie ahnte, was dieses Geständnis ihre perfekte Schwester kostete. Sie stand auf, zog sie in die Arme und sog den Geruch ihrer sauberen, shampooduftenden Haare ein.

»Heute Abend, da machen wir zusammen einen drauf. Und morgen, da siehst du alle Vorteile, die sich dir bieten, wieder neu. Immerhin weißt du, wo du hingehörst. Bei mir, da tut sich seit …« Sie zählte mit den Fingern nach. »Sechs Tagen was. Davor war anderthalb Jahre lang Sendepause.« Sie ging zum Kleiderschrank und begann, zwischen Röcken, Hosen und Oberteilen zu wühlen. »Mit Fabian täuschst du dich. Der ist ein Schulkamerad, nett zwar, aber ich weiß nicht. ob da mehr draus wird. Er gefällt mir schon. Aber ich habe jetzt fünf Tage auf den nächsten Schritt gewartet, und von seiner Seite aus kam gar nichts.«

Sie legte ein schwarzes Top und eine enge Jeans aufs Bett, drapierte die Sachen übereinander und schüttelte den Kopf. »Zu rockig. Und Damiano. Den will ich nicht zurück, nicht einmal geschenkt.«

»Und dieser Gianbattista Luca?«

Leonie lachte verlegen. »Gianluca Battista. Der hat mich komplett geflasht. Es lag wohl daran, dass so viel Elektrizität in der Luft lag. Es gewitterte nämlich.« Sie hob Leander auf ihre Hüfte und begann, auf der mittleren Ebene zu graben, wo ein Haufen T-Shirts lag, den sie der Einfachheit halber direkt aus dem Wäschekorb an ihren Platz gekippt hatte. Nichts. Darüber hing das beige Zwanziger-Jahre-Kleid mit den Spaghettiträgern, ein Markenteil, das sie sich im Secondhandladen geleistet hatte. »Wäre das was?« Sie holte das Kleid, dessen Rock bei jeder Bewegung elegant mitschwang, aus dem Schrank und drehte es nach vorne.

Sybille zuckte die Schultern. »Es regnet. Das ist viel zu leicht. Und es ist puderfarben – fast durchsichtig.« Sie rümpfte die Nase. Und trotzdem, Leonie legte den Traum aus drei Chiffonschichten aufs Bett und fuhr sehnsüchtig über den Seidenstoff. »Und wenn ich eine Strickjacke dazu anziehe?«

»Ach, mach doch, was du willst!« Sybille schüttelte den Kopf. »Ich hole mir jedenfalls heute Abend keine Erkältung. Und ein Sommerkleid kann ich sowieso nicht anziehen, weil du mir die weißen Sandaletten verdorben hast.«

»Die kriege ich wieder hin.« Leonie streifte ihr T-Shirt ab und zog sich unter Sybilles kritischen Blicken den dünnen Fummel über die Schultern. Der Mops öffnete ein Auge, blinzelte und schlief weiter.

»Vernünftig war ich lange genug«, sagte sie.

37.

Die bunte Lichterkette auf der Terrasse des »Sotto le Stelle« schwankte im Wind. Darüber hing ein Himmel voller Wolkenfetzen. Der Garten war wie leergefegt. Die Stühle standen schräg an die Tische gelehnt und tropften vor sich hin, aber die Fenster des grauen Hauses leuchteten anheimelnd. Gianlucas Restaurant hatte beste Kritiken bekommen und war auf dem Weg, der Geheimtipp des Landkreises zu werden. Mit kluger Hand hatte er die günstige Lage im Naherholungsgebiet am Jägerhaus gewählt. Sonntags trieben sich hier oben, weit über dem Neckartal, Horden von Spaziergängern, Joggern und Walkern herum. Verschiedene Sportplätze und der Esslinger Reitstall lagen gleich nebenan, so dass immer Aussicht auf hungrige Gäste bestand.

Sybille fuhr in die letzte Lücke auf dem fast vollen Parkplatz. Sie stiegen aus und umrundeten geschickt Pfützen und matschige Stellen. Als sie die Terrasse erreichten, traf sie ein Regenschwall, der Leonie frösteln ließ. Sie zog die Strickjacke fester um sich und stapfte erleichtert durch die Tür ins Warme.

»Mein Name ist Leonie Hausmann. Herr Battista hat uns eingeladen«, erklärte sie dem Kellner, der an der Theke gerade ein Glas auswischte.

»Ein Tisch für Hausmann«, wiederholte dieser leise und musterte sie ungeniert. »Der Chef hat schon auf Sie gewartet.«

Als der Kellner sie zu ihrem Platz führte, flammte Hitze über ihr Gesicht. Zu blöd auch, dass die Gäste ihnen mit ihren Blicken folgten. Der Tisch lag an der Fensterfront und war für zwei Personen gedeckt. Leonie setzte sich und schlug die Beine übereinander. Sybille übernahm die Bestellung. »Wir würden gerne schon etwas zu Trinken haben. Was meinst du, Leonie?«

Sie räusperte sich und versuchte, ihr klopfendes Herz unter Kontrolle zu bringen. Dieser Abend gehört ganz uns, flüsterte sie sich in Gedanken zu, und wusste nicht, ob sie Gianluca oder ihre Schwester meinte. »Eine Flasche Barolo bitte und eine Flasche Wasser ohne Sprudel.«

Der Kellner verbeugte sich und überreichte ihnen zwei Speisekarten. Bevor Leonie einen Blick darauf warf, schaute sie sich verstohlen um. Gianluca hatte das Restaurant schlicht und stilvoll eingerichtet. Die Tische waren weißgedeckt und standen auf einem mattbraunen Nussbaumfußboden. Brennende Kerzen und Arrangements aus Orchideen und Gräsern sorgten für eine geschmackvolle Atmosphäre. An den Wänden hingen Acrylbilder, in deren abstrakten Motiven sich die Berge und das Meer Italiens nur erahnen ließen. Das ganze Lokal war voll. Ohne Gianlucas Einladung hätten sie hier heute Abend niemals einen Platz ergattert.

Der Kellner kam zurück.

»Signor Battista lässt Ihnen ausrichten, dass er sich sehr über Ihre Ankunft freut. Er möchte Ihnen nicht dreinreden, aber er empfiehlt statt eines Barolos einen fruchtigen Donnicis aus Kalabrien.«

Sybille hob die Augen und zwinkerte Leonie zu.

»Wir vertrauen uns ganz Ihrem Chef an«, entschied diese ohne Zögern.

»Und dann würde er den Damen auch gerne ein Menü vorschlagen«, fuhr der Kellner fort.

»Und was wäre seine Empfehlung?«, fragte Sybille. Der Kellner wischte sich die Hände an seiner weißen Schürze ab. »Sie wissen, dass wir uns auf die Küche Süditaliens spezialisiert haben?« Er lächelte sie an.

»Natürlich«, sagte sie. »Aber deren Spezialitäten kennen wir nicht so gut.«

»Signor Battista legt Ihnen die *Antipasti alla casa* ans Herz und empfiehlt danach als Pastagericht *Fusilli alla Siracusana.* Dann würde er gerne für Sie *Braciole di Pesce Spada* zubereiten. Das sind Rouladen vom Schwertfisch. Und als Fleischgericht dann *Scaloppine alla Marsala.*«

»Wenigstens das habe ich schon einmal gehört«, warf Sybille ein.

Der Kellner nickte und verbeugte sich. »Sie sind köstlich. Und als Nachtisch gibt es eine Überraschung.«

»Das klingt ja großartig. Was meinst du, lassen wir uns darauf ein?«, fragte Sybille.

»Natürlich.« Leonie nickte. »Wir schließen uns den Empfehlungen des Chefkochs an«, sagte sie so gelassen wie möglich an den Kellner gewandt. Sie bereuten es nicht. Vom Rotwein über die Vorspeisenplatte mit gebratenem Gemüse, Salami und Käse, die Pasta bis zu den Hauptgerichten war alles köstlich. Mit Liebe gekocht, dachte sie beklommen und fragte sich, auf was sie sich da einließ.

»Wenn ich noch einen Bissen esse, passe ich nicht mehr in mein Auto«, sagte Sybille und schob ihren Teller zurück.

»Es fehlt noch der Nachtisch.« Leonie lachte und hängte sich ihre Strickjacke locker um die Schultern. Von Löffel zu Löffel wurde ihr mulmiger zumute. Was würde Gianluca als Gegenleistung für dieses phantastische Essen verlangen? In diesem Moment trat der Chefkoch selbst mit einem Tablett voller Dessertspezialitäten aus der Küche. Die gutgelaunten Gespräche an den Tischen verstummten, und so mancher bewundernde Blick galt Gianluca, der in seiner Küchenkluft mit dem geknöpften Oberteil und den schwarzweißen Hosen beeindruckend aussah. Er grüßte nach links, richtete einige freundliche Worte nach rechts und steuerte zielbewusst auf ihren Tisch am Fenster zu, wo Leonie am liebsten im Boden versunken wäre.
»Was für ein Auftritt!«, flüsterte Sybille.

»Meine Damen!« Er stellte das Tablett auf den Tisch und hielt Leonies Hand einen Moment länger fest als Sybilles. Champagner strömte durch ihre Adern. Sie kannte den Mann nicht, wusste nicht, auf was sie sich einließ, aber ihr Körper hatte sich entschieden und wollte mehr davon.

»Schön, dass sie sich so schnell freimachen konnten«, sagte er. Seine Augen waren blaugrün, und seine Haare, die sie am Montag regennass und dunkel gesehen hatte, hatten blonde Lichter, als hätte er den Sommer irgendwo am Meer verbracht.

»Ja«, sagte sie unsicher. »Das ist meine Schwester Sybille Hausmann.«

»Es ist mir ein Vergnügen«, sagte er und neigte den Kopf. »Und hier eine Auswahl an Desserts aus meiner Küche. *Zuppa inglese alla napoletana, Coviglia di caffè, Grano dolce.* Das erste kennen Sie wahrscheinlich. Die beiden letzteren kann ich übersetzen. Kaffeecreme aus Kampanien. Und Grano dolce ist süßer Weizen aus der Basilicata.«

38.

Das Restaurant leerte sich langsam. Leonie tunkte den Löffel genüsslich in ihre zweite Portion Zuppa Inglese und trank dazu einen weiteren Cappuccino. Schließlich, als alle Gäste gegangen waren, schloss Gianluca die Küchentür hinter sich und kam auf sie zu. Er hatte seine Kochuniform mit Jeans und einem blaukarierten Hemd getauscht und trug dazu eine schwarze Lederjacke. Sorgfältig löschte er die Lichter.

»Toll, dass Sie so lang gewartet haben. Wollen wir eine Runde spazieren gehen?«

Sybille, die am nächsten Morgen unterrichten musste, hatte sich bereits verabschiedet, nicht ohne Gianluca darauf festzunageln, Leonie später daheim abzusetzen. Sie traten vor die Tür, und Gianluca schloss ab. Als sie ihm nach draußen folgte, klopfte ihr das Herz bis in den Hals. Sie wusste nicht, was die Nacht bringen würde, fühlte sich wie eine Seiltänzerin, die ohne Netz in einer Zirkuskuppel balancierte.

Gianluca führte sie am Parkplatz vorbei auf den Wanderweg, der sich zwischen Feldern und Wiesen am Rande des Tals entlangzog. Der kiesige Untergrund war nass, Wind und Regen hatten im reifenden Korn eine Schneise hinterlassen. Leonie verfluchte ihre Pumps, die auf Dauer ziemlich drückten, und suchte nach Worten. »Sie haben einen ganz schön langen Tag hinter sich«, begann sie aufs Geratewohl.

»Das Schicksal eines Kochs. Um sechs muss ich wieder auf dem Großmarkt sein. Hat es Ihnen wenigstens geschmeckt?«

»Phantastisch!«, sagte sie. »Wenn ich noch einen Löffel von Ihrer Süßspeise esse, falle ich allerdings tot um.«

»Das wollen wir nicht hoffen«, lachte er.

Unten im Neckartal glänzten die Lichter und ließen die Weite ahnen, die sich bis zum Albaufstieg zog. Gen Westen ging das hell erleuchtete Industriegelände in die Außenbezirke der Landeshauptstadt über.

»Ihnen ist kalt«, stellte er fest und legte ihr seine Jacke um die Schultern. Als er sie berührte, spürte sie wieder diesen elektrischen Schlag. Er blieb abrupt stehen und schaute sie nachdenklich an.

Er legte seine Hände auf ihre Oberarme und ließ sie dann über ihren Rücken gleiten. Stark, fest und so warm, dass sie es durch das Seidenkleid hindurch spürte. »Ich finde Sie unglaublich begehrenswert. Und dabei hatte ich mich am Montag zuerst nur darüber gewundert, dass Sie barfuß unterwegs waren.«

»Komplett unbequeme Sandalen«, sagte sie und lachte leise. »Sie gehören meiner Schwester.« Ihr Körper genoss die Wärme, die von ihm ausging. Als er sie küsste, war es eine logische Konsequenz dieses Moments. Der Kuss trug beide davon und nahm ihnen alle Hemmungen. Fast wäre sie gestolpert, als er sie gegen den Feldrain drängte und seine Hände über ihren Körper glitten. »Entschuldigung«, sagte er aufgewühlt. »Was müssen Sie nur von mir denken?«

»Es gab schon lange niemanden mehr.«

»So wie bei mir. Aber jetzt erzähl mir von dir!«

Ehrlich währt am längsten, dachte sie und holte tief Luft. »Ich heiße Leonie Hausmann, bin Kunsthistorikerin, wohne wieder zu Hause bei meinem Vater und habe einen fast einjährigen Sohn. Leander.«

»Leandro«, sagte er und schaute sie nachdenklich an. Sofort drängte sich das Bild Alessios in ihr Bewusstsein, über das sich wie ein Abziehbild eine Fotografie Damianos legte. Einen italienischen Lover hatte sie eigentlich nicht mehr gewollt.

»Und ich suche *keinen* Vater für ihn. Ich suche nicht einmal eine feste Beziehung. Im Gegenteil, kurz bevor ich dich getroffen habe, ist mir Leanders Vater über den Weg gelaufen, den ich seit anderthalb Jahren nicht mehr gesehen hatte. Er war der Letzte, dem ich begegnen wollte.«

»Und was passiert ist – zwischen uns?«

»Das hat mich aus heiterem Himmel getroffen.«

»Mich auch.« Er machte eine überraschend anmutige Verbeugung. »Darf ich vorstellen? Gianluca Francesco Battista. Meine Eltern haben als Pizzeriabesitzer in Ulm ganz gut Geld gemacht. Kochen war immer schon meine Leidenschaft.«

Er verschlang sie mit den Augen, und Leonie spürte, wie ein neuer Hitzeschwall über sie hinwegrollte. War ihr wirklich eben noch kalt gewesen?

»Du erblühst wie eine Rose, wenn du rot wirst«, sagte er, trat auf sie zu und küsste sie wieder. Diesmal dauerte es eine ganze Weile, bis sie wieder auftauchten.

Und plötzlich veränderte er sich. Schmerzhaft fest zogen seine Hände ihre Arme herunter, die sie um seinen Hals gelegt hatte. Sein Gesicht war aufgewühlt, die hellen Augen verfinstert, als hätten sich Wolken über die Iris gezogen. Entsetzen lag darin. Und Verzweiflung. Er trat einen Schritt zurück.

»Was tue ich da?«, fragte er mehr sich selbst als sie.

»Was ist los?«, fragte Leonie erschrocken.

Er schüttelte den Kopf. »In meinem Leben ist kein Platz für eine Frau.«

Er ging ein paar Schritte bis zum Feldrand und blickte in die Nacht. Vorsichtig trat sie neben ihn und griff nach seiner Hand, die er ihr sofort entzog. »Wie hast du das gemeint?«

Als er auf sie herunterschaute, war sein Blick wieder warm und zärtlich. »Von mir hält man sich besser fern. Ich arbeite pro Tag sechzehn Stunden und länger. Nie könnte ich eine Frau glücklich machen.«

»Das zu entscheiden solltest du mir überlassen.« Leonie trat einen Schritt zurück. »Könntest du mich nach Hause bringen?«, fragte sie dann. »Es ist sehr spät.« Als sie zum Auto gingen, wusste sie noch immer nicht, wer Gianluca Battista war.

39.

Ausweglos, voller Müll, Schutt und Trümmer. Vorsichtig folgte Alessio seinem Gegner durch das tote Land und stellte ihn schließlich vor einer Industrieruine, deren kaputte Mauern wie Zahnstummel aus dem Boden ragten. Er versteckte sich hinter einem umgefallenen Panzer, legte auf ihn an, zielte sorgfältig und hörte das Geratter des Maschinengewehrs in seinem Kopf. Der Feind riss die Arme hoch, Blut spritzte knallrot, tomatenrot, mohnrot. Er fiel erst auf die Knie, dann auf die Seite und blieb in einer Lache liegen. Getroffen, versenkt. Erbarmungslos hielt der Jäger nach seinem nächsten Opfer Ausschau. Da kamen sie, eine Rotte Söldner, die die Umgebung sicherte. Der Jäger brachte sich wieder in Position.

Eine Hand legte sich auf seine Schulter und holte ihn zurück in die Realität. Es war Kain. Er setzte den Kopfhörer ab und rieb sich die Augen. Es musste gegen drei sein, aber wenn man einmal begonnen hatte, konnte man mit diesen Spielen nicht mehr so schnell aufhören.

»Komm mit!«, sagte Kain.

Alessio versteckte ein Gähnen hinter seiner Hand. »Du hast doch ne Macke, Mann!«

»Sowieso.« Kain setzte sich auf das Bett und ließ die Armmuskeln spielen. Er trug extra Shirts, in denen sie gut zur Geltung kamen. Schwarze Muscle Shirts, manchmal mit Totenkopf. Als Alessio aufstand, kribbelte in seinen Beinen ein ganzer Ameisenstaat. »Ey, Mann. Weißt du, wie spät es ist?«

Kain deutete auf den Digitalwecker, der 3.45 Uhr anzeigte. »Fast drei Uhr sechsundvierzig.«

»Ich hab kein Bock!« Alessio schüttelte den Kopf.

»Du tust, was ich dir sage«, polterte Kain.

»Ich will ins Bett!« Er war zwar nicht wirklich müde, dafür hatte er zu viel Cola getrunken, aber Kain zu gehorchen bedeutete eine weitere Niederlage in der Kette von Demütigungen, die er seit Monaten eingesteckt hatte. Sein Bruder stand auf und warf ihm die Jacke zu, die über dem Bettrand gelegen hatte.

»Zieh dir was über! Es ist arschkalt.« Dann verließ er das Zimmer. Wie sehr Alessio ihn hasste. Sehr langsam band er sich die Turnschuhe zu und folgte ihm die Betontreppe hinab in den Keller zur Garage. Kain wartete in der blauen A-Klasse auf ihn, die sonst sein Onkel fuhr. Von Mario und Alberto fehlte jede Spur. Wahrscheinlich waren sie mit dem Transporter schon zum Großmarkt in Stuttgart-Wangen aufgebrochen. Er setzte sich neben Kain auf den Beifahrersitz, der das Garagentor öffnete und die Kiste langsam in Richtung Landstraße lenkte.

»Wohin willst du um diese verdammte Uhrzeit fahren?«

»Brötchen holen«, sagte Kain einsilbig. Als sie über den Schurwald ins Remstal und dann in Richtung Stuttgart fuhren, dehnte sich das Schweigen endlos zwischen ihnen. Alessio dachte flüchtig an Blue, dann an seine Mutter und dann gar nichts mehr. Es lohnte sich nicht.

So früh am Tag waren die Straßen noch frei. Als sie auf den Parkplatz des Krankenhauses einbogen, wurde es schon hell.

»Was soll das?«, fragte Alessio. Er konnte sich partout nicht vorstellen, was sein Bruder hier wollte. »Musst du dir dein Gehirn amputieren lassen, oder was?«

»Nee, aber du vielleicht.« Sorgfältig stellte Kain die A-Klasse am Rand des Parkplatzes ab. »Weißt du, was das hier ist?«

»Ein Krankenhaus. Ich begreife trotzdem nicht, was du hier willst.«

Umständlich fischte Kain eine Bildzeitung aus der Tasche seiner Fliegerjacke. »Die ist von Mittwoch. Hier steht ... warte.« Er faltete die Zeitung auf und deutete mit dem Finger auf eine Schlagzeile. »Junge erwacht.«

»Lass mal sehen!«, rief Alessio und griff nach der Zeitung.

»*Ich* lese«, sagte Kain. Die Meldung war nicht lang. »Dem am Samstag nach einer Prügelei ins Koma gefallenen Nicolai Reskin geht es besser. Der Junge, den der gesuchte jugendliche Schläger Alessio Cortese ...« Sein grimmiger Blick richtete sich auf den Beifahrersitz, »... am Samstag ins Koma geprügelt hat, ist seit gestern wieder bei Bewusstsein. Nicolai Reskin wurde nach dem Zwischenfall an der Haltestelle Neckartor von dem Esslinger Polizisten Fabian Grundmann davor bewahrt, von einer Stadtbahn überrollt zu werden. Bla, bla, bla, und so weiter und so fort. Die miese kleine Ratte wartet nur darauf, dich zu verpfeifen.«

»Und du meinst ...« Alessio deutete auf das Krankenhaus, hinter dessen Fenstern gelbe Lichtpfützen lagen, eine neben der anderen. »Du meinst Nick liegt hier?« Er wusste nicht warum, aber es lief ihm kalt über den Rücken.

»He, Kleiner«, sagte Kain. »Daran, dass dein Ruf ruiniert ist, ist nichts mehr zu ändern. Nur, was könnte der Typ erzählen, wenn er wieder richtig wach ist? Also dachte ich mir, ich tue dir einen Gefallen und niete ihn für dich um.«

Alessio verschlug es die Sprache. *Nein,* dachte er dann. *Nein.* »Du willst da reinmarschieren und Nick …«

»Nicht wie du denkst«, sagte Kain großzügig. »Ich nehme keine Kanone. Da drin ist bald Schichtwechsel. Es kommen neue Pflegekräfte und die reden erst mal. Das heißt, keiner passt auf. Ich gehe da rein, in Pflegerkluft, und stiefele ganz normal durch die Gänge. Niemand merkt was, dafür ist der Laden zu groß. Ich schleiche mich in sein Zimmer und drücke ihm ein Kissen aufs Gesicht. Der Typ ist schließlich ziemlich schwer verletzt, und wenn der plötzlich abkratzt, ist das irgendwie ganz normal.« Seine Augen waren dunkel, undurchdringlich. Plötzlich wurde Alessio das Auto zu eng.

»Und das meinst du wirklich ernst?« Seine Stimme war gepresst, er bekam zu wenig Luft.

»Warum nicht?«

Kain hatte schon aus weniger dringenden Gründen getötet. »Hast du einen Auftrag?«, krächzte Alessio. Wenn ja, war Nick verloren.

»*Er* meint auch, dass dich dieser Nicolai erpresst hat. Und«, fragte Kain. »Stimmt das?«

»Nein«, sagte Alessio zu schnell. »Er war mein Freund.« Sie hatten zwei Jahre lang im selben Verein gekickt. Nicolai war vier Jahre älter gewesen und hatte sich als Hilfstrainer um den begabten, aber faulen Alessio gekümmert. Jetzt war es damit vorbei.

»Weiß er etwas über uns?«

Entrüstet schaute Alessio seinen Bruder an. »Sehe ich so bescheuert aus?«, fragte er dann. Wer die Organisation verriet, konnte sich gleich sein eigenes Grab schaufeln.

»Hat er irgendetwas gegen dich in der Hand? Vielleicht etwas, das mit dem Alten zusammenhängt?«, fragte Kain.

Aha, daher wehte der Wind. Sie waren gar nicht so dumm. »Es war Zufall, dass ich ihn getroffen habe«, leugnete Alessio ungeniert. Sein Herz klopfte in seiner Brust, als wollte es sich seine Freiheit erkämpfen.

»Und da schlägst du ihn fast tot ... Wie kommt es, dass ich dir nicht glaube?«

Der Name Laura stand wie ein unsichtbares Graffiti auf der Frontscheibe. Laura, Laura, Laura pumpte sein Blut in seinem Kopf. Alessio schnappte nach Luft. »Lass die Toten ruhen!«, sagte er.

»Du musst uns verstehen.« Kain drehte sich wieder zu ihm um. »Wir wollen die Wahrheit wissen wegen dem Alten. War das Geld wirklich nicht für diesen Nick?«

»Nein, zum Kuckuck.«

Kain nickte. »Die Bullen suchen dich, weil du ein Handtaschenräuber bist und weil du einen Kerl ins Koma geprügelt hast. Die nennen das schwere Körperverletzung. Schlimmstenfalls hetzt du sie uns auf den Hals.«

Alessio rang nach Atem, kämpfte Wut und Verzweiflung nieder. »Es war keine Erpressung«, sagte er dann. »Ich will, dass du Nick am Leben lässt.«

Alessio sah die Hand nicht kommen, die seinen Kopf aufs Handschuhfach schleuderte. Als er sich wieder aufrichtete, lief ihm Blut aus der Nase und tropfte auf sein T-Shirt.

»Scheiße«, sagte er. Kain reichte ihm ein Päckchen Taschentücher, setzte das Auto zurück und fuhr vom Parkplatz stadtauswärts auf die Straße. »Onkel Alberto wird umziehen«, sagte er dann. »Es wird uns hier zu heiß. Das haben wir nur dir zu verdanken.«

»Und was habt ihr mit mir vor?« Seine Nase schwoll auf die doppelte Größe an und tat noch immer höllisch weh.

»Du gehst nach Kalabrien, bis Gras über die Sache gewachsen ist.«

40.

Leonie schob ihr Fahrrad den steilen Verbindungsweg zur Turmstraße hinauf und stand plötzlich auf Augenhöhe mit dem Turm der Frauenkirche, an dem sich noch immer das Gerüst für seine Restaurierung befand. Die Straße lag nur wenig erhöht über der Altstadt und schien trotzdem fern von dem Treiben dort unten. Sogar der Verkehrslärm von der Geiselbachstraße klang irgendwie unwirklich. Langsam ging sie an den kleinen Vorgärten entlang, hinter denen eine Reihe behäbiger Häuser ihren Dornröschenschlaf hielten, und stand kurze Zeit später vor der Jugendstilvilla, in der er wohnen musste. Leonie zögerte. Wahrscheinlich machte sie sich jetzt endgültig unmöglich. Aber vielleicht traf sie ihn auch gar nicht an, weil er schon wieder in der Küche stand und seine Mannschaft herumkommandierte. Wer nichts wagt, der nicht gewinnt, dachte sie, lehnte ihr Rad entschlossen an die Wand und klingelte. Fast wäre sie wieder gegangen, so klopfte ihr das Herz im Hals.

Es dauerte länger als eine Minute. Dann stand er in der Tür, mit bloßem Oberkörper, Jeans und verstrubbelten Haaren. Um seine Schultern hing ein nasses Handtuch, als hätte er gerade geduscht. Einen Moment lang starrten sie sich schweigend an, dann zog er sie über die Schwelle und ließ die Tür ins Schloss fallen. Drinnen verlor er keine Zeit, drängte sie an die Wand und küsste sie mit einer Heftigkeit, die den gestrigen Abend in den Schatten stellte. Seine Hände wanderten unter ihr T-Shirt, schoben den BH zur Seite und umschlossen ihre Brüste. Er stöhnte leise und drückte sich an sie. Unter der Jeans spürte sie seine Erektion.

»Das ist kompletter Wahnsinn«, sagte er dann, löste sich von ihr und schaute sie an. »Entschuldige bitte. Ich weiß nicht, was …«

Seine Augen waren blaugrüne Blitze. Das Licht vom Fenster fiel auf seine kräftigen Muskeln.

»Aber vielleicht will ich ja gar nicht, dass du aufhörst«, sagte sie heiser.

Im Schlafzimmer gab es nur einen schwarzen Futon und einen alten Kleiderschrank. Auf dem Futon lagen seine Klamotten. Er schob sie auf den Boden, legte sich auf den Rücken und zog sie auf sich. Zwischen ihren Beinen pochte Hitze. Langsam streifte er ihr das T-Shirt von den Schultern und öffnete den BH. Wieder waren da seine großen Hände, die sich sehr rau anfühlten.

»Ich will sehen, was ich berühre«, sagte er. Leonie lachte leise und ließ ihre Haarspitzen über sein Gesicht flattern.

»Und was siehst du?«

»Dass du dich nicht zu verstecken brauchst«, sagte er und nahm eine ihrer Brustwarzen in den Mund. Leonie stöhnte auf. Ihre Hände fuhren über seine Brust, feste Muskeln, die kleinen Warzen richteten sich auf. Sehr bald konnten sie nicht länger warten. Sie streifte seine Jeans und die Boxershorts ab und schob ihn in sich hinein. Da war keine Enge, keine Spur von Unwillen. Und dabei hatte sie genau das nicht vorgehabt, als sie losgefahren war. Oder etwa doch? Fast schien es, als habe ihr Körper genau auf diesen Moment gewartet.

»Langsam«, sagte er, und sie begann sich vorsichtig auf und ab zu bewegen.

Unaufhörlich schaute er sie dabei an. »Du bist so schön.«

»Wenn du glaubst, das tue ich nur für dich, irrst du dich.«

»Du bist ausgehungert«, sagte er. »Und ich will deinen Hunger stillen.« Er schob sie von sich herunter, legte sie auf den Rücken und drängte sich mit Macht zwischen ihre Beine. Jetzt bestimmte er den Rhythmus, schob seine Härte in sie, wieder und wieder. Sie explodierten beinahe gleichzeitig in einem Sturm von Gefühlen, Farben, Gerüchen. Keuchend legte er sich auf ihre Brust. »Das war echt Wahnsinn«, sagte er und zog sie neben sich auf die Seite.

Sehr viel später saß sie auf dem Küchentisch und ließ die Beine baumeln. Statt ihres T-Shirts trug sie seinen Bademantel. »Musst du nicht schon längst in deiner Restaurantküche stehen?«, fragte sie.

Er goss zwei Gläser voll mit Apfelsaft. »Wir haben heute keinen Mittagsbetrieb.«

»Also hast du tagsüber sogar manchmal Freizeit. Wie war das mit den sechzehn Stunden, die du jeden Tag schuftest?«

»Ich arbeite tatsächlich so viel. Da gibt es eine Menge Geschäftliches zu erledigen. Buchführung, Gehaltsabrechnungen und solche Sachen.«

Leonie nippte an dem Apfelsaft. Er war so kalt, dass sie zurückzuckte. »Ich bin nicht gekommen, um mit dir zu schlafen«, sagte sie.

»Nein?« Er grinste sie an. »Dafür hattest du aber jede Menge Lust.«

»Eigentlich wollte ich nur mit dir reden.«

»Musst du nicht heim?« Gianluca deutete auf die Küchenuhr. Es war schon früher Nachmittag. »Wer passt auf dein Baby auf?«

»Mein Vater. Der macht das wirklich gern und gut.«

»Dann hast du genug Hilfe?«

Sie nickte. »Jede Menge. Ich bin sehr dankbar.«

»Und – willst du nicht beruflich wieder einsteigen. Was machen Kunsthistoriker eigentlich? Führungen?«

»Auch, aber eigentlich hatte ich an eine Karriere an der Uni gedacht. Doch jetzt werde ich mich wohl umorientieren.«

»Und als was?« Er legte den Arm um sie.

»Es ist noch nicht ganz spruchreif«, sagte sie und wusste selbst nicht, warum sie Gianluca nichts von Sabine Marian und der Zeitung erzählte.

Ihre Gedanken machten einen Sprung. »Aber ich könnte dich etwas fragen.« Gianluca war genau der Richtige, um ihr bei der Recherche über die Mafia zu helfen.

»Schieß los!«

»Was weißt du über Schutzgelderpressung?« Zwischen seinen Augenbrauen erschien eine steile Falte. »Du fragst mich, ob ich Schutzgeld zahle. Mich?«

»Vergiss es!«

»Nein, nein, schon gut.« Er hob die Hände. »Ich habe mit Schutzgeldzahlungen überhaupt keine Erfahrung. Aber ich würde ganz gerne wissen, was dein Preis ist.« Bevor sie etwas antworten konnte, verschloss er ihren Mund mit einem Kuss.

Vor dem Schreibwarengeschäft an der Mettinger Straße stand ein Aufsteller mit der Bildzeitung in Schwarz und Rot. »Ermittlungsfehler oder Schlamperei«, lautete die Schlagzeile des Tages und stach Fabian ins Auge, während er vorbeifuhr.

»Da hat unser Freund von der Presse seine Vorstellungen ja prompt umgesetzt«, sagte er. »Dieser Schmierfink!«, brummte Fritz Keller auf dem Beifahrersitz.

»Warum macht dich das so wütend? Heute werden doch alle möglichen Dinge ans Tageslicht gezerrt.«

Als Keller sich zu ihm umwandte, lagen auf seinen Wangen rote Flecken. »Für dich vielleicht, wenn du so einer bist, der auf Facebook von seinem Fußpilz erzählt«, sagte er aufgebracht. »Aber das hier ist gravierender, denn unser Mörder erfährt, dass wir Milena freilassen mussten. Selbst, wenn er die Zeitung nicht einmal kauft. Und dann zählt er zwei und zwei zusammen und verschwindet in seinem Mauseloch.«

Sie fuhren ins Industriegebiet zwischen Mettingen und Obertürkheim, um einen Informanten zu treffen, der sich im Rotlichtmilieu rund um die Landeshauptstadt bestens auskannte. Jedenfalls meinte das Keller. Milena hatte ihnen nicht verraten, in welchem Club Ölnhausen sie aufgegabelt hatte.

»Fahr rechts ab!«, brummte er, und Fabian lenkte den Wagen auf einen Parkplatz vor einer Fernfahrerkneipe. Etwas weiter hinten lag der Autoport mit seinen Parkplätzen voller Gebrauchtwagen. Dahinter starteten die Fernbusse in alle Himmelsrichtungen Europas, ein Ort der karierten Plastikreisetaschen und der zerstörten Träume. Sie stiegen aus und betraten einen verräucherten Gastraum.

»Keller!«, sagte der Wirt und wischte mit einem karierten Geschirrtuch über die Theke.

»Radan Stankovic.« Keller drückte ihm die Hand und deutete auf Fabian. »Mein Kollege Grundmann.«

»Frisches Blut in der Esslinger Polizeidirektion.« Ein prüfender Blick und ein kräftiger Händedruck galten Fabian. »Setzt euch doch, ich komme gleich. Wollt ihr was trinken?« Keller bestellte eine Cola. »Ein Wasser«, sagte Fabian und folgte seinem Chef in eine Fensternische. Die Kneipe war ganz mit Holz vertäfelt, das der Rauch der vergangenen Jahrzehnte dunkel verfärbt hatte. Nur ein weiterer Tisch war besetzt, an dem sich hemdsärmlige LKW-Fahrer über ein verspätetes Frühstück mit

Schinken und Eiern hermachten. »Noch ein Bier!«, brüllte einer. »Kommt sofort.« Stankovic bahnte sich seinen Weg mit dem Tablett in der Hand, verteilte die Getränke und setzte sich. Seinen Platz hinter der Theke hatte eine junge Frau in Jeans und T-Shirt eingenommen, die in aller Seelenruhe das bestellte Bier zapfte.

»Was führt euch her?« Stankovic war um die sechzig. Er hatte sich seine letzten Haarsträhnen sorgfältig mit Pomade auf die Glatze geklebt. An seiner rechten Hand glänzte ein goldener Siegelring. Sein Blick traf sie aus blutunterlaufenen Augen, die einiges über seinen Alkoholkonsum aussagten. »Ich denke, du weißt, warum wir hier sind«, begann Keller. Stankovic lachte leise. »Hat sie euch ausgetrickst, die Kleine?«

Keller schüttelte den Kopf. »Es hat sich also schon herumgesprochen, dass Milena Peter Ölnhausen nicht ermordet hat.«

»Nun.« Stankovic setzte sich zurück und faltete zufrieden die Hände über seinem dicken Bauch. »Esslingen ist ein Dorf und Stuttgart sowieso. Außerdem steht es in der Zeitung.« Er deutete auf den Tisch mit den Fernfahrern, von denen einer seinen Kopf gerade in eine Bildzeitung versenkte.

»Die immer recht hat«, fügte Keller trocken hinzu. »Kanntest du Peter Ölnhausen?«

»Was heißt kennen.« Stankovic legte seine gefalteten Hände auf den Tisch. »Du weißt ja, dass ich in der Szene aktiv war. Zu meiner Zeit.«

»Ich weiß, dass du einige Pferdchen am Laufen hattest.«

Fabian horchte auf. Jetzt wurde es interessant.

»Ich war recht erfolgreich«, fuhr Stankovic fort. »Und in der Tat, ich kannte Peter Ölnhausen. Er ist schon vor zwanzig Jahren zu Nutten gegangen. Seine Alte konnte ihm im Bett wohl nicht alles recht machen. Jasmina!«, rief er in Richtung Theke. »Bring uns noch mal dasselbe und mir ein Bier!«

»Mir eine Cola bitte!«, sagte Fabian.

»Zwei Colas!«, brüllte der Wirt.

»Vielleicht ist seine Ehe ja deshalb gescheitert«, warf Fabian ein.

»Ihre Naivität können Sie sich abschminken.« Stankovic beugte sich vor, so dass Fabian seinen sauren Atem riechen konnte. »Ehefrauen sind abgebrühter, als Sie denken. Besonders, wenn sie sich dafür nicht an den Bettpfosten fesseln lassen müssen.«

Unwillkürlich musste Fabian grinsen. »Schon damals stand Ölnhausen also auf Fesselspiele.«

»Jawohl«, sagte Stankovic. »Schon damals war er ein perverses Arschloch. Hin und wieder hat er meine Nutten grün und blau geprügelt. Aber in den letzten Jahren hat er sich sein Vergnügen nach Hause geholt. Schlauer Hund. Da hatte er freie Hand.«

»Wie bei Milena«, sagte Keller. »Weißt du, wo er sie aufgegabelt hat?«

Stankovic zuckte die Schultern. »Hat die Kleine es nicht rausgelassen? Sie ist gar nicht so dumm. Ich an deiner Stelle würde mich mal im ›Fallen Angel‹ in Cannstatt umhören. Die arbeiten vorwiegend mit Nutten aus Osteuropa.«

Jasmina brachte die Getränke und streifte Fabian mit ihren vollen Brüsten. Er warf einen vorsichtigen Blick auf die Vorderseite ihres T-Shirts, das sich vielversprechend wölbte.

»Und wer liefert ihnen die Mädchen?«

»Wenn ich das wüsste …« Stankovic legte seine Hände auf den Tisch und schüttelte den Kopf.

»Wenn du das wüsstest, würdest du es mir auch nicht sagen«, vermutete Keller. »Und das kann ich sogar verstehen. Aber ein paar allgemeine Informationen wirst du mir doch wohl geben können.«

»Nun gut.« Der Wirt räusperte sich. »Der Mädchenhandel ist in den Händen von organisierten Banden. Sie werben die Mädels in ihren Heimatländern mit seriösen Angeboten an. Pflegerin, Model, Bedienung. Wenn sie dann mal hier sind, müssen sie ihren Pass abgeben und ihre Transportkosten in Bordellen abarbeiten. Oft sind sie noch minderjährig. Und sie werden immer wieder ausgetauscht, weil die Freier neue Ware wollen.«

»Aber wissen die Frauen denn nicht, auf was sie sich da einlassen?«, fragte Fabian geschockt.

»Doch, doch. Die meisten ahnen es zumindest. Manche denken sogar, dass man dabei gar nicht so schlecht verdient. Und da gehen sie das Risiko ein.«

41. Am frühen Abend standen sie vor der Tür des »Fallen Angel« in Bad Cannstatt. Das weitläufige Industriegebiet, in dem sich der Club befand, lag nicht weit vom Neckarpark entfernt. Am Rande seines Gesichtsfelds erahnte Fabian die futuristische Architektur des Mercedes-Benz-Museums. Wie oft war er mit oder ohne seinen Bruder die breite Straße vor dem Prunkbau bis zum Stadion weitergefahren, wo an den Wochenenden der VfB Stuttgart spielte. Rund um das Bordell war das Industriegebiet von weitläufigen Straßen durchzogen, an deren Rändern LKWs parkten. Im Vorderhaus befand sich eine Autovermietung, dahinter lag ein Kundenparkplatz. Er wurde durch ein zweistöckiges Haus begrenzt, vor dem ein kurzgeschorener blonder Riese stand. Sein American Staffordshire Terrier knurrte und zog an seiner Leine. »Kriminalpolizei«, sagte Keller ruhig und zeigte seinen Ausweis. Der Hund bellte entrüstet und stellte sich auf die Hinterpfoten.

»Ruhig, Gipsy!« Der Türsteher zerrte so stark an der Leine, dass dem Tier einen Moment lang die Luft wegblieb. »Was wollen Sie?«

»Wir sind bei Heiner Blankert angemeldet«, sagte Fabian.

Den Nachmittag hatte er damit verbracht, so viel wie möglich über das Bordell herauszufinden. Es war kein großes Problem gewesen, denn die Betreiber pflegten einen ausführlichen Internetauftritt. Das »Fallen Angel« präsentierte sich als Wellnesscenter mit Massagesalon, Bar und einem »Rückzugsbereich« für gehobene Ansprüche. Ein Foto zeigte den Geschäftsführer Heiner Blankert als biederen Mittvierziger im Anzug. Nur über die Prostituierten erfuhr man so gut wie nichts.

»Dann kommen Sie!«, sagte der Türsteher missmutig und zog Gipsy hinter sich her ins Haus. Die Polizisten folgten ihm durch die fast leere Bar, in der eine Discokugel einen Reigen glitzernder Effekte an Wand und Decke warf. In einer Ecke saßen zwei Männer und prosteten sich zu.

»Was ist, Mischa?«, fragte die Rothaarige hinter der Theke heiser.

»Cops. Sie wollen zu Heiner.«

Sie nickte vielsagend und zapfte ein weiteres Bier.

Eine Tänzerin, die außer einer Federboa und einem BH nur einen winzigen Stringtanga trug, stand an der Bar und griff nach einem Cocktail. Als sie den Raum durchquerten, brannte ihr Blick in Fabians Rücken.

Das Büro lag im Erdgeschoss in einem dunklen Flur, von dem drei Türen abzweigten. Hinter der ersten wartete der Geschäftsführer auf sie. Blankert rauchte durch ein offenes Fenster in einen Hinterhof voller Mülleimer, Gestrüpp und Gerümpel. Zumindest der stand im krassen Gegensatz zur glatten Internetseite.

»Mein Name ist Keller. Wir haben telefoniert. Und das

ist mein Kollege Grundmann.« Schweigend schloss der Geschäftsführer das Fenster und forderte sie auf, am großen Schreibtisch Platz zu nehmen. Sie setzten sich vor das wuchtige Möbel und Blankert dahinter, wie auf dem Foto in grauem Anzug mit blaugestreifter Krawatte. Penibel und überkorrekt, vom exakt gezogenen Scheitel bis zum polierten Lederschuh, als sei er einem Benimmbuch für Bankkaufleute entsprungen. In seiner Brusttasche steckte ein passendes Einstecktuch.

»Darf ich Ihnen etwas zu trinken anbieten?«

Sie lehnten dankend ab. »Wir ermitteln im Mordfall Peter Ölnhausen«, fiel Keller mit der Tür ins Haus.

»Ich habe davon gehört«, sagte Blankert vorsichtig. »Er war hin und wieder unser Gast. Ein Mann mit besonderen Vorlieben.«

Keller nickte. »Das überrascht uns nicht. Und dann dürfte Ihnen auch der Name seiner Lebensgefährtin Milena Donakova nicht unbekannt sein.«

Blankert lehnte sich zurück. »Milena hat eine Weile hier gearbeitet. Völlig legal. Mit gültiger Aufenthaltserlaubnis. Aber das wissen sie sicher schon.« Im Gegenteil, diese Information war ihnen neu. Wenigstens dafür hatte sich die Fahrt nach Cannstatt gelohnt. »Wer hat sie an Ihr … Etablissement … vermittelt?«, fragte Keller weiter. Blankerts Gesicht war so glatt und ausdruckslos wie eine verschlossene Tür. »Das weiß ich nicht.«

»Aber Sie wollen uns doch wohl nicht weismachen, dass Sie die Hintermänner nicht kennen, die die Mädchen nach Deutschland schaffen?«, mischte sich Fabian wütend ein. Blankert wurde blass vor Zorn. »Sie unterstellen mir, dass wir unsere Mädchen durch kriminelle Machenschaften gewinnen? Durch Menschenhandel? Dem ist aber nicht so. Ich habe Arbeitsverträge für jede Einzelne von ihnen. Pässe, Aufenthaltsgenehmigungen und Gesundheitszeugnisse liegen auch vor. Fragen Sie doch Milena!«

Ein lückenlos legal arbeitender Laden also. Fabian spürte Unruhe in sich aufkommen. Am liebsten hätte er den aalglatten Geschäftsführer an seiner Krawatte gepackt und über den Tisch gezogen. Er stand auf, ging zum Fenster und starrte in den trostlosen Hof hinaus. Neben einer blauen Papiermülltonne stand die Tänzerin aus der Bar und schaute hoch. Über ihrem BH trug sie jetzt ein graues Kapuzenshirt. Als sie ihn sah, legte sie den Finger auf die Lippen und winkte ihn vorsichtig heran. Fabian drehte sich um.

»Könnte ich wohl Ihr Bad benutzen?«, fragte er.

»Selbstverständlich.« Blankert nickte. »Den Gang vor. Dann die erste Tür rechts.«

Fabian verließ den Raum und fand die Treppe in den Hinterhof am anderen Ende des Flurs. Vor der Tür stand die Schöne und drückte mit der Spitze ihres High Heels eine Zigarette aus. »Du kommst von Milena?«, flüsterte sie in akzentfreiem Deutsch. »Ich bin Irina. Wenn du sie siehst, kannst du sie von mir grüßen. Sie war meine Freundin.«

Er nickte. »Wir haben sie freigelassen.«

»Ich weiß es aus der Zeitung. Sie hat das Schwein nicht ermordet. Eigentlich schade.«

»Ölnhausen ist ja ein schöner Ruf vorangegangen.«

»Er hatte Spaß daran, uns zu misshandeln. Ich habe die ganze Zeit gedacht, dass er sie irgendwann noch umbringt, rein aus Versehen. Keine von uns wollte mit ihm aufs Zimmer, weil er uns nicht nur festgebunden, sondern auch geschlagen und gewürgt hat. Nur dann konnte er.«

Fabian schluckte. »Und Milena? Warum ist sie zu ihm gezogen?«

Die Tänzerin stieß mit der Spitze ihres High Heels gegen die

Tür. Es knackte leise und metallisch. »Milena hält keinen Sex im Akkord aus. Sie hat wohl gedacht, dass sie es bei Ölnhausen besser hat.« Sie spuckte in den Staub. »Das war ein Irrtum.«

»Wer bringt Mädchen wie sie nach Deutschland?«, fragte Fabian leise und schaute verstohlen zum Bürofenster. Wie lange konnte man auf der Toilette bleiben, ohne Verdacht zu erregen? »Sag, was du mir zu sagen hast! Ich muss gleich zurück, sonst fällt es auf.«

»Ich kenne die Männer nicht näher«, flüsterte sie. »Ich selbst bin Deutschrussin. Hier geboren. Aber die Mädchen munkeln von einer Gruppe, in der Russen mit Italienern zusammenarbeiten. Hin und wieder bedienen sie sich bei uns. Mischa ist auch Russe. Der kennt sie sicher besser.«

»Und Blankert?«

Sie lachte und schüttelte den Kopf. »Das Pokerface vertritt den Laden nach außen und sonst nichts.«

»Musst du nicht zurück in die Bar?«

Sie winkte ab. »Ich hab es nicht eilig. Bei den zwei Hanseln kann ich mir Zeit lassen.«

In diesem Moment bewegte sich hinter dem Bürofenster ein Schatten. »Komm!«

Sie dirigierte ihn lautlos zur Treppe und in den zweiten Stock. Nur die Spitzen ihrer strassbesetzten Schuhe berührten die Stufen. Der Tanga saß unglaublich tief in ihrer Poritze.

»Wohin willst du?«, fragte er und hatte die absurde Vorstellung, sie würde ihn für einen Quickie in eines der Zimmer führen. Der Gang war mit rotem Teppichboden ausgelegt. An der Wand hingen Leuchter in Form von weißen Glaslilien.

»Schnell!« Sie rannte die letzten Meter, riss eine Tür auf und blieb so abrupt im Rahmen stehen, dass er sie fast umgerannt hätte. Im Zimmer stand ein großes Doppelbett, auf dem ein Mädchen saß. Das Kind hatte die Decke bis an seine mageren

Schultern gezogen und starrte sie aus angsterfüllten Augen an. Seine dunklen Haare ergossen sich über die Bettdecke. Fabian kannte sich mit Teenagern nicht aus, aber die Kleine konnte nicht älter als elf oder zwölf sein.

»Frischfleisch«, flüsterte Irina. »Sie werden immer jünger. Das wollte ich dir zeigen. Sie verkaufen sie als Neuware. Ungebraucht.«

Fabian schluckte trocken und ging auf das Mädchen zu. »Hab keine Angst! Wir werden dir helfen.«

Die Kleine rutschte wie ein Krebs auf dem Po bis an den hinteren Rand des Doppelbetts. Ihre Augen standen voll blankem Entsetzen.

Irinas Hand legte sich auf seinen Arm. »Du kannst im Moment nichts für sie tun. Und sie versteht dich sowieso nicht.« Entschlossen zog sie Fabian aus dem Zimmer.

»Aber ...« Er schaute sich um. Die Tür fiel hinter Irina ins Schloss. Der Gang war leer und still.

»Du hast noch nicht viel gesehen in deinem Polizistendasein«, stellte sie fest. »Wenn ihr den Laden hochgehen lasst, muss das gut geplant sein. Und ich will dann nicht hier sein. Hörst du?«

Als Fabian das Büro betrat, verabschiedete sich Keller gerade mit Handschlag.

»Sie haben aber lange gebraucht.« Blankert musterte ihn misstrauisch.

»Ein Virus«, log er ungeniert. »Seit letztem Wochenende. Ich werde es einfach nicht los.«

»Dann drücke ich Ihnen besser nicht die Hand«, sagte der Geschäftsführer angewidert und brachte sie in die Bar, in der sich Irina inzwischen wieder an der Stange räkelte. »Lassen Sie von sich hören, wenn Sie etwas Neues erfahren! Schließlich war Ölnhausen mal so etwas wie ein Stammkunde von uns.«

Sie verließen das Haus durch den vorderen Ausgang und beachteten Mischa nicht weiter. Auf dem Parkplatz blieb Keller stehen und blickte seinen Kollegen fragend an. »Ein Virus? Was war das denn eben?« Fabian zog ihn zur Seite, bis sie aus dem Blickfeld des Türstehers waren. »Komm!«, sagte er. »Aber schnell.« Nach einem Umweg erreichten sie den Hinterhof von der Rückseite aus. Eine Ratte raste quietschend unter die Papiermülltonne. Fabian drückte auf die Türklinke und fand sie unverschlossen.

»Was soll das?«

»Stell keine Fragen! Wir müssen uns beeilen.«

Lautlos schoben sie sich die Treppe hinauf in den zweiten Stock. Fabian riss die Tür auf, hinter der das Kind auf seine Freier gewartet hatte. Das Zimmer war leer. Der Überwurf lag auf dem Bett wie neu, auf allen vier Seiten eingesteckt. Er trug ein Muster aus weißen Lilienblüten.

42.

Die Autobahnraststätte Sindelfinger Wald lag unter einem kristallklaren Abendhimmel. Jegor Smirnov saß in seinem Kleinbus, rauchte und aß gleichzeitig eine Bratwurst, wobei er reichlich Ketchup auf seiner Lederjacke verteilte. Fluchend griff er nach der Serviette, die nicht dicker als ein Stück Toilettenpapier war und durchweichte, als er den roten Fleck damit abzureiben begann. Jegor fluchte und putzte die Hände an seiner Jeans ab.

Die Raststätte machte ihrem Namen alle Ehre. Hinter den Parkplätzen lag ein schwarzer Waldrand, der das Geräusch der Autobahn in sich aufsaugte wie ein Schwamm. Trotz der einsetzenden Dämmerung herrschte Hochbetrieb. Er behielt die Eingangstür im Auge, hinter der Kostja verschwunden war. Wie konnte jemand nur so lange brauchen, um einen Kaffee zu trinken? Oder hatte er sich für eine lange Sitzung verabschiedet und fand jetzt den Weg nicht zurück? Vielleicht war er ja ins Klo gefallen. Jegor zog noch einmal an der Zigarette, dann drückte er sie in dem überquellenden Aschenbecher aus.

Leute gingen rein, Leute kamen raus. Ein Reisebus parkte vor der Tür und spuckte eine Gruppe Rentner in beigen Nylonjacken aus, die eilig in Richtung Eingang strebten. Nervös trommelte er mit seinen breiten Fingern auf dem Lenkrad herum, schaltete das Radio ein und suchte SWR 4. Die Schlagermusik säuselte sachte und beruhigend auf ihn ein. Etwas fürs Herz, so wie er es liebte. Er biss ein großes Stück Wurst ab, dazu einen Bissen von dem trockenen Brötchen und kaute mit vollen Backen. Die Wurst war stark geröstet, das Brötchen knusprig, genau wie er es mochte. Eigentlich fehlte ihm dazu nur ein kühles, deutsches Bier.

Das hier war ihre letzte Tour in Richtung Russland. Wo blieb Kostja nur? Wenn sie sich heute Nacht abwechselten, konnten sie noch ein ganzes Stück schaffen. Er seufzte und dachte an seine Bandscheiben, die ihm das lange Sitzen am Steuer mehr und mehr übelnahmen. Zum Glück würde er diesen Scheißjob nicht mehr lange machen müssen. Bald hatte er genug Kohle zusammen, um sich am Schwarzen Meer zur Ruhe zu setzen, wo die Luft mild war und die Sonne immer schien. Endlich hatte er begriffen, wie man den richtig großen Reibach machte. Es hatte mit den Vorlieben der Freier zu tun, die sich ihr Vergnügen etwas kosten ließen.

Kostja kam noch immer nicht.

Flüchtig dachte er an die Mädchen, die sie besorgen würden. Sie hatten vier Sixpacks Cola für sie eingekauft, Sandwiches, Kekse, Äpfel, Decken, Gameboys. In einem Extrafach unter dem Ersatzreifen lagen die Passvordrucke. Beim letzten

Mal war eine so jung gewesen, dass sie noch mit Barbiepuppen gespielt hatte. Als sie angekommen waren, hatte er eine der Puppen gefunden, die Beine nach hinten verdreht, nackt, weggeworfen. Ein Anflug von Angst streifte Jegor, denn das mit den Kindern war so nicht abgemacht gewesen.

Neben ihm hielt eine blaue A-Klasse. Zwei Männer stiegen aus, ein junger und – Scheiße, den Älteren kannte er. Er war einer der Chefs. Beiläufig zog er eine Waffe aus der Innentasche seiner Jacke. Blitzschnell öffnete Smirnov die Tür auf der Beifahrerseite, sprang auf die Stufen hinaus und dem jungen Mann geradewegs in die Arme, der schnell wie ein Wiesel den Kleinbus umrundet hatte. Wenn er allein gewesen wäre, hätte er sich befreien können, doch in diesem Moment kam der Ältere dem Jungen zur Hilfe. Er hatte eisenharte Muskeln und setzte ihn mit einem geschickt platzierten Faustschlag außer Gefecht. Smirnov taumelte und sah einen Moment lang nur Sterne.

Neben ihnen fuhr ein Passat in die Parklücke. Der Ältere zerrte Smirnov auf die Füße und drückte ihn gegen die Autotür. Zwei kleine Jungen und eine Frau stiegen aus und liefen in Richtung Raststätte. Die Kinder zerrten an der Hand ihrer Mutter und verlangten ein Eis. Dann wurde es still.

»Aber warum?«, fragte Jegor und spuckte Blut.

»Das fragst du mich?« Das Deutsch hatte einen starken italienischen Akzent. Er hatte den Mann vorher noch nie reden hören.

»Du hast dich nicht an Regeln gehalten.« Die Stimme war leise und sanft. »Steig ein!«

Als er sich hinters Steuer des Kleinbusses setzte, war ihm kalt vor Angst. Natürlich, er hatte abgesahnt, hatte sich von den Auftraggebern für die Extramädchen bezahlen lassen, die ganz jungen, die für die besonderen Kunden. Die beiden Männer schoben sich neben ihn auf die Vorderbank.

»Welche Regeln?«, stellte er sich dumm.

»Unsere Regeln«, sagte der Ältere würdevoll. *»Andiamo!«* Er fuhr vom Parkplatz, reihte sich in den Verkehr ein und lenkte den Kleinbus auf die mittlere Spur. Seine Hände zitterten.

»Wo ist Kostja?«, fragte er.

Der Mann schüttelte langsam den Kopf und wog die Waffe in der Hand. Jegors Kopf war noch nie so leer gewesen. Er konnte sich nicht mal mehr an die Gebete erinnern. Er fuhr etwa eine Viertelstunde, dann befahl ihm der Ältere, auf einen Parkplatz abzubiegen. Außer dem weißen Kleinbus stand hier nur ein LKW, dessen Fahrerkabine leer war.

Der Alte richtete die Waffe auf ihn. »Steig aus!«, befahl er dem Jungen, der sofort gehorchte. Smirnov sah, wie er den Parkplatz abging, sicherte und nickte. Sie waren allein.

»Aber warum?«, fragte er. »Das sind doch nur Huren.«

»Genau«, sagte der Mann. »Kinderhuren.«

»Aber«, versuchte er es erneut. »Sie zählen nicht.« Niemand interessierte sich für die verlorenen Kinder.

Früher hatten die Werber die jungen Frauen in Cafés und auf Bahnhöfen angesprochen. Viele von ihnen wussten, auf was sie sich einließen. Das goldene Europa lockte, auch wenn sie für alte, reiche Säcke die Beine breit machen mussten. Doch seit die ganz Jungen gefragt waren, mussten sie anders vorgehen. Er hatte gesehen, wie sie lebten. Manche von ihnen waren Straßenkinder, die es in den Bordellen in Westeuropa sicher besser hatten als in den U-Bahnschächten seiner Heimat. Niemand vermisste sie.

»Aber warum?«, fragte er noch einmal.

»Es ist eine Frage der Ehre«, sagte der Alte. Er hob die Waffe, zielte und schoss ihm genau zwischen die Augen.

»Sie ist da gewesen«, sagte Fabian zu Fritz Keller.

»Natürlich.« Keller schaute von seiner Tastatur auf. »Aber

du kannst es nicht beweisen.« Unter seinen Augen lagen tiefe Schatten.

Sie hatten sich am Samstagmorgen in der Polizeidirektion getroffen, um die Ergebnisse ihrer Untersuchungen auszuwerten. Wenn ein Fall so drängte wie der Mord an Peter Ölnhausen, musste auch mal das Wochenende dran glauben. Fabian war es recht so. Er hatte sowieso fast die ganze Nacht hindurch am Schreibtisch gesessen und sich im Netz durch die Einträge rund um den internationalen Menschenhandel gearbeitet. Wenn er die Augen schloss, brannte das Bild des Mädchens auf der Innenseite seiner Lider. Irgendwo saßen die Drahtzieher des Ganzen, die Kinder wie Vieh an deutsche Kunden verkauften, und machten sich einen lauen Lenz. Ihre Handlanger hatten das Bordell in Cannstatt mit Nachschub beliefert. Blankert war nur der Saubermann, der es nach außen hin vertrat. Irgendwo musste sich doch eine Lücke auftun, die ihnen Gelegenheit gab, den Laden auffliegen zu lassen.

»Wir könnten Blankert in Beugehaft nehmen«, schlug er vor.

Keller schüttelte den Kopf. »Dazu haben wir keine Handhabe. Deine Irina wird wohl kaum aussagen.« Nein, das würde sie sicher nicht.

Fabians Schreibtisch ähnelte wie immer einem Schlachtfeld. Ungeordnet lagen die Recherchen und Protokolle zu seinen Fällen übereinander. Da war der verschwundene Alessio mit seinem üblen Sündenregister, der Mord an Ölnhausen und der Fall von Kinderhandel, den ihm niemand glauben würde. Langsam verlor er den Überblick, verhedderte sich im Dickicht der verschiedenen Spuren. Sackgassen überall. Am liebsten hätte er das ganze Chaos mit dem Arm auf den Boden gefegt. Aber dann begann er doch, die Stapel zu sortieren und übereinanderzuschichten. Nicolai hatte noch nicht ausgesagt. Und was war eigentlich mit Alessios Mutter? Wie lange musste sie noch in der Psychiatrie im Plochinger Kreiskrankenhaus bleiben? Irgendwo hatte er doch ein Foto von ihr. Er zog die Akte Cortese hervor und schlug sie auf. Alessios Foto klebte auf Seite eins. *Mistkerl*, dachte er und drehte ein weiteres Bild um, das mit der Rückseite nach oben lose daneben lag. Laura Cortese war sehr hübsch und überraschend jung. Sie hatte ihrem Sohn ihre wilden Locken vererbt.

»Geh nach Hause!«, sagte Keller plötzlich. »Oder kauf in der Stadt was ein. Turnschuhe oder so. Und dann zieh sie dir an und lauf zwanzig Kilometer, oder fünfzig, damit du den Kopf freikriegst. Ich mach das hier alleine.«

»Was?« Fabian schaute Keller an, als sei er komplett verrückt geworden.

»Manchmal muss man auf andere Gedanken kommen. Abstand kriegen.« Verbissen wandte sich der Alte wieder seinen Unterlagen zu.

Fabian stand auf und ging zum Fenster. Es war ein schöner, windiger Tag. Draußen drängten sich die Flaneure auf der Brücke. Wenn er an diesem Wochenende etwas auf dem Tisch haben wollte, sollte er kurz über den Markt gehen. »Bis später«, sagte er, schnappte sich seine Jacke und ging.

43. Todesmutig trabte der Mops neben Leonies Fahrrad über die Urbanstraße. Er brauchte Bewegung, hatte der Tierarzt Paps geraten. Bis auf eine leichte Herzschwäche sei er nämlich kerngesund, und die würde sich auch geben, wenn sie es schafften, ihn abspecken zu lassen.

Zuerst hatte der Mops es locker mit Leonies moderater Fahrweise aufgenommen, doch in der Altstadt hechelte er bedenklich. Er würde ihnen wohl doch nicht an einem Herzinfarkt verscheiden, ehe sie ihn zurückgeben konnten? Leonie stieg ab, schob ihr Rad übers Kopfsteinpflaster und führte ihn langsam an der Leine. Am Brunnen machte sie eine Pause und ließ ihn trinken.

Frau Deringer plante, am Montag für vier Wochen in Kur zu gehen und hatte freundlich nachgefragt, ob sie Max so lange bei Familie Hausmann parken konnte. Leonie gefiel die Idee, denn er hatte sich nachts als große Stütze erwiesen. Immer, wenn Leander nach Mitternacht aufgewacht war und putzmunter mit ihr eine Runde spielen wollte, hatte der Mops ihn so lange bewacht und beschäftigt, bis er mit der Hand in einer speckigen Nackenfalte wieder eingeschlafen war. Sie selbst hatte seelenruhig weitergeschlafen und fühlte sich schon viel erholter.

Langsam schob sie das Fahrrad übers Kopfsteinpflaster. Es dauerte eine Weile, bis sie den Wochenmarkt erreichte, über dem die Türme von St. Dionys wie mittelalterliche Wolkenkratzer aufragten. Leonie schloss das Rad an eine der Bänke an und stürzte sich ins samstägliche Getümmel. Es war nach elf. Auf dem Markt herrschte Hochbetrieb, und die Esslinger widmeten sich nicht nur ihren Einkäufen, sondern auch ihren gesellschaftlichen Verpflichtungen. Zuerst besorgte man Kartoffeln und Salat, dann bewunderte man gebührend das neue Kleid der Nachbarin, und schließlich folgte das Gläschen Rosé im Innenhof der Sektkellerei Kessler. Sie kaufte bei einem Mettinger Gemüsebauern Zwiebeln, Kartoffeln, Erdbeeren und Salat ein und stellte sich dann vor den Stand des Ziegenhofs Domäne Weil.

»Hallo«, sagte jemand hinter ihr. Die Stimme war tief und samtig. Sie drehte sich um, und eine Gänsehaut lief ihr über den Rücken. Fabian. Er schaute sie lächelnd an, bückte sich und kraulte dem Mops die Ohren. Max versuchte entzückt, seine dünnen Vorderbeine auf Fabians Oberschenkeln abzustellen, die sich für dieses Vorhaben als zu hoch erwiesen.

»Hallo«, sagte sie befangen. Sie hatte ihn nicht betrogen, da sie überhaupt kein Paar waren. Und trotzdem fühlte sie sich plötzlich schlecht. Er richtete sich auf und schaute ihr in die Augen. Es war erst eine Woche her, dass er für den fremden Jungen sein Leben riskiert hatte. »Und – gibt es eine Spur von Alessio?«

Er schüttelte den Kopf. »Der ist uns letzte Woche wieder entwischt. Aber der andere, Nicolai, ist wieder aus dem Koma erwacht.«

»Oh, gut!« Sie freute sich für den fremden Jungen und komischerweise auch für Alessio.

»Ich habe im Moment auch noch mit dem Mordfall am Hölderlinweg zu tun.«

»Ja klar. Ihr musstet die Geliebte wieder freilassen.« Er lachte leise. »Das stand heute Morgen in der Eßlinger Zeitung. Die Bildzeitung war ein bisschen schneller.«

»Und ihr müsst wieder ganz von vorne anfangen?«

»Kann man so sagen.«

»Was wünschen Sie?« Der junge Verkäufer richtete die Frage an Leonie.

»Ziegenfrischkäse, bitte«, gab sie zurück und schaute zu, wie er den Käse in einen großen Becher füllte. Erwartungsvoll legte der Mops den Kopf schief und bellte.

Auch Fabian kaufte einen Becher Käse. Nachdem sie bezahlt hatten, standen sie in der Marktgasse und suchten befangen nach einem Gesprächsthema.

»Hast du Lust auf einen Kaffee?«, fragte er schließlich.

Diese Begegnung, das spürte sie plötzlich instinktiv, war ein Scheideweg. Wenn sie sich entschied, Zeit mit Fabian zu verbringen, würde nichts mehr so sein, wie es gewesen war.

»Na klar«, sagte sie und sprang kopfüber ins Unbekannte, das vielleicht den Namen »komplizierte Dreiecksbeziehung« trug. Sie setzten sich vor das Café am Rathaus. Fabian bestellte ein Frühstück und Leonie einen Cappuccino.

»Ich hab seit vier Tagen einen Job.« Vorsichtig nippte sie an ihrer Tasse.

»Den an der Uni Stuttgart, von dem du erzählt hast?«

»Einen anderen.«

Fabian fütterte den Mops mit einer Scheibe Wurst. »Tatsächlich? Wo denn?«

»Beim Schwabenspiegel, als Redakteurin.« Gestern hatte Sabine Marian ihr den Kulturkalender für Stuttgart gemailt, und heute Abend würde sie ihr erstes Theaterstück sehen und besprechen.

»Aber bist du nicht Kunsthistorikerin?«, fragte er verwundert. Der Mops legte ihm in Erwartung weiterer Leckereien die Vorderbeine auf den Schoß.

»Jetzt ist Schluss, Max!«, ermahnte sie ihn und zog sanft an der Leine. »Sonst kriegen wir dich nie dünn. Klar bin ich das, aber etwas Neues schadet nie, finde ich.« Sie versuchte ihre Stimme überzeugt klingen zu lassen. »Weißt du eigentlich irgendetwas über die Mafia in Baden-Württemberg?«, fragte sie unvermittelt.

Fabian zog die Augenbrauen hoch.

»Ich soll über das Thema recherchieren«, erläuterte sie.

»Ganz schön heikel für deinen ersten Job.«

Leonie grinste ihn unbekümmert an. »Aber auch ganz schön spannend.«

Eine Frau in weißem T-Shirt, Cordrock und Plateausandalen setzte sich an den Nebentisch. Ihre schwarzen Locken hatte sie locker aufgesteckt. Der schwache Hauch eines teuren Parfüms stieg Leonie in die Nase. Fabian konnte seine Augen nicht von ihr wenden.

»Starr doch die Frau nicht so an!«

»Bist du eifersüchtig?« Er grinste unverschämt, und sie verschluckte sich fast an ihrem Cappuccino. »Keine Sorge. Mein Interesse ist rein beruflich. Ich glaube, das ist Alessios Mutter. Welch ein Zufall.«

Er stand auf, verbeugte sich mit ausgesuchter Höflichkeit und bat die Frau, zu ihnen an den Tisch zu kommen. Leonie biss sich auf die Lippen. Konnte er wirklich niemals aufhören zu arbeiten? Das Café am Rathaus war doch kein Verhörzimmer.

»Meine Bekannte Leonie Hausmann. Leonie, das ist Laura Cortese.«

»Ich weiß, wer Sie sind«, sagte Laura und wandte sich an Fabian. »Sie haben vor einer Woche Nick gerettet. Danke.«

Nervös zog sie eine Zigarette aus ihrem Etui. Das Ende glomm auf, als sie ihren ersten Zug nahm. Sie war nicht so jung, wie Leonie zunächst gedacht hatte. Wenn man genauer hinsah, bemerkte man die Spuren, die das Leben in ihr schönes Gesicht gezeichnet hatte. Feine Falten lagen wie Schriftzeichen um ihre Augen. Ihr italienischer Akzent war kaum zu hören. »Ich bin erst gestern nach Hause gekommen. Und nächste Woche werde ich in eine Klinik am Bodensee gehen.«

»Sie hätten sich von selbst nicht bei uns gemeldet?«, vermutete Fabian. Die Bedienung brachte den Kaffee, den Laura Cortese bestellt hatte, an ihren Tisch.

»Doch, doch. Natürlich.« Sie trank. Ein weißer Schaumrand legte sich über ihre schön geschwungene Oberlippe.

Warum war sich Leonie so sicher, dass die Frau log?

»Ihr Sohn ist verschwunden, und es scheint sie gar nicht zu interessieren«, sagte sie unwillkürlich. Die glatte Maske fiel in sich zusammen und offenbarte unendliche Traurigkeit. »Was müssen Sie nur von mir denken? Ich weiß, dass Alessio nicht auffindbar ist, aber ich kann Ihnen auch nicht helfen.«

Fabian sah sie direkt an. »Aber Sie kennen Nick.«

»Natürlich, der war mal unser Nachbar. Und so etwas wie Alessios Freund.«

Fabian lehnte sich zurück. »Ich glaube nicht mehr, dass Alessio ihn mit Absicht so schwer verprügelt hat. Er ist nur ausgerastet.«

Laura lachte traurig. »Das hat er von meinem Mann. Wie nennt man das auf Deutsch. *Iracondia?*«

»Jähzorn«, sagte Leonie leise.

»Sie können ja Italienisch«, stellte die Frau verwundert fest.

Fabian ließ nicht locker. »Aber vielleicht wissen Sie ja, warum sich Alessio mit ihm getroffen hat. Wollte er Nick das Geld geben, das er geraubt hatte?«

Laura zog nervös an ihrer Zigarette. Als sie die Asche abklopfte, zitterten ihre Finger. »Von dem Handtaschenraub habe ich erst kurz vor meiner Entlassung erfahren. Alessio ist ein guter Junge, außer man reizt ihn. Und warum sollte er Nicolai Geld geben?«

Der Mops legte sich neben den Tisch, streckte alle viere von sich und schnaufte wie eine Dampflok. Manchmal konnte sich Leonie des Eindrucks nicht erwehren, dass er simulierte, um sich die nötige Aufmerksamkeit zu verschaffen. Trotzdem bückte sie sich und klopfte ihm den speckigen Nacken.

»Ich glaube, Sie kennen den Grund, warum Alessio manchmal die Kontrolle verliert«, bohrte Fabian weiter. »Und der hat mehr mit Erfahrung als mit Vererbung zu tun. Oder was meinen Sie?«

Leonie sah, wie Laura Cortese sich zusammenriss und der Frage auswich, die auf das gewalttätige Verhalten ihres Mannes hinzielte.

»Ich … hatte nach dem Tod meines Mannes schwere Depressionen«, sagte sie. »Sie kennen das nicht, oder?«

Beide schüttelten den Kopf.

»Es ist, als würde man in seinem eigenen Sumpf versinken. Immer tiefer, und man kann sich nicht allein befreien. Und niemand kann einem an diesen Ort folgen.«

»Man vergisst sogar sein Kind«, sagte Leonie und war plötzlich von tiefem Mitleid erfüllt. Laura nickte. »Es tut mir so unendlich leid, aber so war es. Und in der Klinik haben sie alles von mir ferngehalten, was mich zurückwerfen konnte, vor allem meine Vergangenheit.« Fabian nickte.

»Bitte versuchen Sie, mich zu verstehen!« Laura drückte die Zigarette aus. »Ich war sehr krank. Und auch sonst hätte ich Alessio nicht helfen können. Er muss alleine klarkommen.«

Fabian schwieg noch immer. Seine Augen waren undurchdringlich. »Er ist fünfzehn«, sagte er.

»Er ist erwachsen«, gab sie zurück und stand auf. »Entschuldigen Sie bitte, aber ich habe mich hier mit meiner Nachbarin verabredet, Frau Hegele. Da kommt sie schon.«

Die Bedienung kam an ihren Tisch, und sie zahlten.

Eine alte Dame mit Pudelfrisur und einer karierten Einkaufstasche näherte sich vom Markt her. »Hallo Laura«, rief sie und winkte. »I han die Poscht daboi. Zwoi Briefe. Und wen seh I denn do? Die Polizoi mit Ahang.« Sie musterte Leonie und den Mops mit Argusaugen und wandte sich dann Fabian zu. »Ond Sie, hent Sie net gnueg zum doe mit dem Mord am Hölderlinweg? Müsset Sie da noch im Café hocke?«

In diesem Moment spürte Leonie Lauras sanften Griff an ihrem Arm. Sie sprach leise, geradeaus, als seien ihre Worte nicht an sie gerichtet, sondern an den Wind. »Ich muss Alessio vergessen.«

Der Griff löste sich, und einen Moment lang schaute Alessios Mutter sie mit ihren traurigen Augen an. Maria Magdalena, dachte Leonie. Sie hakte sich bei Frau Hegele unter und winkte Leonie noch einmal zu.

Es war zwölf Uhr mittags. Die Figurenautomaten am Giebel des Alten Rathauses setzten sich klappernd in Bewegung. Temperantia und Justitia mit ihrer Waage drehten sich einwärts, und der Reichsadler schlug die Stunde mit seinen Flügeln.

Leonie schaute den beiden Frauen nach, die gemächlich in Richtung Innenstadt davonspazierten.

Sabine Marian starrte auf den leeren Bildschirm. Unruhig tasteten ihre Finger nach dem Päckchen Zigaretten, das sich irgendwo unter dem Zeitungsstapel auf ihrem Schreibtisch in nichts aufgelöst hatte. Der Kaffee in ihrem Becher war kalt und schmeckte schal. Sie kannte das. Besonders die Anfänge eines Artikels fielen ihr oft schwer. Doch wenn die ersten zwei, drei Sätze geschrieben waren, floss ihr der Rest meist wie von selbst aus den Fingern. »Mafia«, tippte sie probeweise in Großbuchstaben ein und stoppte dann. »In Stuttgart?«, setzte sie hinzu und löschte die Worte prompt wieder. Ihre roten Fingernägel sahen aus wie Blutstropfen. Flüchtig streifte sie der Gedanke an ihre Söhne, die bei ihrem Vater in Herrenberg waren und dort am Gartenhaus grillten. Weit weg. In Sicherheit.

Sie brauchte dringend eine Pause. Sie stand auf und ging in die Küche, um frischen Kaffee zu kochen. Der Geruch und das vertraute Geblubber der Kaffeemaschine beruhigten sie. Was tat sie eigentlich hier? Verschwendete den Samstag, um eine Ausgabe des Schwabenspiegels auf den Weg zu bringen, die sie alle gefährden konnte. Aber was, wenn ihre Feinde begriffen, wie leicht sie erpressbar war? Voller Selbstzweifel schaute sie aus dem Fenster, vor dem in kaum fünf Metern Entfernung die Ziegelwand des Vorderhauses aufragte. Überall Mauern, gegen die man rauschen konnte. Als der Kaffee durchgelaufen war, nahm sie sich eine Tasse, goss Milch dazu und betrat den Flur, in dem es schwach nach Druckerschwärze und Staub roch.

Der Mann stand in der halboffenen Eingangstür und hatte die Hände in die Taschen seines hellen Trenchcoats gesteckt. Niemand sonst war in der Redaktion. Ein großer Schluck Kaffee schwappte auf den Boden und auf ihre weißen Stoffturnschuhe.

»Wie sind Sie hier hereingekommen?«, fragte sie heiser und stellte den Becher auf dem Kopierer ab. Er sah nicht wie ein Mafioso aus, eher wie ein Bankmanager. Unter dem Mantel trug er einen hellgrauen Anzug mit blauer Krawatte. Seine schütteren Haare waren blond und akribisch gescheitelt. Aber wie stellte sie sich diese Mafiosi eigentlich vor? Mit schwarzen Anzügen und Geigenkästen unterm Arm?

»Unten war nicht abgeschlossen«, sagte er. »Und die Tür zu ihrer Redaktion ließ sich bemerkenswert leicht öffnen.«

Er trat einen Schritt näher und Sabine einen Schritt zurück. Das Blut rauschte in ihren Ohren. Der Mann hob beschwichtigend die Hände. »Keine Angst! Ich tue Ihnen nichts. Jedenfalls, solange sie die Regeln beachten. Regeln sind doch immer wichtig. Oder nicht?«

Sie blieb stehen und spürte, wie ihre Hände eiskalt wurden. Niemand außer ihr und dem Fremden war im Haus. Auch die Druckerei im Erdgeschoss war samstags geschlossen. »Wollen Sie mir nicht einen Kaffee anbieten?«, schlug der Mann vor.

Sie nickte und ging ihm voran in die Küche, wo sie eine Tasse füllte und vor ihm abstellte. »Milch und Zucker?«, fragte sie automatisch.

»Nein, danke.« Der Fremde trank einen Schluck und taxierte sie dann.

»Respekt!«, sagte er. »Sie haben Mut.«

»Was wollen Sie?«

»Sie beobachten, nichts sonst.«

Sie machte eine Geste, die alles einschloss, das Graffiti an der Treppenhauswand, den Beton, der die Tür verbogen hatte und ihre Angst. »Sie sind also für diese Schweinereien verantwortlich?«

Er zuckte die Schultern. »Einige von uns stehen auf große Gesten. Das ist was für die Youngsters und Romantiker. Aber ich gebe zu, der Beton war nicht sehr geschmackvoll.«

»Dann stimmt es also wirklich?«

»Was?«, fragte er verwundert.

»Dass Sie von der Mafia sind?«

»Mit dem Begriff würde ich vorsichtig sein«, sagte er und schüttelte vorwurfsvoll den Kopf. »Damit kann man in Teufels Küche kommen. Und er ist so wenig präzise.«

Sie lachte. »So verflochten, wie alles mittlerweile ist.«

Er sah sie an. »Viele unserer Aktivitäten sind völlig legal. Ich zum Beispiel bin Geschäftsführer in einem Massageclub.« Seine Augen waren rotgerändert, und auf seinem eingefallenen Gesicht lag ein Bartschatten. Er stand sichtlich unter Stress. »Was hat Massimo Ihnen gesagt?«, fragte er dann.

Sabines Gedanken begannen zu rasen, und plötzlich hatte sie die zentrale Tatsache begriffen. Massimo war zwar nicht mehr dazu gekommen, sie mit weiteren Informationen zu versorgen, aber ihr Besucher durchschaute das nicht. Er hielt sie für klüger als sie war, denn das Einzige, was sie sicher wusste, war der Name von Massimos Mörder. Wenn sie es richtig anstellte, hatte sie ihn genauso in der Hand wie er sie.

»Das werde ich Ihnen nicht verraten«, sagte sie leise.

Er ging so lautlos, wie er gekommen war. Sabine setzte sich in ihr Büro und legte die Finger auf die Tastatur. Sie zitterten so heftig, dass sie kaum ein Wort schreiben konnte. Trotzdem stand da plötzlich eine Überschrift. »Kainsmal.« Wenn das nicht den Nagel auf den Kopf traf! Darunter setzte sie trotzig eine Frage: »Was wusste Massimo Girolamo?« Sie würde sich nicht einschüchtern lassen.

44.

Als Laura Cortese die Tür zu ihrer Mettinger Wohnung aufschloss, hörte sie das Festnetztelefon klingeln. Sie zog den Stecker aus der Wand, stellte die Tasche mit den Einkäufen auf den Küchentisch und suchte die beiden Briefe heraus, die sie ungeöffnet in den Papierkorb warf. Wenn sie sich anstrengte, konnte sie vergessen, dass Giorgio sie mit dem Kopf an die Kante des Schranks geschleudert hatte.

Gestern war sie in ihre Wohnung zurückgekehrt, die unverändert war, ordentlich aufgeräumt bis auf die zwei Tassen, die auf dem Wohnzimmertisch standen mit ihrem dunklen, körnigen Kaffeesatz. Alessio war hier gewesen. Immer, wenn sie seinen Namen dachte, spürte sie, wie es ihr das Herz zerriss. Sie hatte sich mit dem Tod an einen Spieltisch gesetzt, mit höchstem Einsatz um ihn gewürfelt und verloren. Niemand konnte ihn retten. Mein kleiner Sohn ist ein Mafioso, dachte sie.

Sie hatte dem Arzt nicht die Wahrheit gesagt. Sonst hätte er sie nie nach Hause gelassen, nicht einmal für die knappe Woche zwischen den beiden Krankenhausaufenthalten. Auch für sie galt das Gesetz des Schweigens, die Omertà, und außerdem hätte die Wahrheit eine Lawine losgetreten, deren Folgen für sie alle unkontrollierbar gewesen wären. Wenn sie in den bitteren Jahren ihrer Ehe eines begriffen hatte, dann, dass man sich mit der Familie nicht anlegte.

Laura öffnete den Kühlschrank und holte eine Kugel Mozzarella heraus. Frau Hegele, die Gute, hatte ihre Lebensmittelvorräte aufgefüllt. Sie schnitt den weißen Käse auf, ordnete die Scheiben mit italienischen Tomaten zu einer Blüte an und zupfte Basilikumblättchen darüber. Den Teller, der wie ein kleines Kunstwerk aussah, nahm sie mit nach draußen. Über der Siedlung lag ein blauer Sommerhimmel. Die Balkone waren bunt wie Bauklötze. Weit vor ihnen ragte der bewaldete Hang auf, der einen glauben machte, dass man sich irgendwo im Schwarzwald befand. Nur der Verkehrslärm von der B 10 und der Bahnlinie drang zu ihr hinüber. Die Straße, die Gleise und der Fluss waren wie Schranken, die sie an diesem Ort gefangenhielten.

Ihr fiel auf, dass sie etwas vergessen hatte. In der Küche fand sie die bauchige grüne Flasche, die mit dem Öl aus dem Olivenhain der Gebrüder Cortese gefüllt war. Nachdenklich träufelte sie die goldene Flüssigkeit über ihren Salatteller und spürte dabei den Bildern nach, die wie Schatten in ihr auftauchten.

Sie war eine junge Studentin gewesen, die von Rom per Anhalter nach Neapel gefahren war. Er hatte sie an der Autobahnauffahrt aufgegabelt, im heißen August Süditaliens unter einem sengend blauen Himmel. Gleich darauf standen sie zwischen staubigen Oleanderbüschen und vermüllten Straßenrändern im Stau. Vor ihnen fuhr ein LKW mit überreifen Tomaten, die langsam von der Ladefläche rollten, um von den nachfolgenden Autos zu Brei zermalmt zu werden, und hinter ihnen eine keifende Großfamilie, die dabei war, den Geburtstag der Oma zu verpassen. Laura war es recht, dass sich ihre Fahrt verzögerte, denn der Mann mit den gebräunten Armen gefiel ihr. Es waren sehnige Arme, deren Muskeln sich durch sein weißes

Hemd abzeichneten. Seine Hände, die sich um das Steuerrad legten, sahen nach Olivenhain und Weinberg aus. Hände, die imstande waren, Sicherheit zu geben. Sie brachte den schweigsamen Kalabrier zum Lachen. Als sich der Stau gegen Abend löste, hielten sie an einer Raststätte, und sie schlief mit ihm auf dem Rücksitz seines Transporters. Erst später erfuhr sie, dass er über zwanzig Jahre älter war als sie und das Jahr über in Deutschland lebte, in der Nähe von Stuttgart, wo er viel Geld in der Autoindustrie verdiente. Laura ließ Neapel ausfallen und verbrachte eine Woche auf seinem Landgut in Kalabrien. Dort lernte sie auch seinen Bruder kennen, dessen Frau bei der Geburt ihrer Zwillingssöhne gestorben war. Als sie im Herbst merkte, dass sie schwanger war, zog sie nach Deutschland.

Lange hatte sie nicht begriffen, wie tief er in die Organisation verstrickt war. Und dann hatte sie gedacht, dass er sich ihr zuliebe aus den Armen des Kraken lösen würde. Eine Zeitlang hatte er es auch wirklich versucht. Doch sie ließen ihn nicht ziehen. Sie brauchten ihn. Er war der Killer, der bedenkenlos und kaltblütig tötete, wenn es die Notwendigkeit erforderte. Jähzornig wurde er nur, wenn Laura ihn provozierte. Wenn sie oder später Alessio sich nicht fügen wollten in sein System von Schwarz und Weiß, Autorität und Gehorsam. Dann schlug er gnadenlos zu.

Irgendwann begann er, sich dem Capo zu verweigern, und sie schöpfte neue Hoffnung auf ein Leben in Freiheit. Noch immer hatte sie nicht begriffen, dass sie Giorgio nicht retten konnte, und dass auch ihr kleiner Sohn verloren war, einfach durch die Tatsache seiner Geburt. Dann waren Giorgios Krankheiten gefolgt, Herzschwäche, Arbeitslosigkeit, Alkohol. Seine Söhne waren zu diesem Zeitpunkt schon geboren gewesen. Corrado und Alessio – sie waren durch Geburtsrecht Teil der Familie. Niemand entkam seinem Schicksal.

Sie nahm die Ölflasche, steckte sie in den Abfalleimer und knallte den Deckel zu. Es war nicht gut, sich mit Erinnerungen zu umgeben. Tief unten in ihrer Tasche klingelte das Handy, und sie erlebte einen Moment der Schwäche. Vielleicht würden sie Alessio ja erlauben, mit ihr zu sprechen oder sie zu sehen? Nein, dachte sie. Schon der Gedanke an sie brachte ihn in Gefahr. Sie steckte das Handy unter die rosa Tagesdecke auf dem Doppelbett und ließ es weiterklingeln und zappeln wie ein lebendiges Wesen. Sie hatte lange um Alessio gekämpft, der sich widersetzen, sich seinen eigenen Willen bewahren sollte. Mittlerweile wusste sie: Es reichte schon, wenn sie sich still verhielt. Vielleicht würde der Tod dann vorbeischauen und ihn verschonen.

Laura Cortese hatte ihren fünfzehnjährigen Sohn im Stich gelassen. Die Flaschen und Gläser klirrten heftig, als Fabian die Altglaskiste mit Schwung aufs Pflaster vor die Hintertür pfefferte. Er war gegen zwei Uhr nach Hause gekommen, hatte die Bude aufgeräumt und wollte eigentlich mit seinem Bruder eine Runde Rad fahren, um seinen Kopf durchzulüften. Abends würde er sich dann mit Leonie im Theaterhaus treffen. Nach dem vergeigten Samstagmorgen musste er dringend abschalten und auf andere Gedanken kommen. Doch sein Kopf drehte sich noch vom Besuch im »Fallen Angel« und dem Gespräch mit Laura Cortese. Waren schwere Depressionen wirklich ein Grund, um einen Fünfzehnjährigen sich selbst zu überlassen, der auf dem besten Wege war, in eine kriminelle Karriere abzurutschen?

Nachdenklich stieg er die enge Holztreppe zu seiner Mansarde hoch und stand schließlich im Flur, wo ihn Che Guevara von der Wand gegenüber mit seinen unbestechlichen schwarzen Augen musterte.

»Compañero!«, sagte er und zog spöttisch den nicht vorhandenen Hut.

Wie gut, dass Keller nicht wusste, wie dilettantisch er sich heute Morgen benommen hatte. Er hatte Alessios Mutter quasi an ihren Tisch gezwungen. Laura Cortese war zwar überrumpelt gewesen, hatte es aber trotzdem geschafft, so gut wie nichts über sich zu erzählen. Fabian drückte seine schmerzende Stirn an den harten, hölzernen Türrahmen des Schlafzimmers. Entweder würde er jetzt sein Rennrad über die Schulter nehmen und bei Tobias vorbeischauen, der sicher gerade sein Auto polierte, während seine Frau einen Marmorkuchen in den Ofen schob. Oder er konnte beginnen, den gordischen Knoten aufzulösen, in den sich seine Fälle verwandelt hatten.

Fünf Minuten später steuerte er den Saab auf die B 10 in Richtung Landeshauptstadt. Als er auf der chirurgischen Station des Robert-Bosch-Krankenhauses ankam, saß Nicolai mit Kopfhörern im Bett.

»Sie!« Nicolais blaue Augen blickten wachsam. »Ich habe schon auf Sie gewartet.«

Im Laufe der letzten Tage schien sich sein Zustand stabilisiert zu haben. Den Kopfverband ersetzte ein dickes Pflaster, unter dem bräunliches Jod hervorschimmerte. »Hat man als Bulle kein Wochenende?«

Fabian rückte einen Stuhl an den Bettrand und setzte sich. Das Bett am Fenster war leer.

»Und dein Zimmergenosse, der Motorradunfall?«

»Benny? Der ist mit seiner Family nach draußen gegangen. Sie kommen immer gleich im Clan aus Beutelsbach und versuchen, ihm gemeinsam das Motorradfahren auszureden.«

»Und du, kriegst du auch hin und wieder Besuch?«

»Meine Schwester war eben da. Sie ist die Einzige von uns, die noch in der Gegend lebt. Meine Alten leben nicht mehr, und meine beiden Brüder sind in Frankfurt und in Nürnberg LKW-Fahrer.«

»Da bist du sicher froh, dass zumindest sie dich besuchen kommt.«

Nicolai verzog seinen Mund zu einem schiefen Grinsen. »Ich hab mein eigenes Leben, und Natascha hat immer so viel an mir auszusetzen, aber wenigstens ist sie noch da.« Nervös fuhr sich der Junge mit den Fingern durch die Haare.

»Im Moment ist es ganz gut, dass wir allein sind.« Fabian beschloss, Nicks unerwartete Gesprächigkeit auszunutzen, und ihm ordentlich auf die Pelle zu rücken.

»Das wird also ein Verhör, oder?«, fragte der Junge. Seine Augen flackerten.

»Beim letzten Mal hast du versprochen, mir einige Dinge zu erklären«, erinnerte ihn Fabian.

»Nageln Sie mich ruhig darauf fest«, sagte der Junge todesmutig. »Ist sowieso besser, wenn's raus ist. Sonst erstick ich noch dran.« Eine Krankenschwester kam ins Zimmer und stellte zwei Tabletts auf dem Beistelltisch ab. Es war fünf Uhr, Zeit für Abendessen.

»Bitteschön«, flötete sie. Ihr prüfender Blick blieb an Fabian hängen. »Sie sind von der Polizei, oder? Der Junge verträgt noch keine Aufregung.« Der Oberarzt schien sie gut instruiert zu haben.

»Ich beiße schon nicht«, sagte er und grinste. »Jedenfalls keine Krankenschwestern.« Die Schwester wurde rot, schüttelte den Kopf und verließ das Zimmer.

Nicolai lachte leise. »Das war gut!«

»Man tut, was man kann.«

Der Junge schob sich sein Kopfkissen in den Rücken, so dass er aufrechter saß. »Also schießen Sie los! Was wollen Sie wissen?«

»Du kennst Alessio schon länger?«

»He Mann, ich kenne den kleinen Scheißer schon fast seit seiner Geburt. Wir haben schließlich im selben Haus gewohnt.«

»War er so etwas wie dein Freund?«

»Was man so Freund nennt. Schließlich bin ich vier Jahre älter als er. In dem Alter ist das richtig viel.«

Fabian nickte. Das konnte er gut nachvollziehen.

»Ich glaube, er hat zu mir aufgeschaut«, fuhr Nick fort. »Später war ich dann Co-Trainer in seiner D- und C-Jugend.«

»Er hat Fußball gespielt?«

»Und gar nicht so schlecht. Aus dem hätte ein kleiner Lionel Messi werden können. Aber das hat alles sein Alter kaputtgemacht. Der meinte, Alessio soll lieber zu Hause bleiben. Und das als Italiener. Die sind sonst alle total geil auf Fußball.«

Fabian wurde nicht schlau aus dieser Aussage. »Hast du irgendeine Erklärung dafür? Die meisten Väter sind doch stolz, wenn ihre Söhne gute Fußballer sind.«

Nick schüttelte den Kopf. »Ich schätze mal, der Alte wollte die totale Kontrolle über ihn und über Laura. Aber die hat nicht mitgespielt. Wenn sie ne dicke Lippe riskiert hat, lief sie manchmal mit einem blauen Auge im Treppenhaus herum. Meine Schwester hat immer gesagt, irgendwann bringt er sie noch um.«

»Ganz schön tapfer, deine Nachbarin«, sagte Fabian leise.

»Wohl eher lebensmüde«, gab Nicolai zurück. »Der Alte war wie ein Pulverfass, das jeden Moment hochgehen konnte. Irgendwas stimmte nicht mit dem, und seine Verwandtschaft war noch schlimmer. Zum Beispiel Alessios Bruder, so ein kurzgeschorener Bodybuilder, der ging eine ganze Weile bei denen ein und aus.«

Fabian schaute ihn stirnrunzelnd an. »Du kennst Corrado?«

Nick runzelte die Stirn. »Er hat manchmal mit uns Basketball gespielt. Wenn er Alessio mit seiner Pranke auf die Schulter gehauen hat, ging der in die Knie.«

»Also ein richtig netter großer Bruder.«

»Alessio hatte wahnsinnig Angst vor ihm, aber noch mehr vor seinem Onkel.«

»Dann ist es eher unwahrscheinlich, dass sich Alessio bei Alberto Cortese versteckt hält?«, fragte er.

Nick schüttelte den Kopf. »Eher springt der in den Neckar. Geben Sie mir mal das Tablett, bitte?« Fabian stand auf und reichte dem Jungen sein Abendessen. Nick hob den Deckel ab.

»Schon wieder Wurstbrot mit Gurke«, stellte er resigniert fest. Der rote Tee war übergeschwappt. »Und der Zucker löst sich auch nicht mehr auf, wenn der Tee kalt ist.« Die Feststellung hinderte ihn nicht daran, ein ganzes Tütchen in die Tasse rieseln zu lassen.

Dann öffnete er das Butterpäckchen, bestrich eine Scheibe Graubrot, belegte sie dick mit Salami und schnitt die Gurke in Scheiben. Den ersten Bissen spülte er mit dem Früchtetee hinunter. »Igitt«, sagte er.

Fabian fand es an der Zeit, die zentrale Frage zu stellen. »Und warum hast du dich am letzten Samstag mit Alessio getroffen?«

Der Patient verschluckte sich an einem Krümel. Fabian klopfte ihm vorsichtig den Rücken. »Blödes trockenes Brot!«, sagte er. »Schade, ich hatte schon gehofft, Sie hätten das vergessen.«

Fabian grinste schief. »Den Samstag vor einer Woche vergesse ich sicher mein ganzes Leben lang nicht.«

Nick riss sich zusammen und atmete tief durch. »Ich wollte Geld für ein besseres Motorrad.«

Fabian zog die Stirn in Falten. »Erzähl doch mal von vorne!«

Nachdenklich biss der Junge in sein Brot, kaute langsam

und schluckte dann. »Es war am Tag nach dem Tod des alten Cortese. Da bin ich Alessio im Treppenhaus begegnet. Und ich weiß auch nicht, was mich da geritten hat. Jedenfalls habe ich ihn angesprochen.« Plötzlich schaute er schuldbewusst.

»Und was hast du zu ihm gesagt?«

»Ich weiß, ich hätte sagen sollen ›Herzliches Beileid‹ oder irgend so einen Scheiß. Aber das ist mir da nicht eingefallen.« Er setzte den Deckel wieder auf das Tablett, rückte ihn zurecht und verdeckte das ganze Chaos, die dunkelroten Teeflecken, das fettige Butterpapier und die Reste der Gurke. »Ich habe ihn was gefragt.«

»Und was?«

»Habt ihr nachgeholfen?«, gestand Nicolai leise.

Fabian schaute ihn ungläubig an. »Sein Vater ist am Tag zuvor gestorben und du hast ihn auf dem Treppenabsatz verdächtigt, ihn umgebracht zu haben?«

»Das war ein Scherz, Mann«, verteidigte sich Nicolai. »Und verständlich wäre es ja auch gewesen.«

»Uff. Und was hat Alessio geantwortet?«

Nick ließ sich in sein zerknautschtes Kissen zurücksinken. »Nichts, das war es ja gerade. Er sah aus wie ne lebendige Leiche. Und dann hat er mich einfach stehengelassen.«

»Und da hast du erst recht gedacht, dass an deiner Vermutung etwas dran ist?«

Er nickte. »Am nächsten Tag habe ich bei der Polizeidirektion angerufen, wegen der Medikamente.«

Fabian riss sich mühsam zusammen. Der Einsatz war einer der unerfreulichsten in seiner bisher noch kurzen Laufbahn gewesen.

»Du hattest selbst aber keine Tabletten im Müll gesehen?«

Nicolai schüttelte den Kopf. »Vielleicht haben sie die ja auch ins Klo gespült. Irgendwie müssen sie es ja gemacht haben.

Und wenn sie ihm seine Medikamente nicht weggenommen haben, dann haben sie's halt irgendwie anders gemacht.«

Fabian schwieg, und Nicolai sprach weiter.

»Und dann habe ich Alessio um Geld angehauen. Kriegt man dafür Knast?« Die blauen Augen blickten plötzlich verschattet.

»Kommt drauf an«, sagte Fabian unbestimmt. »Und am Samstag hast du erwartet, dass er dir die Kohle aus dem Handtaschenraub übergibt?«

Nicolai hob langsam den Kopf und senkte ihn dann auf seine Brust. Wenn das ein Nicken gewesen sein sollte, dann ein verdammt langsames. »Er wollte nichts rausrücken«, schob er hinterher. »Den Rest kennen sie.«

45.

Leander riss den Mund auf, legte den Kopf in den Nacken und brüllte, was das Zeug hielt. Seine Hände hatten sich in Leonies Haaren verkrallt, und sein Rücken war vor Entrüstung ganz durchgedrückt.

»Schhh«, sagte Leonie entnervt und versuchte vergeblich, seinen Kopf an ihre Schulter zu legen. Er war schon mit schlechter Laune aus dem Mittagsschlaf aufgewacht und hatte seither den Platz auf ihrer Hüfte kaum noch verlassen.

Nachdenklich strich sie ihm über den Kopf. Wenn er nicht aufhörte, so unleidlich zu sein, würde sie heute Abend nicht arbeiten können. Sie würde keine Rezension über die Vorstellung im Theaterhaus schreiben können und auf diese Weise ihren Arbeitsplatz verlieren, noch bevor sie ihn richtig angetreten hatte. Und sie war auch noch selbst schuld an der Misere. Sicher reagierte Leander auf die Tatsache, dass sie ihn in der letzten Woche so oft abgegeben hatte.

Voller schlechten Gewissens stieg sie mit dem schreienden Leander ins Erdgeschoss hinunter und setzte in der Küche Milch für seinen Griesbrei auf. Als sie versuchte, ihn in den Hochstuhl zu setzen, steigerte sich das Geschrei zu einem schrillen Kreischen.

»Was ist denn mit dem los?«, rief Sebastian, der mit der Baumelfe am Tisch saß und in einem Comic-Heft blätterte.

»Er hat schlechte Laune«, rief Leonie gegen den Lärm an. Flavia hielt sich die Ohren zu, und der Mops, der unter dem Tisch geschlafen hatte, verdrückte sich durch die offene Terrassentür.

»O weh«, sagte Leonie und schaute auf die Küchenuhr. Halb sieben, und sie war noch nicht einmal umgezogen. Um acht Uhr begann die Aufführung.

»Kannst du ihn mal halten?«, fragte sie ihren Bruder, der den Kleinen ohne große Begeisterung übernahm. Leander war auf Sebastians Schoß einen Moment lang still und angelte nach Flavias langen Haaren, die ein Stück zur Seite rutschte. Beleidigt begann der Kleine, erneut zu brüllen.

»Manchmal können sie schon eine Pest sein«, stellte Sebastian fest und hob den Jungen über seinen Kopf. Einen Moment lang schaute dieser sich verwundert um. Dann verzog er sein Gesicht erneut zum Weinen. Leonie holte ihr Handy aus ihrer Jeanstasche und klickte sich bis zur Privatnummer Sabine Marians durch. Es ging nur die Mailbox ran.

»Die Milch!«, schrie die Baumelfe und rannte zum Herd, wo der Schaum gerade über den Topfrand schoss.

»Verdammt!« Den Tränen nah, pfefferte Leonie ihr Handy in die Ecke. Leander war so beeindruckt, dass er einen Moment lang zu schreien vergaß.

»Nichts passiert«, sagte Flavia ruhig. Der Topf stand zwar in einem verbrannt riechenden Milchsee, und die Flüssigkeit war fast ganz verkocht, aber im Grunde konnte alles viel schlimmer sein. Mit angeekeltem Gesicht putzte sie über das Ceranfeld und drückte den Schwamm im Spülbecken aus.

»Danke«, sagte Leonie müde und hob ihren Sohn von Sebastians Schoß. Sofort legte er den Kopf in den Nacken und setzte zu einem neuen Schreikonzert an.

»Er wird schon ganz blau«, stellte ihr Bruder fest.

»Das auch, aber im Hals hat er einen roten Rand. Das kann man gut sehen, wenn er den Mund aufreißt.« Flavia legte den Schwamm an die Seite und schob sich neben Sebastian auf die Bank. »Man sieht das Zäpfchen und rundherum steht alles in Flammen.«

»Du meine Güte«, sagte Leonie und drehte ihren Sohn nach vorne, um ihm in den Hals zu schauen.

»Buona sera!«

Sie fuhr zusammen, als sie Damiano in der offenen Terrassentür stehen sah.

»Habt ihr die Klingel nicht gehört?«

Musste er immer im unpassendsten aller Momente auftauchen?

»Hallo«, sagte sie müde, schüttete den Rest heiße Milch über den Fertiggries und rührte die klumpige Pampe um. Vielleicht würde der Brei ja mit etwas Apfelmus genießbarer. Leanders Geschrei verklang in einem leisen Wimmern. Damiano hob ihn auf seinen Arm, wo er sofort mucksmäuschenstill wurde.

»Puh«, sagte Leonie, wischte sich den Schweiß von der Stirn und war plötzlich froh, einen Teil der Verantwortung abgeben zu können. »Setz ihn bitte in den Hochstuhl!«, sagte sie. »Er soll seinen Brei essen.«

»Er wird wohl nicht viel mögen«, sagte er würdevoll. »Wenn du noch nicht gemerkt hast, dass er Fieber hat, solltest du seinen Nacken fühlen.«

»Was?«, fragte Leonie entsetzt. Tatsächlich, sein kleiner speckiger Hals war schweißnass und heißer als ihre Hand. Zusammen mit seinen geröteten Mandeln ließ das nur einen Schluss zu. »Er ist krank. Zum ersten Mal in seinem Leben.« Leonie wurde plötzlich schwindlig, und sie ließ sich auf den Rand der Küchenbank fallen. Leander hatte noch nie zuvor Fieber gehabt. Im Winter hatte sie noch gestillt und ihm die nötigen Abwehrkräfte weitergegeben. Dann kam die warme Jahreszeit mit Sonne und frischer Luft, und er hatte sich weiterhin als robustes und gesundes Kind erwiesen. Leonie vermutete insgeheim, dass die Schippe Sand, die er bei jedem Spielplatzbesuch schluckte, ihn besonders abhärtete. Und so hatte sie, während die anderen Mütter sich über Rotznasen und nächtelangen Brechdurchfall beschwerten, bisher noch keine Kinderkrankheiten kennengelernt.

Sie musste sofort mit dem Kind in die Notaufnahme und konnte sicher keine Aufführung besuchen.

»Mach ihm erst einmal einen Tee«, sagte Damiano beruhigend auf Italienisch. »Dann sehen wir weiter. Und bei der Gelegenheit könntest du vielleicht nach einem Fieberthermometer schauen.«

Als Leonie eine Kanne Fencheltee ansetzte, zitterten ihre Hände so, dass sie sich beinahe am Wasserwärmer verbrannt hätte. Wie hatte sie das nur übersehen können? Leanders dunkle Brombeeraugen, die sie von Damianos Schoß aus ansahen, waren tatsächlich ein bisschen glasig, und solche roten Backen hatte er sonst höchstens gehabt, wenn er lange im Schnee gewesen war.

»Ihr seid mit ihm am Mittwoch ins Gewitter gekommen«, stellte sie düster in Richtung Küchenbank fest. »Ist er da nass geworden?«

Sebastian wurde knallrot und vertiefte sich in sein Comic-Heft. »Er kann nichts dafür«, sprang Flavia für ihn in die Bresche. »Der Regen kam so plötzlich, wir waren alle drei in Sekundenschnelle nass.«

»Wenn ich mich einmischen darf«, unterbrach sie Damiano auf Deutsch. »Dass Kinder Infekte haben, ist ganz normal. Sie müssen das sogar erleben, um ein normales Immunsystem zu entwickeln. Wie oft wir mit unserer zweiten Tochter Lucrezia wegen Fieber im Krankenhaus waren, lässt sich kaum aufzählen. Irgendwann geht man nicht mehr sofort zum Arzt, sondern hilft sich selbst.«

Leonie atmete tief durch und stellte die heiße Teeflasche zum Abkühlen ins gefüllte Spülbecken. Er hatte Erfahrung, das erleichterte die Sache erheblich. Zum ersten Mal wurde ihr bewusst, dass seine Töchter Leanders Halbgeschwister waren. Er hatte sozusagen noch eine Familie in Rom. Wo war nur das Fieberthermometer? Irgendwie musste sie es schaffen, die Vorstellung abzusagen. Und Fabian? Mit dem hatte sie sich doch auch treffen wollen.

Eine halbe Stunde später lag Leander mit einer leichten Decke zugedeckt in seinem Gitterbett. Er hatte gierig getrunken, und das Fieberthermometer hatte 39,8 Grad angezeigt. Trotzdem hatte Damiano ihr geraten, bis zum nächsten Morgen abzuwarten, und seinem Sohn gekonnt ein Fieberzäpfchen verabreicht. Jetzt schlief er ruhig mit offenem Mund und knallroten Bäckchen.

Leonie setzte sich an ihren Schreibtisch und wählte Sabine Marians Nummer. Diesmal erreichte sie die Chefredakteurin sofort. »Natürlich kümmern Sie sich um ihr krankes Kind und gehen nächste Woche ins Theaterhaus«, sagte diese und klang dabei so erschöpft und frustriert, dass Leonie unwillkürlich an die Drohungen der Mafia dachte.

Fabian erreichte sie nach dreimaligem Klingeln. »Grundmann«, sagte er schroff.

»Ich bin's, Leonie. Ich muss für heute Abend absagen, Fabian. Leander ist krank.«

Ein kurzes Zögern. »Macht nichts«, hörte sie. »Ich bin sowieso noch bei der Arbeit.«

»Also, dann bis nächste Woche. Ich rufe dich wieder an.« Sie legte auf und wunderte sich. Heute Morgen dieses seltsame Verhör im Café. Und jetzt konnte er sich selbst am Samstagabend nicht von seinem Polizistenjob loseisen.

Fabian hatte Leonies Anruf auf dem Klinikparkplatz entgegengenommen. Er schloss gerade sein Auto auf, als sein Handy erneut klingelte.

»Ja«, sagte er, öffnete die Tür und schob sich hinters Lenkrad.

»Irina hier«, wisperte die Stimme. »Ich wollte ja nicht anrufen, aber ich glaube, ich kann nicht anders. Hier ist alles in Auflösung. Die Mädchen ... Bitte komm sofort!«

Das »Fallen Angel« – es war nicht weit vom Stuttgarter Norden bis nach Bad Cannstatt. Bevor er darüber nachdenken konnte, lenkte er den Saab über den Pragsattel auf die B 10. Adrenalin schoss durch seine Adern, und er drückte so heftig aufs Gas, wie der Verkehr es zuließ. Tief in seiner Seele war er froh, etwas für das Mädchen tun zu können, das sich gestern Abend in Luft aufgelöst hatte. Kurz dachte er daran, dass der Anruf eine Falle gewesen sein könnte und die Hure ihn auflaufen lassen würde. Nein, Irina hatte die Angst in den Knochen gesessen, Todesangst und nicht nur um sich selbst.

Er fluchte, als es nur noch im Schritttempo voranging. Der Tunnel war ein verdammtes Nadelöhr! Fabian hörte sein Blut in den Ohren rauschen. Sein Herzschlag wurde zum schnellen Staccato, und er fuhr seinem Vordermann so nah aufs Heck, dass der seinen Mittelfinger in Richtung Rückspiegel hob. Er bremste ab und bog zehn Minuten später auf den Parkplatz der Autovermietung ein, hinter der sich das »Fallen Angel« befand.

Statt Mischa stand Irina in der offenen Tür und wartete auf ihn. Von ihrer gestrigen Aufmachung war nichts mehr übrig. Heute trug sie Jeans, Chucks und ein blaues T-Shirt. Ihre Wimperntusche war verwischt und lag wie ein schwerer, schwarzer Schatten unter ihren Augen.

»Gut, dass du kommst!« Sie führte ihn in die Bar, die wie ausgestorben dalag. Eine blonde junge Frau saß an einem Tisch und nippte an einem Glas mit einer goldbraunen Flüssigkeit. Die Discokugel hing blind und unbeweglich an der Decke. Im Licht des Sommerabends, das durch die hochliegenden Fenster schräg in den Raum fiel, tanzte der Staub. Auf der Theke hatte sich eine blauschwarze Schmeißfliege in einer klebrigen Lache verfangen.

Irina zog ihn an den Tisch zu der jungen Frau, deren Blick leer vom Alkohol war, und legte ihr den Arm um die Schultern. »Das ist Polina. Sie spricht kein Deutsch.« Fabian schob einen Stuhl für Irina an die Seite und setzte sich. »Was ist passiert?«

»Sie sind alle fort, die Barfrau, Mischa, Blankert, die anderen Mädchen. Einfach verschwunden.«

Polina hatte die Whiskyflasche auf dem Tisch schon halb geleert. Ungeniert bediente sich Irina und schenkte auch ihrer Kollegin reichlich nach.

»Du auch?«, fragte sie.

Fabian winkte ab und schob die gefüllten Gläser von ihnen weg. »Trinkt lieber nicht so viel! Dann könnt ihr besser denken. Was ist hier passiert?«

Irina schaute auf. »Hast du es noch nicht gehört? Sie haben zwei Kuriere getötet. Zwei Russen. Kostja und Jegor. Man hat heute Mittag ihre Leichen gefunden.«

Fabians Mund wurde trocken. »Wo war das?«, fragte er.

Irina atmete tief durch. »Kostja lag im Gebüsch hinter der Raststätte Sindelfinger Wald, Jegor auf einem Parkplatz an der Autobahn.«

Als sie die Namen hörte, begann das fremde Mädchen, laut zu weinen und griff nach dem Glas, das noch immer an der Tischkante stand. Irina redete beschwichtigend auf sie ein und nahm es ihr aus der Hand. Danach trug Fabian beide Gläser zur Theke und goss ihren Inhalt in den Ausguss. Ein Mädchen mit Alkoholvergiftung war mehr, als er jetzt verkraften konnte. »Und warum?«, fragte er und setzte sich wieder.

»Sie waren auf der Fahrt nach Russland, um Nachschub zu holen. Polina haben sie beim vorletzten Mal mitgebracht.«

Die junge Frau schluchzte und legte ihr Gesicht auf die gefalteten Arme, als wollte sie der Welt nicht mehr ins Auge schauen.

»War die Polizei schon hier?«

Irina schüttelte den Kopf. »Irgendwann werden die Bullen sicher aufkreuzen, aber noch haben sie den Zusammenhang nicht erkannt.«

Fabians Mund wurde trocken. Über diese Informationen verfügte weder die Stuttgarter noch die Böblinger Polizei, die für den Doppelmord an der Autobahnraststätte zuständig war. »Und trotzdem haben alle Panik gekriegt und sich verdrückt. Wem könnte daran liegen, euch den Nachschub abzuschneiden?«

Irina schaute sich um, als hätten auch die Wände Ohren. Dann beugte sie sich über den Tisch und flüsterte ihm die Antwort zu.

»Es geht um die Kinder.«

»Wie viele sind es denn?«, fragte er.

»Drei. Das Geschäft mit den kleinen Mädchen – ich hatte schon länger das Gefühl, dass es dabei nicht mit rechten Dingen zugeht. Nicht die Italiener haben es eingefädelt, sondern andere. Irgendwelche reichen Säcke. Die haben mit den Russen verhandelt, ihnen Geld für den Transport gegeben und die Italiener dabei übergangen.«

»Ölnhausen«, sagte Fabian düster. Wenn die Zeit reif war, klärten sich manche Dinge von ganz allein.

»Möglicherweise.« Irina zuckte die Achseln. »Ich weiß nicht, wer genau es war. Und jetzt haben die Italiener Wind von der Sache bekommen und ...« Sie machte eine eindeutige Handbewegung quer über ihre Kehle.

Fabian zog seine eigenen Schlüsse. »Zuerst haben sie Ölnhausen hingerichtet, und dann kümmerten sie sich um die Helfershelfer.«

Irina nickte zögernd. Das russische Mädchen hob den Kopf und schaute sie aus verweinten Augen verständnislos an. Fabian setzte sich zurück, griff nach der Whiskyflasche und nahm selbst einen großen Schluck.

Mafia, dachte er. In offiziellen Kreisen vermied man, dem organisierten Verbrechen einen so klaren Namen zu geben. Dass die Organisation in Baden-Württemberg aktiv war, wurde zwar nicht geleugnet, aber auf möglichst kleiner Flamme gekocht. Die Morde an Ölnhausen und den beiden Russen erforderten professionelle Strukturen, über die ein Einzeltäter oder eine Kleingruppe nicht verfügte. Und die Täter hatten Skrupellosigkeit und Kaltblütigkeit bewiesen. Kurz streifte ihn der Gedanke an Leonie, die völlig naiv in das Thema gestolpert war, und er erstarrte vor Angst um sie. Hatte die umtriebige Chefredakteurin vom Schwabenspiegel von einer brandheißen Sache Wind bekommen? Er musste Leonie unbedingt davon abhalten, unbedacht weiterzurecherchieren. Mühsam schob er seine Gedanken zur Seite und konzentrierte sich auf die Gegenwart.

»Wo finden wir diese Italiener?«

»Keine Ahnung«, sagte Irina hilflos. »Ich hatte zwar mal so einen schweigsamen Typen von denen im Bett, aber sonst weiß ich nichts, weder wie sie heißen, noch wo sie wohnen. Aber es geht auch nicht um sie, sondern um die Kinder. Mischa hat sie mitgenommen. Und ich glaube, er tut ihnen was an.« Sie schniefte leise.

Fabian war schon aufgestanden, bevor sie zu Ende gesprochen hatte. »Wo steckt dieser Kerl?«

Seine Angst um Leonie verwandelte sich in Zorn. Unwillkürlich tastete er nach der Heckler & Koch, die sich im Halfter unter seiner Jacke befand.

»Ich habe keine Ahnung.« Irina war den Tränen nah. »Ich weiß zwar, wo er wohnt, aber ob er die Mädchen da …«

»Wir fahren hin«, unterbrach sie Fabian.

Drei Minuten später saßen sie im Saab, Polina auf dem Rücksitz und Irina neben ihm auf dem Beifahrersitz, von wo aus sie ihn in den Stuttgarter Süden dirigierte. Fabians Hände waren kalt. Beiläufig dachte er, dass er den Türsteher erschießen würde, wenn er die Kinder tot in seiner Wohnung fände. Bald wurden die Straßen enger. Früher war Heslach ein vom Lärm der Ein- und Ausfallstraßen geprägtes Arbeiterviertel gewesen, in dem sich mehrstöckige, von Abgasen geschwärzte Häuser aneinanderreihten. Nachdem man die Bundesstraße unter die Erde verbannt hatte, waren die Wohnungspreise gestiegen. Die Vermieter hatten renoviert und aus den schäbigen Straßenschluchten auf dem Boden des Kessels ein passables Wohngebiet gemacht. Fabian parkte in einer engen Seitenstraße im Halteverbot. Sie stiegen aus, nur Polina nicht, die auf dem Rücksitz in aller Ruhe ihren Rausch ausschlief.

Er folgte Irina in eine schmale Durchgangsstraße mit dreistöckigen Häusern.

»Er wohnt im Hinterhaus«, sagte sie kurz und führte ihn am Vorderhaus vorbei in einen schwäbisch geleckt sauberen Hof mit glänzend geputzten Briefkästen.

»Und was machen wir jetzt?«, wisperte Irina, als sie vor der Klingel standen. Fabian las drei Namen übereinander. Der oberste lautete Mischa Saizew.

»Du klingelst.« Er tastete nach seiner Waffe. »Und dann sagst du, dass du raufkommen willst.«

Irina wurde aschfahl, tat aber, was er verlangte.

»Ja«, meldete sich Mischa. Im Hintergrund bellte atemlos der Hund.

»Ich bin's, Irina.«

»Was willst du?«

Sie richtete ihre Augen auf Fabian, der ihr ermunternd zunickte. »Ich muss mit dir reden.«

»Ich habe keine Zeit.«

»Nur kurz«, drängte sie. Der Öffner summte, und Fabian stieß die Tür nach innen auf. »Leise!«, flüsterte er.

Über polierte Linoleumstufen stiegen sie ein enges Treppenhaus hinauf, in dem es durchdringend nach Linsen und Spätzle roch.

Als sie vor der Eingangstür im dritten Stock standen, schob Fabian sich mit dem Rücken an die Wand, zog die Waffe aus dem Halfter und entsicherte sie. Er war vollkommen ruhig und kalt. Irina klingelte. Drinnen schlug der Hund an, dessen Stimme sich beim Bellen überschlug. Drei Sekunden später wurde die Tür aufgerissen.

»Was willst …« Mischa kam nicht mehr dazu, den Satz zu Ende zu sprechen, denn Fabian trat Irina mit erhobener Waffe in den Weg.

»Hände hoch! Polizei«, sagte er leise. »Und jetzt rein in die Wohnung!« Der Hund schoss aus dem Wohnzimmer und blieb knurrend vor ihnen stehen.

»Fass!«, sagte Mischa und starrte auf die Pistole. Gipsy knurrte laut und legte die Ohren an. »Ruf den Hund zurück!«, befahl Fabian und hob die Pistole. Mischas kleine blaue Augen richteten sich auf Gypsy, der sich plötzlich still verhielt. »Und was, wenn nicht?«

»Dann erschieße ich zuerst dich und dann deinen Hund.«

Mischa wurde blass bis unter die Bürstenfrisur. »Sitz!«, befahl er. Gipsy zog den Schwanz ein und verzog sich ins Wohnzimmer. Erleichtert schloss Irina hinter ihm die Tür.

»Was wollt ihr?«, fragte Mischa und starrte auf den Lauf der Waffe. »Hure!« Verächtlich spuckte er vor Irina auf den Boden.

»Wo sind die Kinder?«, fragte sie leise und fügte etwas auf Russisch hinzu, das Fabian nicht verstand. Es konnte nicht allzu freundlich gewesen sein, denn Mischa zischte aufgebracht zurück.

»Welche Kinder?«, fragte er dann. Schritt für Schritt setzte er sich rückwärts in Bewegung, bis er vor der offenen Küchentür stand. »Das weißt du ganz genau«, sagte Fabian und folgte ihm. Mischa hatte sich durch den Tod der Kuriere nicht seinen Samstagabend verderben lassen. Auf dem Tisch stand ein leerer Pizzakarton, die Spülmaschine lief, und über den Flachbildfernseher auf dem Regal flimmerte eine Casting Show.

»Ich lebe alleine. Und Kinder habe ich, soweit ich weiß, auch keine. Auch wenn niemand das so genau sagen kann.« Über sein Gesicht zog ein schmieriges Grinsen.

»Du kannst dir deine Witze sparen«, schrie Irina. »Heute Morgen hast du sie doch mitgenommen. Wo stecken sie also?«

Ihre Stimme hatte Fabian einen Moment lang abgelenkt. Er reagierte zu spät, als Mischa plötzlich zur offenen Küche hin ausholte und ihm die Pistole aus der Hand trat. Sie landete auf dem Boden und rutschte in Richtung Eingangstür. Ein Kickboxer! Hätte er das doch vorher gewusst! Der Russe stürmte nach vorne, stieß ihm seinen Stierkopf unter die Nase und platzierte einen rechten Haken in seinem Gesicht, der ihn zu Boden gehen ließ. Feuerräder hinter seinen Lidern und dazu ein wahnsinniger Schmerz in seinem Jochbein. Der Hüne hockte sich auf seine Brust, und drückte ihm die Arme an den Körper.

»Anfänger«, sagte er leise und hob die Faust, um ihn endgültig außer Gefecht zu setzen. Fabian wusste, dass der nächste Schlag ihm den Schädel zertrümmern würde. Es war ein folgenschwerer Fehler gewesen, keine Verstärkung anzufordern. Er wehrte sich verzweifelt, aber der Russe war schwer wie ein Kleiderschrank und zu allem bereit. Als die Faust ausholte, schloss Fabian automatisch die Augen. In diesem Moment hörte er es hinter sich leise klicken.

»Hände hoch!«, sagte Irina heiser. »Ich erschieß dich, wenn du nicht tust, was ich sage.«

Langsam hob sich Mischas schwerer Körper. Fabian dehnte erleichtert seinen Brustkorb und schnappte nach Luft. »Möchtegernbulle«, sagte Mischa und schlug ihm beiläufig aufs Auge. Dann stand er auf und stellte sich Irina gegenüber. Fabian rappelte sich hoch, das rechte Auge schwoll in Sekundenschnelle zu, und er spürte, wie Blut aus seiner Nase tropfte.

Verächtlich musterte der Türsteher Irina. »Du schießt mir ja doch nur den Fernseher kaputt.«

»Aus dieser Entfernung treffe sogar ich.« Irina trat einen Schritt näher und hielt Mischa die Pistole unter die Nase, mit beiden Händen, den Finger am Abzug. Irgendetwas an ihrem Auftreten ließ Mischa einknicken. Fabian kam schwankend auf die Füße und suchte sein Gleichgewicht.

»Die Polizei ist schon unterwegs«, log er.

»Im Keller«, sagte Mischa.

Hinter der Wohnzimmertür überschlug sich der Hund fast vor Erregung.

»Geh voran!«, sagte Irina, öffnete die Wohnungstür und

übergab die Waffe an Fabian. Sie traten ins Treppenhaus und stiegen langsam hinunter. Er hielt dem Russen die Pistole an den ausrasierten Nacken und hoffte, dass sich die Wohnungstüren der unteren Stockwerke nicht öffnen würden.

»Hure!«, sagte Mischa zu den Treppenstufen.

»Kindermörder!«, sagte Irina.

»Du weißt ja gar nichts«, gab er verbissen zurück. »Die Kinder mussten verschwinden. Oder willst du, dass sie den Laden hochgehen lassen und uns mit?«

Im Erdgeschoss öffnete Irina die Kellertür und drehte den altmodischen Lichtschalter. Eine blasse Funzel erhellte eine Treppe und darunter einen Gang, von dem mehrere Stahltüren abzweigten.

»Ich hoffe, du hast den Schlüssel«, sagte Fabian und putzte sich beiläufig mit dem Ärmel über die blutige Nase.

»Weiter unten«, sagte Mischa grimmig. Am Ende des Gangs führte eine Tür zum Tiefkeller. Die Stufen waren feucht und das Licht nichts weiter als ein glimmender Draht mit einer schwankenden Birne daran. Es roch muffig nach saurem, ausgelaufenem Wein. Hier unten, tief unter der Erde, hatten die Bewohner des Hauses sicher in den Bombennächten des zweiten Weltkriegs Schutz gesucht. Vom Kellerflur zweigten Verschläge ab, die mit Holztüren gesichert waren. Dahinter standen Regale voller verstaubtem Gerümpel, das die Bewohner des Hauses seit Jahrzehnten vergessen hatten. Matratzen, ausgemusterte Bettgestelle, Resopalregale, alles schien schon länger vor sich hin zu modern und vergeblich auf den Sperrmüll zu warten. Der Boden bestand aus gestampftem Lehm. Spinnweben hingen an der Decke.

»Wo sind sie?« Irina sah sich suchend um. Mischa ging ihnen voraus und schwieg. Vor dem letzten Verschlag blieb er stehen.

Hinter der Brettertür sah Fabian im Zwielicht einen Haufen alter Jutesäcke. Eng aneinandergedrückt lagen drei Kinder darauf, die sich langsam regten. Sie hatten geschlafen, setzten sich verwirrt auf und rieben sich die Augen. Ihre Gesichter waren tränenverschmiert. Das Mädchen aus dem »Fallen Angel« stellte sich wacklig auf die Beine, griff nach den Streben der Tür und sagte etwas auf Russisch, auf das Irina leise antwortete. Fabian dachte an den leeren Pizzakarton in der Küche. Mischa hatte die Kinder ohne Essen im Dunkeln eingeschlossen, die einzige Wasserflasche rollte leer über den Boden.

Die Auftraggeber hatten sich für ihr Bett möglichst große Vielfalt und Jugend ausbedungen. Das dunkelhaarige Mädchen aus dem Bordellzimmer war mit ungefähr elf Jahren die Größte der Gruppe. Die beiden anderen konnten nicht älter als sieben oder acht sein. Unwillkürlich musste er an seine kleine Nichte denken, und in seinem Magen bildete sich ein Klumpen. Die Kleinste hatte strähnige blonde Haare und lutschte am Daumen, die andere sah asiatisch aus und hielt eine nackte Barbiepuppe in der Hand. Beide trugen Schlafanzüge mit Bären und waren barfüßig. Sie hatten gefroren und Durst gelitten, Angst gehabt und im Dunkeln gesessen, ohne zu wissen, wie lange ihr Leiden dauern würde.

»Warum?«, fragte er.

Mischa schüttelte den Kopf. »Sie sind schon als Nichts auf die Welt gekommen. Niemand fragt nach ihnen. Die ideale Beute, verstehst du, Bulle? Solche werden auf der ganzen Welt verschachert, und oft genug von ihren eigenen Eltern.« Da war ein Abgrund aus Entsetzen, in den Fabian nicht blicken wollte.

»Mach die Tür auf!«, befahl er.

Mischa holte den Schlüssel aus seiner Hosentasche und entfernte das Schloss. Noch ganz ungläubig drückte das älteste Mädchen die Tür auf und trat durch den Spalt. Nacheinander folgten ihr die beiden jüngeren und musterten Fabian misstrauisch, der Mischa noch immer mit der Pistole in Schach hielt. Die Älteste sagte etwas auf Russisch. Irina übersetzte und schüttelte mit einem bitteren Lachen den Kopf. »Weißt du, was die Kinder am Übelsten fanden. Dass sie im Dunkeln nicht wussten, ob ihnen eine Spinne übers Gesicht läuft.«

Der Knoten aus Traurigkeit in Fabians Magen begann zu schmerzen. Er dirigierte Mischa die Treppe hinauf in den Hof.

»Was hast du mit ihnen vorgehabt?«, fragte er den Türsteher. Mischas Gesicht verschloss sich, und Fabian hatte plötzlich große Lust abzudrücken. Sicherheitshalber übergab er Irina die Pistole und wählte die Nummer der Stuttgarter Kollegen. In diesem Moment trat die Dunkelhaarige, die er aus dem Bordellzimmer kannte, auf ihn zu, nahm seine Hand und sagte: »*Spasiba!*«

46.

»Glaub ja nicht, dass ich Mitleid mit dir habe.« Keller hob seinen grauen Kopf und leistete sich einen finsteren Blick in Fabians Richtung. Dieser setzte sich an seinen Platz und fuhr den Rechner hoch. Zum Glück lag in der zweitobersten Schublade noch eine angebrochene Tafel Noisette, die er dringend brauchte. Vor allem, weil sie im Mund schmolz, ohne dass er groß kauen musste.

Es war Montagmorgen. Seit der Nacht von Samstag auf Sonntag war sein rechtes Auge nur noch ein schmaler Spalt. Darunter hatte seine Wange eine dekorative dunkelviolette Farbe angenommen. Sein Jochbein tat weh, und seine Nase war so außer Form, dass er jeden Blick in den Spiegel vermied. Der Rettungswagen hatte ihn nach dem Vorfall am Samstag ins nächste Krankenhaus gefahren, wo man sein Gesicht geröntgt und mit Kühlpflastern versorgt hatte. Bis auf einen Haarriss im Unterkiefer war nichts gebrochen, so dass er nach der Untersuchung nach Hause gehen konnte. Im Gang vor der Notaufnahme hatte ihn die Reporterin des Lokalfernsehens für ein kurzes Interview abgefangen. Er hatte im Vorbeigehen angedeutet, dass russische und italienische Organisationen hinter den Taten rund ums »Fallen Angel« stecken könnten und an den Pressesprecher der Stuttgarter Polizei verwiesen. Danach war er von Tobias abgeholt worden. Mit einer Schachtel Aspirin, Kühlbeuteln und dem Sportprogramm im Fernsehen hatte er das Wochenende irgendwie überstanden. Am Montagmorgen hatte er sich eine Spur besser gefühlt und war schon früh in Richtung Polizeidirektion aufgebrochen, wo ihn Fritz Keller mit düsterer Miene erwartete.

»Gut, die Mädchen sind frei, und der Laden ist aufgeflogen. Aber wenn du denkst, dass ich dich für die eigenmächtige Aktion auch noch lobe, dann irrst du dich gewaltig«, grollte er. »Als Einzelkämpfer wird man bei der Polizei nicht alt.«

»Lass uns lieber zusammentragen, was wir haben!« Fabian war zu müde, um einen Streit vom Zaun zu brechen. Mit einem Stapel Akten auf den Armen trat Rena in den Raum und warf einen entsetzten Blick in seine Richtung. »Das sieht ja schlimm aus.« Sie legte die Ordner auf den Tisch. »Rot und lila und richtig deformiert.«

»Halb so wild.«

»Kühlst du es auch? Arnika ist nicht schlecht. Die gibt es auch als Tinktur.«

»Mit dem brauchst du kein Mitleid zu haben«, sagte Keller. »Der hat sich seine Blessuren selbst zuzuschreiben.«

»Er war etwas eigenmächtig«, sprang Rena für ihn in die Bresche. »Aber der Fall Ölnhausen hat seit Samstag eine ganz neue Dimension gewonnen. Es gibt jetzt so etwas wie ein Motiv. Und die Mädchen hat er auch befreit.«

Keller schaute auf und musterte Fabian, als sei er ein ekliges Insekt, das man mit dem Fuß zertrat. Wahrscheinlich sah er entsprechend aus. »Du bist einfach nicht teamfähig.«

Fabian nickte ergeben.

»Vor einer Woche ist exakt das Gleiche passiert. Und was bedeutet das?«

Er zuckte die schmerzenden Schultern.

Keller machte eine effektvolle Pause. »Dass du nicht imstande bist, dich an Regeln zu halten.« Eine Standpauke. Fabian schaltete auf Durchzug, obwohl er tief im Innersten ahnte, dass Keller recht hatte.

»Ich hatte keine andere Wahl«, brachte er schließlich heraus.

»Ich würde dich ungern auf dem Tisch dieses Pathologen wiedersehen. Wie heißt er noch gleich?«

»Geertjens.«

»Jungs«, sagte Rena versöhnlich. »Wie wäre es, wenn ihr eure Zeit nicht mit Streitereien verschwenden würdet, sondern einfach die veränderten Fakten zusammentragt? Zum Beispiel auf diesem praktischen Flipchart.« Sie stand auf und hängte ein Blatt Papier an den dazugehörigen Ständer.

»Reine Zeitverschwendung«, grummelte Keller und raufte sich die Bürstenhaare über die in seinen Augen sinnlose Erfindung. Der Edding fuhr quietschend übers Papier, als sie die Worte »Fallen Angel« in die Mitte setzte und rundherum eine Reihe Striche malte. Den Namen Ölnhausen setzte sie an eines der freien Enden.

»Das ist doch so, oder Fabian? Er war einer der Auftraggeber, der dafür gesorgt hat, dass sich außer jungen Frauen auch Kinder prostituieren mussten?«

Er nickte zögernd. Zwei weitere freie Enden wurden mit den Namen der getöteten Russen und dem Wort »Menschenhandel« belegt. Schweigend erhob sich Fabian und ergänzte in Druckbuchstaben das Wort Mafia. An das letzte freie Ende schrieb er »Italiener« und setzte ein dickes Fragezeichen dahinter.

»Ich habe noch eine Eingebung.« Rena stand noch einmal auf und setzte »Stuttgart-21-Finanzierung?« unter ihre Zeichnung.

»Und?«, fragte Keller gallig. »Seid ihr bald fertig mit eurem Spekulieren? Ihr wisst ja gar nicht, was das bedeutet. Nein, das könnt ihr auch nicht.« Er schüttelte den Kopf. »Allein das Wort mit M, das Fabian so souverän an eines der Enden gesetzt hat, veranlasst, wenn da auch nur ein Fliegenschiss dran ist, dass wir mit diesem Fall überhaupt nichts mehr zu tun haben werden. Möglicherweise wird es eine Sonderkommission geben, aber die wird nicht hier sitzen, sondern in Stuttgart beim Dezernat für organisierte Kriminalität. Oder der ganze Mist geht ans LKA.«

In diesem Moment klingelte das Telefon. Rena nahm den Anruf an, bekam große Augen und gab den Hörer sofort an Fabian weiter. Keller nickte, als hätte er nichts anderes erwartet.

»Grundmann.«

»Ja, Grüßgott, Herr Grundmann. Herbrechtinger hier, Innenminischterium.« Der Mann am anderen Ende musste irgendein Vorgesetzter sein, in einem Raum so luftleer und weit oben, dass Fabian seinen Namen noch nie gehört hatte. Er sprach gepflegtes Stuttgarter Schwäbisch in jovialem Tonfall.

»Guten Tag.«

»Meinen Glückwunsch zu Ihrem Fahndungserfolg von Samstag. Etwas eigenmächtig, aber Sie haben den drei Kindern ja wohl des Lebe gerettet. Sind sie wohlauf?«

Fabian hatte am Rande mitgekriegt, dass man die Kinder bei einer Pflegefamilie in der Umgebung untergebracht hatte und teilte seinem Anrufer das mit.

»Sehr schön. Solche Dinge merkt man sich an oberster Stelle. Aber mir geht es um etwas anderes. Sie haben da ein Interview gegeben, für den Lokalsender Stuttgart Life.«

Er fuhr sich mit der freien Hand an den Kopf. Eigentlich hatte er nur eine kurze Bemerkung gemacht.

»Sie haben sich da etwas zu weit – nun sagen wir – aus dem Fenschter glehnt mit Ihrer Behauptung, die Mafia stünde dahinter.« Die Stimme am anderen Ende verlor alles Ölige. »Und das flimmerte geschtern stündlich über den Sender. Sisch zwar nur ein kleiner Lokalsender, aber nun ja …«

»Ganz so habe ich das nicht gerade gesagt …«

Er hörte, wie der Mann am anderen Ende tief Luft holte.

»Hören Sie mir gut zu, Herr Grundmann! Wir wissen, dass es organisierte Kriminalität in Baden-Württemberg gibt, aber ihre Bedeutung wird grundsätzlich überschätzt. Darum ist es nicht nötig, diese Tatsache zu dramatisieren. Vor allem nicht in der Öffentlichkeit. Und jetzt geben Sie mir bitte mal den Herrn Keller!«

Als Fabian den Hörer weiterreichte, klopfte ihm sein Herz bis hoch in den Hals. Belobigung hin oder her. Er hatte seinen Vorgesetzten in die Suppe gespuckt. Das würden sie sicher auch bei anstehenden Beförderungen nicht vergessen. Er straffte sich. Auch wenn seine Karrierepläne wie ein Kartenhaus zusammenfielen, würde er keinen Schritt von seiner Überzeugung abweichen. Grimmig wandte er sich seinem Rechner zu. Derweil hatte Keller den Anrufer mit Vornamen begrüßt und sich eingehend nach Frau und Kindern erkundigt. Den Rest des Gesprächs verbrachte er damit, seinem Gegenüber zuzustimmen. Dann legte er auf, faltete die Hände auf seinem Schreibtisch, drehte die Daumen umeinander und betrachtete Rena und Fabian nachdenklich.

»Und, was meint ihr, Kinder?«

»Wir sind den Fall los«, sagte Fabian ohne große Überraschung.

»Ich wusste doch, dass du ein ganz Gscheiter bist, Fabian.«

»Und was machen wir jetzt?«, fragte Rena.

Keller erhob sich. »Ich für meinen Teil werde meine Mittagspause vorziehen. Und ihr? Nun, ihr sucht unseren Handtaschenräuber.«

»Wurmt dich das denn gar nicht?«, fragte Rena entrüstet, als Keller gegangen war. »Diese Degradierung. Wo du doch den Zusammenhang gefunden hast zwischen Ölnhausen und dem ›Fallen Angel‹.«

Fabian zuckte die Schultern und räumte seinen Schreibtisch auf, bis sich das Chaos der letzten Wochen lichtete. Dann stellte er die Fakten rund um Alessio noch einmal schriftlich zusammen und brachte die Aussage Nicolais zu Papier. Mit seinem Alleingang in Stuttgart hatte er schlafende Hunde geweckt. Ob er darüber entrüstet sein sollte, dass er nicht mehr in vorderster Reihe ermittelte, würde er entscheiden, wenn seine Nase wieder ihre gewohnte Größe angenommen hatte.

Gegen Mittag beschloss er, bei Leonie vorbeizufahren. Der Einsatz hatte die Hintermänner des »Fallen Angel« aufgeschreckt. Sie würden wachsam sein. Wenn die Redakteurinnen des Schwabenspiegels die richtigen Schlüsse zogen, konnte sie das in Lebensgefahr bringen. Er wollte Leonie zwar warnen, aber er machte sich auch nichts vor. Hinter seinen guten Absichten steckte auch das Bedürfnis, sie zu sehen.

Über der kleinen Wohnstraße unterhalb des Klinikums spannte sich ein weißblauer Himmel. Fabian parkte den Saab vor der Garage und klingelte an der altmodischen Haustür. Drinnen hörte er den Mops mit den Krallen über die Fliesen klackern und erwartungsvoll bellen. Leander auf der Hüfte, öffnete Leonie einen Moment später und starrte ihn sprachlos an. Er hätte in ihren blaubraunen Augen ertrinken können.

»Fabian!«, rief sie entsetzt, zog ihn am Ärmel in die Küche und schob ihn auf einen Stuhl. »Das sieht ja schlimm aus. Warte, ich glaube, wir haben irgendwo noch ein Päckchen essigsaure Tonerde. Emine? Ach Mist, sie ist ja Einkaufen.«

Sie setzte Leander in den Hochstuhl, holte sich einen Schemel und öffnete den obersten Küchenschrank. »Lebkuchengewürz, das alte Geschirr. Warte, ich glaube, hier ist es.« Sie zerrte ein Päckchen hinter einer vorsintflutlichen Küchenmaschine hervor und sprang wieder auf den Boden. Sie verrührte das Pulver mit Wasser zu einer dickflüssigen, streng riechenden Paste und legte ihm einen kalten Umschlag aufs Auge. Als sie fertig war, setzte sie sich ihm gegenüber auf die Kante der Eckbank.

»Sebastian hat es uns erzählt«, begann sie. »Das mit diesem Club in Cannstatt und den Kindern. Es kam ja auch im SWR, aber ohne deinen Namen zu erwähnen und das Ganze der Mafia unterzujubeln.«

Er nickte. Sie fand die nötigen Worte schon ganz allein.

»Dann hat es Sebastian irgendwie auf den Lokalsender Stuttgart Life verschlagen. Und da standest du plötzlich vor der Kamera. *Du* hattest diese Kinder befreit.«

Vorsichtig drückte er das feuchte Tuch auf die schmerzende Stelle unter seinem Auge. Die Kälte schien tief in seine Haut einzudringen und tat ihm richtig gut. Aber vielleicht war es auch nur Leonies Gegenwart.

»Und, wie hast du das gemacht?«

»Mit Hilfe einer sehr toughen Stripperin«, sagte Fabian.

»Ich bin unheimlich froh, dass die Mädchen noch leben«, fügte er hinzu.

»Du hast sie sicher wieder im Alleingang befreit.«

Er zog die schmerzenden Schultern hoch. »Nein, mit Irina. Mitten in den Schlamassel zu stolpern, scheint meine Art zu sein. Aber damit ist jetzt Schluss. Heute Morgen hat man den Fall zum Dezernat für organisierte Kriminalität nach Stuttgart verlagert.«

»Organisierte Kriminalität – eine Nummer zu groß für euch, was?«

»Und genau deshalb bin ich hier«, fuhr Fabian fort.

»Du meinst, wegen meiner Fragerei über die Mafia?«, fragte Leonie. »Aber eigentlich ist es doch Sabine Marian, die recherchiert und deshalb im Fokus steht. Ich selbst bin nur ganz am Rand involviert. Und niemand kennt meinen Namen, weil ich neu in der Branche bin.«

»Trotzdem. Als wir am Samstag darüber gesprochen haben, war das Ganze noch Theorie. Jetzt ist das ›Fallen Angel‹ hochgegangen, und seine Betreiber wollen sicher nicht, dass jemand im Dreck herumstochert, egal ob Newcomerredakteurin oder Spitzenjournalistin.«

Leonie schaute ihn nachdenklich an. »Du hast Angst um mich.«

»Ich will dich nicht verlieren.«

»Ich gebe zu, dass ich mich ungern mit einem Gewicht am Fuß im Neckar wiederfinden würde«, erwiderte sie. »Hast du dir eigentlich schon mal Gedanken darüber gemacht, ob dieser ganze Mist zusammenhängen könnte? Das ›Fallen Angel‹, der Fall Ölnhausen und der Mord an Massimo und Maria Girolamo?«

»Der Doppelmord riecht nach einer Tat im Schutzgeldmilieu. Das passt zwar, hat aber erst einmal nichts mit dem ›Fallen Angel‹ zu tun.«

»Wer weiß«, sagte sie. »Aber ich habe noch etwas anderes herausgefunden. Massimo war so eine Art Informant für Sabine Marian. Er hatte ihr auch von dem Wahlbetrug mit Auslandsitalienern erzählt, den die 'Ndrangheta 2008 in Stuttgart angezettelt hat, um ihren Kandidaten in den römischen Senat zu hieven. Und jetzt scheint er neue Informationen gehabt zu haben.«

»Egal.« Entschlossen schob Fabian die Kompresse auf sein Auge. »Ich bin den Fall los, oder meinetwegen auch das Konglomerat an Fällen, und suche weiter nach einem simplen Handtaschenräuber. Und weißt du was? Vielleicht ist mir das auch ganz recht so.«

Der Mops kam heran und rieb seinen Kopf an seinem Knie. »Hey, Max«, sagte er und klopfte seine speckigen Nackenfalten.

In diesem Moment pochte es leise an der Terrassentür. Leonie hob verwundert den Kopf.

»Oh!«, machte sie und erhob sich. Vor der Glasscheibe erkannte Fabian einen Mann, der einen Korb mit Erdbeeren über dem Arm trug und winkte. Fabian dachte zuerst, es handle sich um den Boten des örtlichen Supermarkts, der Emine beim Einkaufen behilflich war. Als der Besucher jedoch in der Küche stand und Leonie knallrot anlief, zählte er zwei und zwei zusammen. Ein bitterer Geschmack legte sich auf seine Zunge, und sein Herz wurde schwer. Der Mann war um die dreißig und sah verdammt gut aus. Seine Schultern zeigten, dass er regelmäßig trainierte. Ein Typ, auf den die Frauen standen. Einen Moment lang schwiegen sie sich an und sondierten die Lage. Dann wandte sich der Fremde an Leonie. »Ich habe dir einen Korb Erdbeeren von einem befreundeten Lieferanten mitgebracht. Aus dem Remstal, frisch gepflückt. Sie sind so köstlich, dass ich dachte, sie sollten dir nicht entgehen.«

Fabian warf einen Blick in den Korb. Die Erdbeeren sahen aus wie gemalt.

»Danke«, sagte Leonie.

Der Fremde stellte den Korb auf dem Küchentisch ab und wandte sich Leander zu. »Und das ist also dein Sohn. Süßer Kerl. Hallo Kleiner.« Seine kräftige Hand fuhr dem Kind über den Kopf, das ihn verwundert anstarrte. Fabian schluckte schwer an seiner Eifersucht. Der Mops hatte die feinsten Sensoren und verzog sich durch die offene Terrassentür.

Leonies Gesicht sprach Bände. Sie war noch immer so rot wie die reifen Erdbeeren aus dem Remstal. Fabian hörte, wie sie tief Luft holte. »Darf ich euch vorstellen? Fabian, das ist mein Bekannter Gianluca Battista. Gianluca, das ist mein Schulkamerad Fabian Grundmann.«

Bekannte, Schulkameraden. So nannte man also heute Rivalen, die sich im Ernstfall bis aufs Blut bekämpfen würden. Fabian sah in den Augen des Fremden, dass er genau das Gleiche dachte.

»Hallo.« Er trat einen Schritt näher. Seine blaugrünen Augen wanderten über Fabians lädiertes Gesicht. »Sie haben ja schwer eine übergekriegt.« Er hätte schwören können, dass da eine Spur Schadenfreude in seiner Stimme lag.

»Ich bin gegen einen Schrank gelaufen«, sagte er gallig.

Der Fremde schüttelte missbilligend den Kopf. »Leonie. Du hättest mich anrufen sollen. Dann hätte ich ein Stück rohes Rindersteak mitgebracht. Nichts wirkt besser gegen Blutergüsse und Veilchen, die man sich an Schrankecken einfängt.«

»Besten Dank auch«, sagte Fabian grimmig. »Ich wollte sowieso gerade gehen. Leonie, danke für den Umschlag.« Er legte das säuerlich riechende Tuch auf die Tischplatte und stellte fest, dass er sein Auge eine Spur besser öffnen konnte. Wie betäubt stieg er in sein Auto und knallte die Tür hinter sich zu. Als er in die Polizeidirektion zurückfuhr, hatte sich der Himmel über Esslingen zugezogen, und es begann zu regnen.

47.

Der Regen tropfte langsam und stetig auf den Asphalt. Sabine Marian stand am Fenster und starrte auf die Straße hinaus. Roman und Leon hätten schon vor einer Stunde aus dem Hort zurück sein sollen. Zugegeben, die beiden vertrödelten sich hin und wieder auf ihrem Schulweg. Daheim stellte sich dann oft heraus, dass sie ein Fußballmatch mit ihren Kumpels ausgefochten hatten, oder dass es am Kiosk neue Sammelbildchen gab. Meist akzeptierte Sabine ihr selbständiges Lausbubendasein. Die Schule würde ihnen ihren freien Willen schon früh genug beschneiden. *Mach Dich nicht verrückt!*, dachte sie und schaute auf die Uhr. Schon halb fünf. So spät war es noch nie geworden. Als sie zum Telefonhörer griff, waren ihre Hände kalt und schweißnass. Nach kurzem Klingeln ging die Erzieherin ran.

»Tanja? Hier spricht Sabine Marian.« Widerwillig stellte sie fest, dass ihre Stimme zitterte. »Hat vielleicht jemand Geburtstag? Sind Leon und Roman noch da?« Die Wahrscheinlichkeit war zwar gering, aber vielleicht hatten sie sich einfach länger im Hort aufgehalten. »Nein.« Enttäuschung machte sich in ihr breit wie ein schwarzes Tuch. »Um fünfzehn Uhr nach Hause geschickt, wie immer, danke.«

Sie fragte noch, ob sie vielleicht mit einem ihrer Freunde gegangen sein könnten, aber Tanja wusste von keiner Verabredung. Eine Viertelstunde später hatte Sabine die Kumpels ihrer Kinder durchtelefoniert sowie beim Trainer in der Fußballjugend und im evangelischen Pfarramt nachgefragt. Vielleicht hatte der Pfarrer ja den Jungschartermin umgelegt, der heute Abend stattfinden sollte. Nichts. Noch immer keine Spur von ihren Kindern. Sabine fühlte sich, als hätte man ihr den rechten Arm amputiert.

Sie legte auf und lief rastlos von Raum zu Raum. Eichenparkett, Bücherregale an jeder Wand. Erdgeschoss, vier Zimmer mit Gartenanteil. Eins davon nutzte sie als Arbeitszimmer, weil sich die Jungs auch nachts nicht trennen wollten und einander im Bett gegenseitig Abenteuergeschichten erzählten. Wie froh sie über diese Wohnung am Stadtrand gewesen war, wie erleichtert, dass es diese intakte, bürgerliche Umgebung noch gab, in der man sich zu Hause fühlen konnte! Diese vier Wände waren der Schutzraum gewesen, in dem ihr Herz nach dem Ende ihrer Ehe wieder heilen konnte. Sie hatten den Kindern Sicherheit geboten. Mit einem Schlag war das Gefühl zerstört worden. Und das Schlimmste war, dass sie selbst die Schuld daran trug.

Sabine nahm den großen Stockschirm von ihrem Vater und trat in den Regen hinaus. Weil sie nur ein T-Shirt, Jeans und Stoffturnschuhe trug, wurde sie schon von der ersten Regenböe durchnässt. Sie spürte die Kälte nicht, nur die Angst lag ihr scharfkantig wie ein Stein im Hals. Eilig schritt sie den Gehweg entlang. Die Straße war verkehrsberuhigt. Hinter den schmiedeeisernen Zäunen lagen tropfende Büsche, stolze Villenfassaden, Kanzleien, Praxen, noble Einfamilienhäuser. Der Regen prasselte auf die Autodächer. Ich trage die Schuld, dachte sie verzweifelt. Ich allein, wenn meine Söhne tot irgendwo im Wald liegen. Am Samstag hatte sie sich fest vorgenommen, sich nicht einschüchtern zu lassen, schon gar nicht von einem Haufen hirnloser Verbrecher mit einem Moralkodex aus dem Mittelalter. Und als am Sonntag die Nachrichten von der Ermordung der beiden Russen und der Befreiung der Kinder über die Bildschirme geflimmert waren, hatte sie sich bestätigt gefühlt und ihren Artikel voller magerer Wahrheiten beendet. Um die Verbindungslinien zu ziehen, brauchte sie eigentlich nur noch die Freigabe der Polizeiberichte. Hatte der junge Polizist mit dem zerschlagenen Gesicht nicht auf

Stuttgart Life sogar Klartext geredet, ganz entgegen der offiziellen Variante, die am liebsten alle Aktivitäten der Mafia im Ländle herunterspielte? Aber jetzt war aus der Drohung bittere Realität geworden. Und sie war so leichtsinnig gewesen, ihre Söhne heute allein in die Schule und in den Hort gehen zu lassen. Der Regen schaffte es bis unter ihren Schirm und mischte sich mit ihren Tränen. So kam es, dass sie an der Ecke zur Ausfallstraße die beiden Jungen nicht sah, die mit schlackernden Schulranzen einer nach dem andern in sie hineinrannten.

»Mama!«, schrie Roman entrüstet. »Willst du mich mit dem Schirm erstechen?«

Sie war so erleichtert, dass sie keine Antwort gab, sondern ihre Söhne nur fest an sich drückte. Klatschnass waren sie und rochen wie immer, wenn sie Sport gehabt hatten, ein bisschen nach nassem Hund.

»Du weinst ja«, stellte der kleine Leon verwundert fest.

»Nee, du Idiot. Es regnet bloß«, sagte Roman, der schon immer der Forschere von beiden gewesen war und seine Mutter im Grunde für unbesiegbar hielt. Sabine wischte sich mit ihrer freien linken Hand über die Augen. »Ich habe mir solche Sorgen um euch gemacht. Da kann das mal passieren.«

Roman winkte großspurig ab. »Echt? Wir haben nur eine kleine Spritztour gemacht.« Sie spürte, wie ihr das Blut in die Beine sackte. Als sie ihn an den Oberarmen packte, flog ihr der Schirm aus der Hand. Eine Böe erfasste ihn und ließ ihn meterweit über den Gehweg fliegen.

»Mit wem?«

»Mit einem Auto, das war so was von geil.«

Leon flitzte davon und fing den Schirm wieder ein, über den beinahe eine junge Mutter mit Kinderwagen gestolpert wäre.

Ohne den Regen weiter zu beachten, dirigierte Sabine ihre Söhne an den Schultern bis zur Eingangstür. »Mit wem?«, wiederholte sie eindringlich, als diese hinter ihnen ins Schloss gefallen war. Sie standen im Flur, tropften aufs Parkett und sahen aus wie das wandelnde schlechte Gewissen.

»Na mit den Männern natürlich.«

»Welche Männer?«, fragte sie und hoffte, dass die Angst in ihrer Stimme nicht allzu stark durchklang.

»Na, die Männer halt. Sie sagten, du hättest sie geschickt, damit sie uns bei dem Regen nach Hause fahren. Ist doch logisch, oder?«

Die Beine knickten unter ihr weg, und sie sackte einfach an der Wand neben der Garderobe zu Boden.

»Mama?«, fragte der kleine Leon, sank auf die Knie und musterte sie verunsichert. »Ist alles okay?«

»Natürlich. Erzählt weiter! Wie haben die Männer ausgesehen?«

Leon warf seinem Bruder einen unsicheren Blick zu. »Einer war stark wie Supermann mit so richtig großen Muskeln.« Er demonstrierte die Behauptung anhand seines eigenen dünnen Oberarms. »Und der andere war …«

»An dem war nichts dran außer ein guter Anzug, wie Papa auch einen hat«, vollendete sein Bruder, der sich neben sie in den Schneidersitz gehockt hatte. Sie schüttelte den Kopf und konnte sich vorstellen, wer der zweite Mann gewesen war. »Ich habe euch doch schon tausend Mal gesagt, dass ihr nicht mit Fremden mitgehen dürft. Ach, was sage ich, eine Million Mal.«

»Aber sie sagten, sie kommen von dir«, wehrte sich Roman.

»Da haben sie gelogen«, sagte Sabine leise.

»Oh!« Leon steckte seinen Daumen in den Mund.

»Und wo seid ihr hingefahren?«

Roman war jetzt ganz zerknirscht. »Über die Autobahn, immer auf der linken Spur – wir haben voll gespritzt, Mann, so richtige Fontänen, und dann in irgend so ein tiefes Tal bei Leonberg, wo alles voller Wald ist. Und dann haben sie uns an der Straße abgesetzt.«

Leon nahm seinen Daumen aus dem Mund. »Und ich soll dir einen Gruß bestellen.« Sabine zog sie an sich, einen nach dem anderen und drückte ihre dunklen, zerzausten Köpfe an ihre Schulter. »Von wem?«, fragte sie erstickt.

»Das wüsstest du schon«, sagte Leon.

Laura hatte geahnt, dass sie ihm auf Dauer nicht würde ausweichen können. Als es am Montagabend klingelte, war ihr Widerstand gebrochen. Zaghaft öffnete sie die Tür. Wie immer fand sie es erstaunlich, dass man ihm nicht ansah, was er war. Er trug ein blaues Hemd, schwarze Jeans und ein schwarzes Sakko. Gut angezogen, schoss es ihr durch den Kopf. Es hatte Zeiten gegeben, da hatte die Luft zwischen ihnen geknistert.

»*Salve*«, sagte er.

Sie sprachen Italienisch.

»Willst du reinkommen? Ich habe Kaffee und Dolce.« Niemals hätte sie allein die große Tüte Plundergebäck essen können, die sie im Café gekauft hatte. Es war, als hätte sie mit ihm gerechnet. Heute.

Er schüttelte den Kopf. »Lass uns ein Stück gehen!«

Nach dem Regen war es abgekühlt. Sie holte sich ihre weiße Strickjacke und ließ sie sich von ihm fürsorglich um die Schultern legen. Trotz des Altersunterschieds hätte man sie für ein Paar halten können, das an einem frischen Sommerabend nach dem Regen zu einem Abendspaziergang aufbrach. Sie wandten sich in Richtung des Flusses. Die Bebauung, Mehrfamilienhäuser, Straßengewirr und Industrie, verlief sich wie eine müde Welle im Gelände. Rundum lagen Gärten, Felder, sorgfältig bearbeitetes Land zwischen Fluss und Bahnlinie, das die Mettinger Gärtner seit Jahrhunderten beackerten. An den Feldrainen öffneten die Sonnenblumen ihre schweren Blütenköpfe.

»Wie fühlst du dich?«, fragte er leise.

»Das fragst du mich?«

»Ja«, sagte er, und seltsamerweise glaubte sie ihm.

Der Fluss war braungrün und satt vor Sedimenten. Sie setzten sich am Uferweg auf eine Bank und hörten dem Lärm der Bundesstraße zu, die direkt auf der anderen Seite verlief. Unterhalb der bewachsenen Böschung trieb eine Entenfamilie im Wasser, vier Küken kurz vorm Flüggewerden folgten Ente und Erpel. Noch achteten die Eltern auf ihre halbwüchsigen Kinder und hielten die Familie zusammen. Das ist sein Job, dachte Laura spöttisch. Die Familie bändigen, eine Bande junger Zocker mit dem Hang zur Selbstüberschätzung, einige profitgeile Geschäftsleute und ein Haufen kalabrischer Bauernsöhne, die kaum ihren Namen schreiben konnten. Er war wirklich nicht zu beneiden.

»Wie geht es Alessio?«

»Super, er lebt sich sehr gut ein. Ist viel mit den Jungs zusammen. Besonders mit seinem Bruder.«

Sie blinzelte. Irgendwie ließ das abendliche Geglitzer auf dem Fluss ihre Augen tränen. Auf dem Uferradweg herrschte viel Betrieb.

Eine Reihe Radfahrer mit bunten Helmen und prall gefüllten Satteltaschen drängelte sich an der Bank vorbei und kollidierte beinahe mit zwei entgegenkommenden Halbwüchsigen auf Inlineskates. Gerade noch rechtzeitig befreiten sich die Radler aus den Pedalen, sprangen fluchend ab und verhinderten so einen Unfall.

»Mistkerle«, schrie einer, aber die Jugendlichen hatten

schon die Biege gemacht. Der Radweg war zu schmal für seine zahlreichen Benutzer, die darauf ihren Freizeitvergnügungen nachgingen.

Die Radlergruppe saß auf, setzte sich schaukelnd in Bewegung und verschwand hinter der nächsten Biegung.

Laura wartete. Etwas würde geschehen. Auch sie hatte die Fernsehberichte am Samstag gesehen und wusste, dass der andere sich nicht umsonst dem Risiko aussetzte, mit ihr gesehen zu werden. Das Pflaster war inzwischen so heiß geworden, dass es ihm schon seine Schuhsohlen verbrennen musste.

»Alessio wird mit den Jungs nach Kalabrien gehen.«

»Bist du gekommen, um mir das zu sagen?«

»Nicht nur.«

Er zog eine kleine Schachtel aus seiner Jackentasche, eine Pillenpackung ohne Aufdruck, weiß, aus Pappe, unscheinbar. Laura konnte sich denken, was darin war. In der Zeit nach Giorgios Tod hatte sie sich genau diese Möglichkeit herbeigesehnt. Manchmal wurde man von seinen eigenen Wünschen eingeholt, wenn sie schon längst nicht mehr galten.

»Du weißt, dass ich nicht dulden kann, was du getan hast?«, fragte er. Seine Lippen wirkten wie ausgebleicht. Das Gespräch nahm ihn sichtlich mit.

»Was habe ich getan?«

»Du hast Giorgio umgebracht.«

Sie schwieg. Als wieder ein Wort über ihre Lippen kam, zitterte ihre Stimme. »Habe ich das? Und was hat das zu bedeuten?« Fragen stellen, wenn man die Antwort schon kannte, hieß nichts als Zeit schinden. Doch Zeit war nie kostbarer gewesen.

»Kennst du das Wort Blutrache, Laura? Es heißt, dass du und dein Fleisch und Blut ausgerottet werden mit Stumpf und

Stiel. Traditionen werden bei uns sehr großgeschrieben.« Über diese Dinge und ihre Konsequenzen hatte sie seit Jahren nachgedacht.

»Giorgio war ein Schwein«, wandte sie ein. »Er hat Alessio und mich fast totgeprügelt. Aber das hat euch noch nie interessiert.«

Er sah sie eindringlich an. »Ehefrauen sind gehorsam in unseren Kreisen, Laura. Sie fügen sich. Es hat Gerede gegeben über Giorgios Tod. Wie soll Alessio seinen rechtmäßigen Platz beanspruchen, wenn es den Verdacht gibt, dass seine Mutter seinen Vater getötet hat? Wie soll er den Makel von seinem Namen waschen?«

Sie saßen noch ein Weilchen da. Der Tod, mit dem sie am Würfeltisch saß, hatte eine Glückssträhne.

Laura nahm die kleine Schachtel und ließ sie unter der weißen Strickjacke in ihrem Schoß verschwinden.

48.

Es war nicht mehr die Rede davon, dass Alessio allein nach Kalabrien geschickt werden sollte. Seit Samstag herrschte in dem Haus in Lobenrot hektische Aufbruchsstimmung. Die Jungs packten ein, was zu packen war, und bereiteten den Umzug und die Beseitigung der Spuren vor. Kurz vor Schluss zeigte das Haus sein wahres Gesicht als Hauptquartier. Fremde Clanmitglieder mit Autokennzeichen aus Ludwigsburg und vom Bodensee gaben sich die Tür in die Hand, nahmen ihre Anweisungen entgegen und verschwanden wieder. Alessio hätte nie gedacht, dass seinem Onkel die Umgebung einmal zu heiß werden würde, dazu funktionierte seine Tarnung zu gut. Nach außen hin lief die Firma auf dem Stuttgarter Großmarkt weiter wie bisher. Aber die Sache mit dem »Fallen

Angel« hatte seine Pläne durchkreuzt. Irgendetwas war dort aus dem Ruder gelaufen.

Als Alessio die Fernsehberichte gesehen hatte, ahnte er, was es gewesen sein konnte. Sie mochten keine Kinderprostitution, aber noch weniger schätzten sie es, hintergangen zu werden. Sie bestimmten die Regeln, und wer das nicht begriff, der hatte verloren. Massimo und Maria hatten sterben müssen, weil sie sich dem System aus Schweigen verweigerten, das die Mafia auf der ganzen Welt absicherte. Das zweite Opfer war Ölnhausen gewesen. Um den muss es dir nicht leidtun, hatte Kain gesagt, und Alessio wusste jetzt, warum. Dann waren die Russen dran gewesen. Er war sicher, dass sie insgeheim fieberhaft nach weiteren undichten Stellen im System suchten, nach Leuten, die mit Ölnhausen gemeinsame Sache gemacht hatten. Ein Gutes hatte das Ganze. Solange sie beschäftigt waren, vergaßen sie Alessio einfach. Das bedeutete zwar nicht, dass er fliehen konnte, aber er lief auf sehr bequeme Weise nebenher, fast, als sei er unsichtbar.

Als er in die Küche trat, saß eine Runde von sechs Männern am Tisch, grobschlächtig, in Jeans, hemdsärmlig. Einige kannte er. Sie waren Kuriere, Fahrer, Helfer. Keiner von ihnen gehörte zum inneren Kreis. Sie hoben kurz den Kopf und führten ihr Gespräch dann leise in Kalabrisch fort, das er nicht verstehen konnte.

Er schob eine Pizza in den Ofen und stellte sich ans Fenster. Es hatte zu regnen aufgehört. Wasser tropfte von den Bäumen, und die Büsche schimmerten in einem beinahe unwirklichen Grün. Nach kurzer Zeit erfüllte der Duft von geschmolzenem Käse und heißem Hefeteig den Raum. Er hatte die Pizza gerade aus dem Ofen geholt und in Viertel geschnitten, als plötzlich die Tür aufging. Kain stürmte herein, gefolgt von Blankert, der seit Samstag bei ihnen untergekommen war. Alessio konnte den Mann nicht leiden.

»Na, Kleiner!« Kain nahm sich ein fädenziehendes Viertel der Pizza vom Backblech, biss mit großen weißen Zähnen hinein und ließ sich auf einen Stuhl fallen. Blankert lenkte seine Augen von einem zum andern und grinste. Alessio hätte ihm am liebsten ins Gesicht geschlagen.

»Was Alessio? Wenn Kain da ist, musst du sehen, dass du was zu essen abkriegst.«

Er warf seinen Trenchcoat über eine Stuhllehne und setzte sich zu den Männern. Mit seinem grauen Anzug wirkte er wie ein Manager, und die anderen waren plötzlich nichts weiter als kalabrische Bauern, die der Südwind vom Mittelmeer über die Alpen gespült hatte. Sie unterhielten sich, als wäre Blankert gar nicht da. Kain prahlte aufgekratzt mit seinen Taten.

»Das war geil, Enrico, oder?« Er sprach mit vollem Mund und spülte die Pizza mit Bier herunter. »Der Alten haben wir einen schönen Schrecken eingejagt. Die wird sich jetzt zweimal überlegen, ob sie ihre Schweinereien weiterschmiert.«

Alessio sicherte sich die Hälfte der Pizza und kehrte an seinen Platz am Fenster zurück. Minuten vergingen, in denen die Männer sich wieder in ihre Gespräche vertieften und Kain seine Taten in allen Farben ausmalte. Er verschwand in der Unsichtbarkeit. Erst, als das Telefon klingelte, wurde es plötzlich still. Alessio, der auf dem Display seine heimische Nummer erkannt hatte, hob ab, ehe er nachdenken konnte.

»Alessio Cortese.« Am anderen Ende blieb es still. Er hörte sie nur atmen, leise, aus und ein und wieder aus und ein.

»Laura?«, fragte er leise. Und dann sagte er das Wort, das er noch nie gesagt hatte und wohl auch nie wieder sagen würde. *»Madre.«*

Kaum hörbar hängte sie den Hörer ein. Alessio spürte die Blicke der Männer, die sich wie Messer in seinen Rücken bohrten. Er drehte sich um. Das Schweigen traf ihn wie eine Mauer.

»*Il figlio di Giorgio*«, sagte einer. Giorgio, von dem niemand wusste, wie er zu Tode gekommen war. Und in der Stille standen weitere italienische Worte, als würde sie jemand mit Blut an die Küchenwand malen.

Vendetta di sangue.

49.

Als Fabian und Gianluca gegangen waren, versank Leonie in hektischer Aktivität. Sie räumte die Schränke aus, wischte über die Regalböden, polierte die Glasscheiben der alten Einbauküche und des Küchenbüfetts und stellte Teller, Tassen und Vorräte danach ordentlich wieder hinein. Zum Schluss rieb sie mit einem in Bienenwachs getränkten Lappen über den Holztisch, bis der ganze Raum roch wie beim Imker. Die Großaktion hatte sie Paps zu verdanken. Nach einem kurzen Blick auf seine mittlere Tochter hatte er ihr Leander abgenommen und saß jetzt mit ihm beim Jahrgangstreffen seiner alten Schulklasse. Leonie konnte sich lebhaft vorstellen, wie der Kleine mit dem Charme seines Vierzähnelachens lauter glatzköpfige ältere Herren bezauberte und ihr Vater hauptsächlich damit beschäftigt war aufzupassen, dass er nicht nach den Biergläsern grabschte.

In Hausmanns Küche blitzte es zwar wie neu, aber gegen Leonies Frust hatte der Anfall von Putzwut nicht wirklich geholfen.

Als es zu regnen aufhörte, trat sie mit ihrer Kaffeetasse in der Hand auf die Terrasse hinaus. Der Garten dampfte vor Feuchtigkeit. Leonie versank in den gleichen Grübeleien, die sie schon den ganzen Nachmittag quälten. In einer Viertelstunde zwei Beziehungen in den Sand zu setzen, war eine reife Leistung. Komplizierte Dreiecksbeziehung … Wie hatte sie nur glauben können, dass sie imstande war, die Lage im Griff zu haben? *Ich hätte nicht mit Gianluca schlafen sollen,* dachte sie reuevoll. Andererseits hatte es zwischen ihnen mehr als gestimmt. Leonie spürte, wie ihr Gesicht in der kühlen Luft zu glühen begann. Doch als Fabian, der Möchtegernheld und Lebensretter, mit seinen Blessuren in der Tür gestanden hatte, hatte ihr Herz einen Satz gemacht.

Sie fröstelte und hob die Augen. Im dunkelgrünen Dickicht am oberen Ende des Gartens hing der Regendunst wie Herbstnebel. Dieser Sommer hielt nicht, was er versprochen hatte.

Resigniert kehrte sie ins Haus zurück, stellte die leere Tasse neben die Spüle und klappte ihr Notebook auf. Wie von selbst gaben ihre Finger das Wort Mafia in die Suchmaschine ein. Knapp 280 Millionen Einträge. Nun, über mangelnde Beschäftigung konnte sie wirklich nicht klagen. In der nächsten halben Stunde grenzte sie den Begriff genauer ein und arbeitete einen Eintrag nach dem anderen ab. Draußen spannte sich der Himmel wie grünes Milchglas über dem Garten.

»Hey.« Den Mops im Schlepptau, trat Sebastian in die Küche, setzte sich auf einen Stuhl und streckte seine langen Beine unter den Tisch. Seine Turnschuhe hatten eine Reihe matschiger Fußspuren auf dem Fliesenboden hinterlassen, zu denen sich jede Menge zierliche, braune Hundeabdrücke gesellten. Leonie öffnete schon den Mund, um ihren Bruder anzumotzen, ließ es aber bleiben, als sie sein Gesicht sah. »Wo hast du denn die Baumelfe gelassen?«, fragte sie stattdessen.

»Hat sich in Luft aufgelöst.«

»Was, Flavia oder eure Beziehung?«

»Hatten wir eine? Ist mir gar nicht aufgefallen.«

»Ich dachte«, sagte sie kleinlaut.

»Da hast du dich geirrt.« Er stand auf, holte eine Literflasche Cola aus dem Kühlschrank, öffnete sie und trank in großen Zügen direkt aus der Flasche. Wieder beschwerte sie sich nicht. Der Mops streckte sich unter dem Tisch aus und legte das knautschige Gesicht mit einem Schnaufen auf seine Vorderbeine.

»Madame Primaballerina hat sich fürs Verhungern entschieden.«

Leonie schluckte trocken, sprachlos.

»Sie ist heute in die Ballettschule zurückgekehrt, auf Anordnung ihrer Frau Mama, die sie für gesund erklärt hat.«

»Aber …«

»Ja, genau«, unterbrach er sie. So aufgebracht hatte sie ihn noch nie gesehen. »Ihre Eltern haben sie besucht, als wir gerade spazieren gingen. Der Vater ist ja ganz okay, aber ihre Mutter besteht darauf, dass sie weiter an ihrer Karriere als Primaballerina arbeitet. Und dafür soll sie so dünn bleiben, wie sie ist. Leonie, sie ist immer noch magersüchtig. Sie löst sich in Luft auf.«

Sie stand auf, nahm ihren Bruder in die Arme und spürte seinen breiten Rücken, die Schultern, die Muskeln an seinen Oberarmen. Er wurde erwachsen. »Das tut mir leid«, sagte sie leise.

»*Sie* kann einem leid tun«, gab er bitter zurück und zog sich in sein Zimmer zurück. Leonie setzte sich wieder an den Rechner und dachte plötzlich an Alessio. Wie in Trance gaben ihre Finger die Stichworte »Mafia« und »Initiationsriten« ein.

»Wer war es, *figlio di puttana*?«

Sie hatten Blankert die Hände auf dem Rücken gefesselt. Zu fest. Die Lederriemen schnitten in seine Handgelenke ein und hinterließen dort tiefe rötliche Streifen. Darunter waren seine Finger grau angelaufen und geschwollen. *Das muss sauweh tun*, dachte Alessio. Er stand neben Kain vor der glänzenden Front der Einbauküche, wider Willen fasziniert von dem Verhör, das eigentlich nur noch Formsache war. Onkel Alberto beugte sich über Blankert, sein Cordsakko stand offen, die graubraunen Locken fielen ihm in sein zornrotes Gesicht.

»Wer sind die Hintermänner?«, fragte er mit seiner heiseren Stimme. Alessio ahnte, dass sein Deutsch besser war, als er sie alle wissen ließ.

»Ich habe nichts davon mitgekriegt.« Blankerts Blick blieb an Alessio hängen. Er wich ihm aus. Der Typ hatte schon verloren.

Kain war zu abgebrüht, um die Situation zu beachten. Er reinigte seelenruhig seine Fingernägel und ließ den Dreck auf die Ablage fallen. Das »Fallen Angel« war nur ein kleines Standbein in den Geschäften der 'Ndrangheta in Süddeutschland gewesen, ein Steckenpferd, und doch brachte sein Fall das Imperium ins Wanken, als hätte jemand an einem Grundpfeiler gesägt. Kain, Mario und Alessio waren die Prinzen des Reiches und sahen zu, wie der Geschäftsführer von ganz oben nach ganz unten fiel.

»Ich glaube dir nicht, Enrico.«

Sie hatten Blankert aufgenommen, als der Puff aufgeflogen war und er dringend untertauchen musste. Fast war er trotz seiner blauen Anzüge und der Krawatte ein Teil des Clans gewesen. Doch dann hatten sich die Anzeichen gemehrt, dass er den Kinderhandel unter den Augen seiner Chefs gedeckt hatte. Vielleicht hatte sein Onkel den Verräter auch ganz bewusst ins offene Messer laufen lassen. Wer sich in die Höhle des Löwen wagte, wurde schnell selbst zur Beute.

»Wie viel hat es dir eingebracht, Kinderficker?«, fragte Alberto leise.

Blankert lief zuerst rot an. Dann verfiel sein Gesicht und wurde aschfahl. Seine Stirn glänzte vor Schweiß. »Nichts.« Onkel Alberto schüttelte den Kopf. »Wenn ich dir nur glauben könnte.« Er schlug Blankert mit der Faust ins Gesicht. Sein Kopf flog zur Seite. Als er sich wieder gefangen hatte, hing an seiner Nase ein Faden Blut.

»Kain«, sagte Alberto mit einem Blick zur Seite.

Alessios Bruder zog Blankerts Kopf an den Haaren nach hinten. »Und, hat es dir Spaß gemacht? Mit den kleinen Mädchen?«

»Ich habe nicht …«, sagte Blankert mühsam. »Ich habe nichts gewusst.«

»*Du* willst uns wirklich weismachen, dass du nicht mitgekriegt hast, wie die Leute einen ganzen Kindergarten die Treppe raufgeschmuggelt haben? Einen Fickkindergarten?« Kain ließ Blankerts Kopf so abrupt los, dass er mit dem Kinn auf die Tischplatte knallte und rote Tropfen durch die Küche spritzten. Als er sich aufrichtete, lief ihm das Blut aufs Hemd. Alessio holte ein gebrauchtes Tempo aus seiner Jeans und wischte dem Mann ungeschickt über die Nase.

»Sie haben Angst«, hörte er sich sagen und schluckte, als er sah, dass Blankerts Augen sich hoffnungsvoll auf ihn richteten. Dann fuhr er fort. »Vor – uns, aber auch vor den Leuten, die das Geschäft mit den Kindern eingefädelt haben.«

Blankert nickte zögernd. Alessio hatte seine Verachtung gespürt, seit der Typ am Samstagabend hier hereingeschneit war. Blankert hatte sofort erkannt, dass er, trotz seiner Stellung als Neffe Albertos, ganz unten in der Hierarchie stand. Und doch vertraute er ihm jetzt, als Einzigem im Raum. Arme Schweine helfen armen Schweinen. Auf Cortese hatte Blankerts Verhalten eine unerwartete Wirkung. Er schaute Alessio an, als hätte er ihn nach fünfzehn Jahren das erste Mal richtig wahrgenommen. »*È un esperto a sottoporre Blankert ad un interrogatorio*«, hörte er seinen Onkel leise sagen. »*Bravissimo.*«

Alessio schluckte und sprach weiter. »Sie haben keine Wahl. Sie müssen es sagen.«

»Du meinst wohl, ich sterbe sowieso«, sagte Blankert leise. »Da ist es egal, durch welche Hand. Wenn es nur schnell geht.« Er schaute sich um. Seine Augen blieben an Kain hängen, der sich die Pizza aus dem Ofen geholt hatte und seelenruhig zu essen begann, und wandten sich dann Alberto zu.

»Knallhart, ihr Italiener, hmm?«

»Kalabrier«, sagte der Onkel stolz, als würde allein seine Herkunft ihn als Mann von Ehre ausweisen.

»Das erste Mal ist es tatsächlich hinter meinem Rücken geschehen. Das müsst ihr mir glauben.« Seine Augen heischten Zustimmung. Alessio nickte und fühlte sich schlecht. »Ich wusste, dass da ein Bedarf besteht, aber mein Ding ist so etwas nicht.« Er schnäuzte sich in das blutige Taschentuch. »Ölnhausen, das Schwein, hat die Russen bezahlt, die die Kinder aus dem Waisenhaus geholt haben. Wahrscheinlich haben sie den Verantwortlichen erzählt, dass hier Adoptiveltern auf sie warten. Und die haben das gegen Geld sicher gerne geglaubt. Zuerst ging das alles an mir vorbei, weil ich, wenn es rundging, oft gar nicht im Büro war. Dass sich die alten Säcke oben eine gewisse Türklinke in die Hand gaben, habe ich nicht mitgekriegt. Aber eines Tages standen drei kleine Mädchen in der Küche und verlangten auf Russisch was zu trinken.« Ein schiefes Grinsen stahl sich auf Blankerts Gesicht. »Conny hat jeder einen Becher Sprite gegeben, und ich habe mir Mischa vorgeknöpft.«

»Und dann hast du abgesahnt.« Kain wollte dem Verräter wieder ins Gesicht schlagen, aber Alberto hielt ihn zurück. *»Lascialo dire quello che pensa!«*

»Wer war es noch außer Ölnhausen?«, fragte er.

Aus Blankerts Gesicht wich alle Farbe. Dennoch beugte er sich vor, winkte Alessios Onkel zu sich heran und flüsterte ihm zwei, drei Namen ins Ohr. »Ich hatte keine Wahl.« Der Italiener nickte.

»Die drei Kinder, die der Bulle aus Mischas Keller befreit hat, die waren die dritte Lieferung. Nicht aus dem Waisenhaus. Das waren verkaufte Kinder.«

»Und was ist aus den anderen Mädchen geworden?«, fragte Alessio. Er fühlte sich mit ihnen verbunden. Auch über sein Leben bestimmten andere.

Blankert zuckte die Schultern. »Ich weiß es nicht. Weitergegeben, verramscht. Die Kunden wollten immer Neuware.«

Alessio wurde schlecht. Noch ein Wort, und er würde in hohem Bogen in Onkel Albertos schicke Einbauküche kotzen. Kain starrte Blankert nachdenklich an.

»Was machen wir jetzt mit ihm?«

Der Onkel sagte nichts, sondern zog den Verräter vom Stuhl, dem die gefesselten Arme wie zwei Fremdkörper über den Rücken hingen. »Aber ich habe doch geredet«, protestierte er. »Das könnt ihr nicht mit mir machen!«

»Komm!«, sagte der Onkel. Kain lud seine Waffe durch und ließ sich vom Fensterbrett auf den Boden fallen. Dann wandte sich Alberto seinem anderen Neffen zu. »*Benissimo.* Aber jetzt bleib!«

Als die drei Männer die Küche verlassen hatten, wurde es totenstill. Zum ersten Mal seit langer Zeit gestattete sich Alessio den Gedanken an Blue. Eigentlich war es um Blankert nicht schade, der den alten Säcken Sex mit Kindern ermöglicht hatte. Trotzdem lag ihm sein Herz wie ein Stein in der Brust. Er dachte an Kalabrien, an das Dorf, in dessen Nähe das Weingut seines Onkels lag. Hier wusste jeder, was gespielt wurde, vom kleinsten Kind bis hin zum Greis waren alle nichts als Rädchen im Getriebe. Er dachte an den Geruch von Mottenkugeln in der Strickjacke seiner Tante, den Haarknoten in ihrem Nacken und ihre unbarmherzigen Augen. Laura und er waren dort Außenseiter gewesen. Jetzt würde er ihre Missbilligung allein ertragen müssen. Er dachte an die Müllcontainer, in die jemand Löcher geschossen hatte, an das Madonnenbild in der Kirche, vor dem immer Blumen standen. Wie von selbst stahl sich sein Finger in den Blutfleck auf dem Tisch. Er war schon fast eingetrocknet und ließ sich schlecht vermalen, aber er kriegte trotzdem ein windschiefes Herz auf der Wachstuchdecke hin. Zuletzt blieb ihm nur das Blut an seinen Händen.

Fabians Handy klingelte, während er den Saab aus der Tiefgarage der Polizei auf die Agnespromenade fuhr. Als er Leonies Namen erkannte, war er zunächst versucht, den Anruf wegzuklicken. Dann aber siegte seine Neugier über seinen Stolz.

»Ja«, sagte er unwirsch und fühlte beinahe eine Art Genugtuung, als er das schlechte Gewissen in ihrer Stimme hörte.

»Fabian«, sagte sie gequält. »Es tut mir leid! Ich wollte kein doppeltes Spiel mit dir spielen. Das Leben hat mich einfach überrollt.«

»Du kannst dich treffen, mit wem du willst.«

Leonie machte eine kurze Pause, in der sie nach der richtigen Formulierung suchte. »Ich mag dich«, sagte sie dann schnell. »Aber eigentlich rufe ich nicht deswegen an, sondern wegen Alessio.«

Fabian schluckte trocken. Er musste ihre unbefangene Sympathieerklärung erst einmal verdauen. Die zweite Information ging da beinahe unter.

»Ja«, sagte er heiser.

»Ich recherchiere seit zwei Stunden über die Mafia.«

Er atmete tief durch. »Du solltest dich doch nicht in Gefahr begeben.«

»Ganz risikolos im Internet«, wiegelte sie ab. »Mein Bruder hat gerade schweren Liebeskummer und ist ziemlich durch den Wind. Und da ist mir das Gespräch mit Laura wieder eingefallen. Sie hat doch gesagt, dass Jungen von fünfzehn Jahren in der Welt ihres Mannes erwachsen seien.«

»Ja«, gab er zurück, noch immer komplett durcheinander.

»Ich bin auf die Initiationsriten der Mafiaclans gestoßen. Oft werden die Söhne der Capos, die eigentlich durch Geburtsrecht dazugehören, im Alter von fünfzehn Jahren offiziell aufgenommen. Ein religiös inspiriertes Ritual, bei dem ein Heiligenbild verbrannt und ein Eid geschworen wird. Es ist wie eine Neugeburt. Wir haben uns doch so gewundert, dass Laura ihren Sohn aufgegeben hat. Wenn Giorgio der Führungsriege der 'Ndrangheta angehört hätte, würde das alles erklären.«

Fabian kurbelte das Fenster hinunter und ließ den Wind herein. Doch der Tornado in seinem Inneren tobte weiter. Sie mochte ihn.

»Leonie«, sagte er leise und spürte, wie ihm die Silben ihres Namens auf der Zunge zergingen. »Ich freue mich über das, was du eben gesagt hast. Nicht das mit Alessio, sondern das davor.«

Sie schickte ein leises, sehr unsicheres Lachen durch den Äther. »Das hat mich echt Überwindung gekostet.«

»Du kannst meinetwegen sogar was mit diesem Gianluca haben.«

»Das meinst du nicht ehrlich!«

»Nein, wahrscheinlich nicht. Aber ich kann nicht Alessio und mit ihm alle anderen Italiener in Esslingen unter Generalverdacht stellen.«

»Das verstehe ich. Aber es würde ein neues Licht auf so manches werfen.«

50. Sehr sachte legte sie das Handy auf die Bettkante. Ihr Herz klopfte hoch bis in den Hals. Hatte sie ihm wirklich gerade gesagt, dass sie ihn mochte? Und was war mit Gianluca? Mit einem Schaudern erinnerte sie sich an die Dämonen, die manchmal in ihm erwachten, und spürte, dass sie dieser dunklen Seite nicht gewachsen war. *Puh,* dachte sie und wischte sich über die Stirn. Leander war seit einer halben Stunde von Opas Klassentreffen zurück und hangelte sich Schritt für Schritt an der Bettkante entlang.

»Mom«, sagte er noch immer ein bisschen heiser und strahlte sie voller Stolz an. Sie zog ihn auf den Schoß und drückte ihr Gesicht in seine dunklen Locken. »Du lieber und absolut wunderbarer Leander.« Er quietschte vergnügt, als sie ihn am Bauch kitzelte. »Ich bin ja so stolz auf dich.«

Der Gedanke an Alessio schlich sich in das Chaos ihrer Gefühle. Irgendwann hatte seine Mutter sicher auch ihm ins Ohr geflüstert, wie wunderbar sie ihn fand. Wie konnte man ein Kind aufgeben, einen Sohn, der noch dazu auf dem besten Weg war, sich in einen jugendlichen Gewalttäter zu verwandeln? Konnte man Liebe ausschalten, als würde man einen Schalter umlegen? Eben noch war sie sich sicher gewesen, den Grund für diese plötzliche Distanzierung gefunden zu haben. Laura hatte ihn verlassen, weil er als Teil des Clans neu geboren worden war. Oder stimmte das doch nicht? Hatte Fabian recht, der sich weigerte, sämtliche Italiener im Landkreis als potentielle Mafiosi zu betrachten? Natürlich war das kompletter Unsinn. Aber trotzdem … Es half nichts, sie musste Laura selbst fragen. Leonie kramte das Telefonbuch aus der Schublade ihres Schreibtisches und stellte fest, dass die Familie Cortese mit Adresse gelistet war. Perfekt. Sie zog Leander eine leichte Jacke und seine Schirmmütze an, packte Teddy und Schnuller ein und setzte ihn ins Auto.

»Ich fahre mal eben nach Mettingen«, rief sie in Richtung Küche, wo Emine mit den Töpfen klapperte.

»Bring Klopapier aus dem Supermarkt mit!«, rief diese und räumte in aller Ruhe weiter die Spülmaschine aus.

In Mettingen suchte Leonie eine Weile herum, bis sie den richtigen Wohnblock in der Wohnsiedlung nahe des Daimler-Werks gefunden hatte. Die Häuser wirkten wie ein modernistisches Kunstwerk aus Kuben und Würfeln. Aber schließlich hatte sie das Haus entdeckt, in dem sich das Drama der Familie Cortese abgespielt hatte. Der Name stand an dritter Stelle an der Klingel. Sie drückte den Knopf und wartete. Wartete weiter und drückte ein zweites Mal. Vergeblich. Ein schöner Reinfall! Leander begann zu strampeln. Sie stellte ihn auf den Boden, wo er sich an ihrem Bein festklammerte.

»Zu wem wellet Sie denn?«, rief jemand auf Schwäbisch. Als Leonie die Augen hob, schaute sie der alten Frau in die Augen, die sich am Samstag in der Innenstadt mit Laura getroffen hatte. Graue Pudeldauerwelle und schlaue Mäuseaugen. Als Beobachtungsposten diente ein professionell mit einem Kissen ausgepolstertes Fenster im ersten Stock.

»Sie sind des.« Sie musterte erst Leonie und dann Leander. »Het die Polizoi scho Nachwuchs?«

»Ich möchte zu Laura Cortese«, sagte Leonie leise und überging die Bemerkung.

»Die müsst eigentlich dahoim sein. Wartet Se, I mach Ihne uff.«

Eine halbe Minute später summte der Türdrücker, und Leonie stieg das sauber geputzte Treppenhaus bis in den dritten Stock hinauf. Ein schwacher Geruch nach Putzmittel lag in der Luft. Auch als sie direkt an Lauras Tür klingelte, öffnete niemand. Sie hörte ein lautes Rauschen, als ob sich Laura Cortese gerade Badewasser einließ. *Dann komme ich eben später wieder*, dachte sie, drehte sich um und erschrak, als sie bemerkte, dass sie in einer Pfütze stand. Ihre Turnschuhe waren schon ganz durchnässt. Unter der Wohnungstür der Corteses sickerte Wasser hervor, viel Wasser, das sich schon bis zur Treppe ausgebreitet hatte und die Stufen herabzurinnen begann. Hier stimmte etwas nicht. So schnell sie konnte, lief Leonie die Treppe hinunter und klingelte bei Frau Hegele Sturm, die mit ihren Pantoffeln zur Tür schlurfte.

»I komm ja schon. Wo brennt's denn?«

Leonie holte tief Luft. »Da oben. Da läuft ganz viel Wasser unter der Tür hervor.«

»Wartet Se, I han den Schlüssel.« Frau Hegele griff nach dem Utensil, das auf ihrer Kommode lag, und lief ächzend die Treppe hinauf. Einen Moment später schoben sie die Wohnungstür auf. Wasser stand im Eingangsbereich, durchnässte den Teppich und kroch die Wände hoch.

»Du liebe Zoit«, sagte Frau Hegele. »Laura?«

Sie stürmte an Leonie vorbei ins Bad.

»Heilenssackel!«

Geschockt blieb sie an der Tür stehen und schlug die Hand vor den Mund. Mit unbarmherzigem Rauschen bahnte sich das Wasser über den Rand der Badewanne seinen Weg in den Raum, schwappte auf den Boden und bildete eine zentimetertiefe Lache. Laura Cortese lag vor der Badewanne, ihr Gesicht auf den linken Arm gebettet. Die dunklen Haare breiteten sich wie Wasserpflanzen auf dem nassen Untergrund aus. An der Stirn hatte sie eine blutende Platzwunde, als wäre sie auf den Rand der Badewanne aufgeschlagen.

»Nehmen Sie Leander!«, sagte Leonie, drückte Frau Hegele das Kind auf den Arm und näherte sich der Badewanne. Als sie den Hahn abgedreht hatte, wurde es plötzlich ganz still. Das Wasser stand bestimmt drei Zentimeter hoch auf den Fliesen und dümpelte durch die offene Tür in Richtung Flur.

»Frau Cortese?«

Keine Antwort. Leonie hörte ihr Herz tief in der Kehle schlagen. Vorsichtig drehte sie Laura Cortese auf den Rücken. Sie war verteufelt schwer. Ihr Gesicht, blass, kalt und starr, lag nicht im Wasser. Wie konnte man da ertrinken?

»Lebt sie noch?«, fragte Frau Hegele leise. Leander schaute Leonie mit großen, dunklen Augen zu.

»Ich weiß es nicht«, wisperte sie und fühlte im Halsbereich nach dem Puls. War da etwas? Ein schwaches, ungleichmäßiges Klopfen an ihren Fingerspitzen? In diesem Moment entdeckte sie auf dem Stuhl neben der Badewanne die Schachtel und das leere Glas und erschrak sich zu Tode. Daneben lag ein Küchenmesser. Laura lebte, aber wie lange noch?

»Rufen Sie den Notarzt! Schnell!«, rief sie Frau Hegele zu.

Wie ging das noch mal mit der Mund-zu-Mund-Beatmung? Ihr Erste-Hilfe-Kurs lag so lange zurück, dass sie fast alles vergessen hatte. Aber wenn sie nichts tat, würde die bewusstlose Frau sterben. Plötzlich stand ihr alles ganz klar vor Augen, fast so, als würde ihr Fahrlehrer die Puppe beatmen, über die sie sich vor zehn Jahren mit Jonas lustig gemacht hatte. Sie nahm ihren ganzen Mut zusammen und drückte mit übereinandergelegten Händen ruckartig auf Laura Corteses Oberkörper. Einmal, zweimal, dreißigmal. Dann überstreckte sie den Kopf, bis sich der Mund öffnete und pustete der Bewusstlosen ihren Atem hinein.

»Atme!«, rief sie. »Atme schon!«

Nichts. Lauras Kopf sackte zur Seite. Geistesgegenwärtig bewahrte sie ihn davor, in die Wasserlache zu kippen. Leonie führte die Herzdruckmassage und die Mund-zu-Mund-Beatmung fort, quälend lange. Ihre Arme schmerzten. Unter ihren Augendeckeln tanzten bunte Lichter. Und noch immer zeigte Laura keine Reaktion. Mir wird schlecht, dachte sie, und der Badezimmerschrank begann, sich mit der Wanne um die Wette zu drehen. Sie kamen, kurz bevor Leonie an Lauras Seite ohnmächtig wurde. Plötzlich füllte sich der Raum mit Rettungsassistenten in orangefarbenen Uniformen, deren reflektierende Streifen vor ihren Augen verschwammen. Hinter ihnen drängte sich der Notarzt mit seiner großen Tasche in den Raum.

»Lassen Sie mal sehen!«, sagte er und warf einen prüfenden Blick auf die Bewusstlose und dann in Leonies aschfahles Gesicht. »Kümmer du dich um die Ersthelferin!«, rief er einem der Rettungssanitäter zu, der Leonie beim Arm nahm und aus dem Badezimmer führte. Als sie im Flur stand, holte Laura Cortese rasselnd Luft, hustete und erbrach sich auf die überschwemmten Fliesen. Der Druck wich von Leonie, als hätte jemand einen Felsblock von ihrer Seele gerollt.

»Gut gemacht!«, sagte der junge Rettungshelfer, legte Leonie eine Decke um die Schultern und setzte sie in Corteses Wohnzimmer auf einen Sessel. »Die Frau haben Sie wohl gerettet.«

»Aber sie hat Tabletten geschluckt.« Sie spürte, wie sie zu zittern begann.

»Wir kümmern uns schon um sie, keine Sorge.« Der junge Mann lächelte ihr beruhigend zu.

Leander saß noch immer auf Frau Hegeles Schoß, streckte seine Arme aus und wollte unverzüglich zu seiner Mutter. »Ach Leander. Ich bin klatschnass.« Nicht nur ihre Schuhe, sondern auch die Jeans und die kurzärmlige Bluse waren komplett durchnässt.

»Lass die Mama noch a weng in Ruhe, Bubele«, empfahl Frau Hegele und stand mit ihm auf. Sie wandte sich der

Schrankwand zu und zeigte auf die Bilder, die die Familie Cortese in glücklicheren Tagen zeigten.

»Mir könnet uns die Fotos aschaue. Schau amal: Des da isch der Alessio, wie er kloin war. Der het grad so ausgsehe wie du.«

Erschöpft schaute Leonie in ihre Richtung und erstarrte.

51.

Als Fabian am Dienstag um neun Uhr in die Polizeistation kam, traf er im Flur auf Irina in ihrem grauen Kapuzenshirt. Sie war in Begleitung von Milena Donakova, die Ende letzter Woche aus der Untersuchungshaft entlassen worden war. Die beiden schienen Ölnhausens versiegelter Villa in Polizeibegleitung einen Besuch abgestattet zu haben, um Milenas Sachen abzuholen. In Jeans, weißem Top und goldenen Sandaletten wirkte sie top gestylt und herausfordernd sexy.

»Wir wollen eine Aussage machen«, sagte Irina. »Vielmehr Milena. Ich bin nur zum Übersetzen da.«

»Nun, eigentlich wird der Fall ja von den Sonderkommissionen in Stuttgart weiterbearbeitet.«

»Willst du die Damen nicht hereinbitten?« In der Tür stand Keller und zwinkerte ihm verstohlen zu. Stirnrunzelnd führte Fabian die beiden Frauen ins Büro und ließ sie auf den Stühlen vor Kellers Schreibtisch Platz nehmen. Manchmal, ach was, oft genug verstand er nicht, wie sein Partner tickte. Hatte er nicht den Fall gestern bereitwillig abgegeben? Und jetzt sollte er eine Aussage aufnehmen, die sie schnurstracks zurück in die Untiefen der organisierten Kriminalität führen würde. Darüber würde Herr Herbrechtinger vom Innenministerium sicher nicht begeistert sein. Doch Keller, der sich gestern vor Unterwürfigkeit fast überschlagen hatte, schien diese Aussicht nicht zu stören.

»Man muss die Feste feiern, wie sie fallen«, sagte er, setzte sich an seinen Schreibtisch, legte die Zeigefinger aneinander und musterte die Damen mit sichtlichem Vergnügen. »Haben Sie sich gut erholt, Frau Donakova?«

Milena nickte und strich sich die blonde Mähne mit einer fließenden Bewegung aus dem Gesicht. Fabian fand sie attraktiver denn je.

»Wir sind nicht gekommen, um uns zu beschweren, sondern um zu reden«, drängte Irina.

»Natürlich, Frau …?«

»Wollert, Irina Kasimirova.«

»Sie sind das.« Keller räusperte sich. »Sie waren bei Herrn Grundmanns Heldentat am Samstag dabei.«

Irinas Blick wurde ernst. »Es war notwendig«, sagte sie dann und hob ihr Kinn. Milena ergriff ihre Hand. Zu zweit würden sie Berge versetzen.

»Herr Grundmann drückte sich ganz ähnlich aus.« Nachdenklich wandte Keller seinen Blick Fabian zu, der wieder ein Zwinkern zu entdecken glaubte. »Wollen Sie etwas trinken? Fabian, hol doch mal eine Flasche Apfelsaft! Oder wollen Sie lieber Wasser?«

Zähneknirschend stand Fabian auf, ging in die Küche und stellte vier Gläser und die Flasche Apfelsaft aus dem Kühlschrank auf den Tisch. Saft von heimischen Streuobstwiesen. Dabei konnte er nicht verhindern, dass Irinas Blick sein zerschlagenes Gesicht begutachtete.

»Du schillerst ja in allen Farben.«

Auf Irinas Mitgefühl konnte er gut verzichten. Und prompt hatte sie den passenden Ratschlag parat. »Wenn du ein Stück rohes Fleisch auf dein Auge gelegt hättest, wäre es nicht so schlimm geworden.«

»Ich gefalle mir bunt ganz gut«, sagte er so würdevoll wie

möglich. Tatsächlich hatten die Schmerzen in der Nacht nachgelassen, und die Schwellung auf seinem Auge war fast ganz verschwunden. Entschlossen fuhr er den Laptop hoch, um die Aussage der Zeuginnen aufzunehmen. Mit ihrer Freundin als Dolmetscherin fühlte sich Milena sicher genug, um offen zu sprechen. Fabian sah, wie sie tief Luft holte. Dann folgten einige Sätze auf Russisch.

»Milena möchte mit ihrer Aussage zur Aufklärung des Mordes an Peter Ölnhausen beitragen«, übersetzte Irina.

»Kennt sie etwa seinen Mörder?«, fuhr Keller dazwischen. »Dann hätte sie letzte Woche eine Falschaussage gemacht.«

Milena schüttelte vehement den Kopf. »Nein, aber ich kennen Chefs«, sagte sie. »Ist sicher Mafia. 'Ndrangheta.«

»So weit waren wir auch schon«, warf Fabian gallig ein.

»Halt! Die Eingrenzung auf die 'Ndrangheta ist für uns neu«, rief Keller. »Sind Sie sich da sicher?«

»Ja«, sagte Irina. »Aber die Kerle sind allesamt namenlos.«

»Und dafür seid ihr zu uns gekommen?«, sagte Fabian. »Um uns zu sagen, dass ihr die Identität der Italiener nicht lüften könnt? Prima.« Er pfefferte eine Akte auf seinen Schreibtisch. Sollten die Stuttgarter sich doch mit dem Fall herumärgern.

»Wir meinen nicht die Auftraggeber für den Mord, sondern Ölnhausens Komplizen, die die kleinen Mädchen ins ›Fallen Angel‹ geschickt haben.« Irina schüttelte den Kopf über so viel Begriffsstutzigkeit. »Er hat die Mafiosi nicht allein gelinkt. Dafür war er zu pleite.«

»Ach was?« Keller beugte sich neugierig vor, während Irina weitersprach.

»Sie haben sich bei Milena zu Hause getroffen. Lauter alte Säcke, die kleine Mädchen wollten und dafür tief in die Tasche gegriffen haben.«

»Herrenabend«, sagte Milena und schickte eine Reihe russischer Sätze hinterher.

»Milena musste bei solchen Treffen immer die sexy Gastgeberin spielen«, erklärte Irina. »Sie wissen schon, als Statussymbol für Ölnhausen. Mein Haus, mein Auto, meine Hure. Da saßen sie, die alten Wichser mit ihren karierten Sakkos und ihren Lederkappen, haben Käse- und Schinkenhäppchen genascht und ihr auf den Po geklatscht.« Milena wurde rot und biss die Zähne zusammen.

»Und dabei hat sie mitbekommen, wie die illustre Altherrenrunde den Kinderhandel geplant hat?«, fragte Keller. Milena runzelte die Stirn.

»Nicht direkt.« Irina zögerte. »Wenn Milena hereinkam, herrschte immer Totenstille. Als hätten die was zu verbergen. Und da hat sie gedacht …«

»Dass es sich lohnt, genauer hinzuhören«, vollendete Keller. Jetzt konnte Milena ihm besser folgen und nickte.

»So ungefähr. Sie hat sich hinter die Tür gestellt und gelauscht und dabei von dem Plan erfahren, Kinder ins ›Fallen Angel‹ zu bringen. Sie hat nicht alles genau verstanden, aber das Wichtigste.«

»Und, hat sie bei der Gelegenheit auch die Namen der netten älteren Herren erfahren?«, fragte Fabian.

Milena antwortete mit einem Redeschwall auf Russisch. »Nicht direkt«, fasste Irina auf Deutsch zusammen. »Aber sie hat ihre Autos gesehen. Und zwar …« Ihre Augen funkelten, »waren das keine normalen dicken Karossen, sondern alte Kisten.«

»Oldtimer?«, fragte Fabian.

»Ja, solche aufpolierten Dinger mit Sonderkennzeichen.«

»Ach was!«, wunderte sich Fabian. Ein- oder zweimal hatten die noblen Mercedescabriolets den Straßenrand so zugeparkt, dass er den Saab auf dem Parkplatz an der Burg abstellen musste. Ob die sauberen Hintermänner des Kinderhandels gewusst hatten, worauf sie sich einließen, als sie in Ölnhausens Villa ihren Deal besprachen? Je ein Käsehäppchen pro Kind. Fabian ertappte sich dabei, der Altherrenrunde den Zorn der Mafia gründlich zu gönnen.

»Namen hat Milena aber sicher nicht gehört?«, vermutete er.

»Nein, außer Karl und Dieter, was uns nicht weiterbringt.« Irina machte eine effektvolle Pause und sprach dann auf Russisch mit Milena, die in ihrer Handtasche kramte. »Aber wir haben das hier.« Sichtlich zufrieden mit sich schob sie ein zerknülltes DIN-A4-Blatt über den Tisch und strich es glatt.

»Die Kennzeichen.«

»Alle Achtung!« Keller nahm das Blatt entgegen und ließ seinen Blick anerkennend von Irina zu Milena wandern. »Das haben Sie gut gemacht. Sehr professionell. Überprüfst du das bitte, Fabian?«

Eine Viertelstunde später hatte Fabian den Kennzeichen Name und Anschrift ihrer Besitzer zugeordnet. Dazu kristallisierte sich eine Vereinszugehörigkeit heraus. Die Kirchheimer Oldtimerfreunde 1977 e. V. hatten ihre krummen Geschäfte im »Fallen Angel« ausgeheckt. »Man fasst es nicht. Lauter pädophile Autofans im Rentenalter«, stellte er fest und schob Keller seine Rechercheergebnisse zu. »Und was machen wir jetzt mit ihnen?«

»Ich hätte große Lust, die Herren noch ein bisschen schmoren zu lassen«, sagte Keller nach einem Blick in Fabians Gesicht. »Ungefähr so lange, bis ein sportlicher junger Killer in Turnschuhen mit einem Schalldämpfer auf der Knarre vor der Tür steht.«

»Das wäre keine schlechte Idee.«

»Aber da wir gute Polizisten sind …«

»Geben wir das Ganze jetzt nach Stuttgart weiter.«

Keller schaute ihn mit leisem Bedauern an und nickte, Fabian spürte in diesem Moment nur eine große Erleichterung. Er hatte sich weit aus dem Fenster gelehnt, dafür bezahlt und war jetzt einfach nur froh, dass es vorüber war.

52.

»Du kannst dich treffen, mit wem du willst«, sagte Gianluca großzügig.

Der schwarze Geländewagen brauste über die linke Spur der Autobahn A 8 in Richtung München und flog vorbei am Verkehr auf der mittleren Spur. Wasser spritzte hoch, legte sich auf die Frontscheibe wie Nebel und weiße Gischt. Die Sonne blitzte hinter den Regenwolken hervor und tauchte die Welt in gleißendes Licht.

»Meinst du?« Leonie blinzelte.

»Mit allen möglichen.« Er warf ihr einen kurzen Blick zu und konzentrierte sich dann wieder auf die Fahrbahn. »Aber nicht mit dem einen, der dich liebt. Außer mir natürlich.«

Gianluca fuhr so perfekt und konzentriert, wie er kochte. Effektiv und am Limit. Der Tacho zeigte 180 km / h, und trotzdem gelang es ihm, niemanden zu bedrängen. Oder lag es daran, dass alle anderen Autofahrer zur Seite fuhren, sobald sie das Geschoss von hinten auf sich zukommen sahen? Sie schluckte beklommen und wandte ihre Augen nach rechts.

Auf den Feldern an der Autobahn lag das reifende Korn golden und glänzend. Rechts von der Autobahn erhoben sich die Vorberge der schwäbischen Alb. Auf der Kuppe des vordersten streckte die Burg Teck den warnenden Zeigefinger ihres Turms in die Luft. Die Festung Hohenneuffen lag wie ein beschädigtes Gebiss auf einem Hügel am Horizont. Über Kirchheim ballten sich die nächsten Regenwolken zusammen.

Gianluca hatte sie gegen Mittag zu einer kleinen Spritztour abgeholt, als Emine gerade mit Leander zum Einkaufen aufgebrochen war. Eigentlich wusste Leonie ganz genau, was sie wollte. Aber wie sollte sie es bei so viel geballter Männlichkeit nur schaffen, mit ihm Schluss zu machen?

Sie hielten auf dem Wanderparkplatz oberhalb der Ortschaft Owen und stellten den schwarzen Porsche Cayenne unter den Bäumen ab. Bei dem wechselhaften Wetter hatte sich nur noch ein einziges weiteres Auto hierher verirrt. Leonie fröstelte in der kühlen Luft und knöpfte die Strickjacke über ihrer weißen Bluse zu.

Der Weg wand sich in Serpentinen durch den Mischwald hinauf zur Burg Teck. Ein Windzug bewegte die Blätter und ließ einen Schauer Wasser auf sie niederrieseln. Unwillkürlich dachte Leonie an Laura Cortese. Wie es ihr wohl heute ging? Sie nahm sich vor, gleich nach ihrer Rückkehr in der Klinik anzurufen.

»Komm!«, sagte er, griff nach ihrer Hand und zog sie in den Wald hinein, der sich steil den Hang hinaufzog. Abseits vom geschotterten Weg war der Waldboden feucht und roch nach Humus. Mit ihren Ballerinas sackte Leonie bei jedem Schritt ein bisschen in die schwarze Erde ein, die einen Belag aus alten Blättern trug.

»Ich war ewig nicht mehr hier«, sagte sie, während sie den Hang hinaufstiegen. »Als ich klein war, sind wir fast an jedem Wochenende auf die Alb gefahren. Wandern und Burgen schauen. Mein Vater hatte seine Botanisiertrommel mit dabei und Mam ihren Aquarellkasten. Meine Schwester ist immer bei Papa geblieben und hat ihm beim Pflanzensammeln geholfen. Ich bin meistens auf die Suche nach Höhlen gegangen. Einmal hab ich eine gefunden und bin ihnen aufs Übelste abhanden gekommen. Paps wollte mich schon von der Bergwacht suchen lassen.«

»Gut, dass du wieder aufgetaucht bist.« Seine Hand war warm und fest. Als er sie küsste, verlor die Welt an Bedeutung.

»Die Knöpfe.« Er lachte und verhedderte sich an der Vorderseite ihrer Bluse. Aber schließlich hatte er drei oder vier gelöst, streifte das Kleidungsstück zur Seite, ließ die Träger ihres BHs über ihre Schultern gleiten und griff nach ihren Brüsten. Er stöhnte. »Wie kann man nur so wunderschön sein.« Irgendwo knackte ein Ast.

»Nicht«, sagte sie und löste sich vorsichtig von ihm. Als sie aufschauten, stand ein Reh zwischen den Bäumen und schaute sie aus großen Augen an.

»Hast du gedacht, das wäre eine Frau mit Kopftuch und Gummistiefeln? Für Pilzsammler ist es noch zu früh.« Gianluca lachte, und das Reh rannte mit großen Sprüngen den Hang hinab.

»Hast du mich deshalb abgeholt?«, fragte sie.

»Um dir an die Wäsche zu gehen? Na ja ... eigentlich wollte ich mit dir reden.«

»Ich auch mit dir«, sagte sie.

Er legte seine Hände auf ihren Rücken und zog sie wieder an sich. Durch den Stoff seiner Jeans spürte sie seine Erektion.

Plötzlich waren seine blaugrünen Augen hart wie Saphire. »Eigentlich wollte ich mich von dir trennen. Aber nicht mal das schaffe ich. Am liebsten würde ich dich auf dem Waldboden flachlegen.« Er schüttelte den Kopf über sich selbst und schaute nach oben, wo weit über ihnen ein Raubvogel am Himmel stand und plötzlich wie ein Blitz ins Tal schoss. Licht tropfte durch das Blätterdach auf den Boden wie gelbe Farbe. Als Gianluca den Kopf senkte, stand zwischen seinen Augenbrauen eine steile Falte. »Ich darf mich nicht mit dir treffen, aber ich kann auch nicht von dir lassen. Darum muss ich mir sicher sein.«

Da war sie wieder, die Dunkelheit, die sich zwischen sie schob und ihn von ihr fortzog.

»Was fühlst du für mich?«, fragte er und schaute sie prüfend an.

»Ich weiß es nicht.« Sie kam sich schäbig vor. »Im Bett ist es wunderschön mit dir.« Sie streckte ihre Hand aus, schob sie unter sein Poloshirt und spürte die Gänsehaut auf seiner Brust.

»Das reicht nicht. Was bedeutet dir dieser … Fabian?«

Leonie zögerte. Noch immer war sie sich ihrer Gefühle nicht sicher, weder für den einen noch für den anderen. »Du musst ihn nicht als Konkurrenten ansehen. Ich habe ihn erst vor zwei Wochen wiedergetroffen.«

Er schaute auf sie herunter und lachte. »Ich bin Süditaliener. Kalabrese. Ich töte meine Rivalen.«

Leonie zuckte zusammen. »Das meinst du nicht ernst.«

Er lachte. »Wer weiß? Ich spüre, dass dein Herz ihm gehört. Und das, obwohl er ein Bulle ist.«

»Woher weißt du das?«

Er hob die Schultern. »Ich habe seine Visage gesehen. Im Bericht über diesen Cannstatter Club.«

Gianluca zog sie den Steilhang hinauf, half ihr unter Brombeerzweigen hindurch und über umgefallene Bäume hinweg. Trotzdem spürte sie, wie hart die Hand war, die sie hielt. Sie würde sie niemals loslassen. Ein Schatten legte sich über ihr Herz, als sie an Fabian dachte. *Unsinn*, dachte sie entschlossen. Gianluca hatte nur Spaß gemacht mit dem Gerede über die Rivalen.

Als sie den Hauptweg erreichten, waren sie fast auf der Kuppe des Hügels angekommen. Die Burg löste nicht ein, was ihr Anblick von unten versprach. Statt einer mittelalterlichen Ruine erwartete den Wanderer ein Waldheim des Schwäbischen Albvereins mit einem Aussichtsturm. Im Hof befanden sich Bänke und

Tische, an denen man rasten konnte. Am Wochenende war es hier proppenvoll. Jetzt saß hier nur ein weiteres Pärchen und teilte sich eine Flasche Limo mit zwei Trinkhalmen.

»Wollen wir nach oben gehen?«, schlug Leonie vor. »Der Ausblick ist phantastisch.« Er nickte und hielt weiter ihre Hand. Auch beim Aufstieg bestimmte er das Tempo. Seine Kondition war so viel besser als ihre, dass Leonie auf der obersten Plattform keuchend nach Luft schnappte. Trotzdem hatte es sich gelohnt. Durch die Westwetterlage war die Sicht aufgerissen und besonders klar. Scharf wie Scherenschnitte dehnten sich Felder und grüne Hügel bis zum Horizont.

»Du kannst von hier aus bis fast nach Stuttgart sehen«, sagte sie und deutete auf die offene Ebene. In der anderen Richtung verloren sich die Hügel in dunkelgrüner Waldeinsamkeit. Sie standen auf dem Scheitelpunkt.

Aber Gianluca ließ sich nicht ablenken. »Er hat es mit der Mafia zu tun gekriegt, der Herr Fabian Grundmann.« Er verschränkte die Arme unter der Brust. »Warum hast du mich eigentlich über Schutzgelderpressung ausgefragt?« Er stellte die Frage eher beiläufig und untersuchte dabei interessiert eines der Fernrohre an der Brüstung. Trotzdem war Leonie auf der Hut. Siedend heiß fiel ihr das Foto ein, das sie auf Lauras Regal gesehen hatte. Als ein Windstoß nach ihr griff, zog sie ihre Strickjacke fester um die Schultern. »Ich recherchiere über das Thema«, sagte sie leise und steckte ihre Haare fest, die der Wind wie eine Fahne flattern ließ.

»Du tust was?« Er klang fassungslos.

Leonie nahm sich zusammen. »Ich habe seit einer Woche einen Job beim Schwabenspiegel. Die nächste Ausgabe befasst sich mit dem Thema.«

»Mit dem Thema …«, echote er und trat an die Absperrung heran. Unter ihm ging es geradewegs in den Abgrund. »Wie heißt die Chefredakteurin doch gleich? Sie ist im ganzen Raum Stuttgart bekannt.«

»Sabine Marian.«

»Richtig. Und du kennst einen Bullen, der ein Mafiaetablissement auffliegen lässt.«

»Er ist da nur durch Zufall hineingeraten.«

»Ich glaube nicht an Zufälle. Jedenfalls nicht, wenn sie so geballt auftreten.« Er schüttelte missbilligend den Kopf. »Spionierst du für diese Marian hinter mir her oder für deinen alten Kumpel Fabian Grundmann? Oder vielleicht für beide?«

Wie konnte er das von ihr denken? Entrüstet stemmte sie die Hände in die Hüften. »Ich spioniere nicht hinter dir her. Warum auch? Du hast ja noch nicht einmal Probleme mit Schutzgeld.«

»Nein, die habe ich nicht.« Er lachte leise und wurde im nächsten Moment wieder ernst. »Aber ich kann nicht verstehen, dass du mit bloßen Händen in ein Wespennest greifst. So naiv bist nicht einmal du.«

Leonie spürte widerwillig, dass ihr Gesicht aufglühte. Sie öffnete den Mund, aber die erklärenden Worte steckten irgendwo in ihrem Hals fest. Warum musste sie sich überhaupt vor Gianluca rechtfertigen? Sie recherchierte doch bloß, um Sabine Marian bei ihrer Reportage zu helfen.

Von der Treppe her waren Stimmen zu hören. Gianluca trat an Leonie heran und zog sie eng an sich. Seine Hände und die Hitze, die von ihm ausging, schnürten ihr die Luft ab. Die Stimmen wurden lauter. Das Pärchen, das unten gerastet hatte, trat auf die Plattform hinaus, entfernte sich aber zur anderen Seite, wo der junge Mann eines der Fernrohre mit Münzen fütterte. Und da waren plötzlich die Worte, die Leonie eben nicht eingefallen waren.

»Ich habe gestern einer Frau das Leben gerettet und dich dabei auf einem Foto gesehen. Mit Alessio Cortese. Erst habe ich dich nicht erkannt, aber dann war ich mir sicher. Du bist vielleicht zwölf Jahre jünger als jetzt. Alessio war noch klein.«

Über seine Züge legte sich eine Eisschicht. Leonie sah, wie er seine Dämonen mühsam im Zaum hielt. Vergeblich versuchte sie, sich aus seiner Umarmung zu befreien.

»Was hast du mit Laura Cortese und Alessio zu tun?« Jetzt ließ er sie los und legte zwei zusammengelegte Finger auf ihre Wange, Finger, die lange nicht so eisig waren wie ihre eigenen. Trotzdem erschauerte sie unter der Berührung.

Sie zuckte die Schultern. »Ich kenne sie nur beiläufig. Zufällig habe ich Laura gestern das Leben gerettet. Und Alessio – der ist ja schon eine ganze Weile verschwunden.«

»Wir sind verwandt«, sagte er nachdenklich und schaute über sie hinweg in die Ferne. »Interessiert es dich, wo er steckt?«

Als sie nickte, legte sich seine Hand um ihr Handgelenk. »Ich kann dich zu ihm bringen«, sagte er sanft.

53.

Sie stand in der Tür und sah sich mit großen Augen um. Ihre Hand lag in der Nackenfalte des Schäferhunds, der ihr auch im Schlossgarten nicht von der Seite gewichen war. Sonderbar, dass die Kollegen im Erdgeschoss dem Hund erlaubt hatten, sie zu begleiten.

»Komm rein!« Keller bot dem Mädchen einen Stuhl an, als sei ihre Gegenwart genau das, was er an diesem Dienstagnachmittag erwartet hatte. Fabian sah, wie sie sich zusammenriss und einen Schritt über die Schwelle tat. Sie trug zerrissene Jeans und ein schwarzes T-Shirt, das ihr über die mageren Schultern fiel. Bis auf ihre blauen Haare und die Piercings sah sie fast normal aus.

»Wir beißen nicht«, sagte Fabian und kam hinter seinem Schreibtisch hervor. »Möchtest du etwas trinken?«

Als sie nickte, machte er sich in Richtung Küche auf und holte zum zweiten Mal an diesem Tag die Flasche Apfelsaft von den Esslinger Streuobstwiesen aus dem Kühlschrank. Was die Bewirtung von Zeugen anging, hätte er auch Kellner werden können.

»Apfelsaft?«

Sie nickte. Er goss dem Mädchen ein Glas voll ein und öffnete eine Flasche Mineralwasser für Keller und sich selbst. Der Hund hatte sich mit resigniertem Blick unter Kellers Schreibtisch gelegt, den Kopf auf den ausgestreckten Pfoten.

»Wie war noch mal dein Name?«, fragte Keller.

Sie schluckte und riss sich zusammen. »Ich heiße Blue«, sagte sie heiser. »Und das da ist Ronja.«

»Und weiter?«

»Ronja hat keinen Nachnamen.«

»Und du?«

Sie hörten die Stille leise tropfen wie einen lecken Wasserhahn.

»Ich heiße Melissa Wiberg«, wisperte sie.

»Okay«, sagte Keller langsam.

Wovor hatte sie so schreckliche Angst? Fabian schaute in dunkle Augen, die zu viel gesehen hatten. Unwillkürlich dachte er an die Kinder in Mischas Wohnung. »Hast du etwas von Alessio gehört?«, fragte er.

Sie schüttelte den Kopf. »Nein. Aber wir, ich, die Gruppe …«

»Ihr habt uns am letzten Montag nicht die volle Wahrheit gesagt«, vollendete Keller.

Blue wurde flammend rot. »Das konnten wir nicht«, sagte sie. »Wir mussten ihn schützen.«

Wahrscheinlich waren die Straßenkinder die erste einigermaßen verlässliche Gemeinschaft, die Blue kennengelernt hatte. Man verriet sich nicht in diesen Kreisen. Außer man war auf Crystal oder Crack und brauchte das Geld für den Stoff dringender, als die Solidarität unter denen, die ganz unten waren.

»Und warum bist du jetzt doch gekommen?«, fragte Keller ruhig.

Das Mädchen gab sich einen Ruck. »Unten steht Ronald, Ron, der Australier, der bei Robin Wood aktiv ist. Aus dem Camp der Parkschützer. Er wartet gemeinsam mit Henne auf mich. Er hat uns überzeugt, dass wir Alessio besser helfen, wenn wir verraten, was wirklich passiert ist.«

»So«, sagte Keller.

Blue fuhr fort. »Alessio ist mit ihm an diesem Nachmittag geklettert, bis ganz oben in eine der alten Platanen, die weg sollen. Und währenddessen ist der Typ gekommen.«

»Welcher Typ?«, fragte Fabian.

»Na dieser Typ, der uns in Mettingen auch schon verfolgt hat. Alessios Bruder Kain. Echt gruselig.«

Fabian erinnerte sich an das Gespräch mit Alberto Cortese. Alessio hatte einen Halbbruder, der in Corteses Familie integriert war. Wie lautete noch mal sein Name?

»Alessios Bruder heißt Corrado«, korrigierte er sie.

»*Wer* heißt schon in Wirklichkeit Kain, Mann?« Das Mädchen schaute ihn an, als sei er blöd. Und vielleicht lag sie damit gar nicht mal so falsch. »Das ist nur ein Spitzname.«

»Und was wollte dieser – Kain – von euch?« Keller trank einen Schluck Mineralwasser, verzog das Gesicht und füllte sein Glas mit Apfelsaft auf.

»Von uns wollte der eigentlich nichts. Nur Alessio, den wollte er mitnehmen. Aber der hatte eine Heidenangst vor seinem Bruder. Als wir in Mettingen waren, sind wir Hals über Kopf vor ihm abgehauen.«

Fabian fasste sich an den Kopf. Auch Nick hatte ausgesagt, dass Alessio sich vor seinem Bruder fürchtete. Und wenn der bei Alberto Cortese lebte, dann hatte er seinen Bruder wahrscheinlich auf direktem Wege zu ihm gebracht. Gegen seinen Willen. Er schlug sich an die Stirn. Alberto Cortese hatte gelogen, was seinen Neffen anging. Er hatte ihn nicht aufgegeben. Im Gegenteil. Fabian hatte geglaubt, es sei dem Jungen gelungen, sich vor seinem Onkel in Sicherheit zu bringen. Er hatte die Zusammenhänge komplett falsch interpretiert.

»Und dann?«, fragte er leise.

Blue war blass um die Nase geworden. »Alessio hat mit ihm geredet. Dann ist er noch einmal zurückgekommen und hat uns gesagt, dass er mit seinem Bruder gehen würde. Aber ich weiß einfach, dass er es nicht freiwillig getan hat.«

Das hatte er sicher nicht. Plötzlich wurde Fabian vieles klar. Das Geld, das Alessio Frau Deringer geraubt hatte, war keine Investition in eine unsichere Zukunft als Schiffsjunge gewesen, sondern der Preis, um sich freizukaufen. Nicht von Nick, sondern von einer Familie, die ihn drangsalierte und quälte.

Als Blue auf den Vorplatz an der Agnespromenade hinaustrat, war er gemeinsam mit Rena schon auf dem Weg in den Schurwald. Fabian spürte eiskalten Zorn, der zum Teil seiner eigenen Leichtgläubigkeit galt. Er hatte sich von dem kalabrischen Bauern einlullen lassen, der ihn glauben lassen wollte, sein Neffe sei ihm gleichgültig. Verdammt!

»Schneide doch die Kurven nicht so!«, beklagte sich Rena, als ihnen auf der Serpentinenstraße in Richtung Schurwald ein LKW entgegenkam, dessen Fahrer ihn hektisch anhupte. Auf dem Rest der Strecke riss er sich zusammen.

In Schanbach, dem Zentralort Aichwalds, bogen sie in Richtung Lobenrot ab. Das Navi führte sie aufs Land, irgendwohin, zwischen Felder und Wiesen auf der Hochebene. Am Straßenrand blühten Margeriten. *In the back of beyond*, dachte er, als sie den Lobenroter Hof hinter sich gelassen hatten. Das Navi schickte sie mitten in die Pampa zu einem Haus, das im Nirgendwo lag. Ein Feldweg verband es mit der Straße. Haus war eigentlich nicht das richtige Wort. Anwesen würde es besser treffen.

»Nicht schlecht!«, sagte Rena und holte ihre Jacke vom Rücksitz. Sie stellten den Streifenwagen vor dem Stahltor ab. Der Bungalow aus den Siebzigern lag inmitten eines parkähnlichen Geländes. Ein Zaun aus Eisenlanzen umschloss ihn. Fabian klingelte und sah sich plötzlich zwei Dobermännern gegenüber, die ihn zähnefletschend anknurrten. Als er sich bewegte, ging das Knurren in ohrenbetäubendes Gebell über. Ein Einbrecher würde sich sein Vorhaben zweimal überlegen.

»Dieser Onkel scheint ja nicht gerade ein gastfreundliches Haus zu führen.« Renas Stimme konnte die Hunde kaum übertönen. »Absolut hässliche Viecher, findest du nicht?«

»Jemand hat sie scharfgemacht.« Fabian fragte sich, ob ein Import-Exportbetrieb solche Vorsichtsmaßnahmen rechtfertigte.

Ein junger Mann kam aus dem Haus und packte die Dobermänner am Halsband. »Moment!«, rief er, redete auf Italienisch auf die Hunde ein und führte sie in ein Nebengebäude, wo sie wütend weiterbellten. Der junge Mann näherte sich dem Tor und betrachtete sie misstrauisch. Unter dem weißen T-Shirt zeichneten sich kräftige Muskeln ab, und seine Haare standen dunkel und borstig vom Kopf ab, als seien sie nach der Rasur zu schnell wieder nachgewachsen.

»Was wollen Sie?«

»Sind sie Corrado?« Als er nickte, fragte Fabian nach Alberto Cortese. »Wir sind von der Polizei. Können wir hereinkommen? Wir haben einige Fragen.«

»Natürlich«, sagte er und drückte einen Knopf, der das Tor nach innen aufschwingen ließ. »Mein Onkel ist zu Hause, aber ich warne sie. Er spricht nicht gut Deutsch.«

»Passt schon«, sagte Rena. »Sie können ja übersetzen.«

Der junge Mann – Corrado oder Kain – ging ihnen voran und ließ sie eintreten. Innen strahlte der Bungalow langweilige Gediegenheit aus. Im Flur stand ein Stapel Umzugskisten. Er führte sie ins Wohnzimmer und ließ sie auf dem schweren Ledersofa Platz nehmen. Fabian fiel die Stille auf. Er bemerkte, dass der Bungalow doppelt verglaste Fenster hatte. *Ein Gefängnis,* dachte er.

»Mein Onkel kommt gleich. Wollen Sie etwas trinken?« Als sie ablehnten, verließ der junge Mann den Raum und kehrte innerhalb von zwei Minuten mit Alberto Cortese zurück. Dieser setzte sich auf einen der gegenüberliegenden Sessel, legte seine Hände auf die Knie und taxierte sie aufmerksam. Hemdsärmlig und in Cordhosen wirkte er mehr denn je wie ein süditalienischer Bauer. Fabian nahm sich vor, ihn gerade deshalb nicht zu unterschätzen.

»Wir haben Ihnen noch einige Fragen zu stellen, Herr Cortese«, begann Fabian. »Mich kennen Sie ja bereits. Das ist unsere Praktikantin, Rena Schmidt.«

Er nickte, und Fabian fuhr fort. »Wie ich sehe, haben Sie gepackt. Wollen Sie ihre Zelte in Deutschland abbrechen?«

Anstatt auf Deutsch zu antworten, wandte sich Cortese an Corrado und sagte einige italienische Sätze. »Reine Routine«, übersetzte er. »Mein Onkel verbringt immer einen Teil des Jahres in Kalabrien, weil er sich dort um seinen Weinberg kümmern muss.«

»So«, sagte Fabian und fragte sich, warum er ihm nicht glaubte. »Aber eigentlich sind wir wegen Alessio hier.«

Bei dem Namen hob Cortese den Kopf und nickte. Was

dann kam, hätte nicht überraschender sein können. Er antwortete in einem Deutsch, das zwar von einem starken Akzent geprägt, aber durchaus verständlich war. Was er sagte, ließ Fabian mit den Zähnen knirschen.

»Alessio ist vorrrgeschickt.«

»Wohin?«, mischte sich Rena ein.

»Kalabrien. Dort wartet Tante auf ihn. Und *educazione*.«

Erziehung also, wahrscheinlich von einer biestigen Tante, die Alessio die Flausen schon austreiben würde. Fabian unterdrückte einen Fluch. »Dann, Herr Cortese, haben Sie eine Falschaussage gemacht.«

Für einen Moment wurde es so still, dass sie das Summen einer Fliege hörten, die bei dem vergeblichen Versuch, sich zu befreien, wieder und wieder gegen die doppelt verglaste Scheibe stieß.

Cortese zuckte die Schultern. »Ist *famiglia*. Ich musste das tun.«

Es folgte ein Redeschwall in Richtung Corrado. Als dieser übersetzte, waren seine dunklen Augen hart. »Alessio war ungehorsam. Aber in Italien kommen solche Jungs nicht ins Heim, jedenfalls nicht bei Leuten, die was von sich halten. Mein Onkel wollte sich selbst mit ihm befassen. Wie sie wahrscheinlich wissen, bin ich sein Halbbruder und fühle mich für ihn verantwortlich. Ich habe ihn gesucht und schließlich bei den Straßenkindern im Schlossgarten gefunden. Wer hat gesungen? Die Kleine mit den blauen Haaren?«

Er machte eine kurze Pause, und Fabian hatte plötzlich Angst um Blue.

Corrado sprach weiter. »Ist ja auch egal. Er hat seinen Fehler eingesehen und ist nach Kalabrien vorgegangen. Meine Tante lebt zurzeit dort, und mein Onkel kommt nach.«

Es gab nichts mehr zu sagen. Das Ganze hatte seine innere

Logik. Doch als Fabian den Streifenwagen wieder in Richtung Esslingen lenkte, fragte er sich, was ihm so faul vorkam. »Die lügen«, sagte Rena. »Und dieser Corrado ist echt zum Fürchten.«

Fabian nickte. Es war nur ein Gefühl, aber er nahm sich vor, so schnell wie möglich einen Durchsuchungsbefehl ausstellen zu lassen und der Famiglia auf den Pelz zu rücken, ehe sie sich davonmachen konnte.

54.

Für den schwarzen Geländewagen öffnete sich auf der Rückseite des Hauses ein Tor. Alessio hatte den Besuch der Bullen in seinem Zimmer abgewartet und hörte, wie der andere einparkte. Eigentlich hatte er gedacht, dass ihn in diesem Haus nichts mehr überraschen konnte. Doch jetzt war er bass erstaunt, als zwei Minuten später Leandros Mutter in der Tür stand und ihn unsicher anlächelte. Der andere hatte sich hinter ihr aufgebaut und ihr schützend die Hand auf die Schulter gelegt. Er wusste, wie leicht seine kräftigen Hände ihr den Hals zudrücken konnten, wie geschickt sie eine Pistole entsicherten und abdrückten. Leandros Mutter schien nichts von diesen Dingen zu ahnen. Sie sah frisch und hübsch aus mit ihrer weißen Bluse und den langen Haaren, die ihr über den Rücken fielen.

»Hallo«, sagte er unsicher und lächelte. »Wo hast du Leandro gelassen?«

»Der ist zu Hause bei unserer Haushälterin.«

Sie trat auf ihn zu und schaute ihm über die Schulter. Er hatte sich gerade eine Schlacht mit der Armee der Finsternis geliefert, bei der er fast gewonnen hätte, und klickte das Ego-Shooter-Spiel mit leisem Bedauern aus.

»Und was tust du hier?« Bei dieser Frage schaute er nicht der Frau, sondern dem anderen ins Gesicht. Feindselig.

»Ich wollte dich sehen. Gianluca sagte mir, er wüsste, wo du bist. Geht's dir gut?«, schob sie besorgt hinterher.

»Das siehst du doch.« Er schickte einen fragenden Blick in Gianlucas Richtung. Warum hatte er sie hergebracht? Sonst trennte er sein Privatleben streng von dem, was in der Familie ablief. Leandros Mutter bemerkte nicht, wie beunruhigt er war, sondern blickte sich in seinem Zimmer um. Anlage, Rechner, Bett, Sofa, Glotze, alles entsprach dem, was sich ein Fünfzehnjähriger nur wünschen konnte. Es gab sogar ein verdammtes Poster von einer Popgruppe, die er nicht einmal kannte. Heute Nacht würde das alles auf Nimmerwiedersehen nach Kalabrien verschwinden, so wie er.

»Warum hast du niemandem gesagt, dass du bei deinem Onkel bist?«

Er zuckte die Schultern. »Sie hätten mich eingebuchtet.« Leandros Mutter nickte verständnisvoll. Wenn sie sich mit Gianluca einließ, nahm sie es mit den Gesetzen wohl nicht so genau und würde ihn nicht sofort bei den Bullen verpfeifen. Bevor sie weitere Fragen stellen konnte, dirigierte der andere sie sanft in Richtung Treppe. »Möchtest du etwas trinken? Ich stelle dir unten meine Familie vor.«

Sie gingen ins Erdgeschoss. Unaufgefordert kam Alessio hinterher und setzte sich neben Leandros Mutter aufs Sofa. Sie schaute sich verunsichert um und strich dabei ihren Rock glatt. Ihre flachen Schuhe waren dreckverkrustet. Gianluca ging in die Küche, um Getränke zu holen und eine Kleinigkeit zum Essen vorzubereiten. Fast hätte Alessio nach ihrer Hand gegriffen, doch sie entzog sie ihm im letzten Moment.

»Ein großer Flachbildfernseher«, stellte sie tadelnd fest. »Und keine Bücher.«

Alessio hatte das noch nie als Manko gesehen. Er fragte sich, ob gebildete Mörder insgesamt weniger Leute töteten oder ob sie sich vielleicht nur nicht so schnell erwischen ließen. In diesem Moment betraten Onkel Alberto und Kain das Zimmer und beäugten die Fremde misstrauisch.

»Chi è questa ragazza?«, fragte Alberto misstrauisch. *»Non la conosco.«*

»Ich bin Leonie Hausmann. Gianluca hat mich hergebracht«, sagte sie leise und gab sonst keine weiteren Informationen über sich preis. Es durchfuhr ihn heiß. Onkel Alberto hatte seine Frage auf Italienisch gestellt, und sie hatte zwar auf Deutsch geantwortet, ihn aber problemlos verstanden. Wie gut konnte sie seine Sprache? Sein Onkel war Gianluca derweil in die Küche gefolgt, wo er ihn leise reden hörte.

Kain hockte sich auf die Sofalehne, musterte ihre Titten und ließ seine Augen ganz langsam über ihre Oberschenkel gleiten, auf denen der Rock so hochgerutscht war, dass sie unruhig am Saum zog. Zorn trug Alessio wie eine Welle, die stärker war als seine Angst. Berauschend. Er sprang auf und schubste seinen Bruder mit einer Kraft vom Sofa, die er sich gar nicht zugetraut hätte. Kain verlor das Gleichgewicht und fiel auf die Knie.

»Hast du sie noch alle, Mann!«

Alessio hatte ihn vor der Frau gedemütigt und würde für die Aktion büßen müssen, aber das war es ihm wert. »Denk an Gianluca!«, drohte er und sah mit Genugtuung, wie Kain blass wurde. Die Drohung galt. Er hatte sich zumindest mit den Augen an Gianlucas Liebschaft vergriffen, vielleicht würde Alessio das für sich nutzen können. Leandros Mutter spürte, dass es ungemütlich wurde, und verkroch sich tiefer in ihre Sofaecke.

Eine Minute später stand Gianluca mit einem Tablett voll Wein, Wasser und italienischen Vorspeisen in der Tür. Verdammter Koch! Immer musste er seine italienische Lebensart nach außen kehren, das Dolce Vita. Alessio könnte kotzen über diese Lüge.

»Alessio, deck den Tisch!«, befahl er.

Widerstrebend verließ er seinen Platz an der Seite der Frau und stellte Teller und Gläser auf den Couchtisch. »Und du.« Gianluca richtete seinen Blick auf Kain, der ihm nicht zu widersprechen wagte. »Hol Saft und Cola aus dem Keller!«

Leandros Mutter griff nach einem Stück Bruschetta und begann, lustlos daran herumzuknabbern. Gianluca goss ihr einen kühlen Weißwein ein und verschlang sie dabei mit den Augen.

»Wie seid ihr verwandt?«, fragte sie und verschluckte sich beinahe.

Alessio musste seine Hände im Zaum halten, um ihr nicht den Rücken zu klopfen. Stattdessen nahm er sich eine Weinbeere aus der ersten Lieferung der Sorte Italia und biss darauf. Sie schmeckte nach Wasser. Er schluckte das Fruchtfleisch und die Kerne. Wenn man nur noch die Schale im Mund hatte, gerbte einem der bittere Nachgeschmack die Zunge. Eigentlich musste er sich die Trauben über die Ohren hängen. Hatte Leandros Mutter nicht gesagt, dass er dem Gott des Weines ähnlich sah, den ein Maler aus alter Zeit auf sein Bild gepinselt hatte? Seinen Namen hatte er vergessen.

»Alessio ist mein Cousin«, sagte Gianluca leise und musterte die Frau. Wie hieß sie gleich? Leonie. »Der Sohn meines Onkels Giorgio Cortese.«

»Aber du heißt nicht Cortese?«, stellte sie überflüssigerweise fest.

»Nein. Mein Vater Clemente Battista war mit seiner Schwester Rosaria verheiratet. Er lebt nicht mehr, und meine Mutter führt derzeit das Weingut von Onkel Alberto.«

Sie nickte und biss sich auf die Lippen. Kain betrat den Raum und stellte den Getränkekorb mit so viel Schwung auf den Boden, dass die Flaschen klirrten. Er trug wie immer ein Muscle-Shirt, unter dem sich seine Armmuskeln abzeichneten. Beiläufig streifte er den Tisch und stieß dabei wie zufällig Alessios Wasserglas um, dessen Inhalt sich über Leonies Rock ergoss.

»Kain, du Arsch!«, schrie er und wäre ihm beinahe an die Gurgel gesprungen.

Leonie wurde so weiß wie die Wand. »Kain«, sagte sie leise.

55.

Fabian wollte gerade in seinen wohlverdienten Feierabend verschwinden, als das Telefon klingelte. Keller, der rangegangen war, hielt ihn mit einer Geste zurück. Nachdenklich legte sein Chef nach einer Weile den Hörer auf. »Das Krankenhaus. Die Frau, die gestern vom Rettungsdienst nach einem Selbstmordversuch gefunden wurde, ist Laura Cortese«, sagte er.

»Was?«

Sie hatten die Meldung zwar angenommen, den Zusammenhang aber nicht hergestellt, denn der Rettungsdienst hatte keinen Namen angegeben. Fluchend warf er seine Jacke auf den Stuhl zurück. »Ist sie schon vernehmungsfähig?«, fragte er. Keller legte seine Finger aneinander. »Bei Bewusstsein ist sie. Du kannst es ja mal versuchen.«

»Kümmerst du dich um den Durchsuchungsbefehl bei diesem italienischen Schlitzohr? Für die Firma und das Haus?«

»Spätestens morgen liegt er auf dem Tisch.«

Er schnappte sich die Autoschlüssel und ging.

Als Fabian das Krankenzimmer betrat, lag Laura Cortese mit dem Kopf zur Wand im Bett. Sie hatte sich eingerollt wie eine Schnecke in ihr Haus.

»Frau Cortese?«

Sie trug noch immer das schwarzweißgemusterte Krankenhausnachthemd und drehte sich so langsam um, als würde ihr Körper Tonnen wiegen. Tränenspuren zogen sich ihre Wangen hinab. Auf ihrer Stirn klebte ein Pflaster.

»Ja?«

Zögernd trat er näher und zog sich einen Stuhl heran. Lauras Bettnachbarin hatte Kopfhörer im Ohr, die fest mit ihrem Laptop verstöpselt waren, und nahm keinerlei Notiz von ihnen.

»Wie geht es Ihnen?«

Laura schwieg einen Moment. »Es kommt immer anders, als man denkt«, sagte sie dann so leise, dass er sich vorbeugen musste, um sie zu verstehen. »Ich hatte mir einen großartigen Abgang ausgedacht, filmreif, erst Tabletten und dann die Pulsadern. Doch dann haben die Mistdinger schneller gewirkt, als ich dachte, und ich bin mit dem Kopf auf den Rand der Badewanne gefallen.«

»Aber es ist doch gut, dass es nicht geklappt hat. Dass Sie noch leben, meine ich.« Fabian verhaspelte sich. Was für einen miserablen Psychologen er doch abgab!

»Das meinen Sie also?« Ihre Augenhöhlen lagen dunkel in ihrem blassen Gesicht. Er hörte den Spott in ihrer Stimme. »Warum?«

Weil sich das Leben lohnt, hätte er beinahe gesagt, aber dann fand er diesen Trost zu billig. »Das müssen Sie selbst herausfinden.«

Ihre schmale Hand griff nach seiner. »Und wenn es keinen Ausweg gibt?«

»Aber Sie sind frei«, wandte er ein und dachte an ihren prügelnden Ehemann, der das Zeitliche gesegnet hatte. In diesem Moment war Fabian komplett egal, ob sie den alten Cortese beseitigt hatte. Doch sie schüttelte vehement den Kopf.

»Sie wissen nichts von meiner – Familie.«

»Ich glaube doch, Frau Cortese. Ich war eben dort.«

Ihre Augen weiteten sich. »Sie waren was?« Verwundert bemerkte er, dass sie Angst hatte.

»Ja … bei Alberto Cortese und diesem Corrado in Aichwald. Alessio war bei ihnen. Aber jetzt haben sie ihn nach Kalabrien geschickt.«

Sie nickte, als würde sie das nicht weiter überraschen.

»Warum haben Sie mir nicht die Wahrheit gesagt?«, fragte er.

Sie legte sich auf das Kopfkissen zurück. »Manchmal muss man lügen. Glauben Sie mir, es war besser so. Bei uns in Italien hat die Familie das Recht, sich einzumischen.«

Einen Moment lang stutzte Fabian und hatte plötzlich Leonies Stimme im Ohr. Konnte Alessio ein Mafiamitglied sein, das sich lösen wollte, aber von seinem Onkel in der Organisation festgehalten wurde? Eine Mafiazelle im ländlichen Lobenrot an der Peripherie des behäbigen Esslingen? So unwahrscheinlich das war, Fabian schwor sich, dass er schon morgen in Corteses Büro und seinem Wohnhaus das unterste nach oben kehren würde. Er stand auf und ging zur Tür. Doch was Laura Cortese als Nächstes sagte, ließ sein Herz einen Schlag lang aussetzen.

»Ihre Freundin hat mir das Leben gerettet. Aber ich weiß nicht, was ich damit anfangen soll.«

»Meine Freundin?« Zum ersten Mal seit Wochen dachte er an Sandra, aber dann … Abrupt wandte er sich um. »Meinen Sie Leonie?«

»Die hübsche Brünette, die mit Ihnen am Samstag im Rathauscafé war. Sie hat mich bewusstlos im Badezimmer gefunden und wiederbelebt.«

Sehr leise zog er die Tür des Krankenzimmers hinter sich zu. Sein Kopf war vollkommen leer.

Er ging ins Parkhaus, stieg ein und legte seine Hände aufs Lenkrad. Gestern hatte sie ihm nicht nur verraten, dass sie ihn mochte, sondern ihn auch um Rat gefragt. Viel zu schnell hatte er ihre Recherchen als haltlose Verdächtigungen abgetan. Ein Mafiaclan in Esslingen, der Perle der schwäbischen Provinz, das konnte es nicht geben. Diese Dinge passierten in Reggio Calabria, Palermo und Neapel, vielleicht noch in Duisburg oder Stuttgart. Aber nicht in der Nachbarschaft. Und wenn doch?

Er lenkte den Saab aus dem Parkhaus in die Hirschlandstraße, bog rechts ab und stand plötzlich direkt vor Leonies Haus. Er holte tief Luft, stieg aus und klingelte. Der Mops bellte erfreut. Fabian hörte, wie er über den Boden schlitterte, bevor er vor der Haustür zum Stehen kam. Es dauerte einen Moment, bis ihm jemand folgte.

»Herr Grundmann. Sie schickt der Himmel«, sagte Leonies Vater und zog ihn am Ärmel ins Innere des Hauses.

In der Küche hatte sich fast die ganze Familie um den Tisch versammelt. Herr Hausmann setzte sich und fuhr sich nervös durch sein spärliches Haar. Leonies blonde Schwester stellte gerade einen Korb mit Butterbrezeln auf den Tisch. Der Bruder lehnte sich auf seinem Stuhl zurück und wippte zum Klang seines Handys gelangweilt mit den Füßen. Leander saß auf dem Schoß eines Mannes, der aussah wie eine ältere Ausgabe seiner selbst, und strampelte mit den Beinen. Nur Leonie fehlte.

»Polizei«, sagte der Fremde mit einem schwachen italienischen Akzent. »Wie gut, dass Sie gekommen sind. Mein Name ist Damiano di Luca.« Das musste dieser Kunstgeschichtsprofessor aus Rom sein, den Leonie letztens erwähnt hatte. Leanders leiblicher Vater. Fabian spürte einen Stich schwärzester Eifersucht. Der Typ hatte sich ja ruckzuck in die Familie integriert.

»Hätten Sie gern einen Kaffee?«, fragte Leonies Schwester höflich. Als er bejahte, goss sie ihm eine Tasse ein und schob Milch und Zucker über den Tisch.

»Wo ist Leonie?«

»Wir wissen es nicht«, sagte der Fremde und verhinderte, dass der Kleine mit der Hand nach der Zuckerdose griff. *»No, no!«*

»Wir dachten, Sie wüssten vielleicht, wo sie stecken könnte«, sagte die Schwester.

»Keine Ahnung.« Eiskalte Angst griff nach Fabian. Mühsam kämpfte er um seine Selbstbeherrschung.

»Wir dachten, dass sie vielleicht bei Ihnen ist.« Leonies Vater setzte sich müde an den Tisch und stützte seinen Kopf in die Hände. Nachdenklich trank Fabian einen weiteren Schluck Kaffee. Wenn Leonie etwas passiert war, dann trug er die Schuld daran, denn er hatte ihr nicht geglaubt.

»Seit wann hat sie sich nicht mehr gemeldet?«

»Wir haben heute Mittag das letzte Mal von ihr gehört«, sagte die Schwester. »Sie hat Leander mit unserer Haushälterin einkaufen gehen lassen. Als Emine zurückkam, war Leonie verschwunden.«

»Haben Sie versucht, sie anzurufen?«

»Natürlich. Aber ihr Handy ist ausgeschaltet.«

»Das sieht ihr überhaupt nicht ähnlich«, sagte ihr Vater. »Seit Leander auf der Welt ist, ist Leonie ein Muster an Zuverlässigkeit.«

»Und niemals«, fügte seine ältere Tochter verbissen hinzu.

»*Niemals* würde sie Leanders Essens- oder Schlafenszeiten verpassen.«

Sie stellte ein Obstbreigläschen auf den Tisch und öffnete mit einem leisen Plopp den Deckel. Dann drückte sie es mitsamt Löffel Leanders Vater in die Hand, der den Kleinen zu füttern begann.

»Ich verstehe nicht, dass ihr euch solche Sorgen macht«, sagte Sebastian lässig und legte seine Füße dem Mops auf den Rücken, der aufstand und sich schüttelte. »Leonie muss doch ihre Freiheit haben. Als Mutter ist man doch keine Sklavin.« Die Runde ignorierte seinen Einwurf.

»Vielleicht ist sie bei diesem Gianluca«, sagte Sybille vage.

»Bei *wem*?«, fragte ihr Vater entgeistert. Fabian sah erstaunt, wie die distinguierte Sybille rot anlief. »Wir waren doch letzte Woche essen. In diesem italienischen In-Restaurant am Jägerhaus.« Sie suchte nach Worten. »Leonie hatte eine Einladung – von dem Chefkoch und Besitzer.«

»Ich gehe sie suchen.« Fabian stand auf und schob seine halbleere Kaffeetasse zurück.

»Und wenn Sie Leonie nicht finden?«, fragte Herr Hausmann müde.

»Dann gebe ich noch heute eine Vermisstenmeldung auf. Aber ich werde sie finden.« Damiano di Luca folgte ihm mit dem Kind auf dem Arm in den Hausflur und zog sorgfältig die Tür zur Küche hinter sich zu.

»Wissen Sie, dass Leonie über die Mafia recherchiert hat?«, fragte er.

»Ich denke an nichts anderes mehr«, sagte Fabian und verließ das Haus.

56. *Kain,* dachte Leonie, als sie Gianluca in die Küche folgte. *Kain.* Während die Puzzlesteinchen eins nach dem anderen unbarmherzig an ihren Platz rückten, fühlte sich Leonie innerlich ganz taub.

»Ich will dir etwas zeigen.« Gianluca zog eine schmale Tür auf, die Leonie für den Zugang zum Besenschrank gehalten hatte. Dahinter führte ein Treppenschacht in finstere Tiefen.

»Ich muss mal telefonieren«, sagte sie leise. Wie ein Fisch, der sich zum Atmen an die Wasseroberfläche kämpfte, geisterte ihr der Gedanke schon seit Stunden im Kopf herum. Doch ihr Handy lag ausgeschaltet in ihrer Tasche im Flur.

»Später.«

Sie sah von Gianluca nur den breiten Rücken. Die Betontreppe führte steil und schnurgerade in die Tiefe. Irgendwann kamen sie in einen Kellergang, von dem einige offene Türen abzweigten, Zugänge zur Waschküche, einer Werkstatt, zur Garage, zum Heizungskeller. Vor dem Gartenausgang hingen penibel nach Größe aufgereiht Harken und Spaten. Gianluca ließ die Räume unbeachtet und führte sie durch eine doppelt verriegelte Tür in ein Kühlhaus, in dem Kisten mit Trauben, Salat, Zucchini und Tomaten gestapelt waren. Einen Teil der Ware für Corteses Großmarktstand und sein Restaurant lagerte er anscheinend hier. Er durchquerte den eiskalten Raum und schob ein Regal zur Seite. Dahinter öffnete sich die Wand.

»Komm!«, sagte er und trat ein.

Das war der Moment, in dem Leonie zum ersten Mal Angst bekam. Trotzdem folgte sie ihm über die Schwelle.

»Was ist das? Euer Quartier bei Hitze?« Sie stand in einer Art Gästezimmer. Es war mit einem Ausziehsofa, einem Schrank und einem Regal voller Bücher ausgestattet. Eine Tür zweigte zu einem kleinen Bad ab. Über der Couch hing ausgerechnet ein Druck von Botticellis »Geburt der Venus«, der die Göttin kurz vorm Anlanden an Zyperns Küste zeigte. Ihre goldblonden Haare flatterten im Windhauch von Zephyrs Atem. Die Wände und der Boden bestanden aus gestrichenem Beton, von dem eisige Kälte ausging und ihre nackten Beine hinaufzog. Gianluca drehte einen Schalter, und zwei summende Neonröhren tauchten den Raum in weißes Licht.

»Ein Schutzraum. Ich habe vor dir keine Geheimnisse. Ich hoffe, das gilt auch für dich.« Er setzte sich auf einen Klappstuhl und ließ seine Augen auf ihr ruhen, bis sie den Blick abwenden musste.

Leonie biss sich auf die Lippen und dachte an einen Atombunker. Nein, das war keiner. Hier versteckte man Leute, die ganz schnell untertauchen mussten. Kain.

»Setz dich doch!«, forderte er sie auf.

Sie ließ sich auf dem Schlafsofa nieder. Neben dem Tisch stand eine Kiste mit Mineralwasser in Plastikflaschen. Er öffnete eine Flasche und goss ihr ungefragt ein Glas davon ein.

»Ihr seid – von der 'Ndrangheta?« War das eine Feststellung oder eine Frage? Leonie kannte die Antwort, bevor Gianluca »Kluges Mädchen« sagte.

»Dann seid ihr also eine ganz ehrenwerte Familie.« Sie nippte an dem Wasser, das schal schmeckte, als hätte es zu lang hier im Keller gestanden. »Und das mit dem Schutzgeld?«

Er zuckte die Schultern. »Wie sollte mich das betreffen …«

»Wo du doch der bist, der die Schutzgelder erhebt …« Wenn das Ganze nicht so beängstigend wäre, hätte es fast eine komische Seite gehabt. »Ich war ganz schön dumm.«

Er goss sich ebenfalls ein Glas Wasser ein. »Du hast nach der Brandquelle gesucht und dabei die ganze Zeit mitten im Feuer gestanden.« *Ich muss aufpassen, dass ich nicht verbrenne,* dachte sie. Laut sagte sie: »Das spricht für eure Tarnung.«

»Wohl eher für die Naivität der Deutschen, die denken, dass nicht sein kann, was nicht sein darf.«

Ich muss weiterreden, dachte sie, ihn irgendwie beschäftigen. »Das ›Fallen Angel‹ – das ist euer Laden gewesen?«

Er nickte. »Natürlich. Dein Freund, der Bulle, ist mitten hineingestolpert. Der Idiot.«

Leonie schüttelte den Kopf. »Aber da war das – Etablissement – schon aufgeflogen, wegen der Morde an den Russen.«

Gianluca trank einen Schluck und spuckte auf den Boden. »Fürchterlich. Ich hole gleich Frisches. Das stimmt schon. Aber er hätte die Kinder Kinder sein lassen sollen. Und mit dieser Irina – mit der werden wir uns noch befassen.«

Sie setzte sich zurück und taxierte ihn nachdenklich. Er hatte die Ärmel seines blauen Jeanshemds bis zu den Ellenbogen aufgerollt, darunter waren seine Arme sehnig und braungebrannt. Seine hellen Haare fielen ihm in die Stirn, und seine Augen erwiderten gelassen ihren Blick. Er wirkte attraktiver und männlicher denn je, fast wie einer der Yachtbesitzer in den Häfen am westlichen Mittelmeer, die sie mit Damiano besucht hatte. Fest im System verankert, machte Gianluca seine eigenen Gesetze und tat, was er für notwendig hielt. Sein Mafiagesicht ließ den Macher erkennen, der die inneren Dämonen verdrängte. Mit schlafwandlerischer Sicherheit wusste Leonie, dass sein Weg nicht der ihre war. Sie fühlte sich nackt und schutzlos und ärgerte sich, dass sie ihren Rock nicht über die Knie ziehen konnte. Verzweifelt suchte sie nach Worten, um ihre Angst zu vertuschen.

»In euren Kreisen darf man nicht ungehorsam sein.« Sie dachte an Irina und an Alessio, der den Aufstand gegen den Riesen gewagt hatte.

Er zuckte die Schultern. »Man hält sich besser an die Spielregeln. Nicht wie dieser Ölnhausen, der Kinderschänder.«

»Und wenn jemand ein Verräter ist?«

»Dann stirbt er.«

»Und das entscheidet natürlich ihr.«

Er nickte und lächelte warm.

»Aber dein Onkel musste seine Anonymität aufgeben, als er die Russen ermorden ließ.«

»Meinem Onkel geht die Ehre über alles. Und was ist das hier schon?« Mit einer verächtlichen Gebärde fasste er alles zusammen. »Ein winziger Standort in Deutschland. Der Clan, die Familie, ist sehr viel größer und mächtiger als das alles.«

57.

Mit langen Sätzen lief Fabian durchs Foyer des Esslinger Klinikums, das orange durchflutet im Abendlicht lag.

»He, was wollen Sie?«, rief ihm der Portier hinterher.

»Polizei!«, rief er, öffnete eine Glastür und stieg, immer zwei Stufen auf einmal nehmend, die Treppe hinauf. Wieder eine Glastür, und er stand völlig außer Atem im Flur der Station, auf der sie Laura Cortese untergebracht hatten. Er holte tief Luft und starrte in den Gang, der gleichförmig und still dalag. Wie sollte er eine Frau zum Sprechen bringen, der das Schweigen in Fleisch und Blut übergegangen war? Egal! Die Schonzeit für Laura war vorüber.

Vorsichtig drückte er die Klinke herunter und schob die Tür auf.

»Sie schon wieder.« Sie saß aufrecht im Bett. Auf ihrem nicht angerührten Tablett wellten sich die Ränder der Käsescheiben traurig nach oben. Ihre Bettnachbarin betrachtete den späten Besucher ungeniert und wandte sich dann überrascht Laura zu. »Ich dachte, Sie sprechen kein Deutsch.«

»Tatsächlich?«, fragte Laura spöttisch.

»Sagt kein Wort, obwohl sie es könnte«, grummelte die Bettnachbarin und versenkte sich wieder in die Frauenzeitschrift auf ihren Knien.

»Was wollen Sie?«, fragte Laura kühl.

»Ich muss mit Ihnen reden.«

»Wir haben schon geredet.«

»Es ist Zeit für Klartext.«

Gehetzt sah sie sich um. »Ich klingle und lasse Sie rausschmeißen!«, drohte sie. Fabian flüsterte jetzt. »Dann gebe ich zu Protokoll, dass Sie mit einem … Mafiaclan verbandelt sind.«

Aus Lauras Gesicht wich die Farbe, bis nichts mehr blieb als nackte, weiße Angst.

»Gut.« Sie schwang ihre Füße aus dem Bett und angelte nach ihren Pantoffeln. In der Stunde nach seinem letzten Besuch hatte sie ihr getupftes Krankenhaushemd durch einen lila Pyjama ersetzt. Fabian nahm das als gutes Zeichen.

»Kommen Sie mit auf den Gang!«, sagte sie und ging ihm voraus. In einer Fensternische gruppierten sich Stühle rund um einen Tisch, auf dem Zeitschriften und zerlesene Taschenbücher lagen. Sie setzten sich einander gegenüber und taxierten sich vorsichtig.

»Alles in Ordnung, Frau Cortese?« Die Nachtschwester kam vorbei und warf ihnen einen besorgten Blick zu.

»Ja, ja«, wehrte Laura ab. »Mir geht es gut.«

Fabian fiel mit der Tür ins Haus. »Sie sagten eben, Sie wüssten nicht, weshalb sich das Leben lohnt. Ich habe einen Grund für Sie. Sie können Leonie retten.«

»Die junge Frau, die mich gefunden hat? Was ist mit ihr?«

»Keine Ahnung. Aber mit der allergrößten Wahrscheinlichkeit ist sie irgendwie Ihrer reizenden Verwandtschaft in die

Hände gefallen. Sie ist Journalistin und hat über die Mafia recherchiert. Möglicherweise hat sie Alessio dort gesucht.«

»Wie lange schon?« Ihre Stimme war tonlos.

»Seit heute Mittag.«

Er sah, wie Laura mit sich kämpfte. Angst und unbezähmbare Wut wechselten sich in ihrem Gesicht ab. Erpressbar durch Alessios Geburt, hatte sie sich jahrelang an das Gesetz des Schweigens gehalten. Als sie den Kopf hob, ähnelte sie der unbeugsamen Frau, die sie gewesen sein musste, bevor die Gebrüder Cortese sie mürbe gemacht hatten. »Sie sagten, Sie waren in Aichwald?«

»In dem Haus hat nichts darauf hingedeutet, dass jemand gefangen gehalten wird.«

»Das heißt nichts«, wandte Laura ein. »Sie können sie versteckt oder woanders hingebracht haben. Vielleicht lebt sie auch schon nicht mehr. Sie hassen Schnüffler.«

»Wer ist ›sie‹?«, fragte Fabian.

»Mein Schwager. Sein Sohn Mario und jede Menge anderer Männer in wechselnder Besetzung. Und Corrado, genannt Kain, der Sohn meines Mannes.« Mit dem Verzicht auf das Wort Stiefsohn hielt sie die Distanz aufrecht. »Der Clan regelt die Geschäfte im Raum Stuttgart.«

»Und dieser Kain?«

»Er ist der Killer. Er führt die Befehle aus«, sagte sie leise. »Das war Giorgios Aufgabe, und Kain hat sie geerbt. Sie verstehen sich als Soldaten, die im Krieg sind. Und wenn sie töten, ist das eben ein Kollateralschaden.«

Er nickte. Womöglich war Corrado der Turnschuhkiller, der Ölnhausen das Lebenslicht ausgeblasen hatte. »Und Alessio?«

»Er soll … in seine Fußstapfen treten.«

Fabian schluckte und konnte plötzlich verstehen, warum

sich Laura das Leben nicht mehr zutraute. Das war mehr, als ein einzelner Mensch ertragen konnte.

»Alessio will das alles nicht. Aber wir haben Giorgio nicht deshalb getötet.« Ihre Stimme war plötzlich leiser als ein Wispern.

Fabians Mund war staubtrocken. Der Geruch des Krankenhauses legte sich ihm plötzlich auf den Magen. Er griff nach einer grünen Mineralwasserflasche und goss Wasser in zwei Gläser, von denen er eines in Lauras Richtung schob. »Trinken Sie!«

»Was ist damals geschehen?«, fragte er, trank einen Schluck und setzte das Glas ab.

Jetzt erst registrierte sie, wie weit sie sich vorgewagt hatte. »Sie werden das gegen mich verwenden«, sagte sie.

»Das kommt darauf an, was Sie mir erzählen. Fakt ist, dass Giorgio Cortese auch gegen Sie handgreiflich geworden ist. Es gibt den Straftatbestand der Notwehr.«

»Tatsächlich.« Sie schaute ihn aus dunklen, unergründlichen Augen an. »Ich fürchte den Clan weit mehr als die Polizei. Wissen Sie, was Blutrache ist?«

»Warum haben Sie nicht schon viel eher bei uns Schutz gesucht?«

Jetzt lachte sie laut auf. Eine alte Frau, die mit ihrem Rollator über den Flur in Richtung des Teekannenwagens unterwegs war, drehte sich irritiert um. »Weil Sie mir nicht geglaubt hätten. Und wenn doch, wie hätten Sie mich schützen können?«

»Es gibt Zeugenschutzprogramme.«

Sie betrachtete ihn mit leisem Spott. »In Baden-Württemberg existiert die Mafia nur als Filmbeitrag. Und die Verwicklungen des Herr Oettinger in Mafiakreise werden unter den Teppich gekehrt.«

Fabian dachte an Herbrechtinger vom Innenministerium

und spürte einen Anflug von Scham. »Erzählen Sie, was passiert ist!«

Als sie weitersprach, war ihre Stimme sehr leise. »An dem Tag, als Giorgio starb, ging es ihm nicht gut. Er hatte getrunken, obwohl der Arzt ihm jeglichen Alkohol verboten hatte, war gereizt und kurzatmig. Und immer, wenn er sich mit seiner eigenen Schwäche konfrontiert sah, suchte er sich einen, an dem er seine Wut auslassen konnte.«

»Und das war an diesem Tag Alessio?«

»O nein!« Sie schüttelte den Kopf. »Der war mit ein paar Freunden weg gewesen, und als er zurückkam, hatte mich Giorgio an einen Oberschrank in der Einbauküche geschleudert. Ich muss irgendwie falsch aufgekommen sein, mit der Schläfe direkt auf die Ecke. Als ich aus der Bewusstlosigkeit erwachte, lag ich am Boden. Er kniete über mir und hatte meinen Rock hochgeschoben. Er war – unten herum nackt.«

Fabian beugte sich vor und schüttelte den Kopf. »Er wollte eine bewusstlose Frau vergewaltigen?«

Ihr Gesicht verschloss sich. »Er hatte getrunken. Da ging es ihm nur noch um Demütigung. Um das, was er im Grunde selbst erfahren hatte. Also kniete er sich auf mich und versuchte, in Fahrt zu kommen.« Sie sah Fabian entschuldigend an. »Ich schäme mich so.«

»Das müssen Sie nicht«, sagte Fabian tonlos.

»Und dann kam Alessio und hat ihn von hinten von mir weggezogen.«

Die Tränen liefen ihr jetzt über das Gesicht, und sie begann, hektisch in ihrer Pyjamatasche nach einem Taschentuch zu suchen. Fabian fand eine zerdrückte Packung in seiner Jacke und reichte sie ihr.

»Alessio sagte, dass es das letzte Mal gewesen sei, dass Giorgio mich geschlagen hätte.« Sie schnäuzte sich lautstark und schaute Fabian dann aus geröteten Augen an. »Giorgio hat sich mühsam aufgerichtet und wollte sich Alessio zuwenden, ihn schlagen, in die Knie zwingen wie sonst immer, ich weiß nicht genau. Aber da habe ich mich aufgerappelt und versucht, ihn bei den Schultern zurückzuhalten.« Sie trank einen Schluck Wasser und fuhr dann fort. »Er riss sich los und schrie auf Italienisch, dass er mich umbringen würde. Und dass er das schon längst hätte tun sollen mit mir. Und wir wussten, dass er keine leeren Drohungen ausstieß. Plötzlich hatte er den Revolver in der Hand, mit dem er immer Russisch Roulette mit Alessio gespielt hatte.«

Fabian hob den Kopf.

»Und dann?«, fragte er.

Laura Cortese schaute ins Leere und sprach jetzt immer schneller. »Er zielte aus nächster Nähe auf mich. Doch da kam Alessio und stellte sich zwischen mich und die Mündung der Waffe. ›Lass das!‹ schrie ich. Er tat nichts, schaute seinen Vater nur voller Verachtung an. Und dann trat er einen Schritt auf den Alten zu und noch einen. Ich dachte, jetzt drückt Giorgio ab. Jetzt erschießt er zuerst Alessio und dann mich. Alessio hat sich genau vor die Mündung der Pistole gestellt und den Alten vor die Brust geschubst. Ich dachte, jetzt ist es so weit. Ich sah meinen Sohn schon sterben. Doch Giorgio taumelte und schnappte nach Luft, fasste sich an die linke Seite und kippte um. Er war auf der Stelle tot.«

Es war so still in dem Flur, dass sie die anderen Geräusche des Krankenhauses hörten. Von Ferne ein leises Ticken, sich öffnende und schließende Türen, die Nachtschwester, die beruhigend auf einen Patienten einsprach. Ein Rettungswagen, der mit Blaulicht und Sirene von der Hirschlandstraße in die Einfahrt der Notaufnahme abbog.

»Das war sicher kein Mord, nicht einmal Notwehr«, sagte Fabian.

»Wenn der Revolver mir in die Hände gefallen wäre, hätte ich Giorgio ohne zu zögern erschossen. Und ich weiß, dass Alessio genau dasselbe denkt und sich die Schuld am Tod seines Vaters gibt.«

»Und die Familie?«

»Die weiß nichts«, sagte Laura. »Und macht sich darum umso mehr Gedanken.«

»Und was wollen die jetzt von Alessio?«

»Loyalität«, sagte sie leise. »Er hat einen Schwur geleistet.«

Fabian verstand. »Und deshalb haben Sie Tabletten genommen?«

»Ach hören Sie auf!«, zischte sie. »Sie wissen nicht genug, um über uns urteilen zu können. Reden wir weiter von Ihrer Freundin! Hören Sie mir jetzt gut zu! Wenn Sie wieder zum Lobenroter Anwesen kommen, seien Sie vorsichtig! Es ist gesichert wie Alcatraz, auch wenn Sie das nicht bemerken. Es gibt einen Schutzraum im Keller. Und wenn Sie schon einmal dabei sind, überprüfen Sie das ›Sotto le Stelle‹!«

Fabian wurde kalt. »Gianluca Battista?«

»Wenn Sie seinen Namen auch nur in einem Atemzug mit meinem denken, bin ich tot. Also machen Sie das alles so unauffällig, wie Sie können! Und so schnell wie möglich! Dem Clan wird die Luft hier zu dünn. Sie werden sich demnächst nach Kalabrien absetzen.«

Laura stand auf und schob ihre schmalen Füße in die Pantoffeln. »Ich hoffe, Sie finden Ihre Freundin nicht in der Waschküche. Die lässt sich am besten säubern, nachdem …«

Fabian hörte nicht mehr zu. Er lief schon den Gang entlang in Richtung Ausgang. Gestern Nacht hatte er seinen Rivalen heimlich durch alle Datenbanken gejagt. Vergeblich. Der Kerl hatte nicht mal ein Knöllchen wegen Falschparkens. Er hatte keine Zweifel gehabt, dass Leonie ihm den italienischen Spitzenkoch vorziehen würde, der sich irgendwann den ersten Stern erarbeiten würde. Und jetzt sollte das schicke »Sotto le Stelle« ein Knotenpunkt im Mafianetz sein, dessen Fäden sich langsam entwirrten.

Vielleicht klärte sich das Ganze ja auch ganz anders, dachte er grimmig, als er den Saab aus dem Parkhaus auf die Hirschlandstraße lenkte. Vielleicht saß sie mit Gianluca im Café Maille und aß Eis, oder sie hatten heißen Sex in seiner Designerwohnung. Fabian schlug aufs Lenkrad. Wenn sie sich doch gemeldet hätte!

Es war halb neun, ein freundlicher Abend im Hochsommer, der den wechselhaften Tag vergessen ließ. Langsam lichtete sich der Feierabendverkehr. An der Kreuzung zur Rotenackerstraße stand er vor der roten Ampel und versuchte, Leonie auf ihrem Handy zu erreichen. Nichts. Entschlossen fuhr er links ab in die Stadt hinunter und stand schließlich vor dem Haus in der Turmstraße. Hier also wohnte Gianluca Battista, der Mafioso. Die Adresse hatte er ebenfalls gestern Nacht recherchiert. Kurzentschlossen stieg er aus und klingelte. Der Name stand an der Klingel ganz unten. Es war ein Bau aus der Zeit um die Jahrhundertwende mit einer schicken Holzeingangstür und großen, dunklen Fenstern in der Erdgeschosswohnung. Wenn die zwei da waren, würde er sich als eifersüchtiger Nebenbuhler ausgeben. Er schluckte trocken. Was tat die Mafia mit aufdringlichen Rivalen? Egal. Er musste das Risiko eingehen. Er klingelte noch einmal, doch es blieb alles still.

58. »Warum Massimo und Maria?« Sie saß noch immer auf dem Bett in Corteses Kellerverlies. Ihre Füße waren eiskalt, und sie spürte, wie sich das Zittern unerbittlich von außen nach innen fraß. Trotzdem strengte sie sich an und sprach weiter. Vielleicht verflüchtigte sich die Leere in ihrem Kopf dann ja und machte der einen, zündenden Idee Platz, die ihre Rettung sein würde.

»Du frierst ja.« Gianluca stand von seinem Segeltuchstuhl auf, holte eine dicke Wolldecke aus dem Schrank und legte sie ihr fürsorglich um die Schultern. Dann setzte er sich neben sie auf die Sofakante.

»Tja, die beiden alten Pizzeriabesitzer …«, fuhr er fort. Er schaute sie von der Seite an. »Wieso bringst du den Mord an ihnen mit uns in Verbindung?«

»Ich habe, nun …« Sie spürte, dass sie knallrot wurde.

»Sabine Marian«, spuckte er voll Verachtung aus.

»Sie hat nichts damit zu tun.«

»Ich weiß, dass du lügst. Aber lassen wir das. Es war sicher nicht unsere einfachste Entscheidung. Aber Massimo hatte schon einmal geplaudert und sich nicht an die Spielregeln gehalten. Heute pfeifen es die Spatzen von den Dächern. Aber damals hätte es fast einen Skandal gegeben. Wir dachten, Massimo hätte Ruhe gegeben. Aber stattdessen spaziert er zu dieser – Frau – und will das Gesetz der Omertà schon wieder brechen.«

»Und was wollte er ihr verraten?«

Seine Hand, die nach ihrer griff, fühlte sich fest, warm und trocken an. Sie versprach trügerische Sicherheit. »Du zitterst ja«, wunderte er sich. »Es gibt viel Geld zu verdienen in Stuttgart in den nächsten Jahren. Wir sind gerne mit dabei, wenn Großprojekte gebaut werden.«

»Stuttgart 21?« Leonie schluckte trocken und dachte an Subunternehmer, die ihre Arbeiter unter Tarif bezahlten. Spottbillige Baufirmen und hinterzogene Steuern – interessierte sich der Staat wirklich für solche Machenschaften, die sich in einer Grauzone zwischen den Gesetzen bewegten? Und musste die Bahn nicht zugreifen, wenn irgendjemand die explodierenden Kosten reduzierte? Unwillkürlich fragte sie sich, was Sabine Marian für diese Informationen geben würde. Dann wandte sie sich wieder Gianluca zu. »Und wie ist es für dich?«

»Was?«

»Dass dein Onkel ein Mafiaboss ist?«

Er schaute sie von der Seite an. »Mein Onkel?« Er runzelte die Stirn und dachte einen Moment lang nach. Dann begann er zu lachen. Laut und immer lauter, bis er sich vor Heiterkeit auf die Knie schlug. »Du denkst, dass mein Onkel der Chef ist? Das stimmt aber nicht.«

»Und wer dann?«, fragte sie, doch da sickerte die Wahrheit schon in sie ein wie schmutziges Wasser. Was für eine perfekte Tarnung das Restaurant doch abgab.

Als er weitersprach, war seine Stimme sehr leise. »Mein Vater Clemente Battista hat den Clan geleitet. Als er ermordet wurde, war ich erst achtzehn und musste mir Respekt verschaffen. Das ging nicht ohne meine beiden Onkel, die mir immer zur Seite gestanden haben.«

Leonies Herz schlug in ihrer Brust wie ein gefangener Vogel. Sie rückte einige Zentimeter von ihm ab und hoffte, dass er es nicht bemerkte.

»Du weißt ja, Blutrache. Das war mein Ding, meine Aufgabe, genau wie die Führung dieses Clans. Dazu bin ich geboren. Meine Mutter leitet die Geschäfte in Italien.«

»Wie viele?«, fragte sie, und die Wirklichkeit verschwamm. Die ganze Umgebung wurde irreal in einer Welt, in der ein Leben weniger zählte als eine Mensch-ärgere-Dich-nicht-Figur, die man vom Spielfeld kickte.

»Sechs Männer, eine Frau. Auf unserer Seite auch ein paar.«

Sie wickelte sich in die Wolldecke, die nach feuchtem Fell roch, und kroch von ihm fort bis ans andere Ende des Bettsofas. Die Kälte ließ sie mit den Zähnen klappern.

»Jetzt weißt du alles über mich, die ganze Wahrheit.«

Unehrlichkeit konnte sie ihm wirklich nicht vorwerfen. Beim besten Willen nicht. »Und nun?«

»Jetzt bist du dran mit deiner Entscheidung.«

»Welche denn?«, wisperte sie. Sie kannte die Antwort, bevor er sie gab.

»Ob du meine Familie nach Kalabrien begleiten willst. Heute Nacht brechen sie auf. Ich komme nach, sobald ich kann.«

59.

Fabian Grundmann parkte zwischen Klatschmohn und Margeriten an der Landstraße nach Lobenrot. Nicht weit von ihm mündete der Feldweg ein, der zum Anwesen Alberto Corteses führte. Rings um ihn breitete sich trügerischer Abendfrieden aus. Nach dem Regen leuchteten die Wolken scharlachrot von der untergehenden Sonne. Ein Bauer tuckerte auf seinem Traktor vorbei und winkte den Autos, die ihn eins nach dem anderen überholten, zu. Weiter vorn stand ein unbeleuchtetes Auto halb im Graben. Der Fahrer war nicht zu sehen.

Fabian klickte sich auf seinem Handy bis zu Kellers Nummer durch. Sein Chef, der wahrscheinlich schon bei seinem gemütlichen Feierabendbier auf der Terrasse saß, ging nach dem dritten Klingeln dran. »Wo bist du?«

»In Lobenrot.« Fabian holte tief Luft. »Laura Cortese hat ausgesagt. Die Corteses sind ein Mafiaclan. 'Ndrangheta. Der alte Alberto ist einer der Chefs, und Corrado ist wahrscheinlich der Killer, der Ölnhausen auf dem Gewissen hat.« Am anderen Ende blieb es einen Moment still.

»Dann brauchen wir das SEK«, sagte Keller dann.

Fabian zog seine Augenbrauen zusammen und dachte an das Blut, das fließen würde, wenn das Sondereinsatzteam das Haus stürmte. Die Wahrscheinlichkeit, dass Leonie das überleben würde, wäre nicht allzu hoch.

»Warte! Sie haben Leonie. Ich muss mir das erst ansehen. Ich rufe dich in fünf Minuten zurück.« Bevor Keller etwas entgegnen konnte, hatte er aufgelegt.

Fabian stieg aus, übersprang den Straßengraben und erreichte eine Wiese, über der weißer Abendnebel aufstieg. Feuchtigkeit legte sich auf sein Gesicht. Am anderen Ende grasten ein paar Kühe.

Er ging schnurstracks geradeaus. Hinter seiner Stirn pochte es schmerzhaft. Eigentlich wusste er erschreckend wenig. Nicht einmal, ob Leonie überhaupt hier war.

War sie bewusst untergetaucht, weil sie mit Gianluca das Land verlassen wollte? Er versuchte, den Gedanken auszuschalten und zu verdrängen, der ihn zu zerreißen drohte, doch er tauchte immer wieder auf. Liebte sie Gianluca mehr als ihr Kind? Das konnte nicht sein. Niemals. Oder doch? Er musste Gewissheit haben.

Verbissen stapfte er über die schlammige Wiese und erreichte ein Waldstück, von dessen Rand aus das Haus der Familie Cortese schon gut zu sehen war. Der rote Himmel erlosch wie ein Feuer, das ausgetreten wurde. Als ein Auto den Feldweg hinaufkam, konnte er durch einen gezielten Sprung in den Schatten gerade noch verhindern, dass das Fernlicht ihn streifte. Lautlos schwang das Stahltor in der Umzäunung auf. Das Auto war kaum verschwunden, als Motorengeräusch schon das nächste ankündigte. Es fuhr mit Abblendlicht, so langsam und zielgerichtet, dass Fabian in der Dämmerung das Kennzeichen erkannte. GG für Gaggenau.

Fabians Handy vibrierte hartnäckig, und er ging ran. »Das hier wird immer mehr zur Versammlung. Sieht aus, als ob der ganze Clan noch heute Nacht die Biege macht, wie Laura Cortese gesagt hat.«

Keller zögerte jetzt nicht mehr. »Hör zu!«, sagte er. »Wenn ich über die Funkeinsatzzentrale das SEK aus Göppingen bestelle, dauert es dreißig Minuten, bis sie da sind. So lange verhältst du dich ruhig und wartest. Komm ja nicht auf die Idee, da reinzugehen!« Als Fabian schwieg, wurde Keller deutlich. »Wenn du nicht hörst, lasse ich dich versetzen. Dann kannst du wieder Streife fahren.«

Fabian klickte Keller weg und starrte nachdenklich auf das geöffnete Tor. Wenn er auch nur einen Fuß über die Schwelle setzte, würde er als Leiche in den Fundamenten von Stuttgart 21 enden. Und dennoch musste er Leonie finden, bevor das SEK kam. Fabian rieb sich die schmerzenden Augen. Vielleicht würde es die Sache erleichtern, dass so viele Leute in den heiligen Hallen des Hauptquartiers herumschwirrten.

Er folgte dem Schatten des Waldrands, bis geschah, was er erwartet hatte. Die Lichter eines weiteren Fahrzeugs tauchten in der Ferne auf. Eines großen, langsam fahrenden diesmal. Geduckt wartete er, bis der Umzugswagen vorüber war und rannte in seinem Schatten durch das offene Tor in den unbeleuchteten Hof. In Gedanken schlug er drei Kreuze, als er es aus der Ferne bellen hörte. Zum Glück hatte dieser Corrado seine Dobermänner eingesperrt, die wahrscheinlich auch dem versammelten Mafiaclan krumm gekommen wären. Fabian fühlte sich seltsam leicht, als hätte er seine Vergangenheit und seine Identität abgestreift. Das war sein erster Undercovereinsatz, und er hatte weder die Voraussetzungen noch das Okay seines Vorgesetzten dafür. Ade Polizeilaufbahn, aber diese Frage würde sich wohl kaum mehr stellen.

Der LKW hielt an und spuckte drei kräftige Kerle aus, die im Haus verschwanden. Kurzerhand löste er sich aus dem Schatten und folgte ihnen durch die offene Tür, als sei er einer von ihnen. Der Gang stand voller Kisten, Möbelstücke und Gerümpel. Im nächsten Moment kamen ihm aus der Tiefe des Hauses zwei Männer mit Umzugskisten entgegen.

»*Ciao*«, sagte einer von ihnen und setzte zu einem italienischen Redeschwall an.

Das Adrenalin stieg ihm ins Blut und durchfuhr ihn heiß, aber der Mann wartete nicht auf Antwort, sondern schob sich mit der riesigen Kiste vor der Brust ins Freie. Fabian atmete schwer, stützte sich mit dem Rücken gegen die Wand neben der Wohnzimmertür und sortierte seine Gedanken. Rauputz, der sich durch seine Jacke drückte, Schweiß, der ihm den Rücken hinablief, Atemzüge, die sich nicht beruhigen wollten. Die Männer arbeiteten wie Uhrwerke, wie ein emsiger Ameisenschwarm, der keine Pause kannte. Also musste er sich diesem Rhythmus anpassen und so beschäftigt tun, dass niemand ein Wort von ihm erwartete. Kurzerhand hob er eine der Kisten und folgte den Umzugshelfern nach draußen. Hatte der alte Cortese Mühlsteine darin verpackt? Schwer atmend schleppte er den Karton bis zu dem offenen LKW, stellte sich in eine Reihe mit vier weiteren Männern, von denen scharfer Schweißgeruch ausging, und schob ihn auf die Ladefläche. Niemand nahm Notiz von ihm. Sollte es ihm tatsächlich gelingen, mitten zwischen den Mafiosi unsichtbar zu werden? Er machte sich nichts vor. Wenn ihn jemand als Außenseiter erkannte, würde man schneller mit ihm kurzen Prozess machen, als er Mafia sagen konnte. Und er würde dem SEK das

Überraschungsmoment nehmen. *Schnell!*, dachte er. Er musste sich vergewissern, dass Leonie tatsächlich nicht im Haus war, und dann nichts wie raus. Was hatte Laura gesagt? Im Keller gab es einen versteckten Raum, in dem man Leute verbarg, die kurzfristig untertauchen mussten. Aber wo war die Kellertreppe? Unauffällig ließ er bei seinem nächsten Gang die Augen schweifen. Nichts. Fast blieb ihm das Herz stehen, als ihn ein alter Mann mit grauem Bart am Ärmel packte, in die Küche lotste und auf den Tisch deutete, der voller Bierflaschen und Eisteekartons stand. *»Bevi!«*

Fabian grinste ihm dankbar zu, und trank einen großen Schluck Eistee aus dem Tetrapack, der ihm süß durch die Kehle rann. Das Glück war mit ihm. Dann bedeutete der Alte Fabian, ihm zu folgen, öffnete eine unscheinbare weiße Tür und verschwand in der Tiefe. Fabian trank noch einen Schluck und stieg hinter ihm die steile Treppe hinab. Der Gang war hell beleuchtet. Auch hier stapelten sich Umzugskisten massenweise. Wo war der Zugang zu dem verborgenen Raum? Er hob einen Bananenkarton und beobachtete, wie der Alte die Tür zu einem Keller aufschloss, aus dem es ihn kalt anwehte. Ein Kühlhaus, das Cortese extra verschlossen hielt. Der Fremde verschwand in der Eiskammer. Weil ihm nichts Besseres einfiel, griff Fabian nach der Bananenkiste, trug sie die Treppe hinauf und verlud sie in den LKW. Auf der steilen Treppe nach unten musste er sich an die Wand drücken, um den Alten vorbeizulassen, der ächzend eine Kiste mit Trauben hinaufzerrte und ihn dabei mit seinem fleckigen Rauchergebiss angrinste.

Unten war Fabian das Glück weiter hold. Es ließ ihm ein paar Minuten, um das Kühlhaus näher zu inspizieren, bevor der Alte zurückkam. Sein Atem sammelte sich zu weißem Nebel. Nichts, außer stapelweise Kisten voller reifbezogenem Fenchel, Zucchini und Weintrauben, so hart wie Kiesel. Er folgte einer Eingebung und grub unter den Zucchini, durchbrach drei Schichten der länglichen, harten Dinger, bis er einen Pappboden spürte, der da nicht sein sollte. Eine winzige Öffnung, in die er seinen Zeigefinger drückte. Darunter Plastiktüten, glatt weich, voller Schnee. Volltreffer. Das würde die Drogenfahndung interessieren. Jetzt jedoch musste er Leonie finden. *Tu was, nutze die Zeit!*, pochte es in ihm. Aber was nur? Sein Kopf war leer.

In diesem Moment hörte er Stimmen, die Deutsch sprachen. Er hechtete hinter einen wackligen Stapel eisiger Erdbeerkisten und brachte ihn gerade eben wieder ins Gleichgewicht, bevor die Männer kamen. Als er sie erkannte, erstarrte er. Da war Alessio. Sein Onkel hatte gelogen, als er sagte, dass der Junge nach Kalabrien geschickt worden war. Und neben ihm ging Battista, eine Waffe in der Hand. Sie durchquerten den Raum, ohne nach links oder rechts zu schauen. »Du weißt, was du zu tun hast, wenn sie nicht kooperiert«, sagte Battista. Fabian lehnte sich zurück. Er hatte verstanden.

60.

Als sie den Raum betraten, saß Leonie noch immer auf dem Bett. Ihre Zähne klapperten, obwohl sie sich bis zum Kinn in die Decke gewickelt hatte und mit den Armen ihre Knie umklammerte. Alessio stellte sich neben die Tür wie ein Wächter, seine Augen waren dunkel, sein Gesicht ausdruckslos. Gianluca kam auf sie zu. »Ich war so dumm, mich zu verlieben«, sagte er. »Ich habe mich gegen meine Gefühle gewehrt. Vergeblich. Doch ausgerechnet der Frau, die ich liebe, kann ich nicht trauen. Woher soll ich wissen, dass du mich nicht verrätst?«

Sie drückte sich mit dem Rücken an die Wand und hätte

sich am liebsten in Luft aufgelöst. »Warum hast du mich hergebracht?«, flüsterte sie.

»Um dich zu prüfen. Wie weit gehst du für unsere Liebe? Was ist sie dir wert? Hast du mir wirklich hinterherspioniert? Oder ist da dieser andere, dieser Fabian? Du musst dich entscheiden. Entweder du gehst mit meiner Familie ins Ausland. Dann gehörst du zu uns. Oder aber …«

Sie wusste, was er meinte. Sie hatte die Schwelle des Aichwalder Anwesens überschritten und damit die Weichen gestellt. Sie schaute zu Alessio, der weiß wie die Wand an der Tür stand und gebannt zuhörte.

»Und was ist mit Leander?« Bei seinem Namen füllten sich ihre Augen mit Tränen, und die Worte kamen erstickter raus, als sie sollten. Ihre Absicht, Haltung zu bewahren, hatte sich in Luft aufgelöst. »Den holen wir nach, wenn nach einigen Monaten Gras über die Sache gewachsen ist.« Leonie biss sich auf die Lippe und nickte. Leander, ein Mafiakind wie Alessio, in seiner Seele zerrissen zwischen den Menschen, die er liebte, und den Taten, die sie begingen. Sie schaute noch einmal zu dem Jungen an der Tür, der kaum merklich den Kopf schüttelte. Die Tränen brachen sich jetzt Bahn, liefen ihre Wangen herunter, ohne dass sie etwas dagegen unternehmen konnte.

»Und wenn ich mich – anders – entscheide?«

»Dann stirbst du.« Er kam näher und strich ihr vorsichtig über die Wange. »Glaubst du, ich kann das nicht? Den Menschen töten, der mir am liebsten ist? Die Organisation muss um jeden Preis geschützt werden. Aber in dem Fall ist es seine Aufgabe.« Er zeigte auf Alessio. »Er ist mir noch etwas schuldig, der kleine Drecksack.«

Der Junge an der Tür sackte in sich zusammen. Gianluca wandte sich wieder Leonie zu.

»Aber wenn du zu mir stehst, wird es dir an nichts fehlen. Ich werde dich auf Händen tragen wie eine Königin. Du musst nur die richtige Entscheidung treffen. Und dafür musst du bereit sein, für mich dein altes Leben aufzugeben.«

Leonie fühlte sich kraftlos und leer. Auch wenn Gianluca kein Mörder gewesen wäre, liebte sie ihn nicht genug, um mit ihm zu gehen. Aber so kam das überhaupt nicht in Frage.

»Die Polizei wird eure Spuren aufnehmen«, sagte sie und fühlte sich wie betäubt. »Niemand kann sich in Luft auflösen.«

Er schüttelte den Kopf und lachte. »Glaub mir, es gibt Kanäle, über die wir spurlos verschwinden können. Und noch wird mein Name nirgendwo mit der 'Ndrangheta in Verbindung gebracht.«

Er trat näher und legte ihr seine kalte Hand an die Wange. »Wie wirst du dich entscheiden?«

Sie schwieg und schaute zur Göttin Aphrodite hinüber, die niemals ihren Fuß an Zyperns Küste setzen würde.

»Ich kann nicht mit dir gehen«, sagte sie.

61.

Fabian saß noch immer hinter den Erdbeerkisten und dachte fieberhaft nach. Obwohl seine Dienstwaffe im Halfter steckte, wollte er sich nicht auf eine bewaffnete Konfrontation mit Battista einlassen. Nicht, solange Leonie in der Schusslinie stand. Es half nichts. Er musste darauf vertrauen, dass Battista sie so lange am Leben ließ, bis er sie von außen über den Kellerschacht befreien konnte. Aber dafür musste er den Schacht erst einmal finden. Geduckt lief er zur Treppe, nahm immer zwei Stufen auf einmal und stand viel zu schnell in der Küche, aus der ihm ein würziger Geruch entgegenschlug. Fast wäre er die Kellertreppe rückwärts wieder heruntergestürzt. Der kleine Raum war voller Menschen und dunstig grau von Zigarettenrauch, der sich mit dem Duft der Pizza mischte, die im Ofen blechweise gebacken wurde.

Sein Herz blieb beinahe stehen, als er unter den Kerlen, die am Tisch saßen, Kain erkannte. Das Gesicht zur Wand, drückte er sich zentimeternah an ihm vorbei durch die Menge. Der Junge konzentrierte sich weiter auf die Pizza und die auf Italienisch geführten Gespräche und nahm keine Notiz von ihm. Fabian schob sich durch die Tür. Der Gang war menschenleer. Er stürzte ins Freie und atmete gierig die frische Nachtluft ein. Die Helfershelfer hatten ihre emsige Tätigkeit beendet, saßen auf der Ladefläche des Umzugswagens und ließen in heiterer Runde eine Flasche Rotwein herumgehen.

Der Bärtige winkte ihm zu, und er winkte zögernd zurück, bevor er in den Schatten des Hauses eintauchte und sich daran machte, es zu umrunden. Wo ungefähr mochte das Versteck liegen? Vergeblich versuchte er, den Grundriss des Hauses zu rekonstruieren, und untersuchte stattdessen einen Kellerschacht nach dem anderen. Schächte zwischen englischen Rasenflächen. Schächte in geharkten Beeten und unter beschnittenen Büschen. Schächte, peinlich sauber im Dämmerlicht der Sommernacht, darunter Fenster, die gerade groß genug waren, dass er sich hindurchzwängen konnte. Wieder lief ihm die Zeit davon. War die halbe Stunde schon vergangen? Wie lange dauerte es, bis das SEK das Haus erreicht und umstellt hatte? Er wartete auf Männer in Schutzanzügen, die über den Rasen huschten, auf laute Warnrufe aus dem Megaphon, und den darauf folgenden Schusswechsel, doch es blieb alles still. Auf der Rückseite des Hauses lag die Garage mit der Zufahrt, in der ein schwarzer Porsche Cayenne parkte. Fabian umrundete ihn und wandte sich der anderen Seite des Hauses zu.

Da! Aus einem Kellerschacht drang Neonlicht heraus. Er sank auf die Knie und versuchte, den Rost darüber anzuheben. Verzweiflung packte ihn, als er bemerkte, dass dieser mit einem Vorhängeschloss und einer Kette gesichert war. In diesem Moment hörte er hinter sich ein leises Klicken.

»Ich kann dir einen Bolzenschneider holen«, sagte Kain freundlich und hielt ihm die Pistole an den Kopf. »Aber glaub mir, es ist einfacher, wenn ich dich durch die Kellertür zu der Kleinen bringe, Bulle.«

Er rappelte sich auf, taumelte und stieß gegen den Alten mit dem Rauchergebiss, der ihm den Arm auf den Rücken drehte. Kain tastete mit seiner freien Hand unter Fabians Jacke herum und holte die Dienstwaffe aus dem Halfter.

»Bingo«, sagte er und steckte sie in die rückwärtige Tasche seiner Jeans. *»Andiamo!«* Der Alte hielt ihn in seinem eisernen Griff und schob ihn durch die Garage in den Kellerflur. Kurz darauf stand er vor Leonie, die ihn mit großen Augen anstarrte. »Fabian!«, flüsterte sie.

Er sah die Tränenspuren in ihrem Gesicht. Sie war nicht freiwillig hier, sondern gleichfalls eine Gefangene Battistas, dessen Gesicht in dem Moment versteinert war, als er Fabian erkannt hatte. Endlich hatte er die Bestätigung für all die Dinge, die er sich bisher nur zusammengereimt hatte. Einen Moment lang war die Erleichterung darüber so groß, dass er die tödliche Gefahr vergaß, in der sie beide schwebten. Alessio stand mit hängenden Armen an der Tür und schwieg.

Battista wandte sich an Kain. »Wo hast du den denn aufgegabelt?«

»In unserem Garten. Er hatte sich unter die Jungs gemischt und beim Umzug geholfen. Aber er kam Ernesto so komisch vor, machte nicht den Mund auf. Und als wir ihn gefunden haben, hing er über dem Kellerschacht.«

»Öfter mal was Neues. Ein Bulle als Umzugshelfer.« Battistas Augen funkelten. Mit einem Schritt war er bei Leonie und schlug ihr mit aller Kraft ins Gesicht. Ihr Kopf knallte gegen die Wand. *Ich töte dich, Battista!*, dachte Fabian kalt. Der Mafioso zog sie in die Senkrechte und tätschelte ihr mit falscher Freundlichkeit die Wange, bis die Benommenheit aus ihrem Blick wich. Dann goss er Mineralwasser in ein Glas und hielt es Leonie an den Mund.

»Trink!«, sagte er.

Zögernd nahm sie einen Schluck. Battista stellte das Glas ab und drehte sich wieder zu ihr.

»Wie hast du es geschafft, ihn zu benachrichtigen? Oder war das alles ein – abgekartetes Spiel?«

Leonies Hand fuhr an ihren Kopf, und er sah, wie sie versuchte, sich zu konzentrieren. »Ich habe ihn nicht … Ich konnte gar nicht. Du hast mein Handy.« Ihre Tränen begannen wieder zu fließen. Fabians Herz schlug gegen seine Rippen, als wollte es seinen Käfig sprengen. Bisher hatte er noch nicht gewusst, wie sich Hass anfühlte. Battista wandte sich ihm zu.

»Und wie kommen Sie dann hierher, Signor Grundmann?«

»Das werde ich Ihnen sicher nicht auf die Nase binden.«

»Nein?« Battista trat einen Schritt näher, und Fabian spürte, wie sich ihm die Nackenhaare aufstellten. Verzweifelt riss er an den Armen des Alten, aber Kain brachte ihn mit einem gezielten Schlag in den Magen zur Ruhe. Mühsam richtete er sich auf, sah Sterne, schnappte nach Luft.

»Kain bringt Sie schon zum Reden. Der ist noch besser trainiert als Mischa und bricht Ihnen mit Vergnügen einen Knochen nach dem anderen.«

Der Junge trat mit erhobenen Fäusten auf ihn zu wie ein Boxer und tänzelte provozierend auf und ab.

»Du hast verloren, Chefkoch«, stieß Fabian hervor. »Das

SEK ist im Anmarsch. Und dann fliegt dir hier alles um die Ohren.«

»Ach, wirklich«, sagte Battista ungerührt und sprach auf Italienisch auf den Alten ein, der daraufhin lautlos den Raum verließ. »Es gilt, einige Planungen zu verändern. Aber nichts Weltbewegendes.«

»Und die da?«, fragte Kain.

»Gehen den Weg aller Verräter«, sagte Battista gleichgültig, zog Leonie auf die Beine, und schob sie in Richtung Tür.

Kain stieß Fabian hinterher. Alessio folgte ihnen wie ein Lamm, das man zur Schlachtbank führte.

Fünf Minuten später schob sich ein unbeleuchteter Geländewagen beinahe lautlos auf den Feldweg zur Landstraße. Fabian saß neben Leonie und Kain in der Mitte der Rückbank und spürte, wie sich die Waffe in seine Rippen bohrte. Beiläufig dachte er, dass er zu seiner Hinrichtung fuhr und fragte sich, warum er keine Angst hatte. Vielleicht brauchte das menschliche Gehirn ja eine Weile, bis es die Dimensionen der jeweiligen Realität ermessen konnte. Als sie auf die Landstraße abbogen, hielt er nach dem SEK Ausschau, das diesen Alptraum beenden würde, doch die Nacht blieb dunkel und still. Kein Blaulicht, keine Mannschaftswagen, kein Hubschrauber. Aus dem Augenwinkel sah er seinen Saab unwirklich und still am Straßenrand stehen. In dem Wagen, der schon bei seiner Ankunft verlassen dagestanden hatte, ging kurz die Innenbeleuchtung an und verlosch wie ein Irrlicht. Im Rückspiegel sah er, wie er sich langsam in Bewegung setzte. Leonie zitterte. Er griff nach ihrer eiskalten Hand und schloss seine Finger fest um ihre.

Gianluca fuhr von Lobenrot nach Aichschieß und bog hier auf die Straße in Richtung Plochingen ab. An der Erddeponie »Weißer Stein« kamen ihnen zwei unbeleuchtete dunkelgrüne Mannschaftswagen mit Göppinger Kennzeichen entgegen.

Mit unbewegtem Gesicht wartete Gianluca ab, bis sie vorüber waren, und lenkte das Auto dann in Richtung Baltmannsweiler.

62. Raum und Zeit enthoben, glitten sie lautlos dahin. Die Bewaldung öffnete sich für eine Obstwiese voller knorriger Apfelbäume, dann kam das Dorf Baltmannsweiler. Hinter einer Schallschutzmauer lag ein Neubaugebiet, nach links öffnete sich der Blick auf eine ältere Wohnsiedlung. Gianluca bog links ab, fuhr an der Kirche, der Festhalle und einigen Tennisplätzen vorbei, bis die Bebauung einem Waldgebiet wich, das sich tief ins Remstal hinabzog. Der Wald verhüllte schwarz und schweigend den Nachthimmel. Serpentinenartig schraubte sich die Straße bergab, klaftertief wie ein Grab. Als sie auf der Talsohle angekommen waren, lenkte Gianluca den Wagen auf einen Wanderparkplatz.

»Aussteigen! Endstation«, sagte er und löschte die Scheinwerfer. Bis auf Gianluca verließen sie alle den Porsche Cayenne. Leonie spürte seinen Blick im Rücken, als Kain sie mit erhobener Pistole zum Waldrand dirigierte, und hörte dann, wie er den Geländewagen zurücksetzte und geradeaus in Richtung Remstal weiterfuhr. Sie war wie betäubt. Noch vor einer halben Stunde hatte er ihr seine Liebe gestanden, und jetzt gab er sie auf wie ein Stück Müll, das man auf die Kippe warf.

Kain trieb sie auf einen Forstweg, dessen tiefe Furchen sich nach dem Regen in Schlammlöcher verwandelt hatten. Fabian schloss zu ihr auf und nahm wieder ihre Hand. Es fühlte sich richtig an, sicher, als könnte ihnen nichts passieren, wenn sie nur zusammen waren. Und trotzdem würden sie gleich sterben, dachte Leonie. Da war nichts in ihr, keine Angst, nur eine taube Leere, als hätte jemand ihre Seele mit Watte ausgestopft und das Gefühl, an einem irrwitzigen Survivaltraining teilzunehmen. Nur nicht an Leander denken! Wenn ihr das gelang, konnte sie ihre Einzelteile einigermaßen zusammenhalten.

Fabian half ihr über einen moosbewachsenen Baumstamm hinweg, der den Weg fast ganz versperrte, und konnte doch nicht verhindern, dass sie abrutschte und sich an der feuchten Rinde die Wade aufkratzte. Sie unterdrückte einen Aufschrei. Die Schürfwunde brannte wie Feuer. Kain nahm keine Notiz von ihr, sondern sprang athletisch über den Stamm und drehte sich nach Alessio um. »Jetzt mach mal!«, schrie er.

Leonie wagte einen Blick über ihre Schulter. Da stand der Junge mitten in einer Brombeerhecke und zupfte sehr langsam eine dornige Ranke nach der anderen von seinem T-Shirt. Oh, Alessio, dachte sie. Caravaggios Junge würde zu ihrem Mörder werden, aber er zögerte den Moment so lange wie möglich hinaus.

»*Cretino!*«, schrie Kain und fuchtelte mit der Waffe in der Luft herum.

»Vorsicht!«, warnte ihn Fabian.

»Halt die Klappe, Bulle! Ich habe sicher mehr Erfahrung mit so einem Ding als du!«

»Die will ich wirklich nicht mit dir teilen.«

»Deine Ironie wird dir noch vergehen.«

Der Weg führte steil den Hang hinunter, und das Gelände wurde immer sumpfiger und unwirtlicher, bis Büsche und niedrig wachsende Bäume den Weg fast ganz versperrten. Sie überstiegen umgefallenes Gehölz, und Leonie blieb mehr als einmal mit ihren Ballerinas im Schlamm stecken. Die Nacht war empfindlich kalt, doch von Fabians Hand ging genug Wärme aus, um ihr inneres Zittern zu vertreiben. Es würde bald vorbei sein, dachte sie, und da war sie doch, die Angst, klein wie eine nagende Raupe, die sich nährte und wuchs. Im Wald streifte ein Raubtier durchs Gebüsch, hielt inne und betrachtete sie aus durchsichtig grünen Augen. Vielleicht würde das Tier fliehen, wenn der Junge sie erschoss, vielleicht aber würde es sich auch angezogen fühlen und schauen, was da in seinem Revier passierte. Leonie dachte an das Blut, schauderte plötzlich, und die Nacht begann sich um sie herum zu drehen.

»Wird's bald!«, schrie Kain, der den Weg durch die Wildnis ohne Schwierigkeiten zu finden schien. Am Talgrund hielt er plötzlich inne.

»Wir sind da«, sagte er.

Im Zwielicht erkannte sie eine Kreuzung, von der zwei Wege fast rechtwinklig abzweigten. Als sie auf dem Knotenpunkt standen, wichen die Bäume zurück und öffneten sich für ein Stück sternbedeckten Himmel, das sein Licht wie Milch über sie ausgoss. Leonie schaute sich um. Es war so hell, dass sie im Wald die scharf geschnittene Silhouette eines Gebäudes erkennen konnte. Vielleicht war es ein forstwirtschaftlich genutztes Haus oder der Eingang zum Schacht eines alten Bergwerks. Alessio drehte sich einmal im Kreis. »Hier wart ihr also mit Blankert.«

»Halt's Maul!«, schrie Kain.

Welcher Blankert? Fragend drehte sie sich zu Fabian um, der seine Augen unentwegt auf Kain gerichtet hielt.

»Die Info nutzt dir nichts mehr, Bulle.«

Sie schwiegen, und die Stille zwischen ihnen dehnte sich unendlich aus. Leonie spürte, wie die Sekunden eine nach der anderen zu Boden rieselten und versickerten. Die letzten meines Lebens, dachte sie und konnte den Gedanken nicht greifen. Kain drückte Alessio die Pistole in die Hand.

»Bring's zu Ende, Bruder!«, sagte er sanft.

Alessio nahm die Waffe und wog sie in der Hand.

»Es ist leicht, oder?« Seine Augen waren im Sternenlicht so schwarz wie Obsidian. »Viel leichter als du denkst. Und es liegt dir im Blut, so wie mir. Genetisch, weißt du. Wir können dem nicht entgehen.«

»Bei Ölnhausen konnte ich es noch nicht.« Das war ein Geständnis, das viel mehr an Fabian als an Kain gerichtet war.

»Nein«, Kain lachte bitter. »Du bist im Auto sitzen geblieben, Weichei.«

Alessio ließ die Waffe sinken, als würde ihn ihr Gewicht zu Boden ziehen.

Er zögerte, und Leonie fasste ein bisschen Hoffnung. Kain aber redete weiter.

»Ich sag dir eins. Du denkst, dass du Alessio bist. Aber ohne uns bist du nichts. Ich werde Gianluca davon erzählen, und er wird dich endlich achten. Er hatte große Zweifel, weißt du, und nicht nur wegen Giorgio, den ihr um die Ecke gebracht habt.«

Alessio hob die Waffe und richtete sie mit beiden Händen auf Fabian, der ihn unbeweglich anschaute. Er hat auf dem Schießstand geübt, dachte Leonie.

»Nein!«, hörte sie sich rufen.

»Er ist unbewaffnet.« Alessio drehte sich zu seinem Bruder um.

»Er ist ein Bulle.«

Fabian sah ihn ruhig an. »Wer sagt, dass du ein Killer werden musst, der Leuten wie mir aus nächster Nähe in die Brust schießt?«

»Sie.« Alessio hob die Waffe ein Stück höher.

»Und wenn du einfach nicht auf das hörst, was sie dir befehlen? Deine Mutter ist im Krankenhaus. Sie hat einen Selbstmordversuch knapp überlebt. Leonie hat sie gerettet.«

Sie sah, wie es in Alessio arbeitete.

»Woher kennt ihr meine Mutter?«

Kain merkte derweil, dass ihm seine Felle entglitten. »Hör nicht auf ihn!«, rief er. »Du solltest die Frau zuerst erschießen. Sie ist eine Verräterin. Weißt du, was sie getan hat?«

Alessio schüttelte den Kopf, während er Fabian fixierte und die Waffe neu auf seine Brust ausrichtete.

»Sie hat Informationen über uns gesammelt und an diese dreckige Schlampe von Journalistin weitergegeben, diese Marian.«

»Das stimmt nicht«, schrie Leonie.

»Sie hat mit Gianluca gefickt, um an diese Informationen zu kommen.«

»Dann hat sie immerhin Mut«, stellte Alessio fest.

Fabian drehte sich langsam zu ihr um. »Stimmt das?«

Tränen schossen in ihre Augen. Sie hatte sich noch nie so geschämt wie in diesem Moment.

Er ließ ihre Hand los, und der Schmerz in ihrem Inneren klang nach wie der tiefste Ton einer Orgel.

»Komm zum Abschluss, Junge! Du weißt, wohin du zielen musst«, sagte Kain. Alessio hob die Waffe und richtete sie auf Leonie. Sie starrte auf die Mündung, oder war das komische Ding vorne der Schalldämpfer?

»Das ist Leandros Mutter«, sagte Alessio, zielte und drückte den Abzug durch.

63. Ratsch! Bild und Ton verschwanden wie abgeschnitten. Um Mitternacht stellten sie im Esslinger Klinikum mit einem Schlag die Fernsehgeräte aus, die an langen futuristischen Greifarmen unter der Decke hingen. Die Patienten brauchten ihren Schlaf.

Laura Cortese legte die Kopfhörer ab, drehte sich auf die Seite und versuchte, es ihrer Zimmergenossin gleichzutun, die schon seit zwei Stunden schnarchte, als wollte sie die Infusionsständer durchsägen. Aber das war einfacher gesagt, als getan. Ihre Gedanken kreisten um den Polizisten, seine Freundin, um die Aussagen, die sie zu einer Zielscheibe machten. Zum Glück war Alessio in Kalabrien in Sicherheit. Hoffentlich. Ganz genau wusste sie nicht, wie weit der Arm der Blutrache reichen würde. Aber er war immer noch Giorgios Sohn, dachte sie, und ein eingeschworenes Mitglied des Clans, dem sie doch wohl nichts tun würden. Sie wälzte sich hin und her. Schweiß lag wie ein klebriger Film zwischen ihren Schulterblättern, und sie stand auf, um das Fenster einen Spalt weit zu öffnen. Tief atmete sie die frische Nachtluft ein. Doch als sie zu ihrem Bett zurückkehrte, vibrierte ihr Handy, und sie wusste, dass sie für ihren Verrat bezahlen musste.

»Komm runter!«, sagte Gianluca.

»Weißt du, wie spät es ist? Das hier ist ein Krankenhaus.«

»Das ist egal. Der Haupteingang ist die ganze Nacht hindurch geöffnet wegen der Notaufnahme.«

»Ich …« Ihr versagte die Stimme. Vielleicht war es besser, wenn er ihr die Entscheidung abnahm. Wie in Trance angelte sie nach ihren Pantoffeln und dem Morgenmantel und verließ leise das Zimmer. Über der Tür zum Nebenraum leuchtete das rote Licht, das die Gegenwart der Nachtschwester anzeigte. Wenn sie sich beeilte, würde niemand ihre Abwesenheit bemerken. Eilig lief sie den Gang entlang, öffnete die Glastür und stieg die Treppe hinab. An ihrem Fuß hielt sie inne und dachte nach. Was tat sie da? Anstatt zu fliehen, irgendwo in den Katakomben des Krankenhauses unterzutauchen, im Heizungskeller, auf dem Dach oder in einer Besenkammer, lief sie ihrem Henker geradewegs in die Arme. Warum? Sie kannte die Antwort. Sie trug die Schuld an Giorgios Tod, einfach weil sie seine Frau gewesen war und ihn nicht aus den Fängen des Kraken befreien konnte. *Versagerin,* dachte sie, betrat die Halle und schob sich durch die Drehtür. Vielleicht würde sie wenigstens sich selbst freisprechen können, wenn sie Gianluca ein letztes Mal entgegentrat.

Draußen war die Nacht kühl und sternklar. Er stand in einer Nische nahe der Drehtür und rauchte. Wieder bewunderte sie ihn für seine Fähigkeit, mit der Umgebung zu verschmelzen, als würde er dazugehören. Niemand würde ihn für das halten, was er war.

»Komm!«, wiederholte er und ging ihr voran in Richtung Parkhaus, ohne sich umzudrehen. Lauras Anflüge von Rebellion verliefen im Sand, und sie fügte sich in ihr Schicksal. Das Parkhaus war ein offener Betonbau an der Straße. Sie erreichten das dritte Deck über eine Außentreppe. Jetzt, nach Mitternacht, waren die meisten Besucherparkplätze leer. Nur ein roter Polo und ein Passat in Graumetallic standen neben der Ausfahrt. Laura rieb sich die Augen, die im Neonlicht schmerzten, und folgte ihm zu seinem Geländewagen. Sie wusste, dass er korrekt bezahlen würde und den Parkschein bei solchen Gelegenheiten in der hinteren Jeanstasche aufbewahrte. Solange sie ihn kannte, war er nie durch eine Ordnungswidrigkeit aufgefallen. Dazu nahm er seine Aufgaben viel zu ernst. Er war ein fleißiger Schüler gewesen, ein gehorsamer Sohn von Rosaria, deren Briefe Laura ungelesen weggeworfen hatte, ein begabter Koch, ein Mörder, der seine Spuren perfekt verwischte.

»Wohin fahren wir?«, fragte sie.

»Steig ein!« Er öffnete die Tür zum Beifahrersitz.

»Und wenn ich es nicht tue?«

Er schaute sie an, ein Lächeln auf seinen Lippen. »Was meinst du, was dann geschieht?«

Sie zuckte die Schultern. »Dann erschießt du mich hier.«

»Wohl kaum. Ich weiß, dass du mir gehorchen wirst.«

»Woher?«

»Weil du fünfzehn Jahre lang nach unseren Gesetzen gelebt hast und dich ihnen nicht entziehen kannst. Du steckst im System fest.«

»Aber ich habe mich widersetzt«, sagte sie zu schnell.

»Ja, indem du uns verraten hast, dreimal jetzt. Das erste Mal, indem du Giorgio von uns entfernt hast, bis er sich selbst nicht mehr kannte.«

»Und?«

»Heute Nacht. Woher sollte der Bulle sonst wissen, was er zu suchen hat. Vielleicht hat aber auch Leonie es ihm gesteckt.« Ein Schatten zog über seine Augen, wie der Flügel eines dunklen Vogels. *Leonie,* dachte sie verwundert.

»Und das dritte Mal?«, fragte sie. Wenigstens hatte sie die Organisation aufgemischt und wollte diese Verdienste mit ins Grab nehmen.

»Indem du Alessio zu dem erzogen hast, was er ist.«

Plötzlich erfüllte Laura ein wilder Stolz. In diesem Punkt hatte sie nicht versagt, hatte Alessio einen eigenen Willen antrainiert, ihm Widerstandskraft gegen das Böse eingetrichtert. Wenn er es nur einmal schaffen würde, sich gegen Gianluca aufzulehnen, hatte sich die Mühe gelohnt. Sie setzte einen Fuß auf den untersten Tritt des Geländewagens.

»Glaub ja nicht, dass mir das leicht fällt«, brummte Gianluca. »Du hättest es vorgestern geschickter anstellen können und schmerzloser.«

»Dein Mädchen hat mir das Leben gerettet. Leonie.« Sie schaute ihn prüfend an. Tatsächlich. Er kam fast um vor Schmerz. »Ist sie tot?«, fragte sie. Entweder er hatte es selbst getan, oder er hatte Kain dafür eingesetzt.

»Steig ein!« Seine Stimme hatte etwas von ihrer Unerschütterlichkeit verloren.

»Das würde ich schön bleiben lassen«, sagte eine Stimme auf der Fahrerseite des Porsche Cayenne. Der Mann trat aus dem Schatten und richtete eine Waffe auf Gianluca. Laura registrierte, dass er Italienisch sprach. Er hatte einen dunklen, wirren Haarschopf und war lässig elegant in eine Canvashose und ein rotes Hemd gekleidet, bei dem die drei obersten Knöpfe offenstanden.

»Wer sind Sie?«, fragte Gianluca auf Deutsch. Nichts deutete darauf hin, dass ihm die Situation entglitt.

»Mein Name ist Andrea Girolamo«, sagte der Mann und trat einen Schritt näher. Girolamo? Irgendwo hatte sie diesen Namen schon einmal gehört. Laura griff sich an den Kopf. Natürlich, Massimo und Maria. Auch Gianluca hatte den Zusammenhang inzwischen erkannt und verstanden, dass er in Gefahr schwebte, vielleicht zum ersten Mal in seinem Leben. »Stecken Sie die Knarre ein!«, sagte er mit einer Ruhe, für die sie ihn wider Willen bewunderte. »Hinter mir steht ein mächtiger Clan. Ich versichere Ihnen: Die Konsequenzen, die das nach sich ziehen wird, wollen sie nicht tragen.«

Der Blick des Fremden flackerte einen Moment, dann gewann er seine Sicherheit zurück. »Sie haben meine Eltern töten lassen. Unbewaffnete, unschuldige alte Leute. Warum?«

»Es musste sein«, sagte Gianluca einfach. »Ihr Vater ist seine eigenen Wege gegangen. Und das tut man nicht. Man widersetzt sich uns nicht.«

Ganz kurz streifte sie sein Blick. Dann ließ er seine Augen ins Autoinnere zum Handschuhfach wandern. Natürlich. Seine eigene Waffe lag darin. Wenn sie es schaffte, an sie heranzukommen, konnte sie die Situation wenden. Doch wie sollte sie das tun? Laura stand wie versteinert.

»Und die Frau?«, fuhr der Fremde fort. »Ich frage mich, warum sie hier im Pyjama steht. Sicher nicht freiwillig«. »La bella Laura, von der niemand so genau weiß, ob sie eine Verräterin ist. Vielleicht holen Sie sie ja ab, um sie zu töten, bevor Ihnen der Laden um die Ohren fliegt.«

Um so viel zu wissen, musste er sich lange mit ihnen beschäftigt haben. Jetzt wandte er sich an Laura. »Ich tue Ihnen nichts. Stellen Sie sich neben den Pfeiler und verhalten sich ruhig!« Sie konnte sich nicht bewegen. »Na los! Sonst erschieße ich auch Sie.«

Sie stieg von der Stufe und trat aus dem Schussfeld. Die Kälte der Nacht kroch ihr mit klammen Fingern die Beine hoch.

»Sie wissen, was das nach sich ziehen wird?«, fragte Gianluca noch einmal. Auf der Treppe waren jetzt Stimmen zu hören. Zwei junge Frauen näherten sich ihrem Auto und hielten geschockt inne, als sie die Pistole sahen.

»Ich bin Sizilianer«, sagte Girolamo und drückte ab.

Das Echo des Schusses hallte von den Wänden wider wie eine viel größere Detonation, ein Erdbeben, in das sich das Kreischen der Frauen mischte. Laura näherte sich vorsichtig Gianluca, der zu Boden gefallen war. Sie kniete sich auf den Boden, strich ihm seine Haare aus der Stirn und legte seinen Kopf in ihren Schoß. In seiner Brust klaffte in Herzhöhe eine Wunde, aus der das Blut pulsierend hervorschoss und ihren Morgenmantel durchnässte. Irgendwann war er der Junge auf dem Foto gewesen, der Alessio auf den Arm genommen und in die Kamera gelacht hatte. Er bäumte sich auf, seine Augen trübten sich, dann war alles vorbei. Die beiden jungen Frauen waren herangetreten. »Rufen Sie 110«, sagte Girolamo und ließ die Waffe zu Boden fallen.

64. Alessio stand am Waldrand und starrte mitleidlos auf Kain, der sich am Boden vor Schmerzen krümmte und wilde Verwünschungen ausstieß. Die Stunden auf dem Schießstand hatten sich ausgezahlt. Er hatte ihn nicht töten wollen und deshalb auf sein Knie gezielt und getroffen. Kains Hosenbein war von Blut ganz dunkel, Blut, das den feuchten Boden tränkte wie ein altertümliches Opfer bei diesen alten Indianern in Südamerika. Wahrscheinlich hatte er ihm die Kniescheibe zertrümmert, doch sein Herz blieb kalt.

»Alessio«, sagte der Bulle und schaute ihn aus seinen dunklen Augen an. Es lag so etwas wie Achtung darin. »Du hast den Mut gehabt, den Befehlen zuwiderzuhandeln. Es ist nicht leicht, wenn man Teil dieser … Maschinerie ist.«

Er nickte. Der Bulle wusste nicht, wie groß sein Mut gewesen war. Er wusste nicht, dass Alessio für diesen Verrat früher oder später mit dem Leben bezahlen würde.

»Fabian. Er kippt weg!«, rief Leonie mit Panik in der Stimme. Sie kniete über Kain und fühlte seinen Puls.

»Corrado! Kommen Sie!« Fabian klopfte dem Verletzten auf die Backe, der in seiner Bewusstlosigkeit verharrte und endlich still war.

»Ich geh dann mal«, sagte Alessio und wandte sich in Richtung Waldrand. Ihm war plötzlich schwindlig. So mutterseelenallein auf der Welt hatte er sich noch nie in seinem Leben gefühlt. Da war ein Band gewesen zwischen ihm und Kain, das sie wie ein Stück Stacheldraht verbunden hatte. Es hatte ihm bei jeder Bewegung ins Herz geschnitten, aber einsam war er nicht mehr gewesen, seit der Clan sich seiner angenommen hatte.

»Alessio!«, rief Leonie.

Was wollten die denn noch? Hatte er nicht genug für sie riskiert?

»Wie sollen die Rettungskräfte uns finden?«

Das war eine gute Frage. Gianluca hatte beiden ihre Handys abgenommen. Und wenn Kain keine Hilfe bekam, würde er verbluten. Er holte sein Telefon aus der Tasche und warf es dem Bullen zu, der es mit einer Hand aus der Luft pflückte. Dann drehte er sich um und setzte seinen Weg in den Wald fort. Fabian reichte das Handy an Leonie weiter, die hektisch darauf herumzuklicken begann und dann auf das Läuten in der Notrufzentrale wartete.

»Irgendwo im Wald bei Baach«, sagte sie. »Wir sind im Tal. Da ist ein Gebäude. Ein Schacht von einem alten Bergwerk oder so etwas. Ein Schwerverletzter.«

»Warte!« Während sie ihre Lage schilderte, erhob sich Fabian und trat auf Alessio zu.

»Was gibt es denn noch?«, fragte er entnervt.

»Ich danke dir! Auch im Namen von Leonie. Du hast uns das Leben gerettet.«

Alessio nickte. Dann schaute er zu Leonie hinüber, die noch immer mit dem Handy am Ohr auf ihren Fersen hockte. Obwohl der Mann am anderen Ende der Leitung sie nicht sehen konnte, gestikulierte sie wild.

»Ich werde Laura davon erzählen, und sie wird sicher sehr stolz auf dich sein.«

»Sie können sie von mir grüßen.« Seine Stimme war heiser.

»Du könntest mit uns kommen«, sagte Fabian. »Du hast in Notwehr gehandelt. Der Handtaschenraub und die Körperverletzung bringen dich nicht für Jahre in den Jugendknast, wenn man deinen Hintergrund berücksichtigt.« Das Wort Mafia hing in der Luft wie ein modriger Geruch. Er dachte an Blankerts Leiche, die wahrscheinlich hinter dem Tor des uralten Schachts verweste.

»Nein, Mann.« Er schüttelte den Kopf über so viel halsstarrige Dummheit. »Kapierst du es immer noch nicht? Ich habe keine Angst vor dem Knast … *Sie* finden mich überall.«

Der Polizist biss sich auf die Unterlippe. »Wir können euch schützen, dich und deine Mutter. Ihr könntet eine neue Identität annehmen, ein neues Leben beginnen. Es gibt Zeugenschutzprogramme, Kronzeugenregelungen.«

Alessio schüttelte den Kopf. Der Typ wollte ihn einfach nicht verstehen.

»Sie hat ausgesagt, wie dein Vater gestorben ist.«

»Was?« Geschockt wich er einen Schritt zurück.

»Du hast ihn nicht getötet und deine Mutter auch nicht.«

»Doch!«, sagte er düster. Sie wussten nicht, dass jemand auch an Worten ersticken konnte. An Worten, die er selber sagte, an mangelnder Liebe, an seinen eigenen Taten. Und dass es Alessios Verachtung gewesen war, die Giorgio den Rest gegeben hatte.

Leonie hatte aufgelegt und wandte ihm ihren Blick zu. Obwohl der Himmel langsam grau und durchsichtig wurde, waren ihre Augen noch immer farblos wie Schatten. Schwankend, als sei ihr Körper aus Blei, kam sie auf die Füße und trat auf ihn zu.

»Bleib da!«, sagte sie beschwörend und breitete die Arme aus. Der Verletzte war noch immer still. Vielleicht starb er ja in diesem Moment. Hatte in der Bibel nicht Kain seinen jüngeren Bruder getötet? Alessio schauderte.

Er schüttelte den Kopf. »Ich muss gehen. Dann habe ich eine winzige Chance. So klein.« Daumen und Zeigefinger seiner rechten Hand deuteten einen Zentimeter an.

Der Wald lag jetzt im Zwielicht. Ein Heer von Vögeln begrüßte triumphierend den neuen Morgen. Unter dem grauen Himmel lag der Durchschlupf zu einem fast unsichtbaren Pfad, den er einschlagen konnte, vielleicht ein Wildwechsel. Er setzte seinen Fuß darauf, drehte sich nicht mehr um, tat einen Schritt und dann noch einen, zertrat einen Ast unter seinen Füßen, stolperte, rannte.

»Alessio!«, rief der Bulle.

»Lass ihn!«, sagte Leonie.

Alessio wandte sich nicht mehr um, sondern hielt seinen Blick starr geradeaus gerichtet und verschwand im Wald.

Danksagung

Da ist er nun, mein erster Krimi. Natürlich habe ich auch bei diesem Buch monatelang allein vor dem Schreibtisch gesessen, am imaginären Bleistift genagt und irgendwann hunderte von Manuskriptseiten in die Tasten gehauen. Dennoch ist für »Blutiger Regen« der praktische Rat und die Hilfe von vielen Leuten unabdingbar gewesen, denen ich hiermit danken möchte.

Zunächst einmal gilt mein Dank meiner Lektorin Susanne Kiesow, ohne die es das Buch nicht geben würde. Ich wandelte im Frühsommer 2011 etwas ziellos auf historischen Pfaden, als von ihr der Vorschlag kam, einen schwäbischen Krimi zu schreiben. Meine Heldin Leonie stand mir quasi sofort vor Augen, und einige Wochen später war das Projekt unter Dach und Fach. Vielen Dank auch an meine Agentin Julia Abrahams, ohne die meine schriftstellerischen Projekte wohl noch immer in der Schreibtischschublade liegen würden.

»Blutiger Regen« wäre nicht entstanden, wenn ich nicht Unterstützung bei der Recherche gehabt hätte. Paul Mejzlik, Hauptkommissar bei der Esslinger Polizei, hat mir in allen Fragen, die sich um Polizeiarbeit und kriminalistische Fachkenntnis drehen, Hilfestellung geleistet und mich vor so manchem Fettnäpfchen bewahrt. Von ihm weiß ich neben tausend anderen Dingen, dass es einen Unterschied zwischen Pistolen und Revolvern gibt und dass Erstere völlig ungeeignet für Giorgio Corteses Lieblingsspiel »Russisch Roulette« sind. Ich durfte die Polizeidirektion von innen anschauen, mich mit dem Verfahren der Wahllichtbildvorlage vertraut machen und schließlich sogar einen Blick hinter die Mauern der Justizvollzugsanstalt Stuttgart-Stammheim werfen, die im Notfall auch weibliche Untersuchungshäftlinge aufnimmt. Last but not least gilt mein Dank meinen Probeleserinnen Elke Bader, Ulrike Marbach und Ulrike Schneider, Letzterer besonders für ihre Hinweise das Stuttgarter Schwäbisch betreffend. Hoffentlich habe ich sie alle umgesetzt.

Wie immer, wenn ich intensiv schreibe, hat meine Familie mit Zeiten zu kämpfen, in denen ich völlig weggetreten bin und es nur noch Pommes vom Blech gibt. Danke, dass Ihr mich sogar akzeptiert, wenn ich mit abwesendem Blick aus dem Fenster schaue.